Best Time

白 马 时 光

不离

2

西子绪

著

百花洲文艺出版社
BAIHUAZHOU LITERATURE AND ART PRESS

水府村是个很特殊的地方，
连接两界之处，
陆家千年镇守于此，
但我们守的不是村子，
而是人。

目 录
contents

目 录
contents

第一章

秋收祭

地窖打扫干净后，陆清酒又在上面铺了一层厚厚的油纸，以便在储存白菜的时候能把白菜和地面隔开。他把那个木盒带出了地窖，然后用湿抹布认认真真地清理了一遍，抹去了上面的浮灰和脏污。

之前在地窖里面看不太清楚，拿出来清理干净后，陆清酒才注意到这木盒是乌黑色的，上面没有任何花纹，这只是一个光滑的盒子，不过盒子表面木头的纹理倒是非常漂亮，用手触摸的话感觉很舒服。

盒子上挂着一把小巧的黑色文字锁。文字锁是古代的一种锁具，和密码锁有些类似，只是用文字代替了密码，这个文字锁需要的文字是三个，按理说应该很好试出来，但是陆清酒抱着盒子试遍了所有的可能性，都没能试出来。

难道是盒子放得太久锁出问题了？陆清酒想着：那找个时间把锁给砸了吧。便随手把木盒放到了一旁。

自从陆清酒说要做糖炒栗子，尹寻就天天念叨着要去找细砂，今天晚上的时候他不知道从哪里真的找来了一袋细砂，闹着要吃传说中的糖炒栗子。

陆清酒笑道："先把砂子洗一洗，等晾干之后就能炒了。"

"行啊。"尹寻撸起袖管，自告奋勇地跑去清洗细砂去了。

只是把砂子放进水里后，洗了两盆都没洗出什么脏东西，这白白的细砂似乎干净得很，一点脏污也没有。陆清酒虽然好奇，但也没去问尹寻是从哪里刨来的砂子，尹寻好歹是个山神，找点砂子应该还是挺容易的吧。

把洗好的砂子放在干净的塑料纸上，晾在院子里，等砂子晒干就能炒板栗了。

今天要做的事情特别多，陆清酒忙了一天，也有些累了，把砂子弄好之后就早早地上了床。上床前看了眼放在床头柜上的木盒，想着要是明天早晨有空就把木盒打开看看。

然而让陆清酒没有想到的是，当他第二天早晨做完早饭，拿着钳子想要夹断木盒的锁头时，却发现了一件让他有些震惊的事——锁头上面的文字发生了变化。

上面的文字似乎换成了新的，因为昨天陆清酒试了很久，所以几乎完全记得上面的文字，可现在，它们却变成了另外几个完全陌生的文字，陆清酒确定这些字自己昨天从未见过。

怎么会这样？陆清酒盯着文字锁看了好一会儿，才确定不是自己出现了幻觉。

他想了想，拿起钳子对着文字锁用力一剪，然而那把看起来本该十分脆弱的文字锁却一点反应都没有，甚至在陆清酒用尽全力后连个浅淡的痕迹都没有留下。

陆清酒又试了几次，文字锁都坚固如初，反倒是铁制的钳子被文字锁卡出了一个小小的凹痕。

如果陆清酒是个普通人，他或许会觉得非常奇怪，但他家里已经有了这么多奇怪的生物，似乎多这么一个打不开的盒子也不是什么奇怪的事。拿文字锁没了办法的陆清酒抱着盒子去找院子里的白月狐，问他这盒子是不是有什么特殊之处。

今天天气不错，阳光洒落在院子里，让人觉得懒洋洋的。

白月狐就在院子里晒太阳，他慢吞吞地接过盒子看了眼，问道："你从哪里找到的？"

"我家地窖里。"陆清酒如实回答。

白月狐凝视着那木盒，神情变得有些认真，陆清酒很少看到他摆出这么严肃的表情，莫名地也紧张了起来，他舔舔嘴唇道："怎么，这个木盒很特别吗？"

白月狐道："的确有些特别。"他用手抚摸了一下文字锁，"这种文字锁，只有在特定的时间才能打开。"

陆清酒说："嗯？"

白月狐道："开锁虽然只需要三个文字，但事实上这些文字每天都在变化，只有到了特定的某一天，才会显露出特定的文字。"他眨眨眼睛，"这是谁留下的？"

陆清酒道："我在地窖里发现的……应该，是我姥姥吧。"

"哦。"白月狐说，"那这或许是你姥姥给你留下的礼物。"他说着把木盒还给了陆清酒。

陆清酒抱着木盒有些迷惑："可是，这木盒应该不是人类的东西吧？难道我姥姥认识非人类？"

白月狐对此态度倒是显得很平淡，说："每个人都有自己的秘密。"

"也是。"陆清酒同意了白月狐的观点，他道，"可是我不知道盒子的密码，也不知道打开的时间，有什么法子可以强行打开吗？"

白月狐竟是摇了摇头："这盒子和锁的材质都非常特殊，不是人类世界的东西，如果强行打开，盒子里的东西可能会被损毁。"

陆清酒闻言只能作罢。

白月狐见他有些失落，安慰道："你可以每天早晨起来看一看盒子，既然这东西是你姥姥特意给你留下的，那她定然会给你留一些线索，她不想让你打开，或许是因为还不到时候。"

陆清酒道："只能这样了。"他笑着对白月狐道了谢，独自抱着盒子回了卧室。

陆清酒一家血脉单薄，几乎没有什么亲戚，他除了父母，便只有姥姥。姥姥将他养到八岁，他父母才将他接回城里，可以说，陆清酒幼年的记忆，都是关于姥姥的。

他的姥姥高高瘦瘦的，长相很秀美，可以看得出年轻时定然是个美人，她不太爱说话，但即便不说，陆清酒也能从她的眼神中感受到她对自己的爱。

父母突然去世后，姥姥白发人送黑发人，一夜间苍老了许多。陆清酒那时还未完成学业，他本想将姥姥接到身边，但无论怎么说姥姥都不同意，最后这事只能作罢。

这大概是陆清酒做过的最后悔的一个决定了，要是当时他能回到水府村陪着姥姥，老人或许不会走得那么早。

陆清酒放下盒子，目光落在了文字锁上面，他不知道姥姥的秘密到底是什么，但他知道，无论姥姥做什么，都是不会害他的。

既然她没有给他留下打开盒子的密码，或许就像白月狐说的那样……只是还不到时候罢了。

陆清酒整理了一下心情，决定听从白月狐的建议，每天早晨尝试一遍密码锁，他觉得，总有一天他能试出密码，知道这盒子里装的到底是什么。

把盒子放下后，陆清酒又去忙别的事了。先是把晒干的砂子放在铁锅里，粗略地翻炒一下，然后把栗子放进热砂中缓慢翻动。这些栗子全是开好口的，这样方便入味。把栗子炒得差不多了之后，再往里面加入大量白糖，并且开始迅速翻炒，避免糖浆粘在锅底，炒得差不多后关火，放在锅里晾一会儿，然后就能起锅了。

不得不说，糖炒栗子真是个体力活儿，陆清酒炒了一锅就搞得满头大汗，不过栗子散发出的浓郁香气倒是让院子里的生物都聚集了过来，两只小猪和小狐狸蹲在陆清酒脚旁眼巴巴地看着，尹寻则站在门口支着脑袋流口水。

"差不多了。"陆清酒擦了把额头上的汗水，让尹寻进来分板栗。

尹寻直接冲到了锅的面前，陆清酒还没来得及招呼，就看见他伸手朝着锅里面的板栗抓了过去，手刚碰到板栗就被烫得嗷嗷直叫："啊啊啊啊好烫啊！"

陆清酒："……"

尹寻被烫了一下，收手之后压根儿没管自己被烫出来的伤口，拿着锅铲就开始从细砂里往外刨板栗。

陆清酒实在是看不下去了："你这手不疼啊？"

"不是很疼。"尹寻说着话，手里抓着一个板栗开始剥壳，剥完之后塞进了嘴里，登时流出了感动的泪水，"太好吃了呜呜呜，这板栗太好吃了。"

栗子生的时候是脆的，炒熟了口感反而变得绵软，白糖为栗子增添了一份甜度，还有那股和栗子的味道融合在一起的焦糖香气……

尹寻吃得泪流满面。

陆清酒在旁边都看傻了，也不知道尹寻这顿哭是因为手被烫疼了还是栗子太好吃。

"太好吃了。"尹寻含糊道，"我宣布，世界上最好吃的水果是板栗！"

陆清酒："……吃吧，喜欢吃明天就再给你炒点。"他又给小猪和小狐狸分了几颗，还不忘掐了一小块给躲在狐狸毛里面眼巴巴地看着的雨师妾。

当然，家里那个最大的吃货白月狐自然也不会漏掉，陆清酒把板栗从砂子里捞出来，然后几人坐在院子里开啃。

他炒了有七八斤的样子，但显然不够吃，尹寻吃得肚子都鼓了起来还不愿意停手，白月狐这个肉食动物也对栗子挺感兴趣，虽然剥壳确实有点麻烦，但剥掉壳和不剥壳的味道差别还是挺大的……

吃掉了这几斤栗子，晚饭差不多也就省了，陆清酒和尹寻说明天早晨要去趟镇里，他和老板定了不少鸭蛋用来做咸鸭蛋，还打算连腊肉也一起做了。

尹寻点头应声，说那自己早点过来。

秋风瑟瑟，但也是收获的季节，村子东头的柿子树上挂满了黄澄澄的柿子，像一个个漂亮的黄色小灯笼，在枝头随着秋风摇摆。

在秋天这种收获的季节，村子里也是一派繁荣，走在外面，随处可见提着粮食的村民，他们脸上全都是收获的喜悦。

今年风调雨顺，没有什么异常天气，水府村的收成很好。

陆清酒在村子里转了一圈消食，正准备回去睡觉的时候，隔壁的李叔却敲响了他家的门。

"李叔，什么事啊？"陆清酒问。

"清酒啊，后天村里要举办秋收祭。"李叔道，"你到时候别忘了来啊，就在村头那个大坝子里。"

陆清酒这才想起水府村还有这么个传统，点点头道："好的，我到时候一定来。"

李叔道："好，我就是怕你忘了，来提醒你一声。"

"谢谢李叔了。"陆清酒笑着感谢。

因为是靠天吃饭，所以水府村每年都会在秋天的时候办一个秋收祭，所谓的秋收祭，就是每家每户都贡献出一部分蔬菜或者粮食，让村里的妇人把这些粮食做成食物，在祭祀完后供大家食用，一来是给山神献礼，期盼来年的好收成，二来村里的人也可以互相联络一下感情。

陆清酒太久没回来，倒是完全把这件事给忘了，尹寻也没有提，估计是因为这秋收祭本来就是祭祀山神的，他要是主动提了岂不是很尴尬？

第二天，陆清酒在车上把秋收祭的事情给尹寻说了，尹寻听完沉默了一会儿，道："哦，秋收祭啊，你要去吗？"

"应该要去吧。"陆清酒见尹寻似乎一点也不开心，问道，"怎么，你不喜欢吗？"

尹寻说："不喜欢……"

陆清酒好奇了："为啥？"

尹寻说："因为他们祭祀山神的东西都是生的，自己吃的倒是熟的。"他还委屈上了，"而且我又不能以人类的身份参加，就只能眼巴巴地看着他们吃。"

陆清酒听完尹寻的话哈哈大笑起来，他想象了一下那个画面，觉得尹寻是有点惨。

尹寻说，秋收祭的时候他必须恢复自己山神的身份来接受村民们的祭祀，不过这样一来他就不能以人类的身份参加了，次数一多，村里的人都以为他对村子有什么意见，还专门让村长来和他谈了一次，而尹寻则只能用"害怕出现在人多的地方"这种尴尬的借口作为理由。

今年估计也不例外，只能是陆清酒和白月狐去了。

陆清酒在镇子上买了不少鸭蛋和肉，还把家里缺的调料什么的全都补充了一遍。回去之后便开始制作咸鸭蛋，他本来计划着这几天把腐乳也做出来，不过因为秋收祭，看来要耽搁几天了。

因为秋收祭，平日里安静的山村变得热闹了起来，小孩儿们跟过节似的，手里比平时多了些好吃的零食。

陆清酒打算带一些牛肉和蔬菜去秋收祭，今年是他回水府村的第一年，和村民搞好关系是很有必要的。

白月狐对于这种人多的集会不太感兴趣，表示自己在家里吃泡面就行了。

陆清酒笑道："吃什么泡面啊，我给你们蒸好了糯米排骨，到时间直接关了火就行了，别忘了给小狐狸也喂点啊。"

白月狐点点头，让陆清酒早去早回。

陆清酒道了声"好"，提着肉就出门去了。

今天尹寻一直不见踪影，陆清酒猜测他应该是去当山神了。

村头集会的大坝里已经聚集了不少人，陆清酒提着肉走过去，刚到那里就有村里的大婶和他热情地打招呼，看见他手里的牛肉之后脸上的笑意更浓了，陆清酒忙把肉递给她，然后自己随便找了个位置坐下。

坝子的中央摆放着一个巨大的木质台子，台子上面放着一尊用石头雕成的山神像，当然，和所有的山神像一样，这尊石像也是一把山羊胡、慈眉善目的模样，和尹寻那傻傻的样子完全搭不上边。

村子里的妇人们把村民们带来的各种食品放到了木台前面，等到了正午时分，村长便领头跪在山神像面前祭拜烧香，祈求山神保佑水府村来年风调雨顺。

或许是因为水府村的位置比较偏僻，几乎和现代社会隔离，才保留下了这种古老的祭祀方式。

陆清酒看向山神像，不知道是不是他的错觉，他总觉得自己在看山神像的时候，那长着山羊胡的山神冲他笑了一下，可仔细看的时候，却又发现那山神依旧保持着严肃的表情，双眼看着前方。

祭拜完山神后，村长便让人把祭品撤下，拿到早就架好的灶台前制作成食物。

陆清酒作为一个外来人本该坐在比较边缘的位置，但或许是他平日里出手比较大方，和邻居们的关系又不错，竟然被李叔邀请到了比较靠里面的桌子上。

菜做好后，一盘盘端上了桌子，还冒着腾腾的热气。这些菜虽然味道一般，但是量却很足，因为水府村的冬天天气恶劣，几乎没什么人出门，所以这秋收祭倒颇有点春节的味道。

桌上除了菜之外，便是男人们最喜欢的烈酒。酒也是自家酿造的白酒，喝在嘴里跟烧刀子似的，但是足够痛快，很受男人们的欢迎。在地里劳作累了整整一年，放肆地喝上一顿也是被允许的。

陆清酒喝了一口酒，感觉这酒在顺着自己喉咙往下滑，所到之处全是火辣辣的疼痛感，直到到了胃里时，才涌起一股热流，先前的疼痛都变成了痛快。

"好酒。"陆清酒赞道。

"好喝吧。"李叔自豪道，"这是我家自己酿的，今天拿来招待大家，随便喝，管够！"

这酒度数很高，就算是酒量好的人敞开了喝，恐怕也喝不了多少。陆清酒虽然名字里带了个酒字，但酒量实在是一般，一杯白酒下肚，脸颊上便腾起了一抹红晕，眼神也变得湿漉漉的。

整个村子都热闹得不得了，聊天的声音、划拳的声音，有笑有闹，让陆清酒脸上也不由得带上了灿烂的笑容。他已经许久没有吃过这么热闹的一顿饭了，偶尔这么闹一闹，似乎也不错。

一边吃饭喝酒，一边聊天，不知不觉，陆清酒有些醉了。

他的意识还算清醒，脑袋却开始发晕，没办法控制自己的行动。就在陆清酒趴在桌子上想着自己该回家了的时候，一张熟悉的面孔出现在他的眼前。

白月狐来了。

他从村子那头走来，目光在人群中逡巡一番后，便注意到了角落里趴在桌子上似乎已经不省人事的陆清酒。

人群依旧很吵闹，喝醉了的人东倒西歪的，到处都是，空气中弥漫着刺鼻的酒气，让人有些讨厌。白月狐朝着陆清酒的方向走去，看到了喝得有些迷糊的人。

陆清酒虽然酒量不好，但酒品不错，喝醉了不吵不闹，此时他正乖乖地趴在桌子上，一动也不动，直到白月狐轻轻地唤了声他的名字，他才茫然地抬起头，用他那湿漉漉的眼睛看着白月狐。被酒精麻痹了的神经变得有些迟钝，陆清酒观察了一会儿，才认出眼前人的身份，他笑了起来，眼睛弯起一个小小的弧度，嘴里含糊地叫着："月……月狐……"

白月狐没应声，就这么看着陆清酒。

陆清酒说："我……我好像喝醉啦。"他吸了吸鼻子，想要站起来，但四肢却有些不听使唤，于是带着鼻音的声音里染上了一份委屈，"怎么……站不起来……"

白月狐伸出手，抓住了陆清酒的手臂，将他带入了自己怀中。

陆清酒乖乖地由着白月狐的动作，在靠进白月狐的怀中后，他嗅到了一股清淡的香气，这香气显然是从白月狐身上传来的。这要是在平日里，陆清酒估计会装作没闻到，但喝多了的他显然没那么多顾虑，只见他臭不要脸地扬起了头，像条寻找骨头的狗狗似的在白月狐的脖颈和身上乱闻，边闻还边说："哎，月狐，你哪里这么香啊……"

白月狐看了自己怀里的人一眼。

陆清酒闻了一会儿，没闻出个所以然来，于是便停下了动作，靠在白月狐的怀里打瞌睡。

白月狐把陆清酒扶离人群后，直接把他抱了起来，然后就这么走回了家。

刚回家没多久、坐在院子里吃糯米排骨的尹寻看着白月狐抱着醉得不省人事的陆清酒从门外走进来，赶紧把嘴里的骨头吐掉，道："回来啦，清酒喝醉了？"

白月狐点点头。

"你把他放床上吧，我去给他煮点醒酒汤。"尹寻看着白月狐怀里的陆清酒那叫一个胆战心惊，陆清酒不知道白月狐到底是什么，他可是清楚得很，要是让这尊神生气了，别说陆清酒，就连整个水府村都得遭殃。

白月狐道："不用了，你回去吧，我来。"

尹寻闻言瞪大了眼睛，他还想说什么，却注意到了白月狐那冷淡的眼神，于是到嘴边的话全给咽了回去，他干笑两声，挠了挠头，壮着胆子道："清酒喝多了，您别和他计较啊。"

白月狐淡淡道："我还能吃了他不成？"

尹寻干笑："是啊，吃了他以后就没人做饭了。"他知道自己多说无益，便乖乖离开了院子，虽然心中依旧有些担心，但他也明白，白月狐肯定不会一口吞掉陆清酒，毕竟白月狐要吃人，根本不需要支开自己，只要他乐意，完全能把他和陆清酒全都给吃了，连骨头都不用吐。

陆清酒做了个漫长的梦。

梦中，他听到了巨大的水声，透过小小的窗户，陆清酒看到了从窗外奔腾而过的黄色大河。这条河极宽，乃至于陆清酒目光所及之处，竟是浩浩荡荡、一望无际的湍流。

似乎除了他所在的屋子之外，整个世界都被水淹没了，陆清酒感到了一种难以言喻的恐慌，他的心脏怦怦地跳了起来，他抬起头，在黑压压的云层中，看到了一双巨大的眼睛。那双眼睛的瞳孔如猫科动物一般竖着，眼白呈现出血液般艳丽的红色。

这双眼睛似乎注意到了陆清酒的存在，然后朝着他所在的方向看了过来，陆清酒捂住自己的口鼻，试图减轻因为恐惧而变得急促的呼吸声，整个人缩在墙角，一动也不敢动。

耳边只剩下狂野奔腾的水流的轰鸣声，就在陆清酒以为那东西离开了的时候，他听到了一声野兽的咆哮，这咆哮声撼天动地，震得陆清酒待着的屋子也跟着震动起来，陆清酒缓慢地抬起头，他看见天空中一只巨大的兽朝着他扑了过来……

接着陆清酒便从可怖的梦境中惊醒了，他浑身上下都是汗水，胸口在剧烈地起伏着，他需要尽可能多地呼吸一些氧气，让自己过分紧张的心脏好受一些。

"呼呼呼……"等到陆清酒缓过来时，他才意识到刚才的一切都是个梦。他抬手拿起手机看了眼时间，现在是凌晨三点多，正是黎明前最黑暗的时刻。

陆清酒坐起来，隐约记得昨天自己在参加村中的秋收祭，似乎是喝了太多酒之后才醉倒了，之后好像还见到了白月狐……陆清酒低下头，看见自己穿的衣服被换成了干净的睡衣，身上也没有残留什么酒气，应该是被简单地清理过了。

看来自己喝醉后是白月狐将他领回了家，陆清酒摸了摸自己的头，感觉因为宿醉，脑袋有些隐隐作痛。

他喝完水，平静下来后，去浴室里洗了个澡，冲洗了一下因为出汗而变得有些湿黏的身体。

洗完澡后，陆清酒回到卧室，朝着院子外看了一眼，一轮明月挂在空中，安详幽静，白色的月光倾泻而下，整个院子都铺上了一层洁白的纱。陆清酒其实并不讨厌这样静谧的夜晚，足够明亮，没有虫鸣，这能让他的心也平静下来。

梦中野兽的咆哮声有些熟悉，陆清酒很快便联想到了那次用捕梦网在自己姥姥坟前捕获的那个梦。

在那个梦里，他听到的兽吼和这次的一样。

只是这吼声到底意味着什么呢？他姥姥留下的那个木盒里又藏了怎样的秘密？还有父母的死亡……

陆清酒收回眼神，重新躺回了床上。他喜欢这个名为水府的小村，也希望能在这里找到自己想要的答案。

第二天，依旧是个晴朗的早晨。

宿醉的陆清酒睡了个懒觉，起床后便看见尹寻和白月狐两人在院子里啃玉米。白月狐听到脚步声，朝着陆清酒的方向看了过来，他的眼神比平日里多了些看不明的东西，张口淡淡地问了声："起来了？"

陆清酒想到昨天白月狐把自己领回来，为自己换衣清洗的事，莫名地有点不好意思，他在不经意间躲开了白月狐的注视，说："嗯，昨天喝多了，今天起得有些晚，你们早上就吃这个？我再给你们煮点其他东西吧。"

"没事没事。"尹寻摆摆手，"偶尔吃点玉米也挺好的，这玉米好甜好糯，你也来吃点。"

陆清酒走过去拿起一根玉米尝了一口，果然味道很好，又甜又糯，吃在嘴里还有点粘牙。

"吃完午饭咱们去把豆子磨了吧。"陆清酒一边吃一边和尹寻说，他用眼角的余光注意到白月狐不再看他，心里这才松了口气，道，"做点豆腐出来，然后再做成腐乳。"

尹寻道："好啊好啊。"

腐乳是他们这里几乎每家每户都要做的一种豆制品，制作过程和臭豆腐有点类似，但做出来的豆腐块儿会因为发酵变得黏稠，吸收了作料味道的豆腐，无论是用来夹馒头还是下粥都是很好的选择。陆清酒虽然小时候见过他姥姥做，但做法都快忘干净了，所以还特意在网上查了一下，打算今年先试试手。

制作腐乳需要豆腐，陆清酒便打算先做点豆腐出来，他和尹寻提着豆子去了村头，把豆子打成豆浆后又带回来做豆腐。

因为天气渐渐开始冷了，村里的树木也开始落叶，森林里面金灿灿一片，看起来倒是很美。

为了过冬，陆清酒要准备的东西着实有点多，豆腐做好之后他还得把买来的肉用木材给熏成腊肉，这样才能保存得更好，到时候用腊肉来炖豆角，也是一道好菜。

陆清酒忙忙碌碌的，便干脆把网店的活儿交给了尹寻，让他处理一下发货和售后。

尹寻乖乖地答应了，不过因为他没怎么用过电脑，对键盘也不熟悉，便坐在电脑面前用两根手指头慢吞吞地敲着键盘回复。

"我这样会不会太慢了啊？"他有点担心，扭头询问坐在他不远处正低着头腌肉的陆清酒。

"慢就慢呗。"陆清酒无所谓道，"爱买不买，你再给我倒点酱油进来。"

"好嘞。"尹寻屁颠屁颠地跑了过来。

腊肉和酱肉一样，都需要先经过一段时间的腌制，这秋天天气凉快，肉不容易坏，加上通风好，大概再过一个月肉就能熏了。熏肉的木头最好是用果木，这样熏出来的肉会带上果木的芬芳。水府村熏肉的人虽然每年都有，但是只有条件比较好的人家才会做，毕竟几十斤肉对于普通家庭来说也算是一笔不小的开销了。

帮陆清酒倒好酱油，尹寻又跑回去继续敲他的键盘，他敲着敲着突然皱起眉头道："酒儿啊，这儿有人说咱们的生发水不好用，要退货。"

陆清酒动作一顿："什么？"

尹寻道："说是用了没效果，要退货。"他退开一点，让陆清酒看屏幕。

"哦，那就退吧。"陆清酒无所谓道，反正他也不能确定是不是每瓶生发水都会起作用，既然有人说没有用，退款也无所谓。

尹寻闻言点点头，便给那人操作了退款流程。

当时的陆清酒和尹寻都以为这事儿就这么过去了，可谁知没过两天，店里突然冒出来三四个人纷纷表示要退款。陆清酒开始也没在意，只是在看这些人的地址的时候却发现，他们好像都来自同一个编程公司，做的还都是程序员的工作。

陆清酒心里生出了些许疑惑，他记得这个地址，那儿的人第一次购买的时候还表示效果很好，难道生发水是因人而异的？

陆清酒询问了一下具体情况，他们的回答口径都非常一致，说是抹在了头上，但一点效果都没有，因为陆清酒承诺了退款，所以他们专门过来找售后了。

陆清酒看着购买人的名字，忽地想起了什么，他用这个名字在社交软件上搜了一下，没想到还真的搜到了。

只是在社交软件上面，这人的表现却和他所说的内容完全不同。

上面大力夸赞了生发水的效果，还附赠了一张黑发茂密的照片，照片的主人欣喜地表示自己从来没有用过效果这么好的生发水，只是价格有点贵，除此之外没有任何缺点。

陆清酒看着这照片冷笑了一声，但他并没有说什么，而是依旧给这人退了款，同时让这群要退款的人把玻璃瓶和包装盒全部寄回来，那些人一口应下了。

晚上的时候，陆清酒把这事儿当作八卦随口给白月狐和尹寻说了，其实他也没有太生气，只是觉得这事情有点讽刺。

"这也太过分了吧。"尹寻却生气起来，"明明效果那么好，非要说没有效果，这不是砸了我们店的招牌吗？还非要退款——太过分了。"

陆清酒倒是很淡定："这也是没办法的事嘛，毕竟我们又看不到他的人，他说没效果，难道我们还能硬说他撒谎？"

尹寻道："不行，我好生气啊。"他长期独居在水府村，几乎没怎么和外人接触过，自然也很少接触到人性丑恶的一面。

"别气了别气了。"陆清酒道，"早知道你这种反应我就不和你说了。"白月狐倒是和他的态度差不多，没什么表情，也没有说话，看来是不太在意。

"那以后他们要是都效仿怎么办？"尹寻说，"我们店还要不要开了啊。"

陆清酒道："不会的，世界上有坏人也有好人嘛，总有人觉得效果好会给我们宣传，吃饭吧，都快凉了。"

尹寻气呼呼地往自己嘴里塞了口饭。

吃完饭，陆清酒出去转了一圈消食，想着明天要是有空就去镇上买两只兔子回来，一起腌了做腊味的兔肉。他们这里挺流行吃兔子的，兔子肉比较嫩，骨头还少，用来炒的话比鸡肉要好吃一些。

当然，也有些人对兔肉不感冒，陆清酒就曾听自己的女同事说过"兔兔那么可爱，怎么可以吃兔兔"这种话，当时吃兔子肉吃得津津有味的朱淼淼很不客气地回了句："鸡鸡也很可爱，你为什么要吃鸡鸡？"搞得一桌子吃饭的人差点没把嘴里的东西全给喷出来。

在村里转了一圈，陆清酒回家后看见尹寻还是气呼呼的，这傻子显然还在为晚上陆清酒说的事情感到不开心，陆清酒看了他一眼，也没说话，转身进了厨房，在厨房里找到了之前买的麦芽糖，然后点火开锅，把麦芽糖放进锅里低温烧开，又找了两根筷子，放进锅里搅了两团金黄色的糖团子出来。

这糖在他们这里叫作搅搅糖，是哄小孩儿的利器，小时候偶尔去镇上，陆清酒的姥姥都会买给他，这糖便宜还好吃，搅在棍子上软软的，咬一口还能拉出糖丝。

陆清酒拿着两坨搅搅糖去了院子，给白月狐和尹寻一人嘴里塞了一个。

尹寻尝着糖傻笑了一下，但随即又怒道："陆清酒，你这什么意思啊，把我当小孩子哄吗？"

陆清酒说："糖好吃吗？"

尹寻道："好吃……"

陆清酒说："吃了糖高兴点没有？"

尹寻咂咂嘴，舌尖上全是麦芽糖清甜的香味，这种甜味并不腻，反而带着股清香，甜美的滋味在嘴里化开，的确消减了不少他心中的怒火，于是他老老实实地点点头："高兴了。"

"高兴了就去睡觉吧。"陆清酒拍了拍他毛茸茸的脑袋，"都这么晚了，别忘了刷牙啊。"

尹寻嘴里含着糖，这才慢吞吞地走了。

陆清酒看着他的背影，听见身后一直没什么反应的白月狐来了句："真好糊弄。"

陆清酒扭头看着他，笑了："你不也挺好糊弄的吗？"

白月狐没说话，慢慢地舔了舔挂在唇边的糖浆，他鲜红的舌头在他淡色的嘴唇上轻轻地滚了一圈，让他口中的糖莫名多出了几分香气，只是他说出的话却没有那么温柔了，白月狐说："你真的不在意？"

陆清酒一点就透，他眨眨眼睛，笑了起来："在意什么？"

白月狐闻言表情似笑非笑，他没有回答陆清酒的问题，而是站起来，对着陆清酒摆摆手，转身回屋睡觉去了。视线从白月狐的背影上移开，陆清酒去杂物间拿了些物件，然后去了后院一趟。

这事情似乎就这么过去了。

第二天，陆清酒怕尹寻又被气着，于是没让他来处理店铺的事，而是自己打开了软件。谁知道软件刚打开，昨天那几个声称要退货的人就疯狂地给陆清酒发了几百条消息，陆清酒大致看了一下，瞬间明白了是怎么回事儿。

原来就在他们寄出玻璃瓶和包装之后不到一个小时，他们脑袋上的头发就开始大把大把地往下掉，原本浓密的黑发瞬间回到之前地中海的状态。几人瞬间慌了，开始给陆清酒发信息询问这头发是怎么回事，怎么才长出来就掉光了。

陆清酒对此一脸无辜地回应："什么长出来就掉光了？你们不是说没有效果吗？"

那几人被问得一时语塞——也是啊，昨天才厚着脸皮说没有效果，硬是让陆清酒给他们退了款，今天却跑来说头发掉光了，这不是自己打自己的脸吗？

陆清酒道："不好意思啊，我不是很明白你们在说什么，你们不是说了生发水没有效果吗？我已经给你们退款了。"

见势不妙的几人终于认了怂，虽然不知道陆清酒到底是怎么做到的，可是眼睁睁地看着自己一头浓郁茂密的黑发恢复成地中海，他们都有点接受不了，其中脸皮比较薄的那个直接跟陆清酒承认了错误，说："店长，真的对不起，我是被鬼迷了心窍，您那个生发水的效果其实特别好，只是我们觉得那五千块有点贵了……"

陆清酒道："哦，所以你的意思是你们几个都是想骗退款？"

"是的。"那人承认了，"真的非常抱歉，我再把钱打给您，您再给我一瓶生发水好不好？"

陆清酒却无情地拒绝了这人的要求，他虽然脾气好，但也不是那种被人欺负到家里还要笑脸相迎的人，面对客人的悔过和再次求购的请求，他只是说："不好意思，已经给你做了退款处理，如果想要购买请等下个月吧。"

那客人道："可是你们店铺的生发水越来越难买了……我们上次也是好不容易抢到的……"

陆清酒道："那我只能祝你好运了。"然后顺手就把这几个人全拉进了黑名单，反正钱也退了，他就当自己没有做过这笔生意。

处理完这些人之后，陆清酒干脆在自己的店铺挂了个通告，说：本店支持无效退款，但是退款之后本店就不负责售后服务了，如果退款后头发出现脱落情况，也请不要再来找店主。一旦发现是恶意退款，店主会直接拉黑。

把公告挂好之后，陆清酒就把这事儿给正在厨房里替他揉面的尹寻说了。

尹寻知道以后非常高兴，乐得咧开嘴露出那颗可爱的虎牙："真的假的？你是怎么做到让他们的头发都掉光的呀？"

陆清酒说："我当然做不到了。"

尹寻道："那谁能做到？"

陆清酒道："当然是让他们长头发的那个了。"

尹寻："后院的女鬼小姐啊？"

陆清酒点点头。

昨天晚上尹寻和白月狐走后，他照例拿着香烛去给女鬼小姐喂食。现在那口井上面的光圈越来越大，散发出的光芒简直能用"圣洁"二字来形容了，按照白月狐的说法，估计再过段时间，女鬼小姐就真的要成神了。

平日里点香烛的时候，陆清酒都不怎么说话，昨天晚上他却把店铺里发生的事和女鬼小姐详细地说了一遍，陆清酒也不知道会不会有效果，只是试试看罢了。

但显然，执念被亵渎的女鬼小姐十分生气，第二天就让那几人付出了惨痛的代价。

陆清酒只能对那几个人说声"活该"。

不过经过这件事，陆清酒的店铺"小村"倒是在网上出了名，大家都表示这家店的生发水实在是太好用了，好用的同时又有人觉得效果好得有点过了头，这第一天抹上去，第二天头发就长出来了，简直是医学界的奇迹啊。

当然，也有人拿着这水去专业机构进行了化验，可是化验的结果却显示这水就是普通的井水，一点其他成分都没有，虽说对人体没什么坏处，但问题也来了，这水到底是怎么生发的？

网友们众说纷纭，却依旧找不到一个合理的解释，而此时也有人联系上了陆清酒，表示想花重金买下他这个生发水的秘方。

陆清酒全都拒绝了，最后干脆换了个没人知道的电话号码，除了朱淼淼和几个以前玩得特别好的同事之外，没有给任何人。

把网店的事处理好之后，陆清酒和尹寻去山上砍了点果木下来。砍的木头全是橘子树的枝丫，这种枝丫用来熏肉再好不过了。

陆清酒在门口架好石头，把肉放在上面，就这么熏上了。熏的时候不能有明火，还得往里面加点橘子皮花生壳之类的东西，这样可以让肉变得更香。

白月狐从未见过这种做法，站在旁边有点好奇："好吃吗？"

"挺好吃的。"陆清酒道，"炒腊肉、蒸腊肉都好吃，炖出来的汤也很鲜美……"

白月狐闻言，目光里带上了点期待。

"不过我好像忘了做香肠了。"陆清酒熏着腊肉突然想起了这茬儿，"不知道还来不来得及。"

"应该来得及吧。"尹寻说，"这第一场雪还没落呢。"

"落了就晚了。"陆清酒看了看天气，虽然还是秋天，但已经能感觉到瑟瑟的凉意了，为此陆清酒还特意多给小黑、小花准备了过冬用的稻草和暖炉，小狐狸本来有一身皮毛可以抵挡寒冬的，奈何陆清酒把它弄成了个不太保暖的小贵宾犬，无奈之下，陆清酒只得找了两件旧衣服，随便改了一下，给小狐狸做了几件小衣裳来保暖。

"那我们明天就去买肠衣和肉呗。"尹寻很喜欢香肠，特别是那种甜口的，听陆清酒有做香肠的意思，赶紧鼓动，"肯定来得及的。"

陆清酒见他这么想吃，便也点点头同意了。

熏肉的时候，陆清酒还往火堆里扔了几个红薯，红薯是红心红薯，白月狐亲手种出来的，又甜又面，非常好吃，平日里蒸饭的时候在饭上面放两个一起蒸，连带着米饭都会有股红薯的甘甜味道。

烤过的红薯也很好吃，剥开外皮之后露出里面还冒着热气的瓤。

尹寻一边喊着烫一边往嘴里塞，最后嘴巴都黑了一圈。

白月狐吃这种东西居然还是那么优雅，也就嘴角沾上了一点黑色的炭灰。

陆清酒看着两人吃红薯的模样，不由得弯了弯眼角，他有种回到了小时候的感觉，这种感觉非常美妙，仿佛时光倒流，一回头便能看见一个老人站在门口，慈祥地对他露出笑容。

"陆清酒，你在笑什么呀？"尹寻问他。

"我？我没笑什么啊。"陆清酒说，"怎么了？"

"你没笑什么？"尹寻狐疑地看着陆清酒，"那你怎么用看儿子一样的眼神看着我？"

陆清酒无辜道："有吗？"

尹寻："有！"

陆清酒摊手："那好吧，我就勉强认下你这个儿子好了。"

尹寻怒道："我把你当朋友，你却想当我爸？！"

陆清酒忍不住哈哈大笑起来。

第二章

冬雪落

十月份的时候，水府村连着下了好几天连绵不断的小雨，和夏天畅快的雨水不同，一场秋雨一场寒，气温噌噌噌地降下去，冷得陆清酒给自己套了两件衣服。

下雨的天气总是让人觉得懒洋洋的，白月狐把椅子搬到了屋子里，再不能像之前那样坐在院中摇椅上，倒是有些遗憾。

因为尹寻想吃香肠，陆清酒就又去镇上买了肠衣和肉，把肉打成肉泥之后调好味道，再灌进肠衣里面，香肠就做好了，做的时候要注意很多小细节，比如往肠衣里面灌肉的时候得拿针扎破肠衣，把里面的气给放出来，这样有利于让香肠里面的水分蒸发，更容易变得干燥。做好的香肠要风干几天，再用果木熏烤一遍。

就这么一个月的时间，陆清酒的厨房里到处都挂满了腊肉、酱肉还有香肠，因为东西实在太多有些放不下，他便又重新清理出了一间房间，专门用来挂这些肉类，还特意在地板上铺了一层油纸，防止风干肉类时油脂滴在地上不好清理。

就在陆清酒思考过冬还差点什么的时候，老宅里来了两位客人。

陆清酒听见敲门声的时候还以为是隔壁的李小鱼。在小黑和小花的努力下，最近李小鱼的成绩有了很大的长进，因为成绩进步，李小鱼往他们家跑得更勤快了，几乎每天放学都会过来。

但当陆清酒打开门后，却并没有看见李小鱼，而是看到之前那个因为雨师妾差点没了性命的庞子琪举着伞站在门口。他身后还跟着一个穿着黑衣面无表情的男人，男人比一米八的庞子琪还高了一个头，模样虽然说得上英俊，可那如岩石般冷硬的气质却让他整个人都散发着生人勿近的气息。

"陆清酒。"庞子琪道，"你在做什么呢？"

陆清酒说："我在做饭……你的病好了？"

"好了啊。"庞子琪应着话，眼睛却往屋子里面瞟，他道，"不请我进去坐坐吗？"

陆清酒做了个"请"的手势。这会儿白月狐去地里了，尹寻睡午觉还没回来，屋子里就剩他一个人。

庞子琪便和他身后那个高大的男人进了屋子，他们在观察陆清酒，陆清酒也在观察他们，看样子这男人应该是庞子琪的同事，也是警察，只是不知道这次庞子琪过来是为了什么。

"坐吧，我去给你们倒杯茶。"陆清酒招呼他们在屋内坐下。

庞子琪道："不用了，其实这次过来，我是来感谢你的。"

陆清酒道："感谢？"

庞子琪说："之前附在我身上的那个东西，是你帮我处理掉的吧？"

陆清酒道："我不知道你在说什么。"

庞子琪笑起来："不要撒谎嘛，你既然能看见这些东西，那肯定有自己的法子，我也没打算把你交给上面，只是问问你。"

陆清酒在庞子琪的对面坐下，没有开口。

庞子琪指了指在他身边一直没说话的男人，介绍道："这位是我的同事，孟水遗。"

孟水遗对着陆清酒点点头算是打了招呼。

陆清酒看着庞子琪："你这次来就是为了和我说这个？"

庞子琪摇摇头："不，我其实有些担心你，你既然能看到那些东西，也应该能感觉到自己沾染了凶兽的气息，我觉得这对于一个普通人类来说，并不是什么好事。"

陆清酒笑道："你是因为担心我才过来的？"

庞子琪尴尬地笑了："这是其中一个原因，还有一个原因，是上面让我来问问……那具雨师妾的尸体，去哪儿了？"

陆清酒有点好奇："你们怎么知道是我弄没的？"

庞子琪说："我不知道啊，这不是来问你了吗？"

陆清酒道："我要是说我也不知道，你信我吗？"

庞子琪叹息："自然是不信。"

陆清酒道："那你还问我做什么？"

庞子琪说："这不是例行公事嘛，你要是真不愿意说，我也不会勉强。"

他的态度倒是还不错。陆清酒其实也看得出他的脾气是挺暴的那一类，只是现在陆清酒救了他的命，他不可能在陆清酒面前发火，而且要不是当时陆清酒迅速处理掉雨师妾，看庞子琪他们部门的效率，恐怕这会儿庞子琪早就被火化了。

知道了庞子琪的来意后，陆清酒觉得自己和庞子琪没什么好说的了，他不可能告诉庞子琪白月狐的事，于是态度强硬地表示了拒绝："抱歉，我无可奉告。"

庞子琪叹气，他环顾了屋子一周，最后目光落在了院子里此时正在鸡窝里面睡觉的鸡身上，似乎发现了什么异样，他的眼神里多了些愕然的味道，道："你……知道你身边的是什么？"

陆清酒道："知道啊。"

庞子琪神情复杂："你不怕吗？"

陆清酒问："怕什么？"

庞子琪："自然是怕他吃了你。"

陆清酒说："要吃他早就吃了，何必等到现在？况且如果他要吃我，你能救得了我？"

这话倒是很有道理，庞子琪眼里露出笑意："我不知道我能不能救下你，但我总归会试试的。"他既然是警察，就要履行警察的职责，他觉得如果陆清酒是在不知情的情况下被骗着和凶兽一起生活，那他自然有提醒的义务，但现在看来，陆清酒非常清楚自己在做什么，并且对凶兽充满了信任。

"谢谢了，不用担心我。"陆清酒说，"我们相处得很好。"

庞子琪点了点头。

两人正说着话，种完田穿着雨衣、戴着斗笠的白月狐从屋外推门而入，陆清酒注意到，白月狐进门的瞬间，原本姿态很放松的孟水遗突然直起了脊背，似乎一下子变得紧张了起来。

陆清酒将眼神从他身上移开，微笑着看向白月狐："月狐，回来啦。"

白月狐没说话，随手把沾着雨水的兜篓放在了桌子上，瞟了一眼庞子琪和孟水遗，点点头。

"锅里有刚蒸好的玉米糕。"陆清酒道，"我怕凉了一直开着小火呢，你去吃吧。"

白月狐"嗯"了一声，转身朝厨房走去，只是在离开前，他朝着孟水遗投去了一个不咸不淡的眼神，孟水遗顿时更加紧张了。

庞子琪是他们之中感觉最不敏锐的那个，完全没有察觉出其中的暗流涌动，他还在看白月狐，显然是对这个长相俊美的男人有些好奇。

直到白月狐进了厨房，孟水遗才微微松了口气，他扭头看向庞子琪："走吧。"

庞子琪蒙了："啊？为什么突然要走？"

孟水遗道："差不多都清楚了。"

庞子琪道："清楚了？什么清楚了，我还什么都不知道呢……"

孟水遗却已经站起来，扬了扬下巴："走了。"

庞子琪还想说什么，但见孟水遗神情凝重，不像是在开玩笑，只能和陆清酒道了别，两人举着伞走了。

"哎，为什么这么急着走啊？我们还什么都没问到呢。"一出门，庞子琪就疑惑地对孟水遗发问，他还是第一次看见孟水遗如此慌张的模样。

"再问，你怕是要问到人家肚子里去了。"孟水遗冷冷道，"以后别过来了，这个陆清酒不是我们招惹得起的。"

"嗯？什么意思？"庞子琪不明白，"陆清酒不是人类吗？"

"是啊。"孟水遗道，"可你见过饲养凶兽的人类吗？"

庞子琪总算是品出味来了："你的意思是……那个叫白月狐的男人就是凶兽？有长得这么漂亮的凶兽？"

孟水遗："你以为凶兽都长成什么模样？"

庞子琪说："至少和你差不多吧，一副硬得啃不动的样子。"

孟水遗："……"

庞子琪："哈哈，我开个玩笑。"

孟水遗瞪了庞子琪一眼，倒是没有再和他计较，两人上车之后便离开了水府村，看样子短时间内是不会再来了。

再说陆清酒这边送走了庞子琪和孟水遗，打算去做事的时候，忽地注意到自己的衣角上有一团红色的痕迹，起初他以为是自己不小心在哪里沾染到的颜料，可仔细闻过后，却发现这红色的痕迹竟是血液。

哪里来的血？陆清酒愣在原地，他检查了一遍自己的身体和桌子周围，确定除了衣角以外没有任何地方沾上了血迹。

"奇了怪了。"陆清酒扯着自己的衣角皱起眉头，"哪里来的……"

"不用找了。"吃完玉米糕的白月狐慢吞吞地从厨房里出来，他手里还拿着一块，正慢慢地咀嚼着，"那个孟水遗不是人类。"

"不是人类？"陆清酒道，"那是什么？"

"是孟涂一族。"白月狐回答。

已经熟读《山海经》的陆清酒听到"孟涂"二字便明白了是怎么回事，孟涂也是《山海经》中的神明的一种，据说古时的人告状一定要去孟涂的面前述说自己的情况，而撒谎的那个人，衣服上则会出现血迹，这便是孟涂判别案件的方法，也避免了出现冤枉人的情况。

毫无疑问，陆清酒衣角上的血，便是他撒谎的证明，他回忆了一下刚才和庞子琪的对话，觉得自己的谎言被拆穿了似乎也没什么关系，便放了心，道："可以洗干净吗？"

白月狐看了看陆清酒衣角上的血迹："洗不干净。"

"啊？洗不干净了？"陆清酒有点惊讶，这件衬衣可是他最喜欢的一件，就这么不能穿了着实有些可惜。

白月狐听到陆清酒的话，道了句"没事"便没有再开口。

陆清酒还以为他是在安慰自己，就没把这句话放在心上，他脱下衣服后尝试着洗了洗，果然和白月狐说的一样，衣服上的血迹纹丝不动，虽然看着没多少，但这衣服也算是毁了。

尽管衣服有些可惜，陆清酒却没有纠结太久，实在不行把衣服剪短了还能给小狐狸穿嘛，马上就要过冬了，多给小狐狸备几件衣服也挺好的。

陆清酒向来心大，很快便把这事儿忘在了脑后，可没过几天，就又有人上门来了，这次来的，是孟水遗和一个看起来年龄颇大的老者。

两人一进屋子，态度就非常恭敬，老者连称了几声"白先生"。

白月狐看了老头一眼，继续低头啃板栗，没有要开口的意思。

"白先生，实在是不好意思，这孩子年轻，不太懂事儿。"老者态度恭敬道，"我这特意带他过来给您道个歉。"

孟水遗在旁道："白先生，实在是抱歉。"他又看向陆清酒，道，"陆先生，之前的事对不住了，我特意给您带来了新的衣服，希望您能收下。"他说着，从身后的背包里取出来几件衬衫，小心翼翼地放在了面前的桌子上。这几件衬衣和陆清酒被血染上的衬衫一模一样，显然是特意买来的。

陆清酒倒是完全没料到会出现这样的情况，愣了一下正欲推辞，却见那老人对他投来了恳请的目光——他在请求陆清酒收下这些礼物。

陆清酒看了白月狐一眼，隐约间明白了什么，他道："那……谢谢了。"

他这话一出口，孟水遗和老者的表情才略微舒展开来。

"水遗，你出去一会儿，我有些事情想和白先生单独聊聊。"老者开口道。

孟水遗点点头，转身离开了屋子，陆清酒也借口说自己要去喂鸡，和孟水遗一起出去了，把屋子留给了白月狐和老者。

孟水遗站在院子里，看着陆清酒给鸡们喂稻谷，道："介意我抽根烟吗？"

陆清酒说："请便。"

孟水遗点着烟，吸了一口："陆先生，之前多有得罪。"

庞子琪和他说的时候，他以为陆清酒只是个被凶兽缠上的普通人类，所以也没有多想什么，但当他到了陆清酒的住所，看见了白月狐，他才发现自己错得有些离谱。

陆清酒的确是普通人类，但缠上他的，却绝不是什么凶兽，那是孟水遗惹不起的人物——不，准确地说，是孟涂一族都惹不起的人物。

果不其然，没过几天，他爷爷便把他叫了回去，一通训斥后问他怎么惹到了白月狐，他思来想去，才反应过来自己似乎是得罪了陆清酒。

之后就成了现在的样子，他爷爷战战兢兢带着他来这里赔罪，生怕真的把白月狐给惹恼了。

孟水遗看着陆清酒，陆清酒看着自家的鸡，两人都没有说话。

气氛有些凝固的时候，来蹭晚饭的尹寻打着哈欠从外面走了进来，看见孟水遗的时候呆了片刻："酒儿啊，这是哪位？"

"这是孟水遗。"陆清酒说，"庞子琪的同事，也是警察。"

"哦。"尹寻不太感兴趣地应了声，道，"有什么吃的吗？我好饿啊。"

陆清酒说："你先别进去，白月狐在和人谈事情，再忍一会儿吧，朱淼淼又寄了螃蟹过来，一会儿蒸了给你们吃。"九月吃母蟹，十月吃公蟹，这些东西最讲究时令，过了这个时候，蟹膏就没有那么肥美了。

"行。"尹寻揉揉鼻子，随便找了个地方坐下。

孟水遗不是话多的人，便站在一边静静地抽着烟，听两人聊天。

陆清酒看了孟水遗一眼，见他没有要说话的意思，便开始和尹寻随意地聊了起来。

陆清酒道："喜欢螃蟹吗？"

尹寻笑道："喜欢啊，螃蟹可好吃了，你来之前我都没吃过呢。"

陆清酒道："我来之前你一个人在水府村过得怎么样啊？"

尹寻茫然道："什么怎么样？我觉得挺好的啊。"他如往常般笑了起来，"哎呀，你别担心我啦，我也是成年人好不好，一个人也有一个人的过法，你不在的时候我总会自己找乐子，也挺开心的。"

陆清酒看着尹寻没说话，他看到在尹寻说出这段话后，衣角上被晕染出了一块儿鲜红的血渍。

尹寻却没有察觉，还在乐呵呵地笑着。

陆清酒声音低了些："那如果有一天我回到城里了呢？"

尹寻挠挠头："只要你开心，去哪儿都可以啊。"

陆清酒道："那你呢？"

尹寻说："我？我就继续待在水府村，我挺喜欢这儿的。"

衣角的血迹在扩大，配着尹寻的笑容显得格外讽刺。

陆清酒看着自己的好友，叹了口气："我哪儿也不去，家里两张嘴呢，况且……我是真的把你当成我的儿子了。"这话说完，他的衣服依旧干干净净的，没有一点血渍。

尹寻怒道："你又占我便宜！"

尹寻不知道发生了什么，孟水遗却明白尹寻衣角血迹的含义，他看了眼陆清酒，发现这人似乎并不像他表现出的那么无害，陆清酒，比他想象中要有意思。

两人说了一会儿话，那边孟水遗的爷爷和白月狐也聊得差不多了，老人很快出来，同陆清酒告别后就要带着孟水遗离开。

"那个，不好意思。"陆清酒叫住了孟水遗，"可以留个联系方式吗？"

孟水遗一愣，随即点点头，把自己的电话号码留给了陆清酒，虽然不知道陆清酒要做什么，但和他打好关系，显然不是什么坏事。

两人走后，陆清酒进屋拿起一件衬衫，递给尹寻让他换上。

尹寻莫名其妙："换衣服干吗？"

陆清酒道："叫你换你就换，哪儿来那么多话？"

尹寻只好把自己的衣服脱下来，陆清酒便顺手接过揉成一团，遮住了沾染上血迹的那个角。

白月狐看到了陆清酒的动作，嘴唇微微抿起，他和陆清酒的目光对视了片刻，都明白了对方眼神里的含义。

尹寻的身材倒是和陆清酒差不多，衬衫穿上去刚刚好，他左看看右看看，道："你买这么多一模一样的衣服干吗？"

陆清酒道："你懂什么，这是亲子装。"

尹寻："……"

陆清酒哈哈大笑，他自己没有打算再穿这衣服，而是把衬衣都给了尹寻，让他拿回去先清洗一遍再穿。尹寻虽然莫名其妙，但在陆清酒的坚持下还是收下了这份礼物，把孟水遗送的衣服全拿了回去。

"这衣服我就拿去给小狐狸穿了啊。"陆清酒把尹寻换下来的衣服拿走了，尹寻倒也不在意，只是奇怪陆清酒为什么买那么多衬衫，还每件都一样……

白月狐静静地看着二人互动，一直没有开口，直到晚上吃完晚饭的尹寻走了，他才道了句："你自己不留一件？"

"不留了。"陆清酒说，"我好像也没那么喜欢。"

"他撒了什么谎？"白月狐察觉出陆清酒似乎情绪不高，知道定然和尹寻说出的谎言有些关系。

"他说以前待在水府村很开心。"陆清酒说。

白月狐沉默。

"你呢？你待在这里开心吗？"陆清酒看向这位美丽又神秘的房客，经过这段时间的相处，他也看出来了，白月狐在非人类的世界里身份、地位都很不一般，他本来可以活得更逍遥自在，为什么要囿于这个偏远的小山村？

白月狐淡淡道："孟水遗不在这里。"言下之意，便是他即便是撒谎，陆清酒也无从分辨。

陆清酒哑然失笑："你有撒谎的必要吗？"

白月狐道："为什么没有？"

陆清酒说："我以为你不屑撒谎的。"

白月狐道："我活了这么多年，也见过从不撒谎的人，只是他们活得并没有想象中的好。"

陆清酒叹息，不再说话。事实确实如此，有些时候，善意的谎言比残酷的真相其实更能让人幸福，他道："所以你其实也不喜欢这里？"

白月狐闻言却笑了，他的嘴角勾起惑人的弧度："不，我喜欢这里。"

陆清酒蹙眉看着他。

"你看，我说真话，你又不信。"白月狐说，"不过我是认真的，至少现在，我是喜欢这里的。"

陆清酒放弃继续和白月狐纠结这件事，他摊手："行吧，看来这个问题是没有意义的，那我们来说点有意义的吧。"

白月狐挑眉，示意陆清酒继续。

陆清酒道："比如明天中午你想吃什么，这天开始冷了，我想再囤点羊肉，就是家里冰箱不够用了……干脆明天去买个冰柜吧……"碎碎念的话语，登时让屋内充满了烟火气。

白月狐道："不用囤羊肉了，等到最冷的时候，也是葱聋肉质最肥美的时候，我抓几只回来就行。"

陆清酒："……所以之前我们吃的也是葱聋，对吗？"

葱聋是《山海经》里的一种动物，模样长得和羊差不多，只是皮毛是红色的，据说吃了它还可以治疗耳聋。陆清酒感叹凭借自己对《山海经》的熟悉程度，他已然可以和白月狐无障碍交流，不用他再科普一遍了。

白月狐眨眨眼："好吃吗？"

陆清酒无情地丢掉了良心："真香。"

白月狐粲然一笑。

第一场雪是在十一月末的时候落下来的。

准备了两个月，陆清酒几乎把家里每个角落都塞满了食物，他甚至没有忘记让朱淼淼给他寄一大堆他最喜欢的那种果冻糖。朱淼淼本来打算元宵节的时候再来一趟，但听陆清酒说水府村会大雪封山，于是只好作罢，打算等到明年开春雪化了的时候再过来玩。

雪飘飘洒洒，一夜之间，水府村便已银装素裹，枝头、地面全是白茫茫的一片，整个世界都变成了美丽的纯白色。

　　陆清酒在屋子里生了一盆炭，把小花、小黑还有小狐狸的窝都搬到了屋子里，三只小动物穿着陆清酒给剪裁的衣服在炭堆旁边瘫成一堆，懒洋洋地暖着自己的身体。

　　夏天的时候小花的肚皮最凉快，但到了冬天，受欢迎的就是小狐狸了，特别是它那软软嫩嫩的粉肚皮，抱在怀里暖暖的。尹寻放弃了小花，对小狐狸伸出了魔掌。小狐狸直接被尹寻塞到了他的羽绒服里面，于是他出去做事的时候，他的衣服领子里偶尔会冒出一颗茫然的狐狸脑袋，这时候尹寻就会伸手把小狐狸的脑袋给按回去……

　　小花见到此景在旁边怒斥尹寻无情，明明夏天的时候尹寻承诺了要一直带着它，这天冷了居然就背叛了自己投向了小狐狸的怀抱。尹寻无言以对，只能当了这个"渣男"。

　　陆清酒懒得管他们的恩怨情仇，随他们去了。

　　天冷了，自然想吃点能暖身体的东西，于是陆清酒开始做炖物，什么炖鸡、炖鸭之类的都经常端上餐桌，其中最好吃的还是白月狐带回来的葱茸肉。剥了皮的葱茸，外表看起来和羊没什么区别，如果硬要说有什么不同，那就是葱茸的肉更加肥美鲜嫩，骨头炖出来的汤浓郁鲜香，早上出门的时候喝一大碗，身体都会暖和起来。肉被陆清酒炖好后，配着麻酱腐乳和韭菜花，吃在嘴里又香又嫩，还没有一点羊肉的腥膻，很合大家的胃口。

　　下雪之后，气温一直在往下降，陆清酒不得不穿上了厚厚的羽绒服。

　　冬天应该是陆清酒最不适应的季节了，水府村是没有通暖气的，所以取暖的法子就是多在屋子里放几个炭盆。不过炭盆放多了也不是很安全，因为通风不畅可能会产生大量的一氧化碳，这可是要命的东西。为了防止这种情况发生，陆清酒不得不把窗户打开一点缝隙，就算外面灌进来的是冷风，也得保持室内的空气流通。

　　这天冷得厉害，陆清酒把自己裹成了一个球儿，他体质偏寒，夏天的时候倒是无所谓，但入了冬就有点受不了，几乎从头到脚都是冰凉的，怎么搓也暖和不过来。

　　因为马上要入冬，白月狐就把地里该收的菜都收了，从地里面拖回来两百多斤红薯，家里实在是没地方放，于是干脆都堆在了地窖里，在上面搭了一层油布挡积雪。

　　红薯做什么都挺好吃的，和米饭一起蒸，煮成软糯的红薯粥，抑或是再麻烦点，和面粉一起做成油炸红薯饼，都很讨人喜欢。

　　红薯饼的做法和南瓜饼有些类似，就是把红薯和面粉揉在一起，然后按压成饼状放进油锅里低温炸熟。这样炸出来的红薯饼外面是脆的，里面又软又甜，配着咸菜和腐乳，吃好几个都不觉得腻。

这些红薯倒是解决了冬天家里的猪和鸡的粮食问题，本来陆清酒有些担心天气太冷鸡会受影响，但白月狐却让陆清酒不用管那些鸡，它们坚强得很，这点低温对它们来说毫无影响，陆清酒这才放了心。

陆清酒趁着天还没有完全冷下来的时候，和尹寻又上了一趟山，在山上摘了些还没有落的野橘子。

这些橘子树的叶子已经没了，枝头却挂满了金黄色的果实，因为昨夜小雪，所以橘子和枝干上都覆上了一层薄薄的白色积雪，看起来倒是有几分诗情画意。陆清酒拿着竹竿，把橘子打下来放进背篓里。这些橘子都很酸，不过可以用来做罐头，在缺乏维生素的冬天是不错的零食。

尹寻尝了一个，酸得脸都皱在了一起，陆清酒看着他的样子，伸手抓了一个在手里。

尹寻以为陆清酒也要吃，正等着看好戏呢，谁知道陆清酒却随手把橘子塞到了口袋里，笑道："我给白月狐带回去。"

尹寻："……"陆清酒你可真是个坏东西。

两人装好了橘子，下山回家。和平日里相比，入冬后的水府村安静了不少，一路上都没有看见村民，村子里静悄悄的，好像一夜之间大家都不见了似的。陆清酒鼻头被冻得通红，他想要用手焐一下，但手也是冰的，于是只好无奈作罢。

好不容易到了家，陆清酒一进院子便看见白月狐在清理院子地面上结起的冰，白月狐低着头，认真地把石头上的冰块儿一点点地铲下来。

"月狐，月狐。"陆清酒跑过去，把兜里的橘子掏出来递给他，"我们在山上摘的橘子，你快尝尝。"

白月狐瞅了陆清酒一眼，接过橘子，剥开皮后分成两半，和往日一样直接把其中一半塞进了嘴里。

陆清酒和尹寻站在旁边好奇地看着他，却见白月狐神情不为所动，道："你看我做什么？"

"好吃吗？"陆清酒问他。

白月狐道："凑合。"

"酸不酸啊？"陆清酒现在开始怀疑白月狐的味觉了。

"还行。"白月狐神情平静，"怎么了？"

"没事。"看来白月狐是不会给他任何他想象中的反馈了，陆清酒有点失望，说，"那你继续扫吧,我回去把橘子给处理一下。"

"去吧。"白月狐说。

陆清酒和尹寻转身进屋,却没有注意到在两人离开的时候,白月狐轻轻地松了手,原本握在手里的用来处理冰块的铁锹从他手中跌落,居然就这样碎成了几块。白月狐瞅了眼铁锹,又瞅了眼自己手里剩下的一半橘子,默默地走到了鸡圈旁边,把橘子扔了进去。

这大概是鸡们出生以来第一次品尝到白月狐分享的食物……

陆清酒并不知道自己的酸橘子对白月狐造成了成吨的伤害,他在屋子里把橘子皮给剥了,然后放在水里加糖一起煮,煮完之后放到玻璃罐里保存,吃的时候直接用勺子挖出来就行。

做完橘子,天也黑了下来,冬天的白天大约只有十个小时,早晨亮得晚,晚上黑得早。

今天的晚饭是葱茸炖的汤做成的汤锅,锅子被架在炭火上面,咕嘟咕嘟地冒着热气,蔬菜的种类虽然不多,只有白菜和豆芽,但是肉却管够,而且各种味道的都有。陆清酒还卤了一只鸡,这鸡是他们家的战斗鸡,肉质鲜嫩,非常肥美,做成卤味之后一口咬下去咸香软嫩,吮吸骨头,还能尝到鸡特有的鲜美。

不得不说,骨头汤和白菜简直是绝配,用这种汤烫出来的菜的味道变得鲜甜,再喝一口汤,冻得缩成一团的陆清酒顿时觉得浑身上下都暖洋洋的。

这菜在冬日里实在是让人觉得幸福,白月狐就不用说了,连尹寻都比平日多吃了几碗饭。

吃完之后,差不多到了晚上九点,外面又开始飘起了小雪,陆清酒问尹寻要不要在他家凑合一晚上。尹寻却摇摇头,表示自己今天必须要回家。

"佛龛里的香烛还没添,不回去佛龛里的烛火是会灭掉的。"尹寻如此回答。

既然这样,陆清酒便没有强求。

尹寻走后,白月狐把桌子收拾了一下,去厨房洗碗筷。等他弄完回到屋子里时,却看见陆清酒正靠在椅子上打瞌睡。

燃烧的炭盆把屋子熏得暖暖的,火焰散发出的光芒在陆清酒的脸颊上镀了一层淡淡的红,他嘴唇的颜色比平日里更艳丽了一些,整个人看起来都很温暖,像是冬日里的太阳。

白月狐没有说话,缓步走到了陆清酒旁边,他垂头,目光落在了陆清酒的唇角,那里勾起了一个细微的弧度，仿佛是在告诉白月狐，此时的陆清酒觉得很舒服，他沉醉在了宜人的温度之中。

大约是察觉到有人走到自己的身边，陆清酒的睫毛抖动了一下，随后他睁开了眼，黑色的眸子起初有些涣散，直到看到了站在自己身边的白月狐时才渐渐聚焦，他咕哝了一句，声音软软的，还带着睡意："我……是不是睡着了……"

白月狐道："嗯。"

"啊……太舒服了。"陆清酒甩甩头，想让自己清醒一点。吃了一顿丰盛的晚餐，再加上屋子里让人温暖的温度，不知不觉间他便睡了过去。

"去卧室睡吧。"白月狐说，"小心生病。"人类都是很脆弱的动物，一场疾病便能夺走他们的生命。

"嗯，好。"陆清酒站起来，嘴里打着哈欠，他突然想起了什么，道，"对了，下午给你吃的橘子做成了罐头，我给你弄点尝尝？"

白月狐表情凝滞片刻，很快又恢复了正常，道："不用了。"

陆清酒："啊？"他愣了片刻，有点没反应过来，"真不要啊？"

白月狐说："不要，我吃饱了。"

陆清酒："……"他呆住了，没想到会在这样的情况下听到白月狐说自己吃饱了。

陆清酒："真饱啦？"

白月狐："嗯。"他这般笃定的语气，却让陆清酒怀疑了起来，这晚上白月狐也没吃多少，和他平时的水平实在是差太多了，难道是他偷偷加了餐？不……似乎是，别的原因……

当陆清酒意识到为什么白月狐拒绝了橘子罐头的时候，他终于忍不住笑了起来："罐头不酸，很甜的。"

白月狐不说话，就这么看着他。

被白月狐的眼神看得有点心虚，陆清酒只好尴尬地干咳一声："咳咳，我就是和你开个玩笑。"

白月狐神色莫测，淡淡道："挺好笑的。"

陆清酒："……"哥，对不起，他再也不敢了。

最后，陆清酒还是去厨房给白月狐倒了一碗橘子罐头出来，这橘子经过糖水熬制，里面的酸味得到了充分的稀释，和糖分完美地结合了起来，酸甜可口，是很好的饭后甜

陆清酒："……"对不起，他都忘记了自己掌握着家中的财政大权，而他家的山神和狐狸精穷得连小笼包都吃不起……

陆清酒摸出自己的卡，放在了尹寻手上，顺便告诉了他密码。

尹寻把卡紧紧握在手里，对陆清酒说："我会用生命来保护这张卡，就算失去自己的生命，也会把卡安全地送回来。"

陆清酒："……可是你不是已经是个死人了吗？哪里来的生命啊？"

尹寻："……"他竟无言以对。

拿着卡的尹寻和白月狐坐上了小货车，陆清酒看着两人消失在了村子尽头。这是尹寻第一次和白月狐两人一起去镇上，看着他们离开的陆清酒，颇有种母亲送儿子离家的复杂感——一边在高兴儿子终于长大了，一边又在担心儿子会不会遇到什么解决不了的困难。

陆清酒忽地又想起了什么，赶紧给尹寻打了个电话，让他买炭的时候顺便帮白月狐买部手机，再买张手机卡，这事儿之前给忘了，这次干脆就一起办了吧，而且白月狐还在场，能选一款自己喜欢的。

陆清酒送走两人后，自己回到了屋子里，先在炭盆里面加了炭，然后往炭盆旁边放了一些切好的红薯条，打算慢慢烤。

红薯条烤干之后会变得充满韧性，可以在嘴里嚼很久，是种不错的打发时间的小零食。冬天能做的事少了起来，大多数时间大家都是在家里看看电视上上网，陆清酒便顺便把网店整理了一下，这个月的货已经发出去了，接下来至少要休息两个月，等到春天的时候再开张。

店铺里的公告一出，网上哀号一片，"小村"这个店铺的生发水的效果是有目共睹的，几乎没有任何差评，甚至还有不少人展示出了自己生发前后的对比照片。不过虽然生发水的效果很好，奈何产量太少，每个月就一百瓶，抢完了老板也不加货，本来大家都铆足了劲想要抢下个月的生发水，可谁知老板居然不做了……

"老板啊，求求你啊，我还指望着过年的时候长了头发回去相亲呢。"

"老板你再卖点吧，我就指望着你家生发水过活了。"

"老板老板……"

陆清酒随手点开了几个对话框，看到的都是诸如此类的评论，他登时有些哭笑不得，但还是没有继续开店，毕竟下个月连村子都出不去，他拿什么发货啊。

陆清酒干脆狠狠心关掉了网店后台，没再继续看。

尹寻和白月狐去了镇上，陆清酒也懒得做饭了，拿出泡面凑合了一顿。他简单地吃完后，便去给姥姥的炕上铺了厚厚的被褥，还把炕给烧热了。

炕烧热之后，陆清酒迫不及待地躺了下去，感受到被窝里温暖的温度后，他口中发出一声舒适的长叹。

小狐狸崽子也跟了过来，就窝在他的脑袋旁边，陆清酒摸了摸它的小脑袋，道："来吧，一起睡个午觉，等睡醒了他们就回来了。"

小狐狸舔舔陆清酒的手指，身体盘成了一团。

在热气的包裹中，陆清酒陷入了沉沉的睡眠之中，他昨天晚上没有休息好，这会儿几乎是沾枕头就睡着，直到隐约听到了尹寻叫他的声音："清酒，清酒你在哪儿呢？我们回来啦。"

陆清酒迷迷糊糊地睁开眼，应道："我在这儿呢。"

"嘎吱"一声，似乎有人推门而入，一双冰凉的手触碰到了他的额头，陆清酒看到了白月狐的脸，他含糊道："月狐……我好热啊。"

第三章
故事会

"清酒，你的脸好红啊。"尹寻看见了缩在被褥里的陆清酒，惊讶道，"你是不是发烧啦？"

陆清酒感觉自己的脑袋有些重，一时间无法理解尹寻说的话，只是茫然地睁开眼睛看着尹寻。

这下尹寻明白了，他肯定是生病了，急忙道："我去拿个温度计，你等会儿。"说着便跑向了客厅放药箱的地方。

白月狐把手搭在陆清酒的额头上，他手上冰凉的温度，让陆清酒不由得想要贴得更近一些，于是便自然而然地用自己的额头蹭了蹭白月狐的手背。

白月狐由着陆清酒的动作，手轻轻地贴在陆清酒通红的脸颊上，感受着陆清酒肌肤上灼人的温度。人类真是脆弱，低温便能让他们的身体出现问题。白月狐静静地看着陆清酒，眼神落在了陆清酒的颈项之上，脖颈向来是人类身体最脆弱的部分，只要轻轻地咬下去，便能听到"咔嚓"一声脆响，这样，眼前的人就能彻底属于他了，他从此也不用再担心自己会因为其他一些无聊的原因失去他……

尹寻拿着温度计进来的时候，看见的就是这样一幕——白月狐看着陆清酒，舔了舔自己的嘴唇，他黑色的眸子里带上了一抹淡淡的红，虽然看不太清楚，但却足够让人胆战心惊。

尹寻见状心中惊觉不妙，大喊了一声："陆清酒！"

　　白月狐扭头，因为尹寻的叫声，他似乎从某种状态中抽离了出来，眼睛里面的红色开始迅速消退，恢复成了往日的漆黑。

　　"我拿过来了。"尹寻装作没看见白月狐的异样，径直走到了陆清酒的面前，把温度计塞到了陆清酒的嘴里，"你先含着。"

　　陆清酒整个人都是迷迷糊糊的，完全不知道发生了什么，他乖乖地含住了体温计，嘟囔道："我是不是在发烧？"

　　尹寻说："应该是。"他挠挠头，"说真的，我都好久没有生病了……"

　　陆清酒也有点无奈："对啊，这里就我一个普通人了。"

　　过了一会儿，量好之后一看，三十九摄氏度，果然是在发烧。还好之前准备过冬用品的时候，陆清酒还备了不少常用药，就是为了避免意外。尹寻根据陆清酒的指示，拿了药喂给他，而白月狐则为陆清酒准备了几条冰毛巾给他敷在额头。

　　"哎，怎么突然就生病了。"陆清酒说话的声音里还带着鼻音，他病恹恹地缩在床头，"我都好久没有发烧了。"

　　"是不是太累了，"尹寻说，"还是因为不小心沾了融化掉的雪？"

　　陆清酒摇摇头示意自己不知道，生病这种事向来都来得突然，要是知道具体原因，或许就不会病了。

　　他本来觉得冷，可是现在又感觉热得有些过分，正要把身上的被子给掀开透透气，却被尹寻拦住了，尹寻焦急道："别了，你先捂捂汗，着凉会更严重的。"

　　陆清酒有点难受："可是好热……"

　　尹寻劝阻道："忍忍吧。"

　　两人说话的时候白月狐一直安静地坐在旁边，他显然对于人类生病这件事不是很拿手，看起来竟是有些无措。

　　陆清酒就这么断断续续地醒醒睡睡，等到他稍微感觉好点的时候，天已经完全黑了，尹寻让白月狐去厨房给陆清酒倒杯水，自己则轻轻地把陆清酒给推醒了。

　　"唔？"陆清酒问道。

　　"我要回家里续香烛。"尹寻颤声道，"明天才能过来。"

　　陆清酒感觉出了尹寻话语中不同寻常的意味："……怎么了？"

　　尹寻神态严肃地叮嘱："清酒，待会儿我走了，你和白月狐独处的时候别睡着了，尽量醒着。"

陆清酒说："啊？为什么？"

尹寻道："你对他而言太特别了。"

陆清酒听到这话，呆愣了片刻，还是没明白尹寻为什么突然这么说："什么？"

尹寻说："你不知道，他们一族有个习惯，就是喜欢的东西都要吞进肚子里，你没看到我刚才进门的时候他看你的那个眼神，我真怕他一口把你吞了。"虽然他说出的话有些不可思议，但尹寻那认真的表情却又在告诉陆清酒他真的不是在开玩笑。

陆清酒说："我……知道了，你去吧。"

"尽量别睡着啊。"尹寻有点担忧，"忍过这一晚上应该就没事了！"

陆清酒点点头，算是应下了尹寻的叮嘱。

两人刚说完话，白月狐就端着杯水进了屋子，他把水喂到陆清酒的嘴边，看着他一点点喝下去。

尹寻道："那……我就先走了，明天早上见。"

"嗯。"陆清酒喝完水，感觉身体舒服了一点，"明早见，注意安全。"

尹寻摆摆手，转身走了，只是他走时的眼神却在告诉陆清酒，他依旧很担心白月狐会不会做出什么不可挽回的事情来。

话最多的尹寻走了，屋子里便安静了下来，陆清酒靠在床头，因为生病，他的脸色比平日显得更加苍白，但嘴唇却红润鲜艳，看起来格外可口。

陆清酒被白月狐盯得有些不自在，他找了个话题，想分散白月狐的注意力："你们晚上吃的什么呀？"

白月狐道："没有吃。"

陆清酒一愣："怎么没有吃？我不是熬了鸡汤吗？"

白月狐说："不饿。"

陆清酒心想：既然不饿就别用这种眼神看着我啊，好像要一口把我吞了似的。他想到了尹寻刚才说的话，看来他真是一点夸张的成分都没有，搞不好白月狐真的有可能把他给吃了。

陆清酒察觉到了这种潜在的危险，但奇迹般地，他居然没有太害怕，反而觉得有些好笑。

陆清酒说："我有点饿了怎么办？"

白月狐蹙眉："我给你端些鸡汤过来。"

陆清酒说："你给我弄个鸡汤泡饭吧，再抓点咸菜放在里面。"

白月狐点点头，干脆利落地起身出去了，没一会儿就把陆清酒想要的东西端了回来。鸡汤是热乎的，里面泡了软软的米饭，上面居然还撒了一层翠绿的葱花，旁边的小碗里放着切得整整齐齐的咸菜，看得出白月狐是用了心思的。

陆清酒接过碗，用勺子舀起食物，慢慢送进自己嘴里，鸡汤柔和鲜美的味道安抚了他饥饿的胃，咸菜清脆爽口，上面还淋了一点陆清酒最喜欢的辣油，他吃了一会儿，鼻尖就冒出了汗滴，觉得精神好了不少。

"你真的不饿？"陆清酒吃完后，把碗放下了。

白月狐摇摇头。

陆清酒道："真的不饿？"

白月狐说："不饿。"

陆清酒眨眨眼，其实他不太相信白月狐说的不饿，毕竟白月狐每一顿都吃得不少，或许是因为吃得多，所以才饿得慢？

陆清酒想着想着，感觉又有点冷了，他道："炕下面的炭是不是快要灭了？"

白月狐看了一眼，微微蹙眉："火很大。"

"那我为什么还是觉得冷……"刚才他烧得迷迷糊糊的时候，浑身上下都热得不行，这会儿却又有点发冷了，陆清酒裹紧了自己的被子，却感觉没什么效果，"好冷。"

白月狐："还冷？"

陆清酒重重地点头。

白月狐想了想，在陆清酒的身边坐了下来，接着九条毛茸茸的尾巴从他身后探出，将面前的陆清酒裹了起来。这些尾巴的温度比常人的体温更高一些，把人裹起来的时候陆清酒感觉自己就像是掉进了一块柔软又温暖的棉花里面，不由得发出了舒服的呻吟。

白月狐看着陷在皮毛中的陆清酒，道："好些了吗？"

"好舒服，好软啊。"陆清酒摸着白月狐的尾巴傻乐，"好多了……你不冷吗？"这天气，白月狐居然只穿着一件薄款的外套，陆清酒看着都觉得脖颈凉飕飕的。

"不冷。"白月狐回答。

身体恢复了温暖，加上刚吃完东西和治疗高烧的药物，陆清酒虽然告诉自己尽量坚持，但还是控制不住地开始犯困了。

陆清酒脑子昏昏沉沉的，不住地打着哈欠。陆清酒和白月狐有一搭没一搭地聊天，强迫自己不要睡过去。

白月狐的声音轻轻的："你困了吗？"

"有点……"陆清酒揉了揉眼，"有点困。"

白月狐说："困了就睡吧。"

陆清酒含糊道："我要是睡了，你会不会把我吃掉啊？"

白月狐没想到陆清酒会直接问出来，他听到这句话，却笑了，他道："我尽量控制一下。"

"只是控制吗？"陆清酒无奈道，"就不能给我个保证什么的？"

白月狐有些苦恼似的皱了皱眉："给不了保证，你看起来太美味了，我尽力。"

陆清酒失笑："委屈你了。"

白月狐没说话，舔了舔嘴唇。

陆清酒很想坚持下去，但他真的坚持不下去了，眼皮简直是在打架，他甚至确定自己只要闭上眼睛三秒钟，就能直接睡过去。和困意奋力战斗许久的陆清酒最后还是选择了妥协，眼睛缓缓闭上的前一刻，陆清酒看到了白月狐眼里泛起的红光……他大概……真的要被吃掉了吧，陆清酒沉沉地睡了过去。

他睡得很舒适，被毛茸茸的尾巴牢牢地裹住，让他感觉自己仿佛睡在一朵柔软的云里，他的病似乎也在被治愈，沉重的身体开始变得轻盈。

然而这种舒服的感觉并没有持续太久，陆清酒便被疼痛从梦境中唤醒，他茫然地睁开眼睛，感觉有人伏在自己的身上，沉沉的重量让他没办法起身。

颈项上传来被利器刺破的感觉，陆清酒迅速清醒了过来，他意识到，有人正埋在他的肩头，啃咬他的脖颈——毫无疑问，这个人就是白月狐。

"月狐……"求生欲让陆清酒艰难地发出了声音，他用双手抵住白月狐的肩膀，想将他从自己身上推开，可人类和非人类的差距在此时显现得淋漓尽致，他用尽了全身的力气，白月狐却纹丝不动。

"啊！"陆清酒感觉自己颈项上的皮肤被咬破了，鲜红的血液滴落在了枕头上，他吃痛惨叫，道，"白月狐——住口——"

听到陆清酒的声音，白月狐的动作顿住了，他缓缓抬头，看向陆清酒。

陆清酒看见了白月狐的脸，虽然表情和平时别无二致，但他唇上沾染的红色血液，却让他多了一份诡谲的魅惑，他叫他："清酒。"

陆清酒粗重地喘息着，他道："白月狐，你饿了吗？"

白月狐道："没有饿。"

陆清酒吞了吞口水："没有饿，你咬我做什么？"

"你怕吗？"白月狐忽地问他，他的手触上陆清酒脖颈之上那个被咬出的伤口，用食指沾了一点血液，然后含进口中，缓缓吮吸，随即嘴角勾起一抹笑意，似乎满足极了，"和想象中的一样美味。"

陆清酒强迫自己冷静下来，他道："你……打算吃了我？"

白月狐道："你觉得呢？"

陆清酒道："我觉得，你并不想吃我。"

白月狐不语，而是静静地凝视着陆清酒的双眸，似乎在评判着什么。

"你要是想吃了我，肯定一口就吞了，何必让我疼醒？"陆清酒道，"是吗？"

白月狐沉默了很久，就在陆清酒的后背开始滑过冷汗的时候，他点了点头，道："是啊。"

陆清酒松了口气。

可就在陆清酒松气的时候，白月狐却再次俯身，靠近了陆清酒的颈项，然后认认真真地把被他咬破的皮肤上流下的血液全给舔食干净了。他如此认真的态度，让陆清酒想起了自己对待珍贵食材时的模样……一点也舍不得浪费。

陆清酒只能躺在床上，由着白月狐的动作，不敢再乱动刺激他。刚才发生的事，让他确定白月狐是真的想吃了他，连皮带骨，一点都不剩的那种。

不知道过了多久，就在陆清酒怀疑自己都快要睡着了的时候，白月狐的动作才停了下来。

他起身，细细地观摩着自己在陆清酒颈项上留下的痕迹，偏了偏头，道："你会怕我吗？"

陆清酒道："不会啊。"

"为什么不怕？"白月狐道，"我可是想吃了你的。"

陆清酒笑道："只是想而已，又没有做。"

白月狐道："你真的不怕我？"

陆清酒说："唔……不是很怕。"

白月狐观察着陆清酒的表情，确定眼前的人不是在撒谎后才彻底从陆清酒身上离开。

陆清酒则清楚地意识到，刚才那个问题似乎暗藏了某种要人命的危险，如果他真的因为这件事害怕了白月狐，在和他的对视中眼神闪躲，或许下一刻，面前这个美得不似人类的男人，便会化作原形，将他一口吞下。

白月狐不喜欢人怕他，他也不需要和害怕他的人生活在一起。

好在陆清酒正如他表现的那般，并不是十分害怕白月狐，于是他幸运地逃过了一劫。

白月狐虽然从陆清酒身上起来了，但那九条毛茸茸的尾巴还缠着陆清酒，陆清酒伸手摸了摸自己颈项侧边的伤口，毫不意外地摸到了一个牙印。

陆清酒想到了什么，表情严肃了起来。

白月狐道："你在想什么？"

陆清酒说："那个……狐狸是犬科动物吧？"

白月狐道："嗯？"

陆清酒说："被犬科动物咬了要不要去打个狂犬疫苗啊？"

白月狐："……"

"但是你好像是用人形咬的啊。"陆清酒纠结起来，"那我到底是被人咬了，还是被狐狸咬了呢？"

两人大眼瞪小眼，好久都没有说话。

最后还是陆清酒先放弃了，说："应该没什么事吧，你有过咬其他人的经验没有？"

"没有。"白月狐很耿直地表示，"我从来不咬人。"

陆清酒刚想露出笑容，就听到他很是无情地补充了一句："我从来都是一口吞了。"

陆清酒委屈道："那你为什么咬我啊？"

白月狐说："你看起来太好吃了，一口吞掉有点可惜。"

陆清酒："……"

白月狐道："谁知道刚尝到点味儿你就醒了。"

陆清酒："……"你的语气为什么那么遗憾？要是我没有醒是不是今天真的就交待在这里啦？！看来庞子琪说的话还是有几分道理，凶兽是没有什么逻辑可言的……

陆清酒虚弱道："那你觉得味道怎么样啊？"

白月狐道："真香。"

陆清酒登时有些哭笑不得，没想到白月狐居然也学会了这个说法。

后半夜，陆清酒没敢睡得太死，不过白月狐似乎已经不打算对他下口了。天快亮的时候，尹寻顶着风雪从家中匆匆赶了过来，进屋看见完好无损的陆清酒重重地松了口气。

陆清酒把白月狐支开，让他去给自己打盆热水，然后把昨天晚上发生的事给尹寻说了。

尹寻看着陆清酒颈侧的牙印胆战心惊道："你当时不害怕吗？"

陆清酒说："……可能烧糊涂了吧，也不是特别害怕。"

尹寻道："太恐怖了，换我可能当场就尿了。"咬住脖子等于被咬住了命脉，只要白月狐稍微加重力气，陆清酒脆弱的脖颈便会干净利落地断掉，也亏得陆清酒还能如此淡然。

陆清酒道："你怕什么，你不是水做的吗？"

尹寻："我虽然身体是水做的，但是心灵却如玻璃般晶莹剔透，柔弱易碎。"

陆清酒做出个呕吐的表情，尹寻则露出羞涩的笑容继续恶心陆清酒。

陆清酒吐完之后道："不过话说回来，他是喜欢我才想吃了我？"

尹寻道："对啊。"

陆清酒总觉得逻辑有点不对，疑惑道："那他没有吃掉我，是不是说明其实他也没有那么喜欢我？"

尹寻想了想："我觉得他是太喜欢你了，所以才没有吃掉你。"其实他挺理解白月狐的心思的，平时还好，陆清酒一生病就会给人一种脆弱的感觉，让他不由想到人类都是容易被弄丢的，弄丢了自己还得伤心，不如提前放进肚子里，这样就永远都不用担心会分开了。不过让尹寻没想到的是，白月狐虽然开了口，最后竟是克制住了自己的食欲，放了陆清酒一条生路，他今天过来的时候真的很害怕看见屋子里就只剩下白月狐一个人，床上空荡荡的……

陆清酒觉得自己是理解不了他们这群非人类了，不过理解不了也没关系，只要自己还活着就行。

那边白月狐打了热水过来，陆清酒在屋子里用热水洗了个脸，但感觉浑身还是黏糊糊的，便想要去洗个澡。

"你还洗澡啊？"尹寻道，"我怕你洗完澡病情又复发。"刚才他给陆清酒测了体温，已恢复到了正常的水平，虽然如此，但天气太冷了，陆清酒的身体状况又不太好，很有可能加重。

"那怎么办？"陆清酒道，"总不能一直这么黏糊糊的吧。"

"你就用热水擦擦身体吧，这屋子这么暖和，脱了也没关系。"尹寻道。

"行吧。"陆清酒也没有强求，他可是不敢再生病了，生病自己受罪也就算了，还有个嘴馋的狐狸精在旁边虎视眈眈，这次只是留下个牙印，下次要是他没能醒过来，谁知道还能不能再次睁开眼呢……

陆清酒便在屋子里简单地擦拭了一下上身，主要是清理身上留下的汗渍，他擦着擦着突然想起了什么："对了，小狐狸崽子呢？"他记得昨天睡觉的时候它还在自己身边，醒来之后却不见了踪影，不会是被白月狐……

面对陆清酒的目光，白月狐蹙眉："看我做什么，它肉那么少，我对它才没兴趣。"

陆清酒小声说："我肉其实也不多的。"

尹寻和陆清酒一起点头："对对，你看陆清酒身上都是骨头。"

白月狐道："没事，你还有发展空间。"

陆清酒："……"谢谢您的看重，但还是算了吧。

白月狐道："它在外面和两头猪一起睡，挺好的。"

陆清酒这才松了口气，其实他也觉得白月狐应该不会吃掉小狐狸崽子，毕竟他们都是同一个种族的——或许吧。不过看来尹寻早就知道白月狐到底是什么了，陆清酒也不好开口去问，毕竟白月狐舍不得吃他是因为喜欢他的手艺，而尹寻显然就没那么好的运气了。

最惨的是被白月狐吃掉一半的尹寻，第二天还能长起来，简直是回收再利用的最好对象。

陆清酒病了两三天才彻底痊愈，痊愈之后他松了口气，知道自己终于不会被白月狐当作生病的动物吃掉了。

这几日的雪越下越大，几乎就没有停过，很快陆清酒就从尹寻口中得知去镇上的路被大雪封住了的事。两地交通一断，水府村几乎就成了与世隔绝的小村，只能等到来年春天雪化后，才能再次和其他地方进行联系。

陆清酒小时候对冬天的记忆非常淡薄，他只是隐约记得水府村的冬天和其他季节比起来格外难熬，食物也变得珍贵且稀少，很难吃到新鲜的蔬菜。

而现在，陆清酒则对这种难熬产生了清醒的认识，在雪下了五六天之后，家里的网和电就都断了。那天陆清酒还在家里看电视，结果家中突然陷入了一片漆黑，尹寻倒是十分淡定，显然早就料到了这里会发生的事："断电了。"

陆清酒说："这就断了？你不是说十二月份才会断吗？"

"今年雪大。"尹寻道，"估计是哪里的电网被雪压断了，又没办法修理，把蜡烛拿出来吧，凑合着过……"

之前尹寻就和陆清酒说过，到了隆冬时节，村子里基本都是断电断网，但现在的情况比尹寻说的还要糟糕一些，因为这才下第一场雪，电和网就都没了。好在陆清酒早有准备，他拿出了几盏用电池的小电灯摆在客厅用来照明，此时虽然是白天，但天却是暗的，但因为一直在下雪，屋外倒是比屋子里要亮堂一点。

陆清酒把炭盆烧得红红的，坐在火炕边上烤火，和尹寻讨论中午吃什么。白月狐还坐在他的摇摇椅上面眯着眼睛休息。冬天本来就是个让人不想动弹的季节，没有太多的农活儿，也不需要出门，天天待在家里想着吃什么就足够了。

"吃腊肉吧。"尹寻开始思考自己的菜单，"做好了我还没尝过呢。"

陆清酒点点头："那行吧，就弄个辣椒炒腊肉，月狐呢？"

白月狐说："随便。"他什么都吃。

陆清酒道："你们先玩着，我去做饭。"

尹寻道："我和你一起吧，你不是怕冷嘛，我不怕，正好可以帮你。"

陆清酒也没有推辞，两人一起去了厨房。自从下雪之后，陆清酒基本就只做饭，家里其他的活儿都由尹寻和白月狐包了，白月狐负责喂鸡还有给家里的三只动物喂食，尹寻则负责给陆清酒打下手，做饭的时候需要沾冷水的步骤都是尹寻来做，陆清酒基本碰不到冷水。

以前陆清酒觉得自己沾沾冰水也没什么关系，但在经历了生病这件事之后，他终于清楚地意识到，他要是再生病，白月狐可不会嘴软。于是怕冷的他只能尽量避免接触冰冷的东西，防止自己生病，否则病没要他的命，倒有可能被白月狐连皮带骨头吃得什么都不剩了。

他们开始做饭。腊肉被切成薄片，放进锅里和辣椒一起爆炒，热度让腊肉卷了起来，肥肉呈现出透明的状态，这样的肉吃起来一点也不腻，反而又弹又糯，很有嚼劲。辣椒是他们之前买回来的，一直冻着，要吃的时候拿出来解冻，虽然没有刚买的时候吃着新鲜，但在缺乏物资的冬天里，也足够了。

陆清酒还让尹寻去地窖里拿了储存的白菜过来，做了一大锅猪肉白菜炖粉条，菜还没出锅，肉的香气就灌满了整个房间，尹寻站在旁边眼珠子都要落到锅里去了，那副迫不及待的模样看上去着实有些好笑。陆清酒把饭做好，端到了烧着炕的房间里。为了省点炭，他们一家子都待在了有炕的屋子里，坐在炕上吃东西聊天。

腊肉炒得很香，猪肉炖粉条也是很适合冬天的菜，每到冬天人的胃口就总是要好一些，连陆清酒都多吃了不少饭。

尹寻吸溜着粉条，大口大口地扒着白米饭，幸福得眼睛都眯了起来。白月狐坐在他旁边，嘎吱嘎吱地把猪肉嚼碎，虽然这声音陆清酒之前已经听习惯了，但现在再听倒有了点新的领悟……他觉得自己的骨头还没猪骨头硬呢……

吃完饭，到了美丽的午休时间，尹寻可不敢和白月狐挤一张床，便乖乖去了旁边的房间。白月狐则抖出了他那九条漂亮的尾巴，动作自然地将躺在床上的陆清酒裹了起来。

尾巴又暖又软，陆清酒被裹在里面舒服得不得了，他抱住了一条，用脸颊蹭了蹭，很快便在这宜人的温度中睡了过去，一睡就是大半天，醒来时已经快到下午五点钟了。

简单的洗漱后陆清酒清醒了过来，便又到了吃晚饭的时候。

这种吃了睡睡了吃的生活其实也不赖，毕竟每年冬天就一两个月，到了来年开春的时候又是一通忙。当然，美中不足的就是因为停电家里也没有了娱乐生活，电视不能看，电脑不能玩，连手机都快要关机了，基本回到了没有电、没有网的原始生活状态。

于是吃完晚饭，闲得十分无聊的尹寻说想要找点乐子。

陆清酒吃着炒得香香的葵花籽，道："什么乐子？"

尹寻道："我们来比赛讲鬼故事吧，看谁的鬼故事最恐怖！"

陆清酒闻言吃瓜子的动作一顿："你个山神还讲鬼故事？"

尹寻道："来不来吗？来不来吗？"

陆清酒想了想，觉得也成，于是问坐在旁边的白月狐："月狐，你要不要一起来啊？"

本来陆清酒以为白月狐不会对这种活动感兴趣，谁知道他居然点了点头，然后从椅子上起来坐到了两人身边。

"那你先吧。"尹寻对陆清酒道。

陆清酒说："行吧，那我先。"他说了件他在公司遇到的事。

陆清酒在公司上班的时候，经常加班到晚上十一二点，然后每次去厕所，都发现有一间厕所的门被锁上了，前几次他还没放在心上，直到某一天他在被锁住厕所门的隔间旁边上厕所，手机不小心掉在了地上，当陆清酒低头捡手机的时候，却发现旁边被锁住的隔间里，居然有一双对着他的方向站着的脚，如果是普通的脚也就罢了，可问题是那双脚上穿着红色的高跟鞋，脚的皮肤苍白无比，甚至还能看到青色的血管。

陆清酒进的可是男厕所，男厕所里，怎么会有一双女人的脚？当时陆清酒就感觉出了不对劲，他正打算起身离开，却听到了"嗒嗒嗒"的声音，接着他眼睁睁地从地面的缝隙看见那双高跟鞋从右边的厕所里移动到了自己所在隔间的门外。

"咚咚咚。"有人敲响了他的厕所门。

陆清酒当时整个人都僵住了，虽然他偶尔会遇到一些比较奇怪的事，比如会说话的老树，可这却是他第一次遇到这种脏东西。他没敢出声，装作什么也没听见似的坐在马桶上屏住了呼吸。

敲门声又响了两下，陆清酒依旧不敢动弹，接着便听到高跟鞋"嗒嗒嗒"走远的声音。陆清酒听到脚步声，便以为那东西离开了，他正欲推开门，却又想到了什么，停下了开门的动作朝缝隙里看了一眼，这一眼差点没把他心脏吓停，他看见了一双倒立的眼睛，那东西用手撑住了自己的脑袋，就这么倒过来盯着陆清酒，她的身体拉得长长的，虽然头还在陆清酒的面前，但穿着红色高跟鞋的脚，已经走到了厕所门口……怪不得他听到了高跟鞋走远的声音……

"然后呢？然后呢？"尹寻听得紧张起来。

陆清酒道："然后我就在厕所和她大眼瞪小眼，瞪了一晚上，直到天快亮的时候她才消失。"

尹寻听完之后瞪圆了眼睛："她没对你做点什么？"

陆清酒道："这倒是没有。"

尹寻长叹："那现在轮到我了。"

尹寻说起他刚开始当上山神的时候，遇到一个男人带了一具尸体到山上来抛尸，那女尸死状非常凄惨，男人也十分慌乱，随便刨了个土坑就把女尸给埋了。这些都被尹寻看在眼里，不过当时的他年纪太小，把这事告诉爷爷奶奶后，怕事的老人紧张极了，阻止了他想要报警的举动，让他千万别把这事给说出去。

尹寻便听从了自己爷爷奶奶的话，不过他还是利用自己山神的能力暗中观察了下去。

男人埋下尸体，消失了一段时间后，却又出现在了山上，他拿着铲子，四处寻找埋尸的地方，男人东挖挖，西挖挖，终于让他找到了埋尸地点。他把尸体再次挖出来的时候，尸体已经腐烂了，看起来非常恶心、狰狞。但男人却不顾这些，从怀里掏出个东西，贴在了女尸的额头上，然后又把女尸重新下葬。

尹寻当时十分好奇，但是因为被困在山上，他也不能跟着男人，不知道男人那边到底出了什么事，才让他做出这般举动。

不过自从这次之后，男人来山上的次数越来越频繁，甚至半夜的时候都会爬到山上来挖那具尸体。

起初尹寻很奇怪男人到底为什么要这么干，但渐渐地，他在男人身上发现了一些异样。

男人的脖子变得越来越长，开始还勉强像是伸直了的样子，但后来已经完全不能用伸直来解释了。他的颈项开始变细、变长，变得柔软，像是一条冰冷的蛇。因为这种变化，男人不敢再回到自己的住所，他只能被迫住在山上，而这一次，尹寻终于知道男人身上发生了什么。

那是个夜晚，可以看到山上一切的尹寻，看见男人躺在一个简易帐篷里，他睡着了，脖颈缠成了一个怪异的圆圈。夜色降临之后，帐篷里刮起了一阵剧烈的风，尹寻看见一个女人出现在男人的身上，她的身体腐烂，分明就是男人埋在山顶上的那具女尸。女人趴在男人的胸前，伸出手，抓住男人的头，然后开始用力拽，男人的脖颈就这样被拽得越来越长、越来越长……

尹寻说到这里，听到白月狐从旁边传来的声音："就像这样吗？"

尹寻扭头，看见白月狐的脖颈竟是变得奇长无比，分明就是他记忆中那个男人恐怖的模样。

"啊啊啊啊啊！！"尹寻被吓得惨叫起来，跟跄着想要跑出去，差点没在床上翻个跟头。

陆清酒忍不住笑了起来，道："月狐，你别吓他了。"

白月狐的脖颈这才恢复了原样，他眨眨眼，模样非常无辜："我就开个玩笑，他可是山神，怎么胆子那么小？"

尹寻怒道："谁规定山神就不能胆子小了！我就是我，不一样的烟火！"

陆清酒："……"是啊，你可是脑子里全是水的山神呢。

尹寻道："陆清酒，你管管你家狐狸精啊，有这么吓人的吗？那男人可是我的童年阴影！"

陆清酒道："好了好了，最后呢？"

尹寻道："最后？最后那男人的脑袋被拽下来了呗，还是我报的警呢。"虽然这事儿报警也是个悬案，不过最后女尸被警察们成功找到，并且让家属来认领了，他也算是做了一桩善事，就是这善事的过程实在是有点吓人。

尹寻和陆清酒讲完自己的故事，都把目光投到了白月狐的身上，看起来白月狐是他们之中经历最丰富的一个，讲出来的恐怖故事肯定也特别吓人吧。不过陆清酒和尹寻的故事倒是有点相似之处，一个是拉长了自己的身体，一个是拉长了男朋友的脖子，看来女鬼都喜欢又长又细的东西……

白月狐道："恐怖故事？我没有恐怖故事。"

"怎么会没有？"陆清酒道，"你就没有遇到过特别吓人的东西？"

白月狐思忖片刻："特别吓人的……吃不饱饭算吗？"

陆清酒道："……"

白月狐道："不算那就没有了。"

陆清酒说："你讲讲看？"

白月狐想了想："不如我带你们去看吧？"

"看？"尹寻傻眼了，"这还能现场观摩的啊？"

白月狐道："自然可以，反正也没事做。"

陆清酒和尹寻对视一眼，最终同意了白月狐的提议，答应和他一起去看看他心中最恐怖的东西。在得到陆清酒和尹寻的肯定回答后，白月狐的周围腾起了一阵黑雾，将陆清酒和尹寻包裹了起来。

等到黑雾散去的时候，他们已经到了一个完全陌生的地方。

第四章

九头凤

这地方也是夜晚，但应该不是水府村，因为既没有下雪，也没有积雪的痕迹，天空中挂着一轮皎洁的明月，空气中弥漫着一股难以用言语描述的气味，像是腥味和肉类腐烂后产生的气味的结合体。

陆清酒站在一个巨大的坑洞面前，这个坑很深，也非常广阔，朝下面望去，能看到巨坑的地面上是一层黑色的淤泥，这淤泥大概就是他们闻到的气味的来源。在淤泥上面，陆清酒还看到了很多骨骸，这些骨骸模样很奇怪，说是鱼，但又比鱼更长一些，它们就这么散乱地覆盖在淤泥上面。

"这……这是哪儿啊？"尹寻有点怕了，他道，"坑里面有什么东西？"

白月狐道："继续看吧。"

白月狐话音刚落，那大坑中的淤泥便发出"咕嘟咕嘟"的声音，仿佛沸腾了的水一般。陆清酒看向坑中，竟看见淤泥之中冒出了一颗巨大的头颅，那头颅乍看有些像龙，但附着在上面的泥土模糊了它的模样，头颅上血盆大口中的长长獠牙，却在告诉其他人，它并不是什么好惹的东西。

一只被淤泥裹住身体的怪物从坑底爬了出来，陆清酒注意到，这怪物没有眼睛，或者应该说，它的眼睛已经被弄瞎了，只剩下两个黑色的窟窿。

怪物似乎感觉到了白月狐和陆清酒他们的存在，朝着这个方向重重地甩了甩尾巴。沉重的尾巴落下，震得周围的山石簌簌落下，但深坑之中的石头却稳如泰山，一动不动。

如果陆清酒没有猜错，这个深坑就是为这个怪物准备的牢笼。

当怪物的身体彻底从泥里面露出时，陆清酒才勉强猜出了它的身份，它的身形修长，盘在深坑之中，和古代传说中描述的龙一模一样。但说它是龙，它又太过狼狈，完全没有神龙那傲世的风姿，陆清酒甚至在它的身体上看到了许多血红色的伤口，那些伤口上渗出的血液和淤泥混合在一起，让人看得都有些胆寒。

"这……这是龙吗？"陆清酒问道。

白月狐道："龙？"他看了怪物一眼，"不算吧？他已经不配做龙了。"

陆清酒说："他是做错了事才被关在这里的？"

白月狐点点头。

陆清酒难以想象，龙要做出怎样的错事，才会被关进这样的地方。对于他这样一个普通人类来说，龙是神圣的代表，是中华民族的图腾，也是一种信仰，本该是骄傲且美丽的生物。虽然眼前怪物的模样狼狈不堪，但陆清酒还是能从一些细枝末节中，感受到它曾经拥有过的属于顶级猎食者的力量和美丽。

"他做错了什么？"尹寻在旁边弱弱地发问，"而且龙……不应该早就灭绝了吗？"

白月狐道："他做了不可挽回的事。"他淡淡道，"灭绝？谁告诉你龙灭绝了？"

尹寻道："传承的记忆。"

白月狐说："那你可以更新一下你的记忆了。"

尹寻面露无奈。

这就是白月狐觉得最恐怖的东西，和陆清酒、尹寻不同，他的恐惧，是因为同族狼狈的模样。

泥坑里的怪物张开了嘴，想要咆哮，但发出的却是嘶哑的吼叫，陆清酒听着这声音才意识到，泥坑里的龙，声带似乎也被切除了。

到底是犯了什么错，才会让它遭受这样的酷刑？看着这恐怖的一幕，陆清酒觉得身上有点冷。

"他死不了，又不能活。"白月狐说，"没有食物，饿极了，只能吃自己的身体。"他转头看着陆清酒和尹寻，道，"于我而言，这便是最恐怖的事。"

仿佛是在应和他的话，深坑之中已经化为怪物的巨龙再次发出沙哑的哀嚎，这声音仿若是在泣血，听得人毛骨悚然。

"我们走吧。"尹寻看着这一幕觉得实在是不舒服，在他传承的记忆中，龙不该是眼前这副狼狈的模样，他看着那怪物，心中升起的是怜悯和叹息，"我不想再看了。"

白月狐道："那我们回去吧。"

于是他们三人身边再次腾起了一阵黑雾，黑雾散去后他们便回到了温暖的屋子里。沉默的气氛在三人间蔓延，白月狐看向陆清酒，黑眸之中神色不明，就在陆清酒以为他要说出什么深刻的话语的时候，却听见白月狐来了一句："那今天的恐怖故事是我赢了吧？"

陆清酒："……"

尹寻："……"

白月狐道："你们这么看着我做什么？"

尹寻颤声道："当……当然是你赢了。"他们的故事和白月狐带给大家身临其境的恐怖相比简直不是一个级别的。

白月狐说："哦，那有什么奖励没有？"他说着奖励，目光却是落到了陆清酒身上，眼神里充满了期待。

陆清酒："……"要是以前，他估计会觉得白月狐这表情挺可爱的，但是被啃过一口的他此时终于清醒地意识到，白月狐这眼神简直就像是在看一只美味的猪肘子，而此时的他正在礼貌地对猪肘子询问自己能不能再啃一口。

美味猪肘子陆清酒无情地拒绝了白月狐的想法："没有。"

白月狐叹息一声，失望极了。

尹寻还沉浸在刚才的画面中不能自拔，没有察觉出陆清酒和白月狐之间的暗流涌动，他道："天也晚了，我就先回去了，你们早点睡吧。"

陆清酒道："你没事吧？"

尹寻道："没事啊。"他挠挠头，"只是觉得那条龙有点可怜。"

陆清酒道："是啊，不过这是他们龙族的事……"他们只是外人，不好置喙什么。

白月狐倒是对于同类的悲惨遭遇无动于衷，连句安慰的话都懒得说。

尹寻失魂落魄地离开了，看着他的模样陆清酒倒是有些担心起来，他不知道尹寻为什么会那么在意那条龙，不过看了那画面的自己，内心的确也是有所触动的。

"那……那条龙到底犯了什么错啊？"尹寻走后，陆清酒又问了白月狐这个问题。

白月狐看着陆清酒，眨了眨眼睛："你真的想知道？"

陆清酒："嗯。"

白月狐道："以后再告诉你。"

陆清酒："……"他为什么觉得白月狐的表情看起来有点……怪怪的？

恐怖故事会第一名白月狐先生第二天得到了他的奖励，一个陆清酒亲手做的奶油蛋糕。

因为奶油蛋糕的制作过程比较烦琐，陆清酒平日都没有去弄。这大冬天的反正也是闲着，陆清酒就干脆把炭盆移到厨房里，然后做了一个雪白的奶油大蛋糕给大家当甜点。蛋糕上面放了之前做的樱桃罐头和橘子罐头，陆清酒还用熔化的巧克力酱在上面写了个"第一名"，对白月狐的恐怖故事以示鼓励。

他这是第一次做，因为断电没办法使用烤箱，陆清酒只能用炭火烤了蛋糕出来，这样的蛋糕当然和烤箱烤的比起来卖相和口感都差了不少，不过雪白的奶油一涂上去，从外表上看好像也没有太大的差别。白月狐看着蛋糕最上层是水果和一些巧克力的碎末，拿着刀半天没有下手，左试试右试试最后把刀递给了陆清酒，道："你切吧。"

陆清酒笑道："之前吃过没有？"

白月狐道："没有。"他说完似乎是觉得有点没面子，于是停顿片刻补充道，"但是见过。"

陆清酒说："在哪儿见过？"

白月狐道："玻璃做的橱窗里，需要钱，我没钱。"

陆清酒哭笑不得，也就白月狐能把没钱说得那么坦然，他觉得好笑的同时又有点心酸，看来白月狐对人类的食物也很感兴趣，只是奈何口袋空空，什么也吃不到，只能干巴巴地站在旁边看着……

陆清酒提起菜刀，先给自己切了一小份，然后直接把剩下的一分为二，白月狐和尹寻一人一半。

尹寻孩子心性，抓着勺子舀了蛋糕就开始往自己的嘴里塞，塞得嘴边到处都是白色的奶油。白月狐吃东西的模样倒是一贯的优雅，完全看不出他的胃口其实特别大。

两人把剩下的蛋糕吃完，都露出满足的表情。

在这寒冷的冬天里，只有美味的甜点能抚慰他们孤单的心灵了。陆清酒闲着没事儿做，又开始尝试其他甜点，但是比较麻烦的是他们这里已经断了电，很多需要烤箱的甜品都没办法做了。

昨天晚上下了一夜的大雪，早上的时候雪才停，出去时积雪已经到了膝盖。为了防止鸡棚被压塌，所以每天早晨白月狐都会出去把院子里的雪清理一下。陆清酒看着今天天放晴了，拿了包果冻糖去看小货车，顺便还帮小货车清理了一下身上的积雪。

小货车高兴得直按喇叭。

村子里已经完全变成了银白色的世界，看久了会觉得眼睛有些刺痛。陆清酒见出了太阳，便从家里摸出了一副墨镜，把自己裹成一个球儿之后穿着雪地靴在村子里溜达了一圈。

只是比较奇怪的是，一下雪水府村里的人好像都不见了，全都躲在家里面，连最基本的活动痕迹都没有。陆清酒从家里走到村头，都没有看见一个人，尹寻跟在陆清酒后面，道："酒儿啊，咱们晚上吃什么啊？"这是他每天最关心的一个问题。

陆清酒道："都行啊，你往年冬天都是怎么过的？"

尹寻抽抽鼻子："和平日差不多吧，其实冬天能吃的东西也挺多的，特别是这山上。"

陆清酒："比如？"

尹寻道："冬眠的动物呗，比如蛇啊什么的，蛇肉也挺好吃，就是我不太会弄。"

陆清酒道："蛇还是算了吧，毕竟是野生动物，寄生虫挺多的，要吃还是得吃养殖的……"他想起了什么，"等开春了，我去镇上买点莲藕，给你们做藕吃。"

水府村这边因为没有水，也没有吃藕的习惯，陆清酒还是长大之后到了城里才第一次尝到藕的滋味。他挺喜欢这种菜的，脆口的可以用来凉拌，绵软的可以和排骨一起炖，非常美味。

"行啊。"尹寻道。

两人一边往前走，一边讨论什么东西是尹寻没有吃过的，不知不觉便出了村子，到了山脚。

山上也是一片耀眼的白，除了几棵零星的长青木之外，大部分树木的叶子都落光了，光秃秃的树干上面覆盖着厚厚的白雪。比较有意思的是某些低矮的灌木叶片之上裹着一层晶莹透亮的冰晶，看起来如同水晶一般，晶莹美丽。

这些景色是陆清酒童年的记忆，此时再次看到，颇有些感慨。那时候他和尹寻大冬天还喜欢往山上跑。虽然天气寒冷，但还是有一些作物会在冬日生长，陆清酒记得他们以前在下雪之后还看到过柚子树上结了一个个黄澄澄的柚子，虽然这种柚子的味道又酸又涩，可小孩儿嘛，就讲究个新鲜。

在家里蹲了好几天，这么出来走一趟，呼吸一下新鲜空气，倒是觉得神清气爽。

"你有没有闻到什么味道啊？"尹寻站在陆清酒旁边，忽地发问。

陆清酒茫然回头："什么味道？"

"好奇怪……"尹寻说，"这味道从没闻到过。"作为水府村的山神，尹寻对山上的一草一木可谓了如指掌，但他却从来没有闻到过这种气味。这气味有点香，但又带着一股淡淡的腥，混合在一起后，让他觉得有些不安。

"我没有闻到啊。"陆清酒并没有嗅到尹寻所说的味道，因为天气太冷，他戴着厚厚的口罩，他伸手将口罩拉了下来，抽抽鼻子，却依旧没有捕捉到任何气息。

"我们回去吧。"尹寻焦躁起来，"快点回去。"

陆清酒虽然不明白尹寻为什么突然这么说，但还是同意了尹寻的提议，他到底是个人类，虽然偶尔能看到一些常人看不到的东西，可在某些事情上却并不如尹寻灵敏。

尹寻道："快点！"他虽然什么也没有看到，但本能却疯狂地拉响了警报——有什么东西要来了，有什么可怕的东西要来……

跟随着惊恐的尹寻，陆清酒在雪地里奔跑了起来。可厚厚的积雪给他们的动作增加了难度，大概跑到离家还有一半距离的时候，陆清酒被雪地里的石头绊倒，直接跌坐在了地上。

"清酒！"尹寻惊恐地叫了起来，他道，"快起来——"

陆清酒剧烈地喘息着，此时人类和非人类体力的差距完全显现了出来，他穿得实在太厚了，脚下又是深陷的积雪，用尽力气奔跑后，大量冰冷的空气涌入肺部，让他的呼吸变得困难起来。

"呼呼呼……"大口大口地喘息着，跌坐在地上的陆清酒感到一片阴影缓缓地笼罩在了自己的头顶，他起初以为是天黑了，但很快便从尹寻惊恐得近乎绝望的眼神里察觉出了端倪。

陆清酒抬起头，看到了一只巨大的鸟，他甚至都不能用言语形容出这只鸟到底有多大，因为它的一个脑袋便几乎占住了陆清酒头顶上所有的天空，或者说……这根本不是鸟，因为没有鸟会长着人的脑袋。

这一刻，陆清酒终于嗅到了尹寻刚才描述的那种气味。浓郁的腥味里，带着一丝怪异的甘甜，显然气息的来源，便是他头顶上那可怖的巨兽。

尹寻道："清酒——"他转过身，想要扑到陆清酒的身边，可是已经太晚了，陆清酒身边一阵罡风刮过，他感觉自己的身体一紧，像是被什么东西握住了腰，随即整个人腾空，被带离了地面。

"陆清酒！！"坐在地上的尹寻想要抓住远去的陆清酒，可他不过是个小小的山神而已，没有翅膀，也不会飞，于是只能眼睁睁地看着自己的好友就这么被那巨大的怪鸟带走了。

大鸟发出怪异的笑声，轻轻地扇动翅膀，地面上便刮起了巨大的风，尹寻只能死死地贴着地面，才不至于被风刮走，等到大风结束时，天空已经没有了大鸟和陆清酒的踪影。

尹寻狼狈地从积雪里挣扎了出来，他脚上的鞋丢了一只，但也顾不了那么多，急忙跑回了家中。

"月狐，月狐，大事不好啦！陆清酒被奇怪的东西抓走了——"尹寻到了家，看见白月狐站在院子里，急忙将刚才的事说了一遍。

白月狐闻言顿住了手上的动作，蹙眉道："你们去了山上？"

尹寻道："没有，我们只是在山脚下转了一圈。"他的心脏狂跳，脑子里全是一些可怖的念头，刚才那巨鸟看起来可不像什么良善的东西，陆清酒就这样被抓了去，会不会……

谁知白月狐听完之后却没有多紧张，点点头道了声："知道了。"

"清酒不会有事吧？"尹寻道，"那鸟，会吃掉他吗？"

"不会。"白月狐回答，"她要吃早就吃了，何必把陆清酒带走，我这就过去看看。"

尹寻道："好……"

白月狐身上腾起黑雾，随即消失在了尹寻的眼前，空荡荡的院子里又只剩下了尹寻一个人。他有些失落地坐在了雪地里，缓缓抬头，看向天空，再次深深地感到了一种无力。

再说陆清酒被抓走后，直接被带到了万里之上的天空，他看着越来越远的地面，不由得感慨：还好自己不恐高，不然可能早就被吓晕过去了。

裹住他身体的，是一片洁白的羽毛，这羽毛将他整个人禁锢住，一动也不能动。既然不能动，陆清酒便观察起了周围的情况。

他发现自己似乎不在水府村了，地面上的景色虽然模糊，但也能看出是一片汪洋大海，海洋之中似乎还有一些零星的岛屿——和没有水的水府村完全是两个地方。

云层之上本该有很大的风，只是羽毛帮陆清酒抵挡了一部分，他才感觉不到风有多大。他此时被裹得紧紧的，坐在一只巨大的鸟爪上面。

这鸟爪非常大，大到陆清酒怀疑自己在上面跑个几分钟都跑不到边缘。

这鸟想要做什么？要把他带到哪里去？难道是想吃了他？陆清酒满脑子问号，但他又感觉这鸟虽然强行将他带走，似乎也没有什么恶意，不然自己于他而言，不过是一只随手就能碾死的蚂蚁。

大鸟挥舞着翅膀，将陆清酒带向了海洋的中心，随着它的深入，陆清酒注意到地面上出现了一个巨大的岛屿，岛屿上面空空如也，只有黄色的沙滩和嶙峋的乱石。

大鸟飞行的高度开始下降，陆清酒感受到风从自己的脸颊上刮过，吹得他只能闭上眼睛。

等到风势减弱的时候，陆清酒才艰难地睁开了眼，他看见自己被放在了一片柔软的沙滩上，面前的几张大脸把他吓了一跳。

"你醒啦？"

"你醒了？"

"你醒了啊？"

……

此起彼伏的九声问候，问得陆清酒整个人都蒙掉了，只见他的面前，出现了九张各不相同的脸。这些脸有男人有女人，有老有少，甚至还有个七八岁的幼童。陆清酒条件反射般地想要后退，却感觉自己的身体依旧被那羽毛裹得紧紧的，丝毫不能动弹。

"你们都给我闭嘴！"长在最中间的那张漂亮的女人脸发出了一声愤怒的吼叫，其他的人脸闻言息声，都乖乖地闭了嘴，把目光投向了那张女人脸，等待着她发号施令。

"你叫陆清酒对吧？"女人长相妖媚，涂着显眼的红唇，媚眼如丝，倒还真有几分惑人——如果不是长在这只大鸟头部的话。

"对。"陆清酒干巴巴地回答，"请问你有什么事吗？"

"是这样的。"女人解释，"我找你有些事情……"

陆清酒道："什……什么事啊？"

女人柔声道："你的大名我早就听说了，只是想请你帮个忙。"

陆清酒心想：我哪里来的大名？不过他没敢抬扛，害怕女人被惹毛直接把自己吃了，他态度很好地继续交流："你说你说。"

女人道："我抓了个东西，想换个吃法，你能帮我做一下吗？"

陆清酒："……"他缓了一会儿，才反应过来女人的话是什么意思，面对如高山一般的大鸟，他控制住了自己颤抖的声音，"我能先看看，是什么东西吗？"

"给他看，快点给他看！"

"太好了，太好了，我都吃腻了！"

"呜呜呜呜好感动，他真是个好人。"

刚刚才安静的其他八个脑袋，又开始发出嘈杂的声音，那女人没有理他们，扇动翅膀，对着陆清酒道："你等我一会儿。"说完便飞向了天空中，看样子是去取东西了。

陆清酒身上的羽毛被解开，他终于恢复了行动力，这女人鸟身九头，在《山海经》里，也的确有记载过这样的生物，那便是生活在北极天柜山中名为九凤的神明。据说，她是楚人的信仰，是楚人心中最崇敬的神灵。

陆清酒从地上爬起来，看了看四周，发现自己的确是在一个荒凉的海岛上。这里的温度比水府村要高很多，穿着羽绒服的他很快就觉得有些热，便脱掉了外面最厚的外套。

只是让陆清酒有些无奈的是，即便是脱掉了外套，里面穿着的毛衣还是让他热汗直流，他在沙滩上坐了一会儿，感觉自己要是再这么坐下去，真的有中暑的风险。最后陆清酒在面子和生命之间选择了生命，脱掉了最后一件上衣，就这么裸着上半身。

万幸的是他回到农村之后一直在保持运动，肚子上的腹肌虽然不是特别明显，但好歹也没有赘肉之类的东西。虽然脱掉了衣服，可陆清酒小麦色的皮肤上还是很快浮起了一层薄薄的细汗，为了节省体力，他整个人都躺在了沙滩上。

九凤去了好久，在陆清酒觉得自己快要被晒成人干的时候，她才姗姗归来，她脚上抓着的东西，让陆清酒怀疑自己可能眼花了。

那九凤巨大的鸟爪上死死地抓着一条长蛇，蛇的直径甚至比陆清酒的身高还要长，蛇头大得陆清酒都只能仰望。

"嘭"的一声重物落地的声音，九凤高兴地把大蛇扔到了陆清酒的面前，她"咯咯咯"地笑了起来，言语之间充满了快活，"喏，我带来了，你看看怎么弄才好吃。"

看着这条蛇，陆清酒僵硬地扯了扯自己的嘴角："你想怎么吃？"

"反正不要生吃就行了。"九凤弯下头，凑近陆清酒，那股子奇怪的异香又开始在陆清酒的周围弥漫，她露出一个讨好的笑容，"你看着办吧……"

这要是一般的蛇，陆清酒大概就真的凑合着弄了，只是这蛇这么大，陆清酒撸起自己的袖子，发现自己连蛇的身体都抱不住，于是只能无奈道："我是想做，可这蛇也太大了……"

九凤闻言皱起了眉头："那怎么办？我岂不是白把你抢过来了？"

陆清酒："……"这种事好歹该先问一下他的意见吧？

九凤道："不行不行，你一定得给我做，不过……你好像的确是小了点。"她伸出一个爪子，在陆清酒面前比了比，最后确定小小的陆清酒还没有她指甲盖大时，十分遗憾地长叹一声，"怎么那么小。"

陆清酒面露无奈。

"而且你为什么把衣服脱了，哎呀你这人怎么这么没有礼貌！"她总算是注意到了陆清酒身上的变化，娇羞道，"我还是没嫁出去的姑娘呢！你这样！你这样！"说着十分娇俏地跺了跺脚，地面随之一震，陆清酒没站稳一屁股坐在了地上。

陆清酒心情复杂得要命，竟然真的生出了一种自己是个浪荡登徒子的错觉："抱歉，我太热了，只能把衣服脱了。"

"那也不行啊！"

"对啊对啊，这样看了我们怎么嫁人啊。"

"就是，就是，不然……"

"不行不行，我知道你在想什么，他这么小，怎么娶咱们。"

"可是他做饭好吃啊，不然他怎么活到现在的……"

本来还算安静的八个脑袋再次因为这个话题争吵了起来，你一句我一句的，陆清酒人都听傻了，最后还是女人的脸又发出一声让他们闭嘴的怒吼，这才再次安静下来。

"那你好歹找个东西遮一下吧。"女人道。

"这里什么都没有啊。"陆清酒觉得自己都要崩溃了，"不然你带我回去我先找身衣服？"

九凤闻言思量片刻："我觉得不行，你回去了，我就不能把你带出来了，这样吧，我委屈一下，你先告诉我怎么弄这条蛇能好吃，等我吃饱了，我就送你回去。"

陆清酒长叹："行吧。"

这么大条蛇，想炖汤是不可能了，而且这里条件艰苦，思来想去，陆清酒觉得还是烤着吃比较靠谱。于是他把自己的想法说了一下，大概就是先把蛇扒皮，然后用火烤熟，在蛇的身体上撒上盐巴和一些香料，应该味道就会有很大的变化。

九凤闻言，茫然道："盐和香料是什么？"

陆清酒："……"他有种不好的预感。

果不其然，经过两人的交流，陆清酒确定了九凤根本没有吃过盐，更不知道香料是什么东西，她吃的都是最天然的食物，全是抓住就啃，哪里还有调料一说？

陆清酒听完九凤的话，感觉她简直比白月狐过得还惨……

白月狐只要喂一张嘴就行，她还得喂八张嘴，而且看起来这八张嘴都不太好伺候。

"那怎么办啊？"九凤道，"你告诉我怎么弄盐巴？"

陆清酒说："唔……抱歉啊，我也不知道盐巴该怎么弄。"他吃的都是加工好的海盐。

九凤一听自己吃不上了，气得直跺脚，哭嚷道："你这人怎么这个样子，骗我看了你的身体还不肯给我做吃的，我不就是把你骗过来了一会儿吗？哼！你可真是小气！"

陆清酒："……"他竟是无言以对。

九凤还打算说什么，天空中忽地飘来了一团黑色的云彩，她看见这云彩顿时脸色大变，道："怎么这么快就追来了？鼻子这么灵，属狗的吗！"

陆清酒看着熟悉的黑色雾气，知道肯定是白月狐跟过来了，他终于松了口气。可这口气还没松下去，便听到白月狐怒不可遏的声音："九凤，你太无耻了，你居然脱了他的衣服！"

九凤："我不是，我没有！他自己脱的！"

白月狐："陆清酒？！"

陆清酒差点没哭出来，重点是这个吗？而且你们非人类都文明过头了吧，他就脱了上半身，裤子还好好地穿在身上呢！为什么两只都是一副他在大街上一丝不挂裸奔的样子？

"我是太热了！"面对白月狐严厉的指责，陆清酒居然奇迹般地心虚了起来，按理说这事情在人类社会本来应该是挺正常的一件事，可现在被白月狐这么一问，他好像真的做了什么罪不可恕的事情一样，不得不解释一番以获取自家狐狸精的理解，"真的，我穿着羽绒服过来的，这天气这么热，我再穿着会生病的。"

白月狐扭头怒视九凤："你偷偷把他带过来做什么？想趁机吃了他？"

九凤瞪圆了那双妩媚的眼睛，道："我哪有，他那么小，还不够我塞牙缝呢，我就是想尝尝你平日里吃的东西……"

白月狐冷静道："我平日里吃得挺普通的。"

"你放屁！"九凤被白月狐气得又是一跺脚，脏话脱口而出，"少昊都和我说了，那天看见你在包子铺里吃了几百个包子，还是陆清酒请的客！几百个包子啊……那得多少钱？你出得起吗？"

白月狐的神情虽然依旧严肃，但奇迹般地，陆清酒居然在他眼神里看到了一丝心虚的味道，他反驳道："那是我用劳动换来的。"

九凤说："什么劳动能换几百个包子？我也来！"

对于九凤的自荐，白月狐表现出了极度的嫌弃："家里不缺人了，而且，你还有九张嘴。"

陆清酒在旁边看了有点想笑，他没想到还有白月狐嫌弃别人饭量的一天。

九凤闻言号啕大哭，说自己虽然有九张嘴但是吃得肯定没有白月狐多，白月狐这样平白污人清誉，她势必要让白月狐给个说法。于是九个脑袋同时发声，简直像是一万只鸭子在一起嘎嘎叫，吵得人脑仁儿都疼。

坐在旁边围观九凤和白月狐吵架的陆清酒觉得自己要被太阳晒成人干了，他默默地走到了海边，把裤管撸了起来，想把脚泡进去凉快凉快。谁知他刚弯下腰，就感觉到自己身边一阵风刮过，本来还在半空中飘着的白月狐瞬间移动到了陆清酒的身边，一把抓住了陆清酒的手，咬牙切齿道："陆清酒，你要做什么？脱衣服还不够，你还要把裤子脱了吗？"

陆清酒绝望地回答："……我就挽个裤腿。"

白月狐和九凤异口同声："不行！"

陆清酒道："那咋办？我都要被热死了。"

白月狐手一挥，他们的头顶便出现了一片黑色的云，遮住了刺目的阳光。这海边只要是在阴凉的地方，海风一吹马上就能凉快下来。

陆清酒无奈道："你们吵完了吗？"

"走，跟我回去。"不想再和九凤浪费时间，白月狐抓着陆清酒的手就要把他带走。

"住手，住手！"九凤尖叫了起来，她道，"你就这样把他带走啦，蛇还没有做呢！这蛇可是我好不容易抓到的！你要是就这么把他带回去，我和你没完！"

白月狐道："你还能怎么和我没完？"

九凤道："找机会再把他抓回来呗。"她说着骄傲地扬起了自己的脑袋，"难道你还能把他缠在你裤腰带上不成？"

白月狐低头看了眼自己的裤子，遗憾地发现自己裤子上没有腰带。

陆清酒被白月狐的动作搞得胆战心惊，他有种感觉，要是白月狐真的想把他缠到裤腰带上，那总归是有办法的，于是赶紧劝说："来都来了，咱们就给她做完了再回去吧。"

"这么大的蛇，你这么小，怎么做？"白月狐看了眼陆清酒的小身板，蹙眉。

陆清酒道："可以我来说，你们来做嘛，火候什么的我盯着，应该相差不大。"——反正你们平时吃的也都是生肉。

旁边九凤的哭声此起彼伏，也不知道是白月狐被吵烦了，还是担心九凤再搞这么一回，他最后还是同意了陆清酒的提议，决定帮九凤做好眼前这条肥嘟嘟的大蛇。

"你回家把我买的香料拿过来。"既然决定要做了，陆清酒就打算尽量做得好吃一点，他嘱咐白月狐，"拿地窖放在麻袋里面的，别拿厨房里的。"

白月狐道："好。"

幸运的是陆清酒过冬之前储存了非常多的香料，现在用一部分应该也没什么关系。白月狐去拿香料了，陆清酒就招呼着九凤把大蛇处理了一下。这蛇刚死不久，身上还冒着热气，因为脑袋被九凤砸了，陆清酒也看不出它到底是哪种异兽。不过是哪种都没有关系，反正最后都要被吃进肚子的。陆清酒让九凤把大蛇的皮给剥了，然后将内脏取出来丢在一边，又让她在蛇的身体上划出一些刀口方便入味。

因为家里的那点食用盐是肯定不够用的，陆清酒想了想，让九凤抓着蛇在海水里浸泡了一下，也算是沾了点盐味，等到他们弄得差不多的时候，白月狐也回来了。陆清酒让他们在蛇的身体上撒上香料，最后一个步骤就是用火烤。

本来陆清酒还在想用火烤蛇一般得多久，却见九凤抓着蛇挥舞着翅膀直接飞到了半空中，嘴巴一张，九道艳丽的红色火焰便从她的嘴里喷出。

陆清酒在旁边看着，指挥她翻面，别把蛇给烤焦了。

到底不是寻常之物，虽然处理蛇肉的手法非常粗糙，但经过不一般的火这么一烤，蛇肉浓郁的香气很快散发了出来。这条蛇非常肥美，在火焰的炙烤下油脂发出"吱吱"的声音，光听着就能让人食指大动。

在九凤火力的炙烤之下，烤了几十分钟，整条蛇就熟透了。

九凤道："白月狐，你要不要吃蛇啊？"

白月狐说："你说呢？"

九凤可是非常清楚白月狐那护食的性格，她要是真把这条蛇给独吞了，估计没过几天白月狐就能把她给吃了。非人类的世界又没有法律保护弱者，白月狐吃她还不跟吃个鸡崽子似的？

于是虽然心有不甘，但九凤还是把蛇斩成两半，很不情愿地将一半给了白月狐。

白月狐在得到蛇肉后，和平日里一样十分自然地分了陆清酒一半，却不知道九凤看到这一幕眼珠子都差点惊得掉下来。她是不是见鬼了？白月狐居然分了东西给其他人吃？这个陆清酒到底有什么神通，把白月狐哄得这般好……

九凤怀着疑惑的念头咬了一口面前的蛇，这一口下去，刚才的疑惑瞬间得到了完美的解释。

"呜呜呜呜好好吃啊，这蛇怎么那么好吃啊。"九凤激动地哭了出来，她吃了一千多年这种蛇了，也尝试自己烤过，可从来没有尝到过这样的味道，蛇的肉质本来就很好，在陆清酒的指导下，她将蛇烤得外焦里嫩的，特别是外面那层沾了海水盐分的皮，嚼在嘴里咔嚓作响，香得要命。

陆清酒被九凤这夸张的反应吓了一跳，他想了想，觉得九凤可能只是因为自己是白月狐的朋友所以给了自己这个面子。蛇肉他尝过了，因为做法比较粗糙，所以还有些不足，比如里面有些地方没有入味，不过这蛇本来的味道应该就不错，用来炖鸡汤会更合适一点……

陆清酒看了眼旁边吃得津津有味的白月狐，道："好吃吗？"

白月狐："好吃。"

陆清酒说："不然带一块回去炖鸡吧？"

白月狐眼睛亮了起来道："炖鸡？"

陆清酒说："蛇和鸡一起炖的话味道很好，小时候我姥姥给我做过。"那时候没那么多讲究，村子里有种叫菜花蛇的无毒蛇数量很多，特别是到了夏天，有时候在院子里都能遇到。他姥姥可是一点也不怕这种爬行动物，抓住之后和鸡一起炖个几个小时，再加点木耳、蘑菇之类的配菜，真是香得不得了。不过成年之后陆清酒很少吃蛇了，就算吃也是吃养殖的，毕竟这年头野生动物们都不好过，能活一只是一只吧。至于面前这种存在于神话之中的珍禽异兽……作为普通人的陆清酒，只能赞一句："真香。"

"炖鸡？我还没吃过呢……好吃吗？好吃吗？有多好吃啊？"九凤的脑袋凑了过来，九双眼睛闪闪发光地看着陆清酒。

白月狐冷血无情："问什么问，再好吃也没你的份。"

九凤："呜呜呜呜。"

陆清酒哭笑不得。

　　吃了几口蛇肉，陆清酒就差不多饱了，白月狐却是把半条蛇啃得只剩下白骨才停嘴。大约是害怕自己的吃相吓到陆清酒，所以他吃这蛇的时候干脆用黑雾将自己的身体包裹了起来，陆清酒只能听到黑雾里撕咬肉类的声音。

　　九凤连骨头都没放过，吃完之后眼巴巴地看着陆清酒，要不是她那巨大的身体和其他八个脑袋，陆清酒或许真的会被她盯得心软。

　　白月狐吃完之后，不顾九凤悲伤的哭泣，抓着陆清酒就回了家。

　　陆清酒回家之前没忘记穿好自己的羽绒服，免得到时候被冷成傻子。

　　"你回来啦，清酒？你没事吧？"在院子里等消息的尹寻看见陆清酒完好无损地回来了，大大地松了口气，他急忙迎上去，询问陆清酒有没有事。

　　陆清酒怕尹寻担心，便将刚才和九凤他们之间发生的事简单地说了一遍。听完之后，尹寻的表情一阵扭曲："所以你不但没什么事还吃了一顿大餐？"

　　"是啊。"陆清酒道，"白月狐不是回来了一趟吗？"

　　尹寻悲愤道："他回来的时候一脸被抢了媳妇的表情，我以为出了什么大事都没敢吭声，而且他拿了东西就走了……"

　　陆清酒忍不住笑了起来，他道："好啦，我这不是回来了嘛，别担心了。"

　　尹寻长叹："所以那蛇好吃吗？"

　　"肉还挺香的。"陆清酒说，"不过太大了，有点不好做，等有机会……"

　　他话还没说完，在旁边当雕像一直没说话的白月狐来了句："晚上吃蛇吧。"

　　陆清酒道："啊？"

　　白月狐从自己怀里掏出了一条缩小版的巨蛇："吃这个。"

　　陆清酒："哪里来的？"

　　白月狐老实道："刚才过去的时候顺便去了趟巨蛇的窝，掏了条小蛇。"

　　陆清酒："……"你也太熟练了吧。

　　这蛇已经死了，脑袋还被白月狐干净利落地处理了，这边天气冷，蛇血结成了冰，既然晚上吃蛇汤，陆清酒就让白月狐赶紧把蛇的皮给剥了，再杀一只鸡，然后放进锅里炖着。

　　这种汤也不用放什么调料，蛇和鸡的味道本来就已经很鲜美了，而且这蛇也没什么骨头，肉质还特别好。

　　尹寻失魂落魄地看着白月狐在旁边杀鸡，他喃喃道："我还以为是白月狐经历了一场惊心动魄的大战，用尽最后的力气，将你从那只可怕的九头怪物手中救了出来，可救出你时已经身受重伤……"

陆清酒："最后呢？"

尹寻道："最后你挖了个坑把他埋了，回到水府村隐姓埋名决定为他报仇雪恨。"

陆清酒道："你觉得这个仇报得了吗？"

尹寻回忆了一下那只巨大的怪鸟，老老实实地摇头："我觉得不太成。"

"那不就得了。"陆清酒说，"哎，月狐，那血要放干净啊，不然肉有腥味的。"

白月狐"嗯"了一声，继续宰鸡。

尹寻长叹一声，说："看来我的生活是变不成武侠剧了，顶破天就是一部《中华小当家》……"

陆清酒道："你那么闲去把猪给喂了吧。"

尹寻："……行吧。"

尹寻回归乡村生活，去猪圈喂猪去了。陆清酒穿着羽绒服蹲在雪地里剥蒜，鼻尖被冻得红红的，那边白月狐杀好了鸡，正在蹙着眉头扯鸡毛，陆清酒让他先用热水烫一遍，这样鸡毛比较容易扯下来。本来这些事情以前都是陆清酒在做的，但奈何天气太冷，陆清酒不敢沾冷水怕生病，所以便全都由白月狐代劳。

处理好的鸡和蛇被简单地砍成块状，焯过一遍水就下锅炖煮，屋子里很快便弥漫起了食物的香味，整个屋子都暖洋洋的。

陆清酒做了个蒜蓉蒸虾，虽然虾是之前就冷冻好的，没那么新鲜，但对于一向很喜欢海鲜的白月狐和尹寻来说也算是一道很期待的菜肴了。

看晚饭弄得差不多了，陆清酒便把炕烧热，打算去炕上坐着暖暖身体，谁知道他刚把炭塞进去，便听到厨房里盯着火的尹寻发出一声杀猪般的号叫："这是什么东西啊！"

陆清酒闻言急忙赶了过去："怎么了？"

面色惊恐的尹寻手朝着窗外一指。

陆清酒朝着尹寻指的方向看去，登时也愣住了，只见他们家厨房的玻璃上，出现了一张由水汽构成的脸，这脸形成的原因显然是有人把脸贴在玻璃上，肌肤浮出的热气在玻璃上留下了痕迹。

第五章
稻草人

"有个女人！"尹寻道，"长头发，长得倒是挺漂亮的……"

陆清酒一听尹寻的描述，就猜到了来者的身份，他无奈地走到门口，冲着门外叫了两声："九凤？九凤？"

外面天已经黑了，因为没有月亮，雪地里一片漆黑，什么也看不见，陆清酒叫了两声，便看见院子门口冒出来一个鬼鬼祟祟的身影："哎呀，好巧啊。"果然是九凤。

和下午比起来，她已经完全变了个模样，穿着简单的长裙，身材倒是凹凸有致，一头火红色的长发披散在脑后，完全是一副御姐的模样。只是和她的气质相比，她的动作就完全不御姐了，她靠在院子的墙壁上，贼头贼脑地朝里面探头："晚上好啊？吃饭了吗？"

陆清酒道："还没吃呢……你要进来吗？"

九凤道："可以吗？可以吗？"

陆清酒说："你等会儿，我去问问白月狐。"

白月狐显然知道发生了什么，陆清酒一进去他就黑着脸，直骂九凤无耻。陆清酒忍不住笑了起来，说实话，他觉得这些非人类其实都挺可爱的，没什么坏心思，唯一的执念就是吃东西。把一个大姑娘放在院子里不管，陆清酒觉得不太礼貌，最后还是说服了白月狐，同意了九凤进屋。

不过进屋之前白月狐和九凤约法三章，就是晚饭只能他给舀多少吃多少，不能自己夹菜。

九凤知道这已经是白月狐最大的让步了，倒是没有表示什么不满，高高兴兴地进了屋子里。

尹寻看见九凤眼睛都直了，他这辈子都没见过这么漂亮的姑娘，私下小声问陆清酒："这姑娘你认识啊？长得真好看。"

陆清酒神情微妙："你不是见过她吗？"

尹寻回忆了一下，明白了陆清酒话语中的含义，表情瞬间扭曲了："啊？？她就是那只大鸟？！"

"是啊。"陆清酒说，"怎么？对她有意思？"

尹寻流下了悲伤的泪水，表示自己无福消受，他见过的最好看的两个人吃他都跟吃零食似的，一口一个还不管饱。

到了幸福的晚饭时间，九凤如愿以偿地上了餐桌，只是她的饭是提前打好的，用白月狐的话来说就是她没有夹菜的资格。

仔细炖过的蛇头和粗糙烤制的蛇肉在味道上果然有巨大的差别，面前的蛇肉鲜嫩细腻，没有脂肪，但完全不柴。特别是这锅汤，在冬日里简直是对人最好的安慰，陆清酒在上面撒了一层葱花，一口气喝了三碗，鼻尖上都冒出了薄薄的汗。

九凤飞快地把面前的东西给吃完了，吃完之后眼巴巴地盯着大碗里的汤，盯了有几分钟，白月狐忽地开了口，他说："你吃饱了吗？"

九凤道："没有啊，我没有吃饱。"

白月狐道："哦，饱了啊。"

九凤瞪大了眼睛："我说没吃饱啊……"

白月狐说："你饱了就洗碗吧。"

两人鸡同鸭讲的对话让陆清酒忍不住低声笑了起来，九凤见状"嗷"的一声就开始号，颈项上戴着的被陆清酒以为是装饰品的项链也开始发出悲伤的哭泣，陆清酒仔细一看，才发现那根本不是什么项链，分明就是九凤剩下的八个脑袋。九人一起哭的音效颇为壮观，把刚才还在感慨九凤美貌的尹寻看得是目瞪口呆。

"啪。"白月狐把筷子一放，一个冷冰冰的眼神递过去。九凤瞬间收声，九张嘴同时闭上，她站起来礼貌地问厨房在哪里，她已经吃得很饱迫不及待想要洗碗了。

陆清酒在旁边看得差点一口水没喷出来。

"就欺负我年纪小吧。"被赶进厨房的九凤碎碎念，"哼，白月狐，等我长大！"

尹寻在后面小声问："等你长大了会怎么样？"

"等我长大了，我也去找个陆清酒！"九凤愤怒地表示。

尹寻："……"你的努力方向是不是出现了什么偏差？

九凤扭头看了尹寻一眼，道："哎，小山神，你怎么也和白月狐生活在一起？不怕哪天白月狐把你吞了啊。"她手里还拿着碗便靠了过来，在尹寻的身上左闻闻，右闻闻，最后吸了吸口水，"你看起来……挺好吃的啊。"

尹寻瞬间跳到了厨房门口，倒退三步："你先洗啊，我有点事先走了。"

九凤："哎？别走啊，我就随便说说，不会真的吃了你的。"

尹寻怀疑地看着她。

九凤道："毕竟你和白月狐住在一起，我也不好下手……"

尹寻："告辞！"

他灰溜溜地从厨房出来，看见陆清酒窝在白月狐的大尾巴里消食，那尾巴把陆清酒整个人都裹了起来，看起来非常暖和。

陆清酒道："怎么啦？你的恋情结束啦？"

尹寻："还没开始，就已经结束了。"

陆清酒长叹一声，拍拍他的肩膀："不要难过，你还年轻，还有很多机会。"

尹寻假哭："为什么他们看中的都是我的肉体？"

白月狐在旁边泼冷水："可能是因为你的灵魂不是很好吃吧。"

尹寻："……"

陆清酒哈哈大笑，他拿脸蹭了蹭白月狐的大尾巴，强烈的睡意渐渐涌了上来，这尾巴比枕头的触感舒服多了，软软暖暖的，是度过寒冬的好东西。

陆清酒就这么睡着了，屋子里也跟着安静了下来。

从厨房里洗完碗的九凤出来看见陆清酒和床上的大尾巴，呆了片刻，正打算问点什么，便看见白月狐做了个噤声的手势，然后指了指门口示意她离开，随即看向正在睡觉的陆清酒。

九凤见状面露惊讶之色，这是她第一次看见白月狐露出如此温柔的神情。

九凤在陆清酒家里蹭了一顿饭后，不情不愿地离开了。看她那恋恋不舍的模样，恐怕要不是害怕白月狐，真有赖在陆清酒家老宅里好些时候的打算。陆清酒神清气爽地睡了一觉，第二天醒来时已经不见了九凤的身影，屋外依旧是一片刺目的白，倒让他有些怀念九凤居所里那种炎热的天气了。

用前一天炖蛇特意留下的鸡汤下了鸡汤面，把家里的两张嘴喂饱之后，陆清酒见外面的天气不错，便把家里的几只小动物放进了院子，让它们自由活动。毕竟从入冬开始它们就蹲在屋子里，时间久了的确有些憋得慌。

小花、小黑穿着陆清酒做的小棉袄冲进了雪地之中，留下了一排可爱的小脚印。小狐狸比它们娇气点，赖在陆清酒的怀里半天不肯动，直到白月狐向陆清酒伸出手想要把它抱过去后，它才"叽叽"叫了两声，小心翼翼地跳上了厚厚的积雪，毛茸茸的爪子被冻得缩成一团。

雪停后风也停了，明亮的太阳挂在天空中，陆清酒穿着厚厚的衣服在雪地里奔跑，很快就出了一身的汗，倒也不觉得寒冷。他见小家伙们玩得很高兴，便从屋子里拿了个之前经常用的毛绒球陪小狐狸一起玩。玩法和遛狗差不多，他把球扔出去，小狐狸则开开心心地把球给叼回来。

一家人其乐融融，气氛格外和谐。

因为冬天在外面活动的人特别少，陆清酒便将它们放出了院子，叮嘱它们可以在院子周围活动，千万不要跑远了，不然被人抱走可是会被杀了吃肉的。吩咐完了这些注意事项，陆清酒转身做饭去了。

尹寻听着觉得好笑，说陆清酒简直像个妈妈似的。

陆清酒："你就这么对你爸爸说话？"

尹寻："……"你狠！

冬天吃的东西大多数都比较清淡，吃多了会有些想尝点味道刺激的食物。陆清酒也觉得自己的嘴巴有些寡淡，便打算做个泡椒鸡脚。鸡脚是之前就买来放在冰箱里的，拿出来就行，泡椒则是陆清酒从自家坛子里抓出来的。把煮熟的鸡爪和泡椒放在同一个玻璃坛子里，再往里面加上合适的盐和一些酒，过个一两天鸡爪就入味了。晚上坐在炕上看书或者聊天的时候都能啃上几个，不但滋味儿好，而且非常消磨时间。

陆清酒中午做的是糯米蒸排骨，又煮了一锅白菜肉片汤，饭煮得差不多的时候，陆清酒让尹寻出去把家里的几只小动物还有白月狐叫回来，说可以吃饭了。

尹寻出去了一趟，领回来了三只小家伙，道："把小花、小黑、小狐狸崽子叫回来了，但是没看见白月狐。"

"哦，他有点事今天不在家吃午饭。"陆清酒道，"我们先吃吧。"

昨天九凤来他们家蹭吃蹭喝后，白月狐的心情就一直不大好，似乎在思考什么事情，今天更是一大早就出去了，出去之前告诉陆清酒不用做他的午饭和晚饭。

这倒是很少有的事，自从白月狐入住老宅之后，几乎没有出门一天以上的情况，也不知道他到底忙什么去了。

小花、小黑、小狐狸已经乖乖地坐在了客厅里，扬着脑袋等着陆清酒喂食。它们三只倒是很乖，进门之前还在门口的垫子上擦干净了自己爪子上的雪水，看见陆清酒过来，还对着他抬了抬小蹄子，示意自己有好好洗手。

平时吃饭它们都是跟着陆清酒吃，陆清酒做什么它们吃什么。本来陆清酒还有点担心小黑、小花能不能吃猪肉，但在小花强烈地表示自己真的和猪不存在血缘关系后，就给它们喂食了猪肉。

三小只动物把脸埋在小盆子里，开开心心地吃起了自己的午饭。

陆清酒则和尹寻坐在桌子上吃糯米蒸排骨，正吃着，陆清酒忽地注意到了什么，道："哎，哪里来的稻草娃娃？"

在小黑的脚边躺着一个用稻草扎成的娃娃，手掌大小，看起来十分粗糙。

"稻草娃娃？"尹寻想了想道，"好像是小黑带进来的。"

"是我妹妹在雪地里发现的。"小花在旁边替它还在沉迷食物的妹妹答话，"她在雪地里拱了半天，突然叼出来这么个娃娃。"

陆清酒走过去，把娃娃捡起来，发现这娃娃的眼睛是用红豆缝上去的，还有嘴巴和鼻子，身上穿着件花里胡哨的褂子，看起来像是一个简陋玩具。娃娃乍看起来非常粗糙，但是拿近了观察后，陆清酒感觉这娃娃其实制作得很完整，五官活灵活现，倒有点意思。

"哪里来的？"尹寻从陆清酒手里接过娃娃，翻看了几下，便失去了兴趣，"是不是村里哪个孩子的娃娃弄丢了？"

他们这里生活条件不算很好，也没什么多余的钱去城里买昂贵的布娃娃，所以小孩子闹着要玩具的时候一般都是家长做。这种稻草娃娃极有可能是村子里孩子的玩具。

"可能吧。"陆清酒把娃娃还给了小黑，"你先玩吧，等到开春的时候我去问问村里的人，要是没人要，就归你啦。"

小黑高兴地哼唧了两声，用两只前蹄开心地抱住了娃娃，还用脸用力地蹭了蹭。她比哥哥小花开化时间要晚很多，虽然会说话，但其实还是孩子心性，有这么个玩具可以玩自然非常开心。

陆清酒吃完饭，便照例去午睡了。尹寻让陆清酒去睡，说想趁着天气好，把院子里的积雪再清理一下，之后几天可能会有暴风雪，最好把准备工作提前做好，免得到时候下雪太大连门都被封住了。

作为山神，尹寻预报天气还是很准的，陆清酒点点头，转身进了屋子，睡觉去了。

陆清酒这一觉睡得很沉，往日通常一个多小时他就会自然醒，但今天却睡了整个下午，等他醒来的时候，外面的天已经完全黑了。在温暖的被窝里睁开眼的陆清酒有些茫然，他觉得整个人都软绵绵的，因为睡得太久，脑子反而变得一团模糊，缓了好一会儿才缓过来。

缓过来后，陆清酒感觉有些不对劲，他睡了这么久，尹寻肯定会来叫醒他，可现在屋子外面静寂无声，他叫了尹寻好几声都没有人回应。

"尹寻？尹寻你在吗？"陆清酒一边穿衣服一边叫自己好友的名字，依旧无人应答。

陆清酒穿好厚厚的羽绒服，推开房门，感觉凛冽的冷风扑面而来，天空中没有月亮，院子里一片漆黑，静得可怕。

"尹寻？你在哪儿？"陆清酒心中有种不妙的预感正在扩大，尹寻如果要走，肯定会提前和他说的，但是现在居然就这么不见了，他知道肯定是出事了。

陆清酒急忙回屋找了个手电筒，只是在路过客厅的时候，却在沙发上看到了尹寻的外套，还有放在桌上的手机。显然，尹寻的离开并不是自愿的，他甚至都没来得及带上上衣。而和他一起消失的，还有白天在院子里玩的小花、小黑。

"尹寻？尹寻？"拿上了手电筒的陆清酒回到了院子里，他一边叫着尹寻和小花、小黑的名字，一边朝着后院走去，想看看他们几个在不在后院。但就在陆清酒通过前院和后院的交界处——枯萎的葡萄藤架子下时，却忽地被脚下什么东西绊了一个趔趄，差点摔倒在地。

绊他的是一簇稻草，被人埋在了雪地里，他们家没有种稻谷，自然也不会有稻草，而且陆清酒白天还走过这条路，更是清楚地记得这里之前根本没有这东西。

陆清酒慢慢靠近那里，他用手电筒照过去，然后伸出手将稻草上掩埋着的雪给拨开。积雪越来越少，埋在积雪之下的东西终于露出了它的真面目。

在看清楚了雪地里的东西后，他整个人的表情都凝滞了片刻。那是一个巨大的稻草人，足足有一米七的样子，以一种匍匐的姿态被埋在雪地里面，但这并不是让陆清酒失态的理由……真正让他绝望的是，他在这具巨大的稻草人身上，看到了尹寻白天穿的衣服。

尹寻，变成稻草人了！

陆清酒浑身起了一层鸡皮疙瘩，他几乎是用尽了所有的自制力才强迫自己冷静下来。他深吸一口气，继续用力挖，很快就在这具稻草人的身下发现了另外三个小小的稻草娃娃，两只猪，一只狐狸，全是他家失踪的小朋友。

看到这里，陆清酒立马明白过来，白天小黑带回来的那个稻草娃娃有严重的问题，可是现在反应过来似乎有些晚了，尹寻已经变成了眼前这副荒诞的模样。

陆清酒抹了把脸，把尹寻从积雪里挖出来，和其他三只一起抱进了屋内。他害怕尹寻被火点燃，还特意将炭盆移得离尹寻远了些。

借着微弱的光芒，陆清酒和尹寻那红豆眼睛大眼瞪小眼，半晌之后才无奈地叹息一声，从怀里掏出电话，拨通了某个号码。

大雪封山之后，手机的信号都是断断续续、时有时无的，陆清酒也不知道能不能打通。

好在他运气不错，电话成功拨了出去，响了十几声后被人接了起来。

"月狐。"陆清酒叫自己房客的名字。

"陆清酒。"白月狐应道。

"那个……"陆清酒这还是第一次给白月狐打电话，没想到却是因为这种事情，这白月狐才走一天，家里的熊孩子就把自己给玩成娃娃了，"家里出了点事。"

"什么事？"白月狐道，"你没事吧？"

"我倒是没事。"陆清酒道，"是尹寻……他，变成稻草娃娃了。"

白月狐："……"

两人之间足足沉默了二十几秒，就在陆清酒以为白月狐已经把电话挂掉了的时候，那头传来他的声音："怎么回事？"

陆清酒简单地把小黑捡来稻草娃娃的事和尹寻的变化给白月狐说了一下，白月狐听完之后思索片刻，似乎明白发生了什么，道："别担心，不是什么大事。"

"不是大事啊？"陆清酒看着尹寻模样的稻草人，还是觉得瘆得慌，"尹寻不会有什么事吧？"

"没事。"白月狐说，"他没有危险，你等我回来慢慢和你解释，我明天下午到，待会儿家里可能会来个客人，你把尹寻的稻草人藏好就行。"

"哦。"陆清酒虽然听得云里雾里的，但既然白月狐说尹寻不会有生命危险他就放心了，不过白月狐说的客人是怎么回事？难道就是那个人把尹寻和三个小家伙变成稻草人的？

"那你早点回来啊。"陆清酒觉得家里最靠谱的还是白月狐，道，"咱们明天炖羊肉吃吧。"

"好。"白月狐的声音也暖了起来。

挂断电话后，陆清酒按照白月狐说的把尹寻的稻草人藏了起来。家里空置的房间很多，他随便找了一间，就把尹寻和小家伙们都塞了进去。怕他们冷着，陆清酒还给他们搭了一层厚厚的被褥。

弄完之后，陆清酒简单地解决了晚饭，便在客厅里找了本书开始看。不得不说，家里没了喜欢说话的尹寻和吵吵闹闹的小花、小黑还怪冷清的，特别是晚上，降温后，屋外寒风呼啸，吹得玻璃哗哗作响。

陆清酒给自己温了一杯茶，捧在手心取暖。他看的是《聊斋志异》，自从白月狐住进家里后，陆清酒就开始主动了解中国古代的各种传说，在无聊的冬日里看看这个倒也是种消遣。

今夜果然如尹寻所说的那般来了一场暴风雪，大概到了晚上十点，陆清酒还没有等到白月狐口中说的客人，他以为不会再有人来，合上书正准备去睡觉的时候，听到了两声清脆的敲门声。

这声音在呼啸的风雪声中格外微弱，若不是陆清酒一直注意着，肯定不会听到。

陆清酒提着灯走到门边，隔着黑色的铁门问道："谁在外面？"

"贫僧路过此地，想在施主家借宿一晚，不知可否？"外面传来一个年轻男子的声音。

陆清酒："……"这怎么那么像恐怖故事的开头啊。

如果不是白月狐提前告诉了他有客人要来，陆清酒或许会果断拒绝。不是他怕麻烦，而是他现在完全分不清门外的是人是鬼，万一真请进来什么不干净的东西岂不是自己找死？况且水府村早就大雪封山了，哪里来的路过的和尚，还是在这种暴风雪的天气……

不过白月狐既然称这人是客，那他应该不会是什么坏人。

陆清酒打开门，看见一个穿着灰色僧侣服、戴着斗笠的和尚。光线太暗，他看不清楚和尚的脸，道："小师父进来吧。"

年轻和尚对着陆清酒行了个礼，小心地跨进了院里。

陆清酒提着灯在前面带路，把和尚引到了客厅。到了暖和的客厅，和尚取下了脑袋上的斗笠，露出了一张非常年轻的脸。他的面容说不上太英俊，却带着一种奇怪的魅力，让人只是看着他的双眸，内心便平静了下来。

"小师父怎么到水府村来了？"陆清酒给他倒了杯热茶，"这里已经大雪封山，你这样在暴风雪里行走，很危险的。"

小和尚接过茶后双手合十，对着陆清酒又行了个礼，道："是佛祖让贫僧来这里的。"

陆清酒笑道："也是佛祖让你来敲我家门的？"

"一饮一啄，皆有缘法。"小师父回答。

陆清酒虽然不信佛，但这并不妨碍他对僧人有好感，眼前这个小和尚虽然来得突然，但态度恭敬有礼，倒是很讨人喜欢，他道："小师父用过斋饭了吗？"

小和尚摇摇头："施主叫贫僧玄玉便可。"

陆清酒没有接话，笑道："那我给你做点吃的去，小师父就在这里喝茶暖暖身体吧。"

说完他便去了厨房，简单地做了一些素菜。天气冷，蔬菜不容易保存，好在地窖里还有不少红薯和白菜，陆清酒给小和尚做了红薯饭，还炒了道糖醋白菜。

做好之后，他把食物端到小和尚面前："家里就只有这些素菜了，实在是不好意思。"

玄玉微笑："已经足够了，谢谢施主。"

陆清酒又给他续了杯茶。

玄玉吃饭的时候，陆清酒观察着眼前的和尚，他隐约觉得他的身份似乎不太一般，也是，一般人怎么可能出现在暴风雪的夜里。

吃完饭后，玄玉又对陆清酒道了谢。

陆清酒道："我为小师父准备好了房间，您晚上就在那里休息吧。"

玄玉道："谢谢施主。"

陆清酒把他领到了房间门口，看着他进去了才转身去睡觉。他惦记着尹寻，还是有些担心，便找了个时间把尹寻拖到了自己的屋子里，因为稻草怕火，陆清酒没敢点炕，怕把自己的傻儿子当成燃料给烧了……

这天晚上陆清酒倒是睡得不错，他起来之后看见玄玉站在院子里，似乎在观察什么。

"小师父。"陆清酒叫他。

"施主。"玄玉回礼。

"昨天晚上睡得好吗？早饭想吃什么？"陆清酒道，"我给你煎个饼吧，外面雪大，你别站外面啊。"

一夜过去，暴风雪未停，只是那和尚站在风雪之中，身躯虽然单薄，却给人一种如同石雕般坚硬的错觉。仿佛不论风有多大，他都不会为之动弹分毫。

玄玉没动，他道："施主，你可听过佛祖舍身喂虎的故事？"

陆清酒一愣，他道："我……倒是听过。"

这个故事大概讲的是佛祖用自己的身体喂食了母虎，救活了母虎和虎崽的故事，其含义是佛祖怜悯众生、众生平等。

"你觉得如何？"玄玉问。

陆清酒蹙眉："我不信佛。"

玄玉笑道："我知施主不信佛，只是想知道施主是否也会以身喂虎？"

陆清酒没说话，他心中其实并不赞同，只是这么说出来对于玄玉有些不礼貌，便岔开了话题："小师父还是进来用斋饭吧。"

这也算是一种回答了，玄玉明白了陆清酒的意思，他微微叹息，又道："施主昨日可见到了一个小小的稻草人？"

这话一出，陆清酒瞬间紧张了起来，他道："那个稻草人是你的？！我的宠物不小心把它叼进了屋子里，过了一下午，我却发现我的宠物也变成了稻草人的模样。"可怜的尹寻并不知道自己的地位已经从儿子下降到了宠物……

"是贫僧的。"玄玉说，"只是我那稻草人，并不是什么坏东西。"

陆清酒道："不是坏东西？！"

玄玉说："施主可分得清身边的人和鬼？"

陆清酒一愣。

玄玉道："有的人分不清，所以贫僧便是如此帮他们分清楚的。"他看着陆清酒，那双黑色的眸子里，是悲天悯人的慈悲，"不过既然施主心中早已有了定数，贫僧倒不好多言了。"

陆清酒道："你的意思是，那个稻草人是来区分人类和非人类的？"

玄玉点头。

"好吧。"陆清酒说，"这些事我早就知道了……他们怎么样才能变回来？"

玄玉道："隔三日便可恢复。"

陆清酒却是想到了什么，他蹙起了眉头："如果他们在变成稻草人的时候被烧掉了会怎样？"

玄玉笑道："施主那么在乎他们，怎么会舍得他们被烧掉呢？"

陆清酒说："总有人舍得吧？"

玄玉道："那施主为什么不问问那些人为何舍得？"

陆清酒明白玄玉的稻草人的含义了，他其实是在给人类一个选择的机会。可以选择继续，也可以选择结束这段关系。触碰到稻草人的非人类会变成稻草人，而此时如果人类决定结束，那便可以将稻草人直接烧掉。

尘归尘，土归土。

只是却不知道被烧掉的稻草人，是否还有意识，是否知道自己身边发生的一切。

当然，陆清酒也明白，并不是每个非人类都像自家这些那么友好，非人类和人类的关系是千奇百怪的，有朋友，有爱人，也有胁迫和寄生。

难怪白月狐说玄玉是客人，因为玄玉是将选择的权利交到了陆清酒手里。倒是一位慈悲的和尚。

陆清酒笑了起来。

玄玉问："施主为何笑？"

陆清酒道："不知道小师父听没听过法海这个名字？"

玄玉眨眨眼睛："施主知道我师父为何能活到一百岁吗？"

陆清酒道："为何？"

玄玉道："因为他不管闲事。"

陆清酒哈哈大笑起来。

虽然外面还飘着大雪，玄玉却似乎打算走了。陆清酒也知道他来这里是醉翁之意不在酒，并不是真的为了来讨要斋饭，倒像是为了提醒陆清酒什么。

把玄玉送到门口，陆清酒本打算借一把伞给他，可玄玉却笑着摇了摇头，从自己的包袱里取出一把和他的风格格格不入的花伞。那把花伞看起来已经有些陈旧了，伞面上绣着一朵大红色的牡丹，绣工十分精美，只是明艳的风格和玄玉冷淡的气质相差甚远。

奇怪的是，陆清酒却感觉这把伞看起来有些熟悉，似乎在哪里见过，他微微蹙眉正欲发问，便听玄玉温声道："多年前，也是这样一个大雪的天气，我来此地讨要斋饭，便是您的长辈借贵地让我住了一夜。"

他这么一说，陆清酒立马想起来了，他姥姥也有一把一模一样的红伞，据说是姥姥年轻时候带来的嫁妆，伞上面的刺绣全是姥姥亲手绣上去的。陆清酒幼年见过，只是后来忘记了。

玄玉虽然看起来年轻，但真实年龄，恐怕早就超过了陆清酒的想象。

"你认识我姥姥？"陆清酒道。

玄玉道："一面之缘而已。"他说着撑开伞，走入了风雪之中，冷清的声音夹杂了呼啸的风声，变得有些模糊不清，他说，"陆施主和您的长辈，倒是有几分相似……"

陆清酒想叫住他，再问些关于姥姥的事，他却脚步不停，已经走到了院子门口，推门之前，又缓缓回头，说了最后一句。

他说："陆施主，我记得您的长辈在去世之前，为您备下了一份生辰大礼，不知您可否看到？"

陆清酒闻言十分疑惑，道："生辰大礼？什么东西？"

玄玉却摇摇头，并未细说，推门而出。

陆清酒见状急忙追出，可等到他出去的时候，却只有漫天大雪和空荡荡的村庄，早已没有了玄玉的身影。

陆清酒怅然若失，他隐约感觉到，眼前这个年轻的和尚玄玉和他的姥姥，似乎有些渊源。

当年姥姥突发疾病，陆清酒赶回家时，一切都已经太晚了，他甚至没有来得及和姥姥说上一句话。最后接连遭受亲人离世的陆清酒在浑浑噩噩的状态中为姥姥办完了葬礼……

可从头到尾，陆清酒都未曾见过玄玉口中所说的礼物。陆清酒有些失望地转身回家，走到门口时，被门槛绊了一下，这一绊，倒是提醒了他什么，他飞速冲进自己的卧室，在卧室的床头柜上看见了那个挂着文字锁的黑色木盒。

这是他在家里找到的最奇特的物件了，陆清酒抚摸着盒子光滑的表面，心中有了一个猜测……如果玄玉说的是真的，那这就是他姥姥送给他的生辰礼物了，那他该在生日那天再试着打开这个盒子。

或许盒子里的东西，可以给他一些重要的答案。

送走玄玉之后，陆清酒把尹寻和几只小家伙抱到了客厅里，蹙眉为难地看着他们几个。玄玉说三天后他们才能恢复，那这几天他们应该都会保持着眼前稻草人的形态……

不过这样一来，尹寻岂不是没办法回家续他的香烛了？陆清酒忽地想起这件事，心中一下子担忧了起来，他思考片刻，决定去尹寻家里看看，看能不能帮他续上香烛。

外面还在下大雪，风卷着漫天雪花呼啸而过。陆清酒拿了伞便朝着尹寻家里去了，这风实在是太大了，人走在里面简直是步履维艰，陆清酒必须把自己的身体压得很低，才不至于被风吹得倒退。大片大片的雪花被风卷着灌进了陆清酒的脖颈，他这一路冷得直哆嗦，咬着牙一步步往前挪，本来几分钟的路程，硬是走了快半个小时才到。

自从回到这里后，陆清酒几乎没怎么进过尹寻家里，顶多是到他的院子和客厅坐坐，平日里几乎都是尹寻往陆清酒家里跑。尹寻的院子没有锁，门大开着，院子里空空荡荡的，看不到什么人类生活的痕迹。陆清酒拿出从尹寻身上摸到的钥匙，艰难地打开了客厅的门，进去之后把门给合上，这才有了喘息的机会。

客厅里的摆设很简陋，就是一张桌子，几把椅子，并没有香火的痕迹。陆清酒决定去卧室看看，他站起来拍干净自己腿上的雪花，打开手电筒后，顺着客房附近的走廊，走向了卧室的方向。

农村的住宅都是自家修的，通常房间数量都很多，呈"口"字形围出一个院子。左边一般都是主卧，主人睡觉的地方。

陆清酒朝左边走了几步，便嗅到了一股子浓郁的香烛味，他抽抽鼻子，从窗口发现了自己的目标——一间放着香烛的卧室。

这间卧室挂着锁，陆清酒用钥匙打开后，轻手轻脚地进了屋子。

只是进屋看清了屋内的摆设后，陆清酒却觉得自己后背有点发凉，不大的屋子里，竟摆放着密密麻麻的牌位，每个牌位上面的名字都各不相同。在最显眼的位置上，一个写着"尹寻"二字的牌位，吸引了陆清酒的目光。

那个牌位前面放着一支香烛，香烛快要燃尽了，红色的蜡油像泪滴似的，层层叠叠地积累在香烛最下面。陆清酒忙在屋子里搜寻起来，可找遍了整个房间，他都没有找到可以替换的蜡烛。蜡烛已经燃到了最下面，以现在的燃烧速度，可能再过半个多小时，蜡烛就会彻底熄灭。

陆清酒找遍了其他房间，都没有找到蜡烛，无奈之下，只能再给白月狐打电话，问他关于蜡烛的情况。

"你现在在尹寻家里？"接到电话的白月狐得知陆清酒的情况后问道。

"是啊。"陆清酒说，"他不是被变成稻草人了嘛，我就想着他那香烛会不会灭掉，结果过来看见蜡烛的确快灭了，只是却找不到替换的……"

白月狐思考片刻："你等等，我马上回来。"

陆清酒道："好，我等你，你快点啊。"

挂了电话后，陆清酒便坐在门口等白月狐。也不知道尹寻这家伙这些年是怎么过来的，屋子里一点人气儿都没有，除了睡觉的地方之外到处都沾满了灰尘，一副长久没有人居住的模样。

随着香烛逐渐燃尽，火苗也越来越微弱，坐在门口的陆清酒忽地听到了一种非常奇怪的声音，起初他以为是自己出现了错觉，但很快，那种声音越来越大。

"嘎嗒嘎嗒，嘎嗒嘎嗒。"陆清酒回头，手中的手电筒照向了声音的来源，当他看清楚到底是什么东西在发声后，整个人都僵在了原地。只见一屋子摆放得密密麻麻的牌位开始颤动起来，起初的颤抖很微弱，但随着香烛火焰越来越暗淡，这种颤动开始变得剧烈起来……就好像牌位底下压着什么东西，此时那东西马上就要把牌位推倒，从里面爬出来了一样。

陆清酒虽然不知道牌位下面到底压了什么，但明白那肯定不是什么好东西，要是香烛就这么灭了……

就在这千钧一发之际，白月狐终于出现在了门口。他出现之后，并没有和陆清酒说话，而是直奔向香烛面前，从怀中掏出利刃割破了自己的手腕。

鲜红的血从手腕上流出，就这样落在了将要熄灭的香烛之上。

陆清酒在旁边看得是胆战心惊，他真的很怕白月狐的血一浇上去蜡烛就灭了。不过显然白月狐很清楚自己在做什么，鲜血和蜡烛一接触，便发出"吱吱"的响声，接着，原本已经快要烧没的蜡烛竟然迅速拔起，不断地和鲜血融合，重新变成了一支崭新的红烛。

之前发出响声的牌位再次安静下来，这里又恢复了原本的寂静。

"月狐你的手没事吧？"陆清酒见香烛续上了，赶紧上前，抓住了白月狐的手腕。

白月狐道："没事。"

陆清酒道："疼吗？"

白月狐看着陆清酒没说话，他本来可以让伤口直接恢复，但面对陆清酒那担忧的目光，他竟觉得有些微妙的开心，于是顺从地点了点头，坦然道："疼。"

陆清酒看着白月狐漂亮的手腕上那条狰狞的伤口，焦急道："这么大个口子，得流多少血啊，晚上杀个鸡，给你补一补……"

白月狐道："杀不了啊。"

"为什么？"陆清酒奇怪道。

"都变成稻草了。"白月狐说。

陆清酒："……"他完全忘了这回事。鸡一直生活在鸡圈里，他的注意力又在尹寻他们身上，自然没有发现自家的鸡也变成了稻草人，只是那稻草人长了个鸡的模样……暂时是不能吃了。

白月狐说："走吧，香烛续上了，我们回去。"

陆清酒道："这香烛是用鲜血续的啊？那我们明天是不是还要过来……还有尹寻……"

白月狐摇摇头："山神一族自有续香烛的方法，没有香火供奉，我只能用血续，明天不用过来了，我的血至少可以维持香烛三十日。"

陆清酒闻言松了口气，白月狐的话帮他解答了两个比较担心的问题，既然尹寻和白月狐都不用再流血，那自然是最好不过的了。

相比离开时，白月狐身上多了一件厚厚的白色大氅，那大氅似乎是一种动物的皮毛，雪白柔软，十分暖和。两人出门之前，白月狐动作自然地把大氅脱了下来，顺手搭在了陆清酒的肩膀上。

陆清酒愣了一下，抬眸看向白月狐，正欲说话，却听白月狐道："你怕冷，穿着吧。"

"这是什么皮子啊？"陆清酒用手揉了揉，这皮毛入手柔顺结实，一根杂毛都没有，还微微泛着淡色的光泽，白月狐刚将这东西搭上他的肩膀，他的身上便涌起了一阵暖意。

"我也不知道。"白月狐说，"人家输给我的。"

陆清酒道："输？"

白月狐道："对，我们赌了一把。"

陆清酒听到这里便没再继续问，只是心想：真是赌博有害健康，输钱就算了，还把皮都给输了……

穿着厚厚的大氅，陆清酒举着伞和白月狐一起走进了大雪里，不知道是不是陆清酒的心理作用，他总觉得回去的路上，风雪小了许多，身体也不冷了。

到家后，陆清酒把所有的稻草人搬出来晾在客厅里。也万幸这冬天几乎没什么人串门，不然一进屋子看见摆了一地的稻草人，胆子小的怕是会被当场吓出心脏病来。

玄玉说三天之后他们就能恢复正常，于是在这三天里，家里就剩下了白月狐和陆清酒两个能喘气的。

白月狐和陆清酒都是喜静的性格，这么过着倒也挺舒服的。陆清酒找机会询问了白月狐关于玄玉的事，白月狐只是很粗糙地介绍了一下玄玉，说他是个得道高僧，本来早就该去做神仙了，却因为一些事情留在了凡间，是人类里面少有的厉害角色，不过他很少参与世俗之事，上一次出现，还是十几年前。

"那他来我这里做什么？"陆清酒问。

"可能是想看看旧人吧。"白月狐回答。

旧人？大约是说陆清酒的姥姥，只是不知道，姥姥和他又是怎样一段故事了。陆清酒略微有些遗憾，他发现自己对姥姥的了解其实并不多，小时候不懂事，大了又离开了水府村，再次回到这里时，一切都已物是人非。

第六章
大误会

等到了第三天的早晨，变成稻草人的尹寻终于恢复成了人形，和他一起恢复的还有小花、小黑、小狐狸……还有藏在小狐狸毛茸茸的围脖里的雨师妾。说实话，因为她经常不出现，陆清酒都快把她给忘了……

重新变回人的大家拥抱在一起号啕大哭，尹寻更是哭得一把鼻涕一把泪，看着他，陆清酒露出了十分嫌弃的表情。

"酒儿啊，你可真是个好人。"尹寻说，"那和尚真是太过分了，居然要烧了我们，呜呜呜，我只是个无辜的小山神啊！"

"对啊，对啊，我也只是个无辜的小猪猪。"小花在尹寻的旁边跟着哭。

小狐狸也叽叽叽的，一副悲伤垂泪的模样。

陆清酒有点无奈，劝也劝不住，只能由着几只继续干号。他才知道几人在变成稻草人之后也是有知觉的，听得到外面人说话，也看得到画面，可想而知，要是陆清酒真的选择把他们全给烧了，他们该是怎样的悲恸欲绝。

就这么过了一阵，陆清酒终于被号得头疼欲裂："别哭了行不行？我给你做好吃的好不？"

尹寻："你根本不爱我，根本不关心我过得好不好——"

陆清酒："我当年就不该把你生出来。"

尹寻还想继续哭，被从屋外走进来的白月狐瞪了一眼，立马安静了，说："成，我不哭了，你给我做好吃的。"

陆清酒："哎！"

这天实在是太冷了，用尹寻的话来说就是——可千万别去野地里撒尿，不然尿撒完了，某个部位成了一次性用品。

天冷了，人就不太想动，要不是为了安慰尹寻，陆清酒还真不想做特别麻烦的吃食。

因为停电，他们家的冰箱早就搬到了雪地里面，仔细想想那应该不算是冰箱，要算是储物箱了，因为天气冷当作储物箱食物也不易坏。

晚上，陆清酒让白月狐带了只新鲜的葱茸回来，这葱茸的肉质实在是太好了，怎么做都好吃。陆清酒让白月狐把葱茸切割之后，把排骨留出来，其余的骨头炖汤，肉爆炒，排骨用来炭烤。

葱茸的骨头比羊的骨头要细一些，而且没有膻味，也不用担心处理不好。先把肉用卤料仔仔细细地腌制几个小时，再放在炭火上面用小火慢烤。

屋子里很快就开始弥漫出肉类被烤熟后浓郁的香气，排骨最边缘一层薄薄的脂肪被烤得吱吱作响，油脂滴在了燃烧着的火盆里面，发出噼啪的响声。

陆清酒把先烤好的肉给了白月狐和尹寻解馋，也给另外三只小家伙尝了点。

"好好吃啊，酒儿你也快吃点。"尹寻咬了一口，嘴边还带着黑乎乎的痕迹，便赶紧对着陆清酒道，"趁热趁热。"

陆清酒笑道："你们先吃吧，我等下一块。"

他刚说完这话，坐在旁边的白月狐竟是动作自然地将手里还没动过的羊排递到了陆清酒的嘴边。

陆清酒先是一愣，随即低头，笑着咬了一口。果然很好吃，小排外面有点脆，但里面的肉非常细腻多汁，经过长时间的腌制之后，小排里面也入了味道，咸淡适宜，还带着香料的清香。

陆清酒一边吃一边想，要是有个新鲜的柠檬把汁水挤在上面就更完美了。

尹寻看着白月狐和陆清酒的互动，重重地吞咽了一口口水，但他什么都没敢说，而是低下头继续默默地啃着小排。

锅里的骨头汤也差不多熬好了，非常鲜美，小排吃腻了喝上一口很是清爽。而且喝完汤，身体也非常暖和。他还在炭盆里烤了红薯，可以当作是不错的主食，红薯甜甜的又软又糯，陆清酒很喜欢。

陆清酒边烤边吃，不知不觉竟是有些吃撑了，尹寻和他差不多，肚子变得圆滚滚的，他摸着自己的肚子打了个嗝儿，表情呆了两秒："我是不是忘掉了什么重要的事啊？"

陆清酒："什么？"

在陆清酒家里自然而然地蹭了一天食物的尹寻猛地跳起来，一拍脑袋惊恐地叫道："我忘记回家续香火了！！"

他说完转身就跑，陆清酒都没来得及叫住他，便看见他跟只受了惊的兔子似的蹿了出去，就这样一去不回。

陆清酒："……他怎么跑得那么快？"

白月狐道："也算是他唯一的优点了。"

陆清酒："……"尹寻这记性实在是，等他想起来，可能他家的桌子都烧穿了。

狂奔回家的尹寻在发现自家香火居然已经被续了之后给陆清酒打来了电话，陆清酒正在泡脚，一边泡一边动作自然地用手撸白月狐毛茸茸的大尾巴，不得不说，人类真是对毛茸茸的东西有种难以言说的情结，根本无法在如此巨大的诱惑面前维持自制力。

听到电话响，陆清酒懒洋洋地接了起来，特意把电话拿得离自己耳朵远了点。

果不其然，下一刻，电话里就传来了尹寻惊恐的叫声："陆清酒，我家的香火怎么被续了？不会是你吧？不会是你吧——"

"不是我。"陆清酒说，"是白月狐。"

听到陆清酒的回答，尹寻重重地松了口气："还好还好，吓死我了。"

陆清酒道："你那边没事吧？"

尹寻说："没什么大事。"

陆清酒道："如果香火断了呢？"

尹寻道："啊……那就出大事了。"

陆清酒说："既然是严重的事，为什么要让你来守着？我感觉你不是什么厉害的人物啊。"

说实话，这段时间相处下来，他没有在尹寻身上感觉出任何和神有关系的特质，在他眼里尹寻就是个有点不太靠谱的发小，如果一定要说尹寻身上有什么地方能和神扯上关系，那陆清酒只能说他有时候挺神经的。

尹寻："你这样说话很容易失去我这个朋友。"

陆清酒："没关系，到时候我可以捕捉你当我的宠物。"

尹寻："……"陆清酒，求求你做个人吧。

陆清酒甚至都能猜出尹寻此时想要反驳又找不到说辞的委屈模样，他笑了起来，道："行了，不和你开玩笑了，我睡觉去了，晚安。"

"晚安。"尹寻挂了电话。

挂断电话的陆清酒懒懒地打了个哈欠，习惯性地把毛茸茸的大尾巴拖到了自己的身边，只是他在拖的时候隐约感觉有些不对劲，低头一看，整个人都傻了。

陆清酒僵硬地抬头，看见白月狐正坐在窗户边上嗑瓜子，并没有察觉发生了什么，他艰难地出声，道："月狐啊……"

白月狐回头："嗯？"

陆清酒说："那个，就是我想问问。"

白月狐："？"

陆清酒小心翼翼地措辞，十分艰难道："要是狐狸精的尾巴不小心掉了，会发生什么事情呢？"

白月狐表情凝滞片刻，显然明白了陆清酒问话的含义，他缓缓低头，看见那九条毛茸茸的大尾巴竟然和他的身体分了家，此时正被一脸惊恐的陆清酒抱在怀里。

白月狐："……"大事不妙。

陆清酒："月……狐……？"

屋子里的气氛仿佛凝固了一般，陆清酒和白月狐两人大眼瞪小眼，谁都没有再说话。

陆清酒抱着柔软的九尾，像是抱着一个烫手的山芋，沉默许久之后，他觉得自己还是应该说点什么的，于是颤抖着声音道了声："月狐？"

白月狐的目光从陆清酒的脸上移到了那条巨大的尾巴上，他神情变得严肃起来，似乎是在思考什么。

"月狐，你没事吧？"陆清酒看着白月狐凝重的神色有些慌张，"你是不是受伤了？连接尾巴的地方呢……"他说着放下尾巴，朝白月狐伸出手，想要检查一下他的身体是否受了伤。

白月狐躲开了陆清酒的手，他道："嗯……是掉了。"

陆清酒："掉了？"他有些傻眼，没想到白月狐对于这件事的态度如此轻描淡写。

"那掉了怎么办啊？还会长出来吗？"陆清酒眼巴巴瞅着还在自己手心里躺着的软乎乎的尾巴，总有种自己闯了大祸的感觉，又把话重复了一遍，"会长出来吗？会吗？"

他只知道壁虎的尾巴断了可以再长，难道狐狸精的尾巴也能再生？

白月狐："……"他的表情复杂极了，复杂到陆清酒根本看不出他到底是什么心情。

"唔。"白月狐说，"会吧？"

陆清酒："……"哥，你这话能不能说得有底气一点啊？

"睡吧，不是什么大事。"白月狐最后对这件事下了结束语，"掉了就掉了吧，而且掉了也挺好，以后我出去了就让它在家里陪着你好了。"

陆清酒脑袋一阵眩晕，竟然不知道该说些什么了。白月狐说得那般轻描淡写，仿佛眼前毛茸茸的大尾巴是什么无足轻重的物件，而不是他身体的一部分……

陆清酒道："我……知道了。"

看见陆清酒一副大受打击的样子，白月狐很是少有地伸出手，怜惜地摸了摸陆清酒的脑壳，那手势，那表情，都挺像平日里陆清酒摸尹寻的模样，也可以理解为，看见自家见识少的可爱小宠物被震惊得意识模糊的主人，伸出手摸摸宠物的脑袋以示安慰……

"睡吧。"白月狐说，"都这么晚了。"

陆清酒道："那这个尾巴呢……"

白月狐："放在家里做个装饰品？"

陆清酒："？？？"

可能是发现这种做法把陆清酒刺激得有点过头，白月狐赶紧补充道："我开玩笑的，过两天我给安回去。"

陆清酒："……"行吧。

这大大的尾巴虽然离开了白月狐的身体，但依旧非常温暖，抱在怀中像抱着有温度的布娃娃似的，当然，尾巴的质感比普通布娃娃好多了——是个高级布娃娃。

平日里已经习惯抱着尾巴睡觉的陆清酒却在这天夜里做了个噩梦。他梦到自己误入了一片树林，在里面迷了路。树林很茂密，层层叠叠的树冠遮住了想要射入的阳光。陆清酒在里面走啊走啊，怎么都走不出去，天马上就要黑了，太阳落下地平线后，树林里发生了可怖的变化。

周围的树枝变得又长又软，像是一只只扭曲的手臂。陆清酒见到此景有些恐慌起来，转身想要逃走，可无论他逃到哪儿，到处都是树枝，这些树枝将陆清酒围了起来，最后朝着陆清酒身上缠去，陆清酒发出一声惨叫，却发现这树枝的触感……分明就是毛茸茸的大尾巴！

"啊啊啊！！"被噩梦吓醒，陆清酒发出了惨叫，他一脸惊恐地从床上坐起来，看见自己身边空空荡荡的，既没有白月狐，也没有大尾巴。

听到他的叫声，在外面做事的尹寻支楞个脑袋进来："陆清酒，你醒啦？"

陆清酒："……嗯。"

"做噩梦了？"尹寻在清洗中午要吃的白菜。

"是啊，白月狐呢？"陆清酒问。

"在院子里喂鸡呢。"尹寻说，"怎么了？要叫他过来吗？"

陆清酒摇摇头示意不用，他看着尹寻的脸，迟疑片刻后，小声道："尹寻，你进来，我问你点事情。"

尹寻道："干吗一副神神秘秘的样子？"虽然这么说，但他还是乖乖进了屋子，还顺手带上了门。

"我想问一下，就是，尾巴对于狐狸来说是什么啊？"陆清酒问。

尹寻一愣："怎么突然问这个？"他想起了之前陆清酒经常抱着白月狐尾巴睡觉的事，以为他是在担心，便道，"尾巴？就是他们身体的一个重要部位吧，只会给自己信任的人触碰。"

陆清酒道："那……狐狸尾巴会掉吗？"

尹寻以为陆清酒说错了，茫然地问了一遍："掉？什么掉？"

陆清酒见尹寻不明所以的模样，便知道他肯定是不知道了，他叹了口气，摇摇头没有再继续这个话题。

尹寻倒是觉得从这天早上开始，陆清酒整个人都变得怪怪的，经常一个人坐在旁边发呆，发呆就发呆吧，问题是发呆的时候陆清酒还偏偏喜欢盯着白月狐看，如果只是看也就算了，可陆清酒看的部位……居然是白月狐的屁股！

第一次注意到这个细节时，尹寻以为自己看错了，但经过他的反复观察、仔细研究后，他确定自己没有误会陆清酒。他的幼时好友，好像对白月狐产生了某种不该有的感情——不然怎么解释他天天盯着人家白月狐的屁股看啊？

不过仔细想想，陆清酒对白月狐感兴趣似乎也不是不可能，毕竟白月狐长得这般漂亮，他们又是几个大男人一起生活，村子里的女性，要么是几岁的小女孩儿，要么是五六十岁的大婶，前几天他看见九凤还高兴了一下呢，也难怪陆清酒会对白月狐动心，而且重点是，陆清酒根本不知道白月狐真实的身份，他大概以为白月狐只是个美貌的狐狸精。

尹寻前几天还看见陆清酒在看《聊斋志异》呢，如果他没记错的话，那本书里就有不少人类和狐狸精恋爱的故事吧！虽然似乎都没有什么好下场……

"你在看什么？"尹寻正想得起劲，身旁传来一声冷冷的问话，他浑身一个激灵，却看到白月狐面色不善地盯着自己。尹寻惊觉，刚才他顺着陆清酒的目光也盯着白月狐的屁股开始发呆，现在惨遭白月狐发现。尹寻急忙收回眼神，尿尿地解释："没……没什么。"

白月狐冷冷地瞪了他一眼，起身走了。

尹寻瞅着白月狐的背影，觉得哪里不太对劲，他仔细想了想，发现了一件更加恐怖的事。

以白月狐那敏锐的第六感怎么会不知道有人在盯着他的屁股看，可现在陆清酒都看了这么多天了，白月狐连一点反应都没有，自己才看两眼就被白月狐用要杀掉他的眼神警告。

尹寻惊恐地看向陆清酒。

陆清酒："……你这是什么弱智表情啊？"

尹寻："陆清酒，你是不是有什么事瞒着我？"

陆清酒幽幽地叹息："其实，这几天一直有个事情在困扰着我。"

尹寻一听，以为陆清酒是要找自己进行情感咨询，忙道："你说，你说。"

陆清酒犹豫道："就是那个……唉，算了，说了你也不懂。"之前尹寻就没听明白狐狸掉尾巴这事儿，看来他也不知道，估计问了也是白问。陆清酒一脸忧郁地离开了，留下尹寻差点没对他破口大骂，这个陆清酒是怎么回事啊，什么叫说了他也不懂？是啊，他的确是没谈过恋爱，那又怎样？也不妨碍互相聊聊啊，又不是没听说过，呜呜呜，他这是被嫌弃了吗？

尹寻被陆清酒的一番话搞得也忧郁了起来，于是家里的气氛就更加沉重了，吃饭的时候就看见白月狐面无表情地吃，陆清酒和尹寻在旁边唉声叹气。

这样的日子持续到了暴风雪结束，陆清酒正打算就此事找白月狐谈谈时，家里却又来了个客人。

陆清酒从来没有这么欢迎过客人，这客人简直就是及时雨，可以完美地解释陆清酒的疑惑。没错，来人正是小狐狸的父亲，长得妖娆妩媚却说了一口山东话的大狐狸精苏焰。

苏焰是来接小狐狸回去过年的，这离年关还有十几天，说是想提前把儿子接回去。

只是他在看到自己儿子的毛被剪得像是贵宾犬、穿着剪裁不合身的棉袄在院子里和两只猪一起玩的时候，表情还是扭曲了一下，虽然很快就恢复了正常，不过陆清酒还是注意到了。

陆清酒正打算道个歉，却听到苏焰来了句："没事，比他奶奶养得精细多了。"

陆清酒："……"苏息以前过得是有多惨啊。

苏焰忽地说："你知道他为什么要叫苏息吗？"

陆清酒："……为啥？"

苏焰说："他妈怀他的时候，在看一部动画片。"

陆清酒懂了，他说："他难道还有个朋友叫苏佩奇？"

苏焰点点头。

陆清酒差点没被口水呛到，心想：你们狐狸可真是不讲究，这就随便把名字取了，他真的想象不到一个绝世大美人自我介绍说自己叫佩奇时其他人的表情。

小苏息显然不太乐意回去，看见他爸就趴在地上撅起自己的屁股，这姿势还是和小花学的，据说当康一族就是用这种姿势表示抗拒和厌恶的。当然，苏焰并不是当康一族，所以看见苏息这姿势就火了，一把将狐狸崽子揪起来，怒道："你这是跟谁学的？撅屁股干吗呢？信不信老子给你屁股上来上一脚啊。"

小花看见自己的小弟被欺负了，一口咬在了苏焰脚上，怒道："你这个臭东西放下小狐狸，我咬死你！"

苏焰："……"他居然被猪啃了。

陆清酒赶紧打圆场，解释了一下双方的身份，在得知苏焰是小狐狸的爸爸之后，小花这才没有再生气，但还是表示家庭教育不能说脏话，也不能使用武力。

苏焰决定放弃和小花争吵，脸色阴郁地站在一旁没吭声。

陆清酒赶紧招呼道："咱们进屋子里吧，外面冷。"

苏焰微笑道："好啊。"他真怕自己再待在外面，会和一头猪掐起来。

两人进了屋子，陆清酒说："你把帽子摘下来吧，上面都是雪，待会儿雪化了帽子就湿了。"苏焰来的时候戴着一顶厚厚的毛线帽子，这帽子其他人戴着估计挺土的，但是在他身上却变成了一件时尚单品，这大概就是颜值的力量。

苏焰闻言略微有些犹豫，当看到陆清酒没什么恶意的目光后，才伸手将帽子摘下来。

陆清酒看着苏焰的脑袋就呆了，只见苏焰的脑袋上光秃秃的，之前那头漂亮的黑发不见了踪影，整个脑袋圆得像颗刚剥开的白煮蛋，虽然还是挺好看的，但问题是……

陆清酒："咋把头发剃了啊？"

苏焰说："和人赌了一场，输了，就把头发给剃了，过两年才能长起来。"他伸手摸了摸自己的光脑袋，自嘲道，"没事，偶尔换个发型也挺有趣的。"

陆清酒："噢……"他想到了什么，没敢再继续这个话题，赶紧说到了重点，"苏先生，我有件事情想问你。"

"什么事？"苏焰说。

"狐狸的尾巴会掉吗？"陆清酒问。

"尾巴？"苏焰道，"会掉啊，不过掉的时候非常特殊，怎么了？难道有狐狸在你面前掉了尾巴？"

陆清酒当然不可能把白月狐掉尾巴的事情说出来，只是含糊地说自己有个朋友遇到了这种事，还仔细问了苏焰，到底是什么情况下狐狸的尾巴才会掉下来。

"狐狸快死了，尾巴就掉了。"苏焰说。

陆清酒一听就惊了："什么？"

苏焰道："怎么？"

"狐狸快死了尾巴才会掉？"陆清酒紧张道，"掉了之后呢？那尾巴还会有温度吗？"

"有温度，尾巴可以用另外一种方式保存下来，也算是骨骸了。"苏焰道，"你不会真的见过吧？狐狸尾巴都是狐狸的精元所在，一般不会在人面前展示，除非他非常信任你，将你当作了挚友……陆清酒？"

陆清酒整个人都不好了，他回忆了一下白月狐那晚的表情，然后哆嗦了一下。苏焰如果没有撒谎，那就是白月狐真的要出事了，其实他之前就一直在怀疑白月狐到底是不是狐狸，然而这九条毛茸茸的尾巴，就是最好的佐证，现在尾巴突然掉了……

陆清酒苦笑起来。

苏焰见陆清酒的脸色越来越难看，赶紧开口安慰："生老病死乃是世间常态，不用太过介怀，狐尾脱落便说明那狐狸是寿终正寝，不会走得太过痛苦……"

陆清酒说："谢谢，我知道了。"

苏焰说："那我先走了，提前祝陆先生新年快乐。"

"你也新年快乐。"陆清酒也道。

苏焰刚说完话站起来，出去做事的尹寻就回来了，他大大咧咧地推门而入，进屋后看见苏焰，把外套脱下来抖掉了上面的积雪，道："哟，稀客啊，苏先生，这就走啦？"

苏焰没说话，眼珠子粘在了尹寻脱下来的外套上面。

陆清酒："……"他果然猜对了。

尹寻完全不知道发生了什么，见苏焰盯着那漂亮的雪白大氅看，以为是他识货，还高兴地介绍了一番："苏先生是在看这外套吗？这外套是我朋友从城里商场里买来的，平时可贵了，这还是促销的时候打了折才买的，三千多块钱呢。"

这是陆清酒随口给尹寻说过的话，他没想到尹寻如此乖巧，竟是一字不漏地记了下来。

苏焰："多少钱？"

尹寻："三千呢！"

站在苏焰身后的陆清酒甚至听到了苏焰磨牙的声音，他看了眼苏焰那光秃秃的脑袋，觉得尴尬极了，默默地移开目光假装自己在看风景。

"行吧，三千。"苏焰显然想要说很多话，但最后只从嘴里憋出来了这么一句，接着转身就走，头也没回。

尹寻完全不明白发生了什么，被苏焰的表情吓了一跳，他小声道："苏先生的表情怎么那么狰狞啊，他会不会以为我在炫富？我是真没穿过三千的衣服，好不容易遇到个识货的，这不一高兴就给全说出来了嘛……"

陆清酒没说话，只是重重地拍了拍自己这个好友的肩膀，长长地叹息了一声。

苏焰一身雪白的毛发只值三千，他没被气得当场骂脏话，陆清酒已经觉得他修养很好了。

小狐狸精被苏焰一起带走了，苏焰说等到年过完了再把它送回来，陆清酒也不知道他为什么这么执着，一定要把自己的儿子放在这里，而且从之前他和白月狐的对话来看，他似乎还因此付出了一些代价……

苏焰走后，屋子里静了下来。

陆清酒又想到他刚才说的狐狸精掉尾巴的原因，心中再次变得不安起来。尹寻在旁边吃着烤好的红薯干,见陆清酒神色不对,问道:"酒儿啊,你咋啦?一副有心事的样子?"

陆清酒说:"我有些话想和白月狐说。"

尹寻叼着红薯干愣住了,他瞪大眼睛:"你……打算去说了?"难道是陆清酒看清了自己的心意,打算和白月狐表白?可是白月狐一族对待恋人的态度可不怎么友好,他们最喜欢做的事,就是把最爱的东西,全都给放到肚子里……

陆清酒说:"是,我打算去问问。"他觉得无论真相如何,至少要知道白月狐是不是真的身体状况堪忧,在某些事情发生之前,他心里好歹得有个准备,不必像面对亲人死亡时那般狼狈。

"可是,你……"尹寻想劝陆清酒,又不知道该怎么说合适,他道,"你真的想好了吗?可能会死的。"

陆清酒说:"就是因为可能会死,所以我才要去问。"原来尹寻也知道这件事,只是装糊涂不愿意他难过,难道白月狐真的要……

尹寻被陆清酒的坚定震撼了,作为山神,他其实已经见过不少生死,无论是其他动物的,还是人类的,此时他却被陆清酒这种坦然赴死的气场感动了,道:"好吧,你去吧,无论什么结果,我都会尽力帮你的,但是你说的时候我想在场!"至少在白月狐吞下陆清酒之前,自己能为他争取一些时间吧!

陆清酒道:"行吧。"

两人达成共识之后,面色都格外地沉重。陆清酒想的是白月狐身体到底出了什么问题;尹寻想的是能交到陆清酒这样的好友,实乃人生幸事,只是每个人都有每个人要走的路,他不能替陆清酒做出选择。

外面的风有些大,陆清酒和尹寻都没有关门,两人的目光穿过茫茫雪幕,看向了远方。

白月狐回来了,手里提着一只新鲜的葱茸,葱茸被扒了皮,因为寒冷,血液已经凝固在了肉体上。白月狐进了院子,见到屋子没关门有点惊讶,他走进来,顺手带上了门,道:"出什么事了?"

陆清酒嘴唇动了动,他说:"苏焰把苏息带走了。"

"哦。"白月狐点点头,对这个事不是很感兴趣,他道,"晚上做炭烤小排吧,很好吃。"

陆清酒终于鼓足了勇气,决定和白月狐挑明真相,他说:"你很喜欢吃我做的饭吗?"

尹寻闻言，在旁边紧张地抓住了自己的裤子，他知道，最重要的问话就要来了，这是陆清酒情感的铺垫！

白月狐看着两人凝重的表情，愣了愣，点点头："嗯。"

陆清酒深吸一口气，尹寻在旁蓄势待发以防白月狐突然发难，然后，他便听到这个向来都很靠谱的好友认真又严肃地说："那你为什么都不告诉我你就要死了？"

白月狐："嗯？"

尹寻："嗯？？？"

陆清酒道："我刚才问过苏焰了，他说狐狸精掉了尾巴，就是要死的征兆——尹寻！你能不能别掐我的手了，都要被你掐断了！"

尹寻惊恐得要命："你不是要和白月狐表白啊？"

陆清酒："啥啥啥？你在说个啥？？"

尹寻："……"糟了，原来死的不是陆清酒，是他自己！完了，白月狐要真的想发火，那肯定舍不得吃陆清酒，要吃也是吃他啊！

尹寻尖叫："陆清酒你这个坑货！"

陆清酒："……"尹寻这兔崽子发什么疯呢？刚才还说要做他坚实的后盾，咋现在这么不堪一击，马上就叛变了？！

此时的尹寻终于明白，从头到尾，他和陆清酒说的就不是同一件事，看着白月狐那喜怒不明的表情，尹寻简直想当场把陆清酒丢在这里自己开溜。陆清酒却不明白为什么尹寻的表情如此痛苦，他还在问："你说什么？什么表白？谁要表白？"

尹寻痛苦地捂脸。

白月狐在旁边静静地坐着看二人互动，眼神落在陆清酒身上时，黑眸微微闪了闪。

尹寻不肯再说话，陆清酒以为他是抽风，便没有再理会他，而是扭头看向白月狐，他想早点把尾巴的事情解决了，弄清楚白月狐的尾巴为什么会掉。到底是真的如苏焰所说白月狐的寿元将尽，还是有别的原因。

"月狐，苏焰的话是真的吗？"陆清酒问，"他说只有寿元将尽的狐狸，尾巴才会掉下来。"

白月狐沉默片刻，道："一般狐狸是这样的。"

陆清酒："啊？"

白月狐道："但是我是特殊的狐狸。"

陆清酒："……"

白月狐说："所以不用担心我会死。"

陆清酒听完这话心中的确是安心了不少，他说："真的？"

白月狐点点头。

陆清酒说："那就太好了。"他笑了起来，状似无意地说了一句，"我差点要以为这尾巴不是你的了呢。"

白月狐："……"

尹寻："……"

陆清酒说出这话后，白月狐面无表情地看了尹寻一眼，尹寻强颜欢笑，那笑容简直比哭还难看，陆清酒也跟着白月狐瞅了眼尹寻："尹寻，白月狐不用死了，你哭什么？"

尹寻心想：白月狐当然不会死了，死的明明就是我自己。当然他没敢说，只是努力地扯了扯嘴角，露出一个假得不能再假的笑容："哈哈……哈哈，我当然是为白月狐感到高兴啦！"

陆清酒"哦"了一声，最后对这件事进行总结："所以白月狐其实是只特殊的狐狸，丢掉尾巴也没问题是吧？"

尹寻痛苦地点头，白月狐淡淡地"嗯"了声。

"那你们玩，我先去厨房做饭了。"陆清酒站起来，干净利落地结束了这个话题，转身去了厨房。

尹寻本来也想去，白月狐却朝他递了个眼神示意他留下，尹寻虽然害怕，但只能一边在内心嘤嘤嘤，一边胆战心惊地坐在了凳子上。

陆清酒的背影消失在客厅里，留下白月狐和尹寻两人四目相对。

"你自己清楚该怎么说吧？"白月狐开口。

"清楚，清楚。"尹寻坚定道，"白大哥，我绝对不会暴露你的！"——你看你这次的身份危机，还不是因为遇到了一条假冒伪劣质量不过关的狐狸尾巴！

白月狐道："嗯，去吧。"

尹寻站起来赶紧蹿进了厨房，不敢再和白月狐多待一分钟。

厨房里的陆清酒正在低着头择菜，听见尹寻的脚步声也没回头，尹寻轻手轻脚地走到了陆清酒身后，正打算问他自己要做点什么，便听见低着脑袋的陆清酒非常平静地问了句："白月狐到底是什么？"

尹寻："……"

陆清酒继续道："不是狐狸吧？"他没有见过白月狐的原形，所以也无从判别，只是不明白为什么白月狐要隐瞒自己的身份，难道他的原身非常特殊？

尹寻因为陆清酒这话后背起了一层鸡皮疙瘩，他甚至能感觉到白月狐的眼神穿过墙壁，落在了自己的身上，只要一个回答不好，恐怕今天这顿午饭就是他的上路饭了。

尹寻，一个无助、可怜又弱小的山神，在强大力量的胁迫下，最后还是背叛了自己的好友，出卖了本来就没剩多少的良心，他说："白月狐是狐狸啊。"

陆清酒扭头看了尹寻一眼。

尹寻故作坦然："你看我做什么？"

陆清酒："唔……虽然说好奇不是好事，但我的确是挺好奇的。"

尹寻："……"

陆清酒说："算了，不聊这个了。"他觉得白月狐肯定不是狐狸，只是他实在不明白，为什么白月狐对他的真身如此忌讳，就好像如果让人知道了会发生什么恐怖的事情一样。不过既然白月狐这般不愿意坦白，他干脆也懒得问了，只要知道白月狐性命无忧就好，而且现在尾巴和白月狐的身体分了家，那他岂不是可以每天一个人抱着尾巴美滋滋地睡，还不用和白月狐挤一张床了？这么想想，陆清酒甚至有点想笑。

尹寻见陆清酒神色不明，以为他是不高兴了，在旁边苦口婆心："酒儿啊，有些事情不知道比知道幸福多了！"

陆清酒："不是昆虫和爬行类吧？"

尹寻小幅度地摇头："当然不是，是狐狸，是狐狸。"

陆清酒："为什么是狐狸？"

尹寻道："谁会不喜欢一只毛茸茸软乎乎的大狐狸呢？"特别是喜欢看颜值的人类。

陆清酒居然觉得这话还挺有道理，虽然不愿意承认，但是当初他在看到白月狐那毛茸茸的大尾巴时，内心的确是非常快乐甚至是有点激动的。那九条毛茸茸的尾巴的诱惑力实在是太大了……

陆清酒道："好吧，中午吃青椒炒蛋好了。"

尹寻："……"你话题转得有点快啊。

白月狐本来以为陆清酒还会继续怀疑自己的身份，可谁知自此之后陆清酒对此绝口不提，仿佛根本没有发现什么。但有个事情却让白月狐变得有些不满起来，就是陆清酒对尾巴的态度比对他温柔多了……

晚上睡觉陆清酒依旧抱着大尾巴幸福地缩进被窝里，用脸蹭啊蹭，蹭着蹭着就睡着了。

白月狐失去自己尾巴同时也失去了和陆清酒一起睡炕的权利，被劝到了旁边的客房——反正他也不怕冷。

这几天，陆清酒一直沉浸在尾巴的温柔乡里不能自拔，却不知道某天晚上他尚在熟睡之中的时候，白月狐走到了他的屋子里，盯着沉睡中的陆清酒神色不明。

第二天早晨，陆清酒从空荡荡的被窝里醒来，感觉自己的身边好像少了什么，伸手一摸，惊恐地发现自己的尾巴……哦，不对，是白月狐的尾巴不见了。

"月狐，月狐。"还穿着睡衣和拖鞋、失去了大尾巴的陆清酒冲到了白月狐的房间里，叫道，"大事不好了！"

白月狐说："怎么？"

"你的尾巴不见了！"陆清酒道，"昨天晚上我明明是抱着你的尾巴睡觉的，可是今天早晨一醒来却发现你的尾巴没了！"

白月狐："没了？"

"真的没了。"陆清酒焦急道，"我找遍了整个房间都没看到。"

"别担心。"白月狐安慰陆清酒，"等到来年春天，我就又有新尾巴了。"

陆清酒："……哈？"

白月狐："再等等吧。"

陆清酒瞪大了眼睛，从白月狐的语气里，他发现他真的不是在开玩笑："还能再长出来啊？"

白月狐："当然。"

陆清酒简直惊呆了，他还是第一次听说狐狸尾巴掉了还能长出来的，难道白月狐的真身不是狐狸而是只大壁虎？可是尹寻不是说了白月狐不是爬行类动物吗……

失去尾巴的陆清酒简直像是失了魂，而且最惨的是小狐狸也被苏焰给拎走了，在这冬日里，短短一天之内，他失去了最宝贵的两件抚慰心灵的宝物。

陆清酒受到了沉重的打击。

那天中午，白月狐和尹寻少有地吃了泡面。

尹寻盯着自己面前的泡面盒子，拿着叉子嗍了一口，幽幽道："你怎么得罪他了？"

白月狐："……"

尹寻说："酒儿心情不好，咱们就得吃泡面啊。"

白月狐略作犹豫："我把尾巴收回来了，告诉他春天才会再出现。"

尹寻："为啥啊？"

白月狐理不直气也壮："他天天抱着尾巴。"

尹寻惊呆了："他不抱着尾巴难道抱着你吗？"

白月狐："我不介意。"

尹寻："……"可是陆清酒介意啊！当然，他没敢说，只是喝了口汤让自己冷静一点，免得说出什么不可挽回的话来，他想了想，道，"这样吧，你再搞两只耳朵出来，让陆清酒摸一摸，解解馋，你知道的，他很喜欢毛茸茸的东西……"

白月狐蹙眉。

尹寻道："不然他做饭很容易走神切到手！"

这句话最终触动了白月狐，他点点头，算是同意了尹寻的提议。

于是当天晚上，白月狐突然在陆清酒面前，神色凝重地坐下，消沉了一天的陆清酒被他的表情吓了一跳，正打算问出什么事了，便听白月狐道了句："没有尾巴，耳朵凑合吧。"——反正耳朵是不可能掉的。

他话音刚落下，脑袋上便冒出两只毛茸茸的耳朵，那两只耳朵白生生、软乎乎，还轻轻地抖了一抖，把陆清酒直接看呆了，他道："我……我可以摸一下吗？"

白月狐："可以。"

他刚说完，陆清酒就伸出手，一左一右，牢牢地抓住了两只耳朵，那耳朵是温热的，被捏在手里又软又暖，像两个暖手宝。

"好……好软啊。"陆清酒道，"白月狐你太可爱了吧。"管白月狐到底是个什么物种，只要他能长耳朵长尾巴，他就是他心目中最美丽的狐狸精。陆清酒的想法要是让尹寻知道了，估计尹寻得狠狠地骂一声"陆清酒这个肤浅的人类"。

白月狐坦然地接受了陆清酒的夸奖，道："睡吧。"

陆清酒幸福地点点头。

第七章
年关至

就这么打打闹闹的，年关快到了。

这是陆清酒回来之后，在这里过的第一个年，他自然想要好好庆祝一番。白月狐和尹寻都对此表示十分赞同，白月狐说自己能带很多新鲜的食材回来，尹寻则表示自己可以在厨房帮陆清酒打下手。

在过年之前，陆清酒还接到了个苏焰的电话，电话里苏焰问陆清酒，苏息毛里面的那个女人是什么东西。

陆清酒想了几秒钟，才想起来苏息的围脖里还藏着个小小的雨师妾……事实上，要不是苏焰询问，他已经完全把这事儿给忘干净了。

"苏息他妈还以为苏息长跳蚤了呢。"苏焰说，"结果洗澡的时候从身上扒下来个小人儿。"

陆清酒道："不好意思，不好意思，我明天就叫白月狐把她接回来。"仔细想来，他们把人家雨师妾的坟都给刨了，还这么粗暴地对待她，是有点不对。

"不用麻烦白月狐了。"苏焰却道，"等年过完了，我就把她连带着苏息一起给你送回去。"

陆清酒："唔……也行吧。"

"陆先生，提前祝你新年快乐了。"苏焰道。

"谢谢，你也新年快乐。"陆清酒笑了起来。

因为秋天有过秋收祭，再加上冬天恶劣的气候环境，所以水府村的年味并不浓。不过这并不能阻止陆清酒过年的热情，他早在入冬之前就准备好了过年要用的，甚至还买了几个火红色的灯笼和窗花贴纸，高高兴兴地把家里布置得喜气洋洋。

白月狐出去一趟，带回来了不少新鲜的蔬菜和肉，大部分都是他从山里抓来的珍禽异兽，有些蔬菜则是他直接去市里面买来的。

只可惜，家里的电视不能用，少了最有代表意义的春晚，不过一家人聚在一起，吃一顿热乎乎的年夜饭，也足够了。

陆清酒拟好了年夜饭的菜单，布置了一桌子的好菜。他做了鱼，炖了鸡，炒了很多菜，甚至还用芝麻馅捏了一大碗圆滚滚的糯米团子。饺子自然也是要吃的，不过陆清酒也没有煮太多，只是一人煮了一碗意思一下。

过年当天，天气还不错，至少没有下雪，陆清酒在院子里放了一挂鞭炮，噼里啪啦的声音格外热闹，这是村子里的习俗，再穷的人家在春节这天都要放一串鞭炮，表示赶走去年的不痛快，迎接新的、美好的一年。

红色的鞭炮纸屑落在了白色的雪地上，如同凋零的红梅，看起来格外漂亮。

"要不要放点烟花？"陆清酒问。

"你买了？"尹寻有些好奇，自爷爷奶奶过世之后，他已经许久没有过过热闹的春节了。这个对于中国人来说非常重要的节日，于他而言却无比普通，和平日别无二致。

"买了。"陆清酒笑道，"白月狐去市里的时候顺便让他买回来的。"这边地方偏，还没有禁止烟花爆竹，所以他准备了一些，想让家里这个年过得热闹一些。

"吃完饭再放吧。"尹寻说，"不然菜都凉了。"

"也行。"陆清酒道，"走吧，月狐，吃饭去了。"

三人两猪回了屋子，开始享用美味的年夜大餐。桌上十几个好菜，完全够他们三人吃饱，陆清酒还拿出了自家酿的葡萄酒，一人倒了一杯。

屋子里暖洋洋的，伴随着笑声、交谈声，新的一年就这么来了。

待吃得差不多了，三人便又回到院子里，一人手里拿了把烟火。这些烟火形态各异，被点燃后绽放出绚丽的光芒。

尹寻高兴得像个小孩儿，在雪地里跑来跑去，满面笑容，白月狐站在他的身后，黑色的眸子里映着美丽的光，陆清酒大声道："大家新年快乐啊！"他说着，从兜里掏出了四个包得整整齐齐的红包，给尹寻、白月狐、小花、小黑一人一个。

"你还给我红包啊，这合适吗？"尹寻嘴上说着不要，身体却很诚实，把红包往自己的兜里一塞，露出嘴角那颗可爱的虎牙，"谢了啊，爸。"

陆清酒："哎，乖儿子。"他说完这话，把目光移到了白月狐身上。

白月狐捏着红包瞅了陆清酒一眼，陆清酒奇迹般地明白了他眼神的含义，忍不住笑了起来："收下吧，你不用叫我爸爸。"

白月狐这才默默地把红包收了起来。

谁能想到呢，这家里最有钱的居然是陆清酒这个普通人。

春节之后，再过个十几天，这个难熬的冬日便要结束了，积雪融化，万物复苏。新的东西，总是充满了希望，让人忍不住期待即将到来的新的一年。

陆清酒还有很多计划，他打算明年养一窝蜜蜂专门用来给家里酿造蜂蜜，还打算在院子周围种些果树，等再过几年，一到秋天，院子里的果树便会挂满红彤彤、黄澄澄的果子，看起来肯定很美。

夜渐渐深了，尹寻和陆清酒告别后回家去了。陆清酒守完夜后也有点困，便让白月狐明天再收拾桌子，先把炕烧好好去睡觉。

暖烘烘的被窝带着怡人的温度，陆清酒捏着白月狐的耳朵，和他在被窝里聊着天："这么捏你，你不会痒吗？"

"不会。"白月狐说，"没感觉。"

陆清酒闻言沉默片刻，又问："春天的时候尾巴会长回来吧？"

白月狐点点头。

陆清酒这才放心了，他半张脸都缩在被褥里，只露出一双昏昏欲睡的眼睛，看上去似乎快要睡着了，他道："那就好……尾巴不见了……真是吓我一跳……"

白月狐躺在陆清酒的旁边，只需微微侧眸，就能看到陆清酒的脸。

陆清酒是个让人觉得很舒服的人，温暖但不炽热，让人想要靠近，并且靠近之后也不会被灼伤。

白月狐第一次遇到这样的人类。

他经过了漫长的岁月，却依旧没有成功融入人类的世界，不是他不能，而是他不愿。

这种事情费心费力，还不讨好，白月狐懒得去做。

和他一样这么想的，还有很多神明和大妖。人类追求的很多东西，他们都无法理解，他唯一感兴趣的就是人类的吃食，只是这些食物之中有时候会夹杂很多别的东西，能让人登时没胃口。

但陆清酒做的东西却很纯粹，他从头到尾都没有对白月狐做出任何要求，更未曾挟恩图报。白月狐遇到过一些人，在知道他不是人类后，态度都会发生一些转变，有的更加亲昵，这亲昵中带着讨好，有的变得冷漠，开始恐惧和逃离。

唯有陆清酒，依旧将他当作一个普通的房客。

身边的人已经睡了，却还是不肯放开手里毛茸茸的耳朵，白月狐略微有些无奈，但最终还是没有将陆清酒的手拨开，就这么由着他去了。

新年伊始，总该有些新气象。

陆清酒早晨起来，给他们每个人都煮了四个圆滚滚的汤圆。这汤圆和平时吃的不太一样，一个就有半个拳头那么大，里面包的是黑乎乎的芝麻馅，一口咬下去，又甜又糯。

四个汤圆是陆清酒小时候姥姥和他说过的习俗，意味着新的一年，四季圆圆满满，顺顺利利，一滚就过。

吃完汤圆，陆清酒还给他们每人下了碗饺子，饺子里面猪肉白菜和猪肉酸菜的都有，白菜的味道要淡一点，但是更加鲜美，酸菜的非常开胃，连陆清酒都能一口气吃二十多个。

吃完饭，陆清酒便打算去扫墓了。今天是大年初一，祭祖的日子。陆清酒虽然不是很讲究这些，但也想去把家里的坟打扫一下。

本来尹寻也想跟着去的，但被陆清酒拒绝了，表示他想一个人去。尹寻看着陆清酒欲言又止，但见他态度坚决，只好同意。

好在今天天气不错，没有下雪，虽然山路难走，但墓地就在村子附近，也不用担心会太麻烦。

陆清酒背着个包，包里放了给姥姥准备的纸钱和香烛，就这么出发了。

顺着村子里的小路一直往前，很快就离开了水府村，这一路上陆清酒都没在村子里看见什么人，不过话说回来，自从入冬之后，整个水府村都好像进入了冬眠状态，大家都不出门了。不过想来也是正常，这大冬天的，出来也没什么事做，还不如在自家的院子里活动。

因为下雪，墓地几乎都被盖住了，陆清酒只能凭借记忆寻找姥姥的墓碑。好在他运气不错，很快就找到了墓碑所在之处。他先将上面的积雪收拾干净，然后在下面点上香烛，又烧了一些纸钱。

"姥姥，你给了我什么东西呢？"陆清酒边烧纸边对着墓碑道，"有个叫玄玉的和尚来家里了，他说他认识你，是你以前的朋友吗？"

石碑上的姥姥自然不会说话，在黑白照片中重回青春的她，眼神中依旧带着温柔的笑意，模样和陆清酒非常相似。

陆清酒在墓前坐了很久，和姥姥聊了许多事，其中有关于已经变成了山神的尹寻，还有刚不小心把自己的尾巴搞丢了的房客白月狐。以前他每次看到姥姥的墓，心中泛起的都是悲伤、遗憾和悔恨，他悔恨自己没能在姥姥去世之前赶回这里，让她一个人孤零零地走了。

现在回到水府村，以另一种方式陪伴在她的身边，陆清酒心中的悲痛倒是散去了很多。他把墓碑上面的积雪处理干净，又整整齐齐地在墓碑前摆放好了祭品后，才微笑着同姥姥告别，起身离开。

到家之后，白月狐和尹寻都没敢过来打扰他，这两人小心翼翼的样子，倒是让陆清酒觉得有些好笑，他也是个成年人了，就算心情不好，也不会拿身边的人撒气。

"晚上想吃什么？"陆清酒说了个平日里最常问的话题。

"我想吃火锅。"尹寻举手，"特别辣的那种。"

"我都可以。"白月狐道。

陆清酒说："那咱们就吃火锅吧，马上就开春了，把剩下的材料收拾收拾吃干净，免得浪费了。"

陆清酒用豆瓣酱和牛油香料熬制出了火辣辣的锅底，汤汁用的是鸡汤，颜色鲜艳红亮，上面漂着干辣椒和花椒。

火锅里烫的食物一部分是白月狐带回来的新鲜肉类，一部分是放在冰箱里的存货，蔬菜不太多，只有干贡菜和木耳等可以干燥保存的食物，直接用水泡发就可以了。

陆清酒最喜欢的宽粉和豆皮也没有落下，和尹寻、白月狐比起来，他简直是个完全的素食动物。

把锅端到客厅里的炭盆上放着，陆清酒招呼着他们来吃饭了。

火锅真是冬日里最好的消遣，朋友几人边吃边聊，不用担心菜会凉，反而越吃身上越热，陆清酒吃了一大口他们这里的特产宽粉，咀嚼之后咽下肚，抬手擦了擦自己鼻尖上的汗水。宽粉是红薯做的，生的时候是硬的，煮熟了之后却变得软糯弹牙，非常入味，是陆清酒很喜欢的食材。白月狐带回来的新鲜的肉也很好吃，片成薄片，在红汤里面烫个十几秒就能捞起来，不但麻辣鲜香，还能吃到食材本身的味道。

家里弥漫着一股火辣辣的香气，陆清酒吃到最后脱掉了自己的羽绒服，下巴尖上还沾着一滴汗水。

"好辣啊。"尹寻喝了口水，"明后天就是最后一场雪了，雪停了差不多温度就该上升了。"

春天终于要来了。

"我糖都要吃完了。"陆清酒把肉吞下去，道，"可以想想咱们春天的时候种点什么菜。"

"都行啊。"尹寻说，"我不挑嘴的。"

陆清酒道："嗯，到时候去镇上看看吧，去年雪大，今年收成肯定好。"瑞雪兆丰年还是有道理的，雪可以杀死泥土里面大部分的害虫，来年种子种下去发芽率就会高很多。当然，他们家完全不用担心这个，毕竟有白月狐这个种田小能手在，陆清酒只要选自己想要的菜就行了。

气温回暖，雪也渐渐化了，屋顶上，树梢上，一块儿块儿积雪开始往下坠落，晚上在屋里睡觉的时候，都能听见化雪的动静。

尹寻把挂在屋檐上的冰锥全给戳了下来，防止雪化的时候冰锥掉下来伤人。据说之前就有这样的例子，一个姑娘在化雪的时候走在屋檐底下，然后冰锥直接掉落刺进了她的脑袋，人就这么没了。

难熬的季节总算是要过去了，陆清酒有点高兴，他终于不用每天都把自己裹得像个过冬的熊，可以穿点轻薄的衣服了。

大概在一月底的时候，苏焰把苏息送了回来，一起被送回来的还有一脸不高兴的雨师妾，她身上换了件特别可爱的蓬蓬裙，阴沉着脸色坐在苏息的毛毛里。苏息身上那身陆清酒做的简陋小衣裳也换成了精致的小棉袄，看得出做这衣服的人手工活儿很不错，只可惜因为毛发问题，穿着小棉袄的苏息还是怎么看怎么像小贵宾犬……

"这是我老婆给他们做的衣服。"苏焰递给陆清酒一个巨大的口袋。

陆清酒看着口袋里的衣服惊呆了，他起初以为这些是苏息的生活用品，但在看过之后才发现这居然是一袋子的小衣服，而且从衣服的尺寸上来看，显然不是给小狐狸的，而是给雨师妾穿的。

苏焰干咳一声，似乎也有点尴尬，他解释道："苏息他妈还挺喜欢那小姑娘的。"

陆清酒："……啊？"

苏焰道："这不是狐狸精小时候都是狐狸的模样嘛，成年化形之后，变的也都是成人的样子，所以我们那儿是见不到人形的小孩儿的。"更不用说这种拇指大小、长得还挺可爱的小姑娘了，虽然小姑娘的身份有点恐怖，但这并不妨碍他老婆母性大发。

陆清酒似乎明白了雨师妾那不高兴的表情到底是为什么，他哭笑不得道："好吧，我知道了。"

"我老婆还给她做了个木房子，说是可以放在苏息的窝旁边。"苏焰说，"给你添麻烦了。"

"没有没有。"陆清酒看到了苏焰说的小木房子，那房子是个两层的木楼，构造非常精美，里面似乎还摆放了床铺和梳妆台之类的东西。看来苏息他妈已经完全将雨师妾当成了可爱的芭比娃娃……

苏焰把东西放下后便走了，雨师妾也消失在了苏息的围脖里面，陆清酒把东西搬到了苏息的窝旁边，把衣服一件件叠好放到了小木屋的房间内，他看着和小花、小黑滚成一团的小狐狸崽子，一时间有种当妈的错觉。不过好在尹寻的出现让陆清酒抹去了这种错觉，他意识到自己只是个爸爸。

"镇子上的路好像通了。"尹寻是回来给陆清酒报信的，"咱们可以开着小货车去镇上吃小笼包啦。"

陆清酒道："这就通了？"

尹寻道："是啊，今年温度好像上升得挺快的。"

陆清酒说："行，那我准备一下，咱们去镇上买点新鲜的菜吧，顺便吃小笼包，你去把白月狐也叫上。"

"好嘞。"提到小笼包尹寻便开心地跑走了。

陆清酒换了身衣服，便去开停在门口的小货车。都快一个冬天没有开他家的小货车了，陆清酒觉得挺不好意思的。不过最冷的那段时间，小货车不见了，陆清酒还就这个事儿问了白月狐，白月狐说它是挖了个坑过冬去了。这不刚回暖，小货车便又出现在了陆清酒门口。

陆清酒把剩下的果冻糖都喂给了它，小货车吃得很开心，"叭叭"叫了两声，

三人坐上小货车往村子外面走，出村的时候遇到了陈伯，他看见陆清酒还打了个

招呼。

冬天过去了，整个村子都开始复苏，道路两边可以看见为春耕做准备的村民。这个冬天并不漫长，看来大家过得都不算特别辛苦。

陆清酒开着小货车上了山路。

山路上面还有一些未化的积雪，但已经可以通车了。小货车的速度快，但是足够稳，陆清酒就算不扶着方向盘，它也能自己开得好好的，而且它还记住了山路的走势，该减速的地方提前就减速了。

几个小时后，他们到达了镇上，陆清酒停好车，领着家里两个小孩儿去了小笼包店。

镇上和水府村不一样，还是挺热闹的，店老板因为白月狐出色的相貌和那大得惊人的食量早就对他们印象深刻了，看见陆清酒进来，还笑着招呼了声："好久没来了呢，和以前一样先来个十笼？"

"嗯。"陆清酒坐在门口，见外面吵吵嚷嚷的，似乎还有人拿着摄像机之类的东西，问道，"这些人在做什么呢？"

"好像是在拍什么节目。"老板伸手给陆清酒他们拿小笼包，"今天刚到镇上，闹腾得很呢。"

陆清酒好奇地看着，白月狐和尹寻都不太感兴趣，与其盯着人，倒不如把目光放在热腾腾的小笼包上面。

一口一个包子，尹寻把自己的脸塞得跟只青蛙似的，吃相很不雅观。白月狐的脸明明也不大，可那包子进了他的嘴却一点也看不出来，也不知道他的嘴到底有多大。

陆清酒看了一会儿，道："这些人不像是这儿的啊。"

他们的穿着都很时尚，和这边城镇朴素的气质格格不入，身边还停着几辆面包车。被围在中间的，好像是个少年，头发是漂亮的银灰色，背对着他们，虽然陆清酒看不见他的脸，但从那人笔直的背影可以看出这人的气质和常人有些不同。

陆清酒看了一会儿，便收回了自己的目光，这人看起来似乎是个明星。不过他是不追星的，平时更是很少看剧，大部分明星都是只知道名字但是对不上脸。

陆清酒见白月狐和尹寻都还没吃够，便道："你们继续吃吧，我先去买点种子。"

"我够了。"尹寻吃了二十几个了，肚子已经撑得鼓起来，"我和你一起去吧。"

"那月狐你先吃。"陆清酒道，"一会儿我们买完了来找你。"

白月狐点点头。

陆清酒先去老板那里付了几百块钱，然后和尹寻去了卖种子的地方。今年陆清酒经济富裕了，打算把租出去的地全都收回来自己种，当然他也提前问过白月狐了，白月狐表示多种几块地对他来说没什么压力，让陆清酒按照自己的想法做就行。

陆清酒想种的东西挺多的，而且白月狐种出来的东西比在镇上买的好吃，去年的番茄、黄瓜就是最好的例子。

陆清酒买了许多种子和秧苗，还问了一下老板有没有果树的树苗。老板说现在没有，要货得过段时间再来。陆清酒便留下了电话，让老板进货之后打给他。

买完东西之后，陆清酒想起了什么，他拿出手机给朱淼淼打了个电话，告诉她自己这边的雪化了。

朱淼淼道："你可担心死我了，就这么消失了两个月，过年的时候都没动静。"

"我忘了……"陆清酒道，"村子里的信号断断续续的，时有时无，过年那几天正好没信号，别担心我，我挺好的。"

朱淼淼说："那行，等放假我过来看看你。"

陆清酒道："哎，你再给我寄点那种糖吧，家里的存货吃完了。"

朱淼淼笑怒道："我看只有糖吃完了你才能想起给我打电话吧，那糖有那么好吃吗？"

陆清酒老实回答："挺好吃的。"大家都很喜欢，连小货车都吃得很开心呢。

朱淼淼说了声"行"，就把电话挂了。

陆清酒和尹寻拿着买好的东西回到了卖小笼包的店，领上白月狐便准备回家了。只是回家之前，陆清酒却注意到，刚才在门口喧闹的那群人似乎和镇上的警察发生了争执，胡恕也在其中，他似乎正在和什么人争吵，蹙着眉头很不高兴的样子。庞子琪站在旁边，有好几次差点动手，都被胡恕拦了回去。

"这是干吗？"陆清酒没看明白。

"不知道。"尹寻摇摇头示意自己也不懂。

看不懂就不看了，陆清酒觉得这事儿和自己没什么关系还是别去掺和了，三人提着满满的货回到货车上，向家里开去。

眼看着开春了，虽然家里有很多事要做，但陆清酒心情还挺好，毕竟不用每天守着炭盆过活，而且脱下了厚重的冬衣，人也灵活了不少。

这天，陆清酒趁着天气好，把整个屋子都打扫了一遍，包括后院那口井。井上面的青苔和污渍他也全都清理得干干净净的，还给女鬼小姐献上了新的祭品和香烛。

冬天结束后，电线和网线都被修好了，陆清酒的网店再次开业，虽然他早就做好了心理准备，但是在打开网店后台的时候还是被大量的信息吓到了。他没敢点开看，直接换了店铺的简介，表示自己的店铺中旬会再次开张，这次因为停了两个月，所以把前两个月的量补上，一次性卖三百瓶。

弄完店铺，陆清酒就把电脑给关了，他要忙的事情太多了，完全没时间休息。

院子需要仔细地清理一遍，鸡圈被雪压坏了一部分也得重新修整，还有家里的被褥得拖到院子里晒太阳杀菌，总而言之，春季是最为繁忙的季节。

整个村子都活了起来，没有了冬日的寂静，到处鸡犬相闻。

陆清酒正在研究自家的鸡圈要怎么修理，便听到外面传来了嘈杂的吵闹声，似乎是有一大群人在说话，正巧尹寻从外面回来，陆清酒问他外面怎么了。

"你还记得我们在包子铺里看到的那群人吗？"尹寻说，"他们跑到我们村子里来了。"

"啊？"陆清酒一愣，"他们来做什么？"

"不知道啊。"尹寻也有点莫名其妙，"他们人还挺多的，二三十个呢，还抬着摄像机……"

陆清酒闻言走到门边看了看，发现那群人聚集在离他们家不远处的一间老宅里。那宅子里面的所有人都离开了水府村，很久都没有人住了，看那群人的架势，似乎是要住在里面。

其他的村民也远远地看着这群人，有的人警惕，有的人好奇，水府村和外界的联系很少，已经许久没有这么多陌生人突然来访了。

陆清酒看了一会儿，突然觉得其中有个面孔有些眼熟，但他又想不起来，便干脆用手机拍了一张照片，发给了朱淼淼，问她认不认识。朱淼淼可是追星达人，对娱乐圈十分了解。

很快，朱淼淼就给陆清酒回了信息，说陆清酒拍到的是个明星，问陆清酒在哪儿拍的。

"就在村子里啊。"陆清酒说，"一群人来了水府村，闹腾得不得了。"

"他去水府村了？！"朱淼淼惊讶道，"我听说他好像接了一个大型的综艺……居然跑到水府村拍？"

"好像是吧。"陆清酒道，"我看到了摄制组。"

朱淼淼闻言摩拳擦掌："太棒了，我会尽快找时间过去的，我也要看，哈哈哈。"这种综艺节目拍摄地点都很偏远，且全程保密，不然很容易出现被粉丝围观导致节目进行不下去的情况。

陆清酒对明星没什么兴趣，只是觉得这群人有些吵闹，和安静的水府村格格不入。他看了两眼，便继续干自己的活儿去了。

之后几天，陆清酒从隔壁的李叔那儿听到了这些人的八卦，据说他们好像是租借了那个宅子的使用权三个月，专门用来拍节目。村长和村民们对于这群人的到来并不是很欢迎，村长还过去想要让他们离开，但最终还是失败了。节目组表示自己花了钱就有权利住在这里，并且说不会打扰到村民的正常生活……

村长只能无奈地由他们去了。

陆清酒听着李叔的话，想到之前几天见到这群人的时候胡恕似乎就在和他们吵架，也不知道他们在吵些什么，他想了想，便给胡恕打了个电话，想问问情况。

胡恕接到电话后对着陆清酒就是一通抱怨，说他们劝过这群人别来水府村了，可对方一点都不听，他们还说了水府村不适合外人进去，去的人多了可能会出事儿，这群人却完全把胡恕和庞子琪的劝说当成了耳旁风，几天后就直接住进了水府村。

"清酒啊，麻烦你多看着点他们，我总有种不好的预感。"胡恕说，"感觉这群人要闯大祸啊。"

陆清酒道："这么多人，我怎么看得住呢？"

"唉，也是，只能随他们去了。"胡恕说，"真是好言难劝要死鬼……"

陆清酒："他们为什么一定要选水府村拍摄？"

胡恕道："不知道谁和他们说的，水府村环境好，地方还偏，不容易被粉丝发现，他们就这么住进去了。"

陆清酒道："哦，这样啊。"仔细想想，好像这些人说的话也有点道理，"不过住进来就住进来吧，水府村还挺安全的，也没什么危险的地方。"

胡恕："……"以前是没有，现在可不一定了，他没敢把这话说出口，只是"嗯嗯啊啊"地敷衍了过去。

陆清酒并未多想，又和胡恕聊了几句就把电话挂了。

水府村不大，从村子这头走到那头也就二十分钟，这群人在村子里住下的消息很快就传开了，村民们都对那座老宅投去了好奇的目光。

陆清酒从朱淼淼那里了解到，他们要录的是个乡村生活节目，大概就是嘉宾需要自己找吃的，自己做饭，节目组不会提供任何食物。

尹寻知道后觉得这群人真是闲得慌，好好的日子不过非要跑到这么个小地方来受罪。

白月狐倒是没说什么，但是陆清酒敏锐地感觉到他的心情似乎不太好，躺在椅子上一直闭着眼睛休憩。

尹寻道："为什么会有人把老宅租出去啊……真是奇了怪了。"

陆清酒道："以前住在那儿的是谁来着？"

"你不记得了吗？是姓柳的那家人啊。"尹寻说，"有次去市里面玩，结果孩子出了车祸就这么没了，之后他们离开了水府村……我也不知道他们去了哪儿。"他只是水府村的山神。

陆清酒道："他们回来过吗？"

"没有。"尹寻说，"我后来再也没有见过他们。"

陆清酒觉得这事儿的确有点奇怪，如果姓柳的那家人离开了这里，那么是谁把他们的房子租给节目组的？如果说他们没有离开，那为什么尹寻再也没有见过他们，还是说他们只是搬到了镇子上面？

陆清酒说："好吧，别管他们了，你去把米洗一下，准备做晚饭了。"

"好嘞。"尹寻开心地去洗米了，管这群人要做什么呢，能不能吃到美味的饭菜，才是他最关心的事。

尹寻走后，陆清酒正欲问白月狐想吃什么，却听到了"咚咚"的敲门声，他走到门边打开门，看见了一张陌生的脸，那人道："不好意思啊老乡，可以借你家一点米吗？"

陆清酒："借米？"

那人道："对啊，我们想做饭，但是没有米了。"

陆清酒看到了他身后的摄像机，知道这群人是在做节目，他想了想便叫尹寻从屋子里用塑料袋装了一小袋米出来，递给了他："我建议你们别这样挨家挨户地问，这里比较排外，你们这样是借不到东西的。"

那人接过米袋笑着道谢，但显然没把陆清酒的话放在心上，毕竟这不就开门大吉借到了吗？

陆清酒顺手带上门，便看见原本闭目养神的白月狐睁开了眼睛，眼神之中一片阴郁。陆清酒忽地反应过来……完了，他家的狐狸精，可不是一般的护食啊。

虽然节目组的人信心满满，但很快就在其他的村民那儿遭受了挫折。他们进了其他村民的院子，还没开口便被粗暴地赶了出去。有的人态度没那么坏，但也没有借给他们任何东西，甚至连话都不想和他们说，只是一个劲地摆着手。

"怎么回事啊这群人。"做节目的明星也是第一次遇到这样的情况，他拿着唯一借来的米袋子在村口抱怨，"不就借点东西嘛，怎么态度这么差？"

"可能是这地方太偏了，不怎么看电视，也不认识你吧。"工作人员劝慰道，"不然肯定不会是这种态度。"眼前的人可是娱乐圈的当红小生，名字叫江不焕，人气高得很，走到哪里粉丝都是人山人海，本来想着到一个偏远点的地方躲开粉丝，可谁知道这里的人这么不买账，竟然搞得节目都做不下去。

"那怎么办呢，小焕？"工作人员道，"不然咱们回去和导演商量一下换个地方？"

"嘿，我还偏偏就不换了。"江不焕说，"他们不是有地吗？你带我去地里看看。"

工作人员点点头。

接着一行人就去了地里。

这会儿刚开春，大部分的春作物都刚下种，只冒出了嫩嫩的芽，显然是不能吃的。不过有一家的地倒是有些特别，江不焕甚至在里面看到了刚长出来的新鲜番茄，那番茄拳头大小，颜色红彤彤的，看起来就很好吃。他道："好奇怪，怎么就这家的地里有番茄？"

工作人员说："不知道啊，是不是用了大棚？"他也觉得奇怪，这家人的地和其他地格格不入，看得出每样蔬菜都长得很好。

"我尝一个。"江不焕伸手就摘了一个，随手擦擦便塞进嘴里咬了一口，这一口下去，他便露出了惊艳之色，这番茄太好吃了，比很多特供的番茄味道还要好，果味非常浓，而且酸甜可口，完全可以当作水果来吃，"好好吃啊。"

"好吃吗？"工作人员好奇道。

"非常好吃。"江不焕说，"这味道太好了，我从来没吃过这么好吃的番茄。"他说着给工作人员也摘了一个。

工作人员接过来啃了一口，很快便露出了和江不焕同样惊艳的表情，番茄的确非常好吃。

"就摘这个好了。"江不焕说，"等会儿去和这家人说一下，等到节目结束了再给他们补上番茄的钱。"

"行吧。"工作人员同意了。

于是一行人摘了一袋子番茄还有一些别的菜，高高兴兴地回住的地方去了，全然不知道自己到底干了什么不可挽回的事。

陆清酒本来以为他们借不到东西还会回来找自己，但直到晚上都没有看到节目组的身影，还以为他们用了什么方法说通了村子里的村民，便没有再关心这件事了。

谁知道当天晚上，从地里回来的白月狐浑身上下都散发着低气压，眼神和表情都阴沉到了极点。

"月狐，怎么啦？"陆清酒作为家里的家长，自然是要对家中成员的身心健康关心一下的，"怎么这么不高兴？"

白月狐冷冷道："我的番茄少了十二个，小白菜少了一窝，黄瓜没了两条。"

尹寻被白月狐的气场吓得已经躲进了屋子里，只露出两只眼睛看热闹。

陆清酒瞬间就明白了，他道："他们去你地里了？"

白月狐说："嗯。"

陆清酒蹙起眉头，他知道白月狐护食的性格，也觉得这些人的做法不太合适，道："我和他们说一说。"

"不用了。"白月狐冷冷道，"他们就要走了。"

陆清酒："就要走了？"

白月狐："不走就等着死吧。"他是认真的。

陆清酒道："可是……"

白月狐道："嗯？"

陆清酒说："他们看起来不是很好吃的样子。"来的明星头发大部分都染了色，这吃了会不会中毒啊？

白月狐蹙眉，似乎有些赞同陆清酒的话，通常情况下，他只会吃自己喜欢的东西，比如肥美的文鳐鱼、葱茸，再比如，眼前看起来很可口的陆清酒。当然，后者他有点舍不得，毕竟吃了就没了。

"而且都是明星，他们死了警察会不会找上门？这么大群人呢。"陆清酒仔细思考后，觉得把他们吃掉这事儿不太合适。

白月狐道："嗯。"他自然有办法让这群人不知不觉地消失，不过陆清酒说的话也有道理，主要是那群人看起来真的不太好吃，他现在生活水平上去了，自然不想再吃那么多的垃圾食品。

只是，如果把自己定位成大众情人的江不焕发现自己被说成垃圾食品，不知道心情如何……

"而且我感觉他们来水府村这件事有点奇怪。"陆清酒道，"就好像是有什么人刻意把他们带过来的一样。"

白月狐没说话，倒是站在一边的尹寻道了句："是很奇怪啊，他们来之前也没有联系村子里的人，但是都一副很了解村子的样子，难道是柳家人和他们说的？"

陆清酒觉得事情有些蹊跷。

"而且柳家的那屋子里可是死了不少人的。"尹寻道，"他们家四个兄弟，三个都死在了里面，唯一剩下的最小的那个后来也出意外没了，我们都说是风水不好……"

陆清酒隐约记得这事儿，当时他还很小，那家人的大哥出事了，好像是修屋子的时候不小心从二楼掉了下来，本来那高度不高，直接跳下来最多崴个脚，可那人却把自己的脖子给摔断了。

"听着好像鬼故事。"陆清酒道。

"是啊，挺吓人的。"尹寻这个山神也是非常没有出息了，"后来柳家人搬走了，房子也空了下来，都没什么人进去的。"

其实这种空下来的老宅在水府村挺多的，年轻人都出去打工了，水府村剩下的人里大部分都是老年人，像陆清酒这种从小生活在这里、最后又选择回来的更是少之又少。

陆清酒道："希望没什么事儿吧。"他虽然不是很喜欢吵闹的节目组，但也不至于讨厌到想让他们出人命的地步，他打算待会儿就找个时间和那群人说一下，让他们别摘白月狐的菜了，不然他家的狐狸精真生气了，他也拦不下来。

第八章

外乡人

　　入春之后，天黑得没那么早，七点多钟太阳还挂在天边染出一片灿烂的红霞。消失了一个冬季的昆虫，在路边的草堆里又发出了清脆的鸣叫。

　　陆清酒带着尹寻去了柳宅，看见柳宅之中灯火通明，院子里架着各式各样的拍摄设备，几个明星围在一起吃饭，周围站着的工作人员正在拍摄。

　　陆清酒敲了敲门，所有人的目光都落在了他身上。

　　"不好意思，这里不能随便进来。"见到是村民，马上有人上前阻拦。

　　陆清酒也没有要进去的意思，只是道："我没打算进来，就是想问问，是不是你们摘了我家地里的黄瓜和番茄？"

　　"是的，我们是摘了一些。"马上有人回答了，"不过我们也没摘多少，你卖的话多少钱一斤，我们换成人民币给你吧。"

　　"不用了。"陆清酒道，"这次就算了吧，麻烦你们下次别摘了。"

　　"你家那么多番茄吃得完吗？"有人不满了起来，"我们用市场价买也不行？比市场价更高一些也可以的。"

　　陆清酒笑了笑，也没生气："番茄种出来都是给家里人吃的。"今年有了生发水的收入，他就不打算卖菜了，多余的番茄还能做番茄酱，做番茄干，吃法多得很，再加上白月狐那无底洞似的胃，完全不用担心吃不完。

　　"那卖给我们一点吧。"说话的人显然是对白月狐种的番茄非常感兴趣，还在劝说，

"我们要不了多少。"

"不。"陆清酒态度坚决地拒绝了，他道，"番茄是不卖的，如果你们要吃，麻烦去镇上买吧。"

"你这么傲气做什么呢？不就是几个番茄吗？"那人见陆清酒软硬不吃，似乎有些恼羞成怒，语气带上了些火气，他还想说什么，却被人按住了肩膀。

"不好意思啊，是我摘的。"白天来要米的明星在后面露出了半张脸，正是江不焕，"不知道是你家的，还想着等节目完了再给你算钱，既然你不乐意就算了吧，这些多少钱，我先付了。"

陆清酒道："不用了，这些就当是请你们吃的。"他抬起手，指了指他们身后的旧楼，"你们知道这宅子的历史吗？"

"历史？"江不焕一愣。

"这宅子之前死过五六个人了。"尹寻在旁道，"都是死于意外，也算是凶宅，到底是谁联系你们让你们住在这儿的啊？"

江不焕闻言有些错愕："不知道啊，这些都是后勤弄的。"

"我建议你们早点搬出去。"陆清酒道，"这宅子真的不吉利。"他说完就和尹寻一起走了，留下脸色微妙的工作人员和明星们。

"你们在说什么呢？"另外一个和江不焕一起做节目的女明星也凑了过来，她叫吴娅，是个选秀节目出身的歌星，平日里娇气得很，这次若不是知道江不焕也来了，她是绝对不会跑到穷乡僻壤来做这个节目的。

"他说这里是凶宅。"江不焕说了句。

"凶宅？"吴娅瞪圆了眼睛，"真的假的？别是来故意吓我们的吧？"

江不焕道："是不是真的，去问问导演不就知道了？"

他们两人很快就拿陆清酒的话询问了导演，导演却一脸茫然，说他完全不知道这回事。

江不焕道："严导，那你这房子是从谁手里租来的？"

"我没见着人啊。"导演语出惊人，"是后勤组找到的这个房子，我们没见过面，房主直接把钥匙寄了过来。"

江不焕道："那找到房子的人呢？"

导演说："是个临时工，已经辞职走了。这是两个月前的事情了，到底怎么了？"

"你没觉得这事有点奇怪吗？"吴娅也有些害怕了，她进到这村子就感觉这里和她想象的那种乡村生活不太一样，所有的村民看他们这些外来者都像看怪物似的，没有人愿意让他们进屋子，甚至就算让他们进了屋子，村民们面对他们的问话，也是一副置若罔闻的模样。

仿佛在水府村里，他们这群人都是透明的……

"是啊，很奇怪，除了刚才那个年轻人，村子里根本没有其他人理我们。"江不焕说，"不然咱们还是换个地方吧，而且来的时候，不是也有两个警察拦着我们吗？"

"档期来不及啦。"导演道，"你们两个也不用担心，这世界上哪里有鬼，就算有鬼，咱们这么多人，鬼也会被吓跑的。"

吴娅强笑："也是哦……"

江不焕见劝不动导演只好作罢，他们得在这个村子里待一个月，这才刚住进来，气氛就那么古怪，接下来的节目也不知道能不能做下去。

众人吃完饭，简单地收拾了一下，便打算睡觉了。

江不焕睡在二楼走廊旁边的一个主卧里。这栋楼虽然很陈旧，但是有个好处，就是房间特别多，几乎每个工作人员都有单独的房间。屋子里虽然已经打扫了一遍，但还是充斥着灰尘的气味，让人闻着很不舒服。

江不焕睡的床左手边就是窗户，透过窗户，可以看到一楼的院子。

院子里还没来得及清理，布满了丛生的杂草，这本来是明天导演留给他们的任务，但是此时看上去，整个房子都荒凉得可怕。

江不焕觉得有些不舒服，将身上的被褥裹紧了点。

再说陆清酒和尹寻回了家，抓紧时间炒了个香辣牛肉丝，来安慰他家那只还在生闷气的狐狸精。这道菜是用来当零食吃的，将干辣椒丝和牛肉丝煸炒在一起，煸炒后的牛肉丝变得干干的，又香又有嚼劲，辣椒丝是可以食用的那种，不是很辣，但是特别香，上面还撒了一层厚厚的白芝麻，是下酒的好菜。

白月狐吃了东西之后心情似乎好了些，这才去睡觉了。

陆清酒也有些困，洗漱之后上了床，又伸手摸了摸自己床头的那个木盒。还有几十天就是他的生日了，那时候不知道这个木盒会发生什么样的变化……

陆清酒的夜是一天的结束，可江不焕和节目组的夜，却只是开始。

夜幕笼罩了整个村庄，柳宅熄灭了最后一盏灯火，恢复了往日的寂静和漆黑。

江不焕睡到半夜的时候，觉得有些冷，他身上厚厚的被褥一点用也没有，整个被子像冰窖似的，冻得人心里发慌。

他睁开眼，看到了屋子里陈旧的墙壁。

这个村子很落后，墙壁只是粗糙的石块，甚至没有涂层。

江不焕实在是受不了了，便从床上坐了起来，他想要再翻找几件衣服穿在身上御寒，走到门口时，却听到了一种不可思议的声音……水声，是海浪拍打海面的声音。

江不焕愣住了，他甚至以为自己出现了幻觉，可是那声音却是如此真实，真实到他都没办法欺骗自己。

到底是什么声音？带着这股疑惑，江不焕缓缓挪动脚步，走到了窗户边上，当他的目光透过窗户看到外面的景象时，整个人都呆在了原地。

没有了破旧的走廊和荒芜的小院，他的眼前出现了一望无际的大海。

海浪波涛汹涌，用力地拍打着暗色的礁石，黑色的海水上面浮着一层薄薄的雾气，在这雾气之中，似乎有什么东西在缓慢穿行。

江不焕看着这景象，身体开始颤抖，他使劲拧了一下自己的手臂，感到了剧烈的疼痛，可这种疼痛并没有将他从这种幻觉中唤醒，海水还在眼前，海浪的声音依旧不停地灌入耳朵。

而在海面之上，那若隐若现的东西也逐渐出现在了江不焕的眼前，他看到了一艘大船，船上站着许许多多的人，他们的身体似乎都非常僵硬，脸被雾气笼罩着，根本看不清楚。

江不焕第一次感觉到了害怕，他整个人都僵在了窗户面前，眼睁睁地看着这艘大船驶向远方。

海的中央区域似乎有什么东西，但雾太浓，天也太黑，江不焕看不清楚，他唯一能看到的是大船，还有在大船下面汹涌澎湃的海浪。咸湿冰冷的海风扑打在他的脸上，江不焕听到海里面传来了一声高亢的鸣叫。他以前从未听到过这种叫声，如果一定要形容，倒是有些像蓝鲸的低鸣，空灵幽远，让人觉得优美的同时，又有些恐惧。

发出声音的，一定是体形巨大的动物，或许是鱼，或许是鲸，或许是别的什么……江不焕正这么想着，便看到一个巨大的黑色身影，从海面上一跃而出。那东西到底有多大，他根本无法用语言描述，只知道它的一个侧鳍便遮住了整个天空。原本的大船在这只巨兽的衬托下变得像是玩具一般，巨兽从黑色的海洋中跃起，又重重地落下，激起的海浪将大船直接吞没，船上的人也不见了踪影。

他到底在哪儿？窗外的那些景象又是什么？江不焕陷入了巨大的茫然之中，他拿起自己的手表，看见表面上时针、分针和秒针都停留在了"12"这个数字上，不再往前移动。

夜，是寂静的，耳边全是海浪嘈杂的声音。夜，又是吵闹的，除了海浪，还能听到各式各样让人感到恐惧的异响，有咆哮声，有嘶鸣声，有巨大的撞击声，甚至还有人类凄惨的呼救声。江不焕仿佛进入了另外一个世界，眼前全是他从未见过的景象，耳边也全是他没有听过的声音。

寒冷使他缩成了一团，恐惧消磨了他大部分的力气，他的意识渐渐模糊，缩在墙角边，绝望地闭上了眼。

那一刻，江不焕真的以为自己没法度过这个漫长的夜了。直到第二天，巨大的敲门声和呼喊声把他从睡梦中唤醒，他才茫然地睁开眼，发现自己竟然在冷硬的木地板上睡了一晚。

"江不焕，你没事吧？"有人在门外叫他的名字，还"咚咚咚"地敲着门，"你在里面吗？"

江不焕艰难地从地上爬起来，感觉自己的身体像是散架了似的，他起来后的第一件事，就是朝着窗户的方向看去，却只看到了熟悉的小院，院子里荒草丛生，哪里有滔天的巨浪？

确定自己回到了原来的地方，江不焕才重重地松了口气，他走到门边开了门，看见自己的经纪人站在门口一脸诧异地盯着他："你没事吧？脸色怎么那么差？"

"我要离开这里。"江不焕直接开口，"这节目我不做了。"

经纪人愣住："你什么意思？为什么突然这么说？"他反应了过来，"昨天晚上发生了什么？"

江不焕摇摇头，没有说话，他总不能告诉经纪人自己做了个可怖的梦吧？可是那真的是梦吗？真的有这样真实的梦吗？江不焕回答不了这个问题，但他也不想知道答案，他只要知道自己得离开这个村子就行了。

经纪人还在旁边发问，江不焕却已不管他，开始自顾自地收拾起了行李。

"江不焕，你在做什么呢？你知道毁约要赔多少吗？说不做就不做了？"经纪人还以为是自己的艺人因为艰苦的环境闹了脾气，正有些生气，却听到一楼也传来一阵吵闹声。

他低头望去，竟然看到吴娅已经收拾好了行李，正不顾其他人的劝阻要离开，她脸色白得吓人，眼睛下面还挂着青色的眼圈，整个人的表情像是中了邪似的，让人心里瘆得慌。

"我要走！"吴娅的声音尖锐极了，她失去了往日的甜美娇羞，变得有些神经质，"再留在这里，我会死的！放开我！"

经纪人看着她的模样，突然有些恐慌了起来，不会是这个村子真的有问题吧？不然江不焕和吴娅为什么在这里过了一夜就变成这种模样？！

吴娅的态度比江不焕还要坚决，凭着瘦弱的身躯硬生生从几人的阻拦中挣脱了出来，推开门头也不回地走了，导演站在原地，脸色铁青。

但让他没想到的是，吴娅只是一个开始而已，节目组里的几个艺人也纷纷表示自己要退出节目。

"你们总要给我个理由吧！"怒极的导演发问。

"我昨天做了个梦。"有个脾气好的艺人回答，"我梦到村子尽头墓地里的死人全都爬出来了。"

"你这是恐怖片看多了吧！"导演并不信。

"我倒是想这么安慰自己。"那艺人笑得像是在哭，"可是我明明是第一次来这个村子，我怎么会在梦里知道这个村子的尽头有墓地呢？"

导演的脸色瞬间煞白。

这艺人说出的一番话，让现场的气氛降到了冰点。但导演还是不死心，强硬道："你不就是做梦梦到了有墓地吗？万一这个村子里根本就没有墓地，岂不是我们自己在吓自己？走，来两个人，跟我一起去村头看看！"

在导演严厉眼神的逼视下，虽然众人都有些不情愿，但还是站出来了两个工作人员。

"我们回来之前谁也不准走！"导演说，"谁走我就追究谁违约的责任！"

江不焕正欲说什么，却见导演已经转身出门去了。

"这村子太邪门了。"吴娅站在江不焕身边，小声道，"到底为什么会选择在这里做节目啊？"

江不焕道："不知道……"说实话，这个导演本来应该是个很靠谱的人，只是不知道为什么到了这个村子里整个人的状态都很奇怪，简直像是……变了个人似的。

导演穿过村里的小路，很快便到达了村子那头艺人描述的地方。只是他们越往那边走，心情就越忐忑，因为周围的环境和那名艺人所言竟是一模一样，他们甚至看到了摆放在村口的那方磨盘。

"严导，我们还要过去吗？"跟着导演的其中一个人已经有点虚了，他颤声道，"感觉这个村子真的不对劲啊。"

导演不说话，沉着脸色继续往前走，出村之后，外面就只有一条小道，也不用担心迷路，只是周围的环境越来越荒凉，那种浓郁的不祥感也越来越重。

终于，当他们穿过了一片稀疏的小树林后，一片荒凉的墓地映入了他们的眼帘，坟墓密布在小小的山坡上面，有的墓前还摆放着祭品和香烛，和艺人描述的画面完全一样。

和导演一起来的两人脚步僵在了原地，完全不敢再往前走了，导演见到此景，竟然没有害怕，反而破口大骂起来，说那群艺人简直是胆小鬼，这才一晚上就被梦吓跑了。

身后两人对视一眼，都从对方眼里看到了惊恐的神色，导演的状态似乎非常不对劲，他的脾气其实很好，平日里也几乎从不骂人，和眼前不停飙着脏话的人一对比，莫名让人毛骨悚然起来。

胆子稍微小点的那个受不了了，开口道："严导，咱们回去吧。"

严导冷冷地看着他："回去？"

那人颤声道："是啊，这不是有墓地吗？就说明小宏说的是真的……这村子真的不对劲。"

严导露出一个怪异的笑容："你们想回哪里去？"

那人被严导的笑容吓住了，半天都没说话，严导收敛了笑容，语气也恢复了往日的音调："走吧。"

"去……去哪儿啊？"那人小心地问。

"当然是回到住的地方，不然你想回哪里？"严导说。

虽然觉得严导的反应有些奇怪，但两人也没有多想什么，他们只想赶紧离开这个奇怪的村子，村中透出的种种古怪让人觉得非常不适，虽然暂时没有遇到什么，但他们也不想再在这里待下去了。

三人从墓地离开，又匆匆地回到了柳宅。

陆清酒从家里出来时正好看到他们三个匆忙往前走的样子，完全没有了昨日的从容。

"他们怎么了？"陆清酒好奇道，"不会是昨天晚上真的遇到什么奇怪的事了吧？"

白月狐在陆清酒的旁边，手里还拿着个锄头，他哼了一声，显然还对这群人非常有意见，也就是这群什么都不知道的人类敢对他的菜动手，要是换了那群非人类，怕是昨天晚上就已经出现在了餐盘里。

陆清酒看着白月狐的表情，忍不住笑了起来："我昨天已经和他们打过招呼了，他们应该不会再动你的菜。"

白月狐道："他们敢！"

今天陆清酒是特意跟着白月狐去地里的，他就是怕那群人不听他的劝阻又去动白月狐的菜，到时候狐狸精发起火来真的跑去把那群人给吃了而他又不在，恐怕会惹出不少麻烦。

白月狐种下的菜都成熟得特别快，隔壁的地里还是一片嫩绿的菜苗，他家的番茄却已经结果了。

白月狐到了地里，没有急着下去，而是先用目光在菜地里扫了一遍，陆清酒起初以为他在找什么，仔细看后却发现白月狐的嘴巴在轻声地数数——他居然在数自己地里的番茄个数！

陆清酒登时哑然失笑，他昨天还在想，那几人摘菜怎么那么容易就被发现了，他们也没有摘多少，却没想到白月狐居然记得自己菜地里所有菜的数量。

陆清酒忍不住想逗他："这一共有多少番茄啊？"

白月狐："你是问熟的还是所有长出来的？"

陆清酒道："熟的。"

白月狐："两百四十二颗。"他说完，很不高兴地补充了一下，"昨天有两百五十四颗。"结果被那群人摘走了十二颗，哼。

陆清酒看着白月狐的样子，终于没忍住，笑了起来，他是真的觉得这小气模样的白月狐可爱极了，可爱得让他又想摸摸白月狐毛茸茸的白耳朵。

白月狐被陆清酒笑得莫名其妙，他微微蹙眉："你笑什么？"

"我笑你可爱啊。"陆清酒道。

"可爱？哪里可爱？"白月狐并不明白陆清酒的心情。

"我第一次看见种菜还要记数量的。"陆清酒笑道，"真的很可爱。"

白月狐说："我们族里人都要记得。"他说得很是理直气壮，"不然被人偷了怎么办？"

陆清酒："哈哈哈哈哈。"

不过好在今天那群人没有再动白月狐的菜，陆清酒也松了口气，其实他也不知道节目组会不会听劝，万一到时候真的把护食的白月狐惹火了，他还得想办法帮白月狐消火。

"需要我做什么？"陆清酒好久都没有来自家地里了，平日里都是白月狐一个人在侍弄菜地，他挽起袖子，正打算帮白月狐做点事，却见白月狐对着他摆了摆手，说道："你回去吧。"

"啊？"陆清酒愣了一下。

"去做午饭。"白月狐说，"地里没什么需要你做的。"他说着便很是自然地扛起锄头，准备下地去了。

不得不说，顶着那张漂亮得过分的脸却扛着锄头的白月狐充满了违和感，但这种违和感并不让人觉得讨厌。陆清酒的脸上不由自主地浮起了灿烂的笑容。

回到院子里，尹寻狐疑地看着陆清酒，说："你为什么挂着如此慈祥的微笑，简直像是一个看着儿子考上大学的年迈父亲？"

陆清酒闻言看向尹寻："你觉得你能考上大学吗？"

尹寻："……我觉得不行。"

陆清酒："唉，你要是能考上大学，我的笑容或许会更灿烂一点。"

尹寻："……"他总觉得哪里不太对。

陆清酒本来以为节目组离开这里这事儿至少会考虑个几天，却没想到他们的效率竟如此之迅速，下午的时候他就听到了汽车发动的声音，出门看去，竟然看见他们已经收拾好东西准备走了。

之前看见的那个明星戴着墨镜站在旁边，表情很不好地拿着电话在和人说着什么，他似乎注意到了陆清酒，神情微微凝滞后直接挂断了电话，朝着陆清酒的方向走来。

他走到了陆清酒的门口，摘下墨镜，露出一双疲惫不堪的眼睛："你好。"

"你好。"陆清酒觉得他们既然听劝，那也算是有救，所以态度比之前好了一些。

"我们马上就要走了。"江不焕说，"之前打扰你们很抱歉。"

"没事。"陆清酒道，"以后再做这种节目还是提前先准备一下吧，至少和村子里的人打好招呼。"

"嗯。"江不焕道，"这次的确是意外……不过，我能问，你为什么会理我们吗？"

这村子里几乎所有人看见他们都是绕道走的，以至于就算当面询问，得到的也都是冷漠和戒备的眼神，只有陆清酒借给了他们米，还好心地上门提醒，可他们却很不厚道地摘了人家地里的菜。这么想来，江不焕倒是觉得自己有点太过了。

"哦，可能因为我也是从外面回来的吧。"陆清酒道，"这个村子很排外，你要做节目还是换个地方比较好。"

"是啊，为什么会选个这样的地方呢。"江不焕扭头看了眼导演，喃喃道，"真的很奇怪，而且昨晚我们所有人都做了噩梦。"

"噩梦？"陆清酒道，"梦到什么了？"

江不焕正欲回答，他的经纪人却走了过来，告诉他队伍马上要出发了，见状江不焕只好露出遗憾之色，道："可以的话，我们交换个微信吧，我和你在微信上详细说。"

陆清酒欣然同意，他很好奇江不焕梦到了什么。

带上设备，车队缓缓开出了水府村，陆清酒看见江不焕发了个信息过来，描述了一下他昨天晚上的梦境。

陆清酒看着江不焕的描述，想起了自己的梦境，在他用捕梦网捕获的梦境中，他也听到了巨大的水声，还有野兽的咆哮，难道这两个梦有什么联系吗……陆清酒蹙着眉头想。

但就这么想，显然是想不出结果的。陆清酒看了看时间，这都快十二点了，他午饭还没做好呢，别把家里的尹寻和白月狐给饿着了。

江不焕坐上了保姆车，导演和其他艺人也在这辆车里。不知是不是因为昨夜那个可怕的梦境，江不焕的心神一直有些不宁，他总有种不好的预感。

"你怎么啦，阿焕？"吴娅坐在江不焕的旁边，声音软软地询问，"怎么一直皱眉头呢？"

"身体不是很舒服。"江不焕捏着自己的眉心。

吴娅道："哦……那你要不要再睡一会儿啊？"

江不焕道："不了。"他虽然觉得疲惫，但并不想睡觉。

吴娅道："那我睡一会儿，好累啊。"她打了个哈欠，靠着座位，竟然一闭眼便睡了过去。

整个车子里都弥漫着这种让人昏昏欲睡的气氛，不知不觉中，江不焕身边本来醒着的人全都睡得东倒西歪，似乎大家都累坏了。

江不焕也有点困了,他打了个哈欠,感觉自己的眼皮越来越沉,但就在他快要睡着的时候,出生不久后就挂在胸口的佛像却突然发出了灼热的温度,把江不焕烫了个激灵,他猛地睁开了眼,被眼前的一幕惊呆了。只见本来还在开车的司机居然也倒在了方向盘上,车辆失去控制,马上就要冲出狭窄的山路。

江不焕激起了一身的冷汗,他用最快的反应扑到了司机身边,抓住了方向盘,硬生生将车转了个方向。万幸的是此时车速不快,车头撞在了山崖上,"砰"的一声后,直接停了下来。

江不焕见状连忙看向身后跟着他们的设备车,那设备车上的工作人员似乎并未受到影响,看见这一幕后便赶紧踩下刹车,没有直挺挺地撞过来。

江不焕浑身都在发抖,要是刚才他晚醒几秒钟,这一车的人恐怕都得交待在这儿。正在如此庆幸地想着时,江不焕却感觉到了一股目光投射在了他的身上,他扭头,看见导演坐在窗边,用怨毒的眼神盯着他。但这眼神却又好似只是江不焕的错觉,下一刻,导演便开始用担忧的语气询问到底发生了什么。

其他车上的工作人员也都被这辆车的操作吓住了,全都围了上来,想看看车上到底发生了什么。

车上睡着的人都陆陆续续醒来,他们显然并不知道刚刚的情况,脸上都是茫然之色。那司机意识到自己睡着之后,整张脸被吓得惨白,跟跄着从司机位上爬了下来。

"全车人都睡着了。"江不焕说,"还好我醒着,扭了一把方向盘。"

"怎么会睡着?"其他人均是觉得不可思议,一个人睡着了是正常的事,可怎么会一车人全都睡着?

"不知道。"吴娅满目茫然,"我就是觉得自己好困啊……"

"肯定是那村子有问题。"另外一个艺人发出恐惧的声音,"我们赶紧走吧,都差点死在这里,这个村子太邪门了,我再也不要来这儿了。"

众人吵吵闹闹,赶紧又出发了。只是这一次,大家都提起了百倍精神,盯着开车的司机,不敢再走神。

江不焕后面一直没怎么说话,他感到自己的胸口有些疼痛,伸手摸了一下,才发现自己胸口的中心位置被烫出了红色的痕迹,那痕迹和他挂在胸口的佛像一模一样。虽然被烫成这样,他的心中却全是庆幸,要不是这佛像,他们一车人今天恐怕都没了……

接下来的路程,倒是没有再出现什么意外,节目组终于成功地离开了水府村。

　　陆清酒从微信上得知了江不焕他们遇到的事也有点惊讶，在吃午饭的时候把这事给白月狐和尹寻他们说了。

　　白月狐对这群人的印象本来就不好，没出手干掉他们已经是最大的仁慈了，听到他们出事的消息连个表情都没给，显然是非常不感兴趣。

　　倒是尹寻有点奇怪："奇了怪了，以前水府村也来过外乡人啊，虽然不受欢迎，但至少没有性命之忧吧。"

　　陆清酒道："也是啊。"

　　"不过我倒是注意到了一点。"尹寻说，"大部分来水府村的人，都是受到了邀请的。"

　　陆清酒道："怎么说？"

　　尹寻说："你就不用说了，本来就是在这里长大的，也算是这里的人，就拿朱淼淼举例子吧，她也是外乡人，但是是在你的邀请下她才过来的。"他吃了一口炒得嫩嫩的莴笋，"所以或许是因为这个，她才没有什么反应？"

　　"但按照你这么说，节目组也是受了邀请的啊。"陆清酒觉得这个说法有些漏洞，"还记得给他们老宅钥匙的柳家吗？"

　　尹寻道："哎，也对啊。"

　　陆清酒说："除非……"

　　尹寻："除非什么？"

　　陆清酒道："除非邀请他们来这里的，根本不是柳家人。"

　　尹寻愣道："什么意思？"

　　陆清酒说："我就随便一猜，也没什么意思，晚上我来熬点银耳汤喝吧，对了，你知道怎么捉蜜蜂吗？"他准备今年自己做点蜂蜜。

　　尹寻说："不知道啊，不过我听他们说，都是自己做个人工的蜂箱，骗蜜蜂进来筑巢，等到里面有蜂后了，就转移进蜂箱里。"

　　陆清酒正想说他还是先在网上研究一下教程再动手，坐在旁边的白月狐便道了句："我来捉蜜蜂，你准备好蜂箱就行。"

　　"行吧。"陆清酒也没有和他争，爽快地同意了。

　　开春之后，陆清酒把鸡圈和牛圈都重新打理了一遍，去年白月狐领回来的牛牛一整个冬天都在冬眠，他们也因此没喝到奶。这春天一到，牛牛就醒了过来，"哞哞"地叫着表示自己饿了。

尹寻跑得飞快，拿着才摘回来的黄瓜就去喂牛牛，还兴奋地表示自己从未喝过黄瓜味的牛奶。

陆清酒看着他的背影一时间不知道该说些什么，那牛牛的特性简直给尹寻的想象力添上了一双翅膀，完全可以带着他上天飞翔。

于是当天晚上，他们就喝到了黄瓜味牛奶，味道居然还不错，奶味里带着股黄瓜的清香，一点也不腻，陆清酒觉得挺喜欢的，不过白月狐却对这个很是嫌弃，尝了一口之后就放到旁边再也没有碰过。

江不焕他们一走，村子又恢复了往日的宁静，隔壁的李叔一家还给陆清酒送了一兜他家树上结的枇杷。

农村的枇杷个头儿小，果肉也不多，但是特别甜，而且果味很浓，和市面上卖的那种很大个但是味道寡淡的枇杷完全不同。陆清酒吃着枇杷，正巧种子店的老板也来了电话，说陆清酒定下的树苗来了，橘子、苹果、枇杷啥都有，问陆清酒想要什么。

陆清酒一样挑了一点，准备在后院和前院都种上几棵，如果按照正常的生长速度，应该要过几年才能吃上果子，不过他家有白月狐这个催熟大户，比肥料管用多了，说不定今年秋天就能吃到自家树上长出来的水果。

尹寻悄咪咪地给白月狐取了外号叫"白肥料"，当然，他没敢当着白月狐的面叫，私下里说给陆清酒听了。

陆清酒听完之后哈哈大笑，说可千万别让白月狐知道了，不然变成肥料的极有可能是尹寻自己……

尹寻点头如啄米，表示自己的求生欲还是很强的。

白月狐的行动力向来很强，说要给陆清酒捉蜜蜂，这才过了三天就把蜜蜂捉来了。陆清酒这边蜂箱还没做好呢，就看见白月狐提着个塑料袋回来了，他回家之后，把塑料袋往桌子上一放，说："蜜蜂捉来了。"

陆清酒惊呆了："哪儿呢？"

"这里。"白月狐指了指塑料袋。

陆清酒："……"

尹寻："……"

他们两人虽然没有养过蜜蜂，但也知道这东西显然不是能用塑料袋来捉的……

　　白月狐说着拿起了袋子，然后就这么把袋子扯开了一个口子，露出来给陆清酒看。陆清酒被他的动作吓了一跳，但见口袋打开之后并没有蜜蜂飞出来，才凑过去瞅了眼。他看见口袋里装着四五只蜜蜂，只是这蜜蜂怎么看怎么不对劲，个头和鸟差不多大就算了，这上半身竟也长得跟鸟差不多，翅膀上甚至还有鸟类的羽毛，陆清酒抬眸："这是蜜蜂？"

　　白月狐："是啊。"

　　陆清酒："蜜蜂还长羽毛啊？"

　　白月狐："可能是天太冷了吧。"

　　陆清酒："那个头儿为什么这么大？"

　　白月狐："因为吃得多。"

　　陆清酒："……"你骗傻子呢。

　　最让陆清酒哭笑不得的，是那几只蜜蜂听到两人对话后抬眸看着他们，眼神里露出可怜巴巴的神色，一副被欺负惨了的样子。

　　陆清酒还想说什么，那几只蜜蜂居然细声细气地开口说起了人话，其中一只颤声道："哥，你别怀疑了，我真的是蜜蜂，嗡嗡嗡嗡嗡嗡。"

　　陆清酒："……"这嗡嗡嗡还真是应景，哪个蜜蜂是用嘴巴嗡嗡嗡的？不，重点不是这个，是哪个蜜蜂会说人话啊？！还说的是普通话？这是经过九年义务教育的高品质蜜蜂吗？

　　其他几只也配合地"嗡嗡嗡"了起来，简直恨不得在自己的脑门儿上贴上"我是蜜蜂"几个大字。

　　面对几只瑟瑟发抖、被迫认领身份的"蜜蜂"，白月狐则表示出了满意："看吧，我就说它们是蜜蜂。"

　　陆清酒决定放弃细究，道了声："……行吧。"

　　蜜蜂就蜜蜂了，凑合着过吧，还能咋的？

第九章

钦原蜜

昆仑之丘，有鸟焉，其状如蜂，大如鸳鸯，名曰钦原，蠚鸟兽则死，蠚树木则枯。

《山海经》里记载的钦原，是种厉害的妖怪。它们虽然长得像蜜蜂，但比蜜蜂大很多，碰到鸟兽，鸟兽即死，碰到树木，树木则枯。一般情况下，大家都会绕着它们走，很少有人会招惹它们，它们美滋滋地过着自己的小日子。

这样的幸福生活，直到某天，却突然结束了。

那天天气不错，它们自由地飞翔在天空中，正在讨论吃什么，便感到了一股恐怖的气息。它们还没来得及反应，就被一阵黑雾给笼罩住了，接着便有一双巨大的兽爪，按住了它们的身体。

其中有的钦原试图用自己的尖刺反击，在触碰到巨兽后，却发现自己尾部的尖刺根本无法穿透兽爪的皮肤，它们被那东西握在手心里，像个小巧的玩具。

要死了，要死了，要死了……所有的钦原都以为自己难逃此劫，会被一口吞下，然而就在它们已经做好了死亡的准备时，头顶上突然有个威严的声音响起。

"你们会产蜜吗？"那凶兽如此问。

产蜜？年龄最大的那只钦原名叫满晨，虽说它已经见过不少世面，但还是被凶兽的这个问题问得呆滞了片刻。

凶兽没有得到回答，有些不耐烦了起来："你们会不会产蜜？"

"会会会！"满晨惊恐地回答，它意识到如果自己不会产蜜，下一刻就有可能葬身凶兽口腹，于是强烈的求生欲让它给出了肯定的回答，"我们会的！"

"嗯。"凶兽满意地应了一声，"那你们就是蜜蜂了。"

满晨："……"

其他的钦原："……"

它们没想到自己的身份竟是一落千丈，从触兽兽死、触木木枯的妖兽直接降级成了可爱的小蜜蜂。

"怎么？有意见？"凶兽察觉了它们的沉默。

"不不不。"满晨哪里还敢迟疑，"我们就是小蜜蜂，我们就是小蜜蜂！"

凶兽："嗯，到时候别露馅了。"

钦原们："……"

于是，为了活下来决定放弃自己妖兽身份、乖乖做一只小蜜蜂的钦原，便出演了之前的那一幕。

陆清酒并不知道这些，不过熟读《山海经》的他很快明白了这几只"小蜜蜂"的身份。

他把自己做的蜂箱提了出来，看着几只大个头有点为难："这蜂箱太小了，好像你们住不进去啊。"

"没事没事。"其中个头最大的那只赶紧说，"我们能变小的，您可千万别操心！"说着挥动翅膀，变成了拇指大小的模样。

陆清酒都被它们逗笑了，道："你们真的能产蜜？"

"可以的。"满晨道，"您要什么味儿的蜂蜜啊？"

陆清酒："……蜂蜜还能选味道？"

"可不？口味多着呢，什么桂花蜜啊、槐花蜜啊、枸杞蜜啊之类的。"满晨趴在蜂箱上面，眼巴巴地看着陆清酒。

陆清酒笑道："都可以，看你们怎么采蜜方便吧。"这钦原其实长得挺漂亮的，翅膀上的羽毛五彩斑斓，眼睛是漂亮的蓝宝石色，精致得像是做出来的模型。陆清酒看着它们有点手痒："可以摸摸你们吗？"

满晨："摸，摸，随便摸，只要不碰我们尾部的尖刺就行了。"虽然它不知道陆清酒到底是什么身份，从他身上也只能感受到普通人的气息，但看那个凶兽对待陆清酒的态度，它就知道眼前这个人肯定不能惹……

陆清酒便伸出手摸了摸钦原的羽毛，触感十分柔软，光滑得如同缎子一般，他忍不住笑了起来："要是真的不行不用勉强啊。"

"不勉强，不勉强。"满晨从来没被人类摸过，本来有点紧张，但没想到陆清酒带着温度的手指从自己身上拂过的感觉并不差，甚至有些舒服，让它不由自主地放松了身体，想要多享受一会儿。但下一刻，便有一束冷冷的目光刺了过来，钦原浑身一紧，朝着目光投来之处看了眼，发现那凶兽正眼神不善地盯着它，一副很不高兴的样子。

满晨："……哥，别摸了。"再摸皮就没了。

陆清酒："哦，不好意思，太好摸了，没忍住。"

满晨心中默默垂泪，他也被摸得很开心啊，但是和舒服比起来，还是命比较重要。

就这样，在白月狐的热心安排下，这窝蜜蜂成功入住陆清酒家里。不过和蜜蜂不一样，钦原一窝也就四五只，变小之后缩在蜂箱里面，显得空荡荡的。陆清酒询问需不需要把它们放到山上野花比较多的地方，它们纷纷表示完全没有这个必要，它们可以日行千里，另外还麻烦陆清酒给它们的蜂箱搭个顶棚，别被雨水给淋了。

陆清酒把这几只小蜜蜂安置在了自家后院，依言用木板给它们搭了个雨棚，说以后这里就是它们的家了，有什么需要可以直接和他说。

几只小蜜蜂可怜巴巴地点头，对陆清酒道："你可真是个好人。"

陆清酒："……"他没忍心告诉小蜜蜂，当初提出要吃蜂蜜的就是他。

不过陆清酒也没指望能吃上蜂蜜，这钦原能产蜜吗？按照记载它们不是碰啥啥死吗？养在家里就养在家里吧，反正也没有什么影响。

怀着这样的想法，陆清酒很快就把蜜蜂抛在了脑后，直到半个月后，到后院打扫卫生的尹寻突然开始大叫："清酒，清酒你快过来！"

陆清酒还在给尹寻炸酥肉，听见他的叫声把锅铲一放，道："怎么了？"

尹寻说："咱们家蜂箱满啦！"

陆清酒一愣，随即去了后院，看到了尹寻口中的蜂箱。只见蜂箱上面挂满了金灿灿的、看起来非常诱人的蜂蜜，因为蜂蜜太多，甚至从蜂箱的缝隙里溢出，滴落在了地面上。

"全满了。"尹寻抽出一片，惊讶道，"这么快啊？"

陆清酒正在诧异，便看见蜂箱里飞出了一只小钦原，细声细气地开口："你要吃什么味的蜂蜜啊？"

陆清酒："还有味道？"

尹寻这货在旁边凑热闹："我想吃巧克力味的。"

那小钦原白了尹寻一眼："我是问要什么花的。"

春天是百花盛开的季节，大部分的植物都是在春天绽放出美丽的花朵，采集不同的花粉，酿出的蜂蜜味道也各有不同，里面甚至还能带上花朵芬芳的气息。

陆清酒道："你们有什么花？"

"桃花、梨花、玫瑰什么的，都有。"这只小钦原似乎年纪还小，没有之前那只大钦原那么害怕他们，"你都能拿走，不过，我有个小小的条件。"

陆清酒："什么条件啊？"

"你得摸摸我。"小钦原说，"就像摸满晨一样！"

陆清酒反应了一会儿，才反应过来，"满晨"应该是他之前摸过的那只钦原。眼前这只小不点也挺可爱的，况且它们的手感很不错，陆清酒爽快地同意了，伸出手指小心翼翼地抚摸着钦原柔软的羽毛。

小钦原被摸得舒服得连眼睛都眯了起来，嘴里哼哼唧唧的。

尹寻也很手痒："我能也摸摸吗？"

"别碰我。"那小钦原无情地拒绝了尹寻的请求，"不要玷污了我清白的身体。"

尹寻瞪圆了眼睛："可是为啥他就能摸啊？"

小钦原："他是人，你是吗？"

尹寻："……"

小钦原："人类是不能和我们在一起的，但是你不是人啊，万一你看上我了怎么办？"

尹寻："我不会看上你的！！"

小钦原："哼，你们山神说的话，可没个准儿啊。"

尹寻："……"朋友，你到底曾经遭遇了什么。

陆清酒忍不住哈哈大笑了起来。为钦原提供了几分钟的"马杀鸡"服务，陆清酒成功地得到了几片蜂蜜，只是这蜂蜜要怎么从板子上取下来是个问题。陆清酒正在研究，就看见尹寻拉了个铁桶过来，表示自己可以胜任这份工作，然后陆清酒看见他在桶里把附着在木板上的蜂蜜全给摇了下来。

这是春天的农家蜂蜜，陆清酒尝了一点，感觉味道特别正，一点没有人造蜂蜜的那种甜腻感，蜂蜜其实不是特别甜，主要是香气浓郁，用来化水或者做糕点都特别合适。

他去拿了几个玻璃瓶，把蜂蜜全给装在了里面，然后给朱淼淼打电话问她要不要来几瓶。

朱淼淼一听是天然蜂蜜就来劲了，她现在可是枸杞养生党，这种天然的东西怎么舍得放过："要要要，给我来几瓶！"

陆清酒说："还是以前的地址吗？"

"嗯，就给我寄到公司吧。"朱淼淼说，"这段时间忙得很，都没时间和你聊天了。对了，你上次说的那个综艺还在继续吗？我这忙完了打算过去凑个热闹。"

"没有，没继续了，在这边出了点意外，他们都走了。"陆清酒回答。

"走了？"朱淼淼道，"去哪儿啦？"

"不知道。"陆清酒道，"可能是换了个地方做节目了吧。"

朱淼淼遗憾道："那真是太可惜了，不过我还是想过去住两天，你们那边什么都好吃，馋死我了。"

陆清酒笑道："欢迎欢迎。"

当初要不是朱淼淼费心费力地帮他们搞网店，他们现在估计还在为怎么多卖点菜赚钱买肉吃而发愁，现在家里的生活水平上去了，能把尹寻和白月狐都养得白白胖胖，朱淼淼也算是出了不少力气。尹寻并不想变得白白胖胖，毕竟作为白月狐的后备食物，白白胖胖之后好像就离死不远了，但好在有陆清酒在，不会轻易让白月狐把他的宠物，哦，不，是儿子，轻易吃掉的。

朱淼淼和陆清酒说月末陆清酒生日的时候过来玩，陆清酒一口应下。

三月份了，月末就是陆清酒的生日，虽然之前他没什么过生日的习惯，但蛋糕还是要买一个的，也算是给家里两个馋嘴的改善生活吧。

有了蜂蜜之后，陆清酒没过几天就用烤箱做了个巨大的蜂蜜蛋糕，自家做的蛋糕什么都舍得放，蜂蜜、鸡蛋、牛奶跟不要钱似的往里面放，最后做出来的蛋糕蓬松得像云朵一样，烤得金灿灿的表面散发着甜蜜的香气。一刀下去，蛋糕晃晃悠悠，像一颗有弹性的布丁，格外诱人，连陆清酒都多吃了几块儿。

尹寻和白月狐对这块儿蜂蜜蛋糕表示出了高度的赞扬，尹寻哀求陆清酒明天再做一块，陆清酒笑着应下，说："行行行，明天做块儿大的。"

当然，他没有忘记给最大的功臣小蜜蜂也送一块儿蛋糕过去，钦原们得到蛋糕之后非常开心，说从来没有吃过这么好吃的东西，第一次知道蜂蜜还有这样的做法，人类可真是神奇的动物啊。

神奇动物陆清酒："……"是啊，这一屋子就他一个人类，可不是够神奇了吗？

天气渐渐暖和了，树梢枝头、草丛灌木，都开始绽开可爱的小花，整个世界充满了生机。

陆清酒给朱淼淼打了个电话，还给她发了个大红包，让她来这里之前寄点草莓过来。

草莓这种水果金贵又不好运输，水府村几乎没有种植，加上价格昂贵，甚至在镇上和市里都很难买到高品质的草莓，倒是陆清酒之前住的城市郊区有几个大型的草莓种植基地，那里种出来的巧克力草莓又大又漂亮，而且味道也很好，虽然不是特别甜，但至少果味还是有的。

尹寻和白月狐似乎都没吃过这种水果，两人完全被贫穷限制了想象。

春天是吃草莓的季节，草莓果期很短，而且不易保存，陆清酒打算让尹寻和白月狐敞开了吃，吃不完的他就用来做草莓果酱。

"这是草莓吗？"尹寻是见过草莓的，但是几乎没怎么吃过，他看着泡沫箱里红彤彤的果子眨着眼睛，"好漂亮啊。"

陆清酒道："我先去洗洗，洗完了给你吃。"

朱淼淼后天才到，今天草莓就过来了，这草莓一看就是经过了精心挑选的，一个个几乎有半个手掌那么大，颜色鲜红，散发着草莓独有的香气。

白月狐似乎也没吃过这种果子，和尹寻站在一旁专注地看着陆清酒清洗，陆清酒边洗边道："不知道镇上有没有草莓苗啊，有的话我去买一点，月狐种出来的肯定比这个好吃。"

他洗完之后，笑着给白月狐和尹寻一人嘴里塞了一个。

大大的果子把尹寻的嘴塞得鼓了起来，他嚼了两口，眼睛好似被点亮了似的："好好吃啊！"

白月狐也点点头，他咬破了草莓，红色的汁液沾在了他薄薄的嘴唇上，给他原本就艳丽的五官增加了几分妖媚的味道，只是这种妖媚并不女气，反而有种让人不敢逼视的冷艳，他也说："好吃。"

"嗒，你们两个先吃，我把剩下的洗了。"陆清酒说，"能吃多少吃多少，吃不下的我就做果酱。"

两人点点头，坐在旁边开始高高兴兴地吃草莓，一口一个，吃完之后整个嘴巴都是红色的。

陆清酒自己也是一边洗一边吃。朱淼淼这次给他们寄了不少，有十几斤的样子，应该是够吃了。

几个人正在吃着，门口却响起了敲门的声音，陆清酒以为是隔壁的李小鱼，便没有问直接开了门，谁知门一开，外面却出现了一个不该出现在这里的人，陆清酒看见他的脸的时候，整个人都愣了一下。

"不好意思。"早已离开水府村的江不焕竟然站在了门口，他的手臂似乎受了伤，脸色非常难看，"又来打扰你了。"

"啊？"陆清酒道，"你怎么……回来了？"江不焕的身后没有其他人，像是一个人来的。

"能进去说吗？"江不焕苦笑。

陆清酒想了想，还是让开了一个位置，让他进来了。

江不焕进到院子里，便看到了正在和尹寻分草莓吃的白月狐，他看到白月狐的脸时，眼里流露出惊艳之色，显然是被白月狐那逆天的颜值惊到了。

"有什么事就说吧。"陆清酒随便给他找了个凳子，示意他坐下。

江不焕坐下后，被白月狐的眼神盯得有点后背发凉，他干咳一声，小声问道："那个，你朋友为什么盯着我看啊？需要我给他签个名吗？"那眼神太恐怖了，他们两个从未见过面，难道他是自己的狂热粉丝？？

陆清酒心想：你还敢签名？怕是笔刚拿出来就被他撕了吃了。当然他不能这么说，只是很委婉地表示："不用了，他不追星的。"

"那他盯着我做什么啊？"江不焕第一次发现人的眼神也能这么恐怖。

陆清酒忍着笑："你偷了他种的番茄。"

江不焕："……"

"十二颗呢。"陆清酒用手轻轻地掩住了嘴，肩膀微微抖动。

江不焕："……"他竟不知道该说什么好，是因为人做坏事都要遭报应吗？他已经被白月狐的眼神盯得起了一层冷汗，连身体也开始微微颤抖。

陆清酒笑完之后，还是去安抚了一下自家浑身上下散发着黑色怨念的狐狸精："月狐，你留点草莓，晚上给你做草莓味的蜂蜜蛋糕，还有，去拿草莓给牛牛吃一点，草莓味的牛奶特别好喝。"

听到有自己很喜欢的蜂蜜蛋糕，白月狐这才收回了眼神，放了江不焕一马，不然，今天恐怕江不焕会被他盯得直接晕过去。

支走白月狐后，陆清酒把注意力放回了江不焕身上，和之前相比，此时的江不焕看起来十分狼狈，他的右手臂看上去像是骨折了，眼睛底下乌青一片，整个人透出一股浓浓的憔悴，怎么看都让人觉得不对劲："你那边出了什么事？"

江不焕苦笑："是啊。你还记得我们离开时，在山路上遇到的那个意外吗？"

"记得。"陆清酒说，"就是你们司机突然睡着的那个意外吧。"

"对。"江不焕说，"我当时以为离开了这里，一切就都结束了，可后来才发现，这只是一个开始而已……"他声音颤抖，满含恐惧，"接下来，又发生了很多事。"

陆清酒静静地听着他继续说。

"节目组住的民宿煤气泄漏，要不是我半夜突然惊醒，恐怕所有人都没了；开车时刹车还失灵过……总之，就好像是有人想要我们全部死掉似的。"江不焕说，"你知道前几天这里出了车祸吗？"

"车祸？"陆清酒茫然，"不知道，你是说水府村吗？"

"对。"江不焕说，"其实几天前我就到镇子上了。"

陆清酒蹙眉："什么意思？"

江不焕说："在镇上，我们开了两辆车准备进村，我的车开在前面，其他人在后面。"他颤声道，"可车开到一半的时候，我们在山路上迷路了，明明只有一条路啊，却怎么都看不到头……"

陆清酒说："你们是不是遇到鬼打墙了？"他想起了之前和尹寻、朱淼淼在山上下不来的事，当时还是白月狐去接的他们，要是没有白月狐，估计他们三个也全都交待在山上了。

"我不知道啊。"江不焕苦笑，"然后一直开啊开啊，就这么出事了。"

从他的描述中，陆清酒得知了整个过程。江不焕后面的那辆车突然加速，撞向了他，他死死握着方向盘才逃过一劫，但后面的车却带着一车人，全都冲下了悬崖，就这么没了。

江不焕在这场事故中右臂骨折，但这不是最让他恐惧的，最让他恐惧的是等到他开着车回到镇上报了案之后，得到的答案却是根本没有第二辆车。才下过雨的山路上，只有一辆车开过的痕迹，根本不存在江不焕描述中的第二辆事故车。

　　惊恐的江不焕联系了车上自己的朋友，却得知他们都还活得好好的，对于他说的一起去水府村的事完全不知情，甚至觉得江不焕可能精神出了问题，

　　"我不明白啊。"江不焕说完之后痛苦地抓住了自己的头发，"我明明看见了那些人的，我的车后面甚至还有被撞击的痕迹，可是为什么他们非要说那辆车不存在呢……"

　　陆清酒听完后沉默片刻："你确定，撞你的是你朋友的车，而不是别的什么东西吗？"

　　江不焕表情登时僵住。

　　陆清酒继续道："你……这段时间，有没有什么不好的感觉？"

　　江不焕苦笑："有啊。"

　　陆清酒说："什么感觉？"

　　江不焕呆滞道："我感觉，我快要死了。"并且这种感觉越来越强烈，强烈到甚至一阵微风刮过，都好似能断头的利刃，刺得他后颈发寒。

　　"你感觉自己要死了？"陆清酒对江不焕说出的话有些惊讶。

　　"是的，我能感觉到死亡离我越来越近。"江不焕道，"浑身上下的神经都紧绷着，好像一个不小心就会出现什么不可挽回的意外。出现这样预感的还有我的朋友，我联系上他们之后，便约定了一起到水府村来，找出其中的原因。"他说到这里，身上打了个寒战，"可是，可是……却在来的路上出了意外，他们的车开到了山崖下面……"

　　陆清酒说："为什么是来水府村找答案？"

　　"因为一切都是从离开这里之后才开始的。"江不焕情绪激动起来，"你是我在村子里见过的唯一一个正常人，我想问你是不是知道什么，关于这个村子，关于那个老宅……"

　　陆清酒蹙眉："我什么都不知道。"

　　江不焕却不相信："求求你告诉我吧，我真的不知道该怎么办了，如果找不到原因，解决不掉这件事，我真的会死的！"

　　陆清酒想到了什么，他说："你说你之后打电话，你的朋友根本没有和你一起来？"

　　江不焕道："对，他们根本不记得曾经和我约定过来这里。"

　　"那你有没有想过一件事。"陆清酒说，"约你来这里的根本不是你的朋友？"

　　江不焕表情僵住。

　　陆清酒道："或许约你来这里的人有什么目的……当然，这只是我个人的猜测。"

　　尹寻边吃草莓边支棱着耳朵听两人聊天，听到陆清酒这话他打了个寒战，嘟囔道：

"这怎么越说越恐怖了啊,世界上哪有那么多的鬼。"

陆清酒扭头看了他一眼,然后说:"你去把咱们家后院的井清洗一下。"

尹寻:"……"他怎么忘了他们家后院里还有个养活了他们全部人的女鬼小姐了?

江不焕不明白他们的对话是什么意思,绝望之下伸手一把抓住了陆清酒的手臂,道:"求求你救救我吧,你在这里住了这么久了都没事,肯定知道些什么。"

陆清酒说:"你冷静一点。"

江不焕却怎么都冷静不下来,抓着陆清酒就像抓着最后的救命稻草。

就在气氛越来越糟糕的时候,坐在远处的白月狐竟然轻轻地开了口,虽然他的声音很小,但陆清酒还是听清楚了,白月狐说:"你留下三天。"

陆清酒闻言一愣,他和尹寻都以为自己出现了幻觉,刚才还非常讨厌江不焕的白月狐,这会儿居然要他留下,难道说江不焕招惹的东西,和白月狐有什么关系?

江不焕也是很有眼力见儿的,一眼就看出白月狐在这里的地位不低,闻言连忙出声道谢,表示自己愿意出高昂的住宿费,只要能住在这里,能找出解决的方法,他做什么都可以。事实上,他在进入这个院子后,就感觉到了一种少有的轻松,虽然被白月狐的眼神盯着也很恐怖,但和那种随时可能丢掉性命的感觉相比,已经好很多了。

陆清酒倒是对江不焕住下来这件事感到无所谓,他只是好奇到底是什么原因,在几句话的交谈后,让白月狐出口留下了江不焕。

"你带行李了吗?"陆清酒站起来,"我带你去客房吧,你先好好休息一下。"江不焕眼睛下面的乌青特别明显,还好他长得好看,权当他是化了个烟熏妆。

"谢谢,谢谢。"江不焕连忙道谢。

家里还有不少客房,陆清酒带着江不焕提着行李去了其中一间,进屋之后,他简单地说了下家里的浴室和厕所怎么使用,还有一些注意事项,比如不要去后院、别去逗家里的鸡之类的。

江不焕坐在床上乖乖地听着,从外表上来看,他只有二十一二的样子,这年纪本来应该还在大学里面上课,可他却进了娱乐圈,这让他的脸上少了很多稚气。

陆清酒安排好他之后便打算离开,江不焕却小声地开口道:"那个……不好意思……"

"嗯?"陆清酒回头。

"我一天没吃东西了,能给我点东西吃吗?"江不焕也是第一次找人要吃的,有点不好意思,干咳一声,"我可以付钱。"

陆清酒笑道："钱倒是不用了，你等会儿，我去给你拿。"家里一点剩菜都没有，陆清酒只好去厨房拿了两个番茄过来给江不焕垫肚子。

江不焕看见番茄却露出了惊恐的表情："这……这能吃吗？"白月狐那要把他剁了的恐怖眼神还历历在目呢。

"没事，吃吧。"陆清酒安慰道。既然白月狐留下了他，那肯定是得在家里吃饭的，他家狐狸虽然护食，但并不小气，还是很讲道理的。

"那就谢了。"江不焕露出感动的神情，接过番茄大口啃了起来，看上去是真的饿了。

陆清酒则转身离开了房间，回到了院子里。

白月狐还坐在那儿继续吃草莓，吃得嘴唇都是红色的，他看见陆清酒过来，第一句话就是："不准给他吃我种的番茄。"

陆清酒："……"他刚才还夸白月狐讲道理来着，"那给他吃什么？"

白月狐道："尹寻不是也在种菜吗？"

尹寻茫然抬头："啊？"

白月狐："把他种的菜给江不焕吃。"

尹寻："……你这是歧视我吗？我种的菜怎么了？"

白月狐冷漠脸："你自己吃啊。"

尹寻瞬间蔫了，他可不像白月狐是个种菜好手，他自己种出来的所有的菜都是一副营养不良的样子，胡萝卜就小指头那么大一根，也不知道这些年是怎么靠这些菜活过来的。

陆清酒哈哈大笑起来，笑完后，他想起了正事："对了，你为什么要留下江不焕？"按照白月狐对江不焕的态度，他应该巴不得江不焕早点没了，为什么会主动留下江不焕？

白月狐道："他身上有奇怪的气息。"

陆清酒："奇怪的气息？"

"嗯。"白月狐说，"很特别，所以我想观察几天。"

陆清酒点点头，懂了白月狐的意思，看来江不焕惹上的东西的确很特别，乃至于勾起了白月狐的兴趣，这倒是有些意思。

在白月狐的同意下，江不焕成功住进了陆清酒家里，按尹寻的说法是他终于取代自己，成了他们家地位最低的人，可能还不如前院里养的那群鸡。

不过虽然白月狐说不让江不焕吃自己做的菜，但陆清酒还是没好意思让人家站在旁边看着他们吃饭，这被人盯着吃饭也太尴尬了点。

江不焕也知道自己不受欢迎，小心翼翼地坐在桌子边上，端着碗也不敢敞开了吃，就只夹面前的菜，生怕自己吃多了被白月狐给赶出去，那可就真是小命堪忧了。

第二天，朱淼淼来了，陆清酒开着小货车把她从火车站接了回来。

知道他们这里不好买东西，朱淼淼特意为陆清酒带了大包小包的零食，还顺手提了两箱新鲜的车厘子和杧果。这些都是白月狐和尹寻没有尝过的东西，陆清酒已经想象得出家里那两只看到水果时高兴的表情了。

"哎哟，东西太多了。"坐在车里的朱淼淼和陆清酒聊天，"提得我累死了，不过清酒，你给我寄的蜂蜜太香了，下次有多余的再给我寄点。"

"行，没问题。"陆清酒应声。家里的小蜜蜂产蜜速度还是很快的，过几天多弄几罐让朱淼淼带回去好了。

"对了，家里有个客人。"车马上要到家的时候，陆清酒突然想起了什么，提醒了朱淼淼一句。

"哦。"朱淼淼完全没有意识到这个客人是什么意思，她还以为是谁家亲戚过来串门的，有就有呗，她又不认生。

把货车停好，陆清酒提着东西和朱淼淼进了屋子，一走到院子里，朱淼淼就被出现在自己眼前的人惊呆了，她甚至以为是自己出现了幻觉，伸手重重地揉了好几下眼睛才确定这是真的："清酒，我怎么看见江不焕了？我是在做梦吗？"

不但看见了江不焕，甚至还看见他拿着扫把正在和尹寻一起扫院子里的鸡屎……

"不是做梦啊。"陆清酒说，"刚不是和你说了，家里有个客人嘛。"

朱淼淼尖叫："可是你没说客人是江不焕啊！"

陆清酒："现在说还来得及吗？"

他话还没说完，朱淼淼就激动地冲了出去，开始围着她的偶像绕圈："江不焕，江不焕，是活的江不焕耶！"

江不焕被朱淼淼搞得露出了尴尬的表情，说实话，他到了这个村子后，都快忘了自己明星的身份了，不但没有觉得自己受欢迎，甚至还害怕因为遭人嫌弃而被赶出家门，可谓如履薄冰，为了证明他自己是有价值的，还硬着头皮在断了条手臂的情况下和他们一起仔仔细细地清理院子，此时朱淼淼热情的尖叫，竟然让他意外得有些不适应了起来……

"你是活的吗？"朱淼淼凑到他的面前。

江不焕："活的……"

朱淼淼继续尖叫："我的妈呀，真是活的，还会说话！！！"

江不焕："……"

陆清酒看着两人的互动，忍不住笑了起来，他道："江不焕，你不用跟着扫地，手伤不是还没痊愈吗？"

江不焕忙道："小伤小伤。"

旁边的尹寻却已经丢下了手里的扫帚，冲向了朱淼淼带来的零食，流着口水、眼睛发光道："这是什么，这是传说中的杧果吗？我都没吃过耶。"

陆清酒道："走，我给你剥两个。"

尹寻点头如啄米。

朱淼淼带过来的杧果都是上好的大青杧，从热带直接空运过来的，果肉多，甜度和水分都很充足。这种热带水果自己种是不太可能了，只能从外面买，而且最惨的是他们市规模小，根本没有昂贵的进口超市，而网店里的水果品质则很难保证。

这边尹寻把自己的脑袋都埋到了杧果里面，啃得津津有味，那边朱淼淼还在继续热情地追星，江不焕被她搞得手忙脚乱的，差点没踩到鸡屎。

白月狐回来之后，看见了闹腾腾的院子。陆清酒本来还担心他会不喜欢，但显然，朱淼淼带来的车厘子和杧果很好地吸引了他大部分的注意力。于是就出现了白月狐和尹寻坐在旁边吃水果、江不焕艰难扫鸡屎、朱淼淼恨不得把自己变成鸡屎的和谐画面。

陆清酒像个看着自己的儿女和谐相处而表情满意的老父亲。

既然朱淼淼来玩，家里照例要做一顿大餐，陆清酒早就准备好了新鲜的食材，还买了不少海鲜打算做一顿丰盛的午饭。

白灼虾、炖牛肉、宫保鸡丁、辣白菜炒五花、蘑菇炖鸡汤、凉拌海蜇丝、白灼生菜，还有一大碗朱红色的红烧肉，整张桌子都被摆得满满的。

红烧肉是陆清酒的拿手菜，肉经过煸炒去除了大部分的油脂，变得软糯弹牙，放入冰糖、酱油还有各种香料，在锅里炖煮半个小时后肉完全入味，几乎是入口即化，再加上五花肉那丰富的层次感，就着肉都能吃下好几碗白饭。

　　朱淼淼高兴地坐在了江不焕的旁边，一边吃饭，一边和自己的偶像聊天。

　　大概是吃了朱淼淼的水果的缘故，白月狐也给了江不焕一点面子，没有阻拦他吃饭。江不焕这才算是正式尝到了陆清酒的手艺。他吃了一口红烧肉，露出惊艳之色，赞道："做得真好。"

　　陆清酒说："是这肉好。"肉是白月狐带回来的，不知道是什么肉，反正味道比猪肉好很多。

　　"哪里。"江不焕以为是陆清酒谦虚，他在这里的时间越久，就越是发现住在这里的几个人深不可测。

　　白月狐就不用说了，光说长相都不似凡人。江不焕十二岁的时候就进娱乐圈了，他们家里人都是做这个的，可是他见过了那么多大牌明星，却从来没有一个人的长相像白月狐这样精致，可以想象，如果白月狐也进娱乐圈，该有多么受欢迎。

　　朱淼淼吃着陆清酒做的饭，也露出了幸福的表情，她道："对了，江不焕，你为什么要住在这里啊？"

　　江不焕："……休假。"他总不能说自己怕死吧。

　　朱淼淼："你认识白月狐？"

　　江不焕干咳："不认识，我之前不是在这里做节目嘛，都是偶然……"他说得很含糊。

　　朱淼淼虽然觉得有些奇怪，但也没有深究，毕竟哪个明星没点怪癖呢。

　　吃完饭之后，江不焕自告奋勇要去刷碗，但被朱淼淼拦了下来，说还是她去吧，毕竟江不焕一只手还吊在脖子上，这怎么刷啊。

　　"你去休息吧。"陆清酒知道他还在担心被赶出去，"至少这几天不会出什么事的。"

　　江不焕苦笑起来。

　　陆清酒道："我要再去趟镇里，刚才种子店老板说又来了新的树苗，这次有山竹种子，是特意给我进的。"

　　他们这边基本不种山竹，也不怎么吃，不过陆清酒很喜欢这种水果，虽然果肉少，但酸甜可口，味道清香。

　　"我和你一起吧。"尹寻举手。

　　"也行。"陆清酒说，"顺便去拿点设备回来，晚上在院子里做烧烤好了。"人多的时候吃烧烤挺有意思的，而且这春天天气大好，白天暖洋洋的，晚上也不冷，偶尔一阵微风拂过，还能嗅到浅淡的花香。

如果是之前，陆清酒还真不太敢把白月狐和江不焕单独放在家里，但现在有了个热情的朱淼淼，气氛应该不会太过尴尬。

陆清酒和尹寻买了树苗之后，又去旁边租借了烧烤设备，他想了想，干脆把整套铁架子从老板那儿买了下来，想着反正家里也有地方放，买回家，以后要吃烧烤的时候也不用特意来镇上一趟了。

尹寻这一路上都在想晚上要吃的菜，高兴得眼睛都眯了起来。

把东西放到院子里，陆清酒就开始为晚上的烧烤做准备了，肉都是要切好后腌制的，还有作料、小葱、蒜末什么的都得提前备好，不过家里人多，做起事来也挺快，陆清酒倒是没怎么费力。

大家边做事边聊天，还顺带吃着朱淼淼带来的零食，简直像是在春游。

春天是个让人心情舒畅的季节，陆清酒还摘了点村子附近新开的桃花，想酿些桃花酒。

忙了一下午，该准备的东西都差不多准备好了，陆清酒把炭烧好，便开始烧烤。

准备得最多的是牛肉串，牛肉切得薄薄的，用竹签子串好再进行腌制，然后放在火上大火快烤，烤好之后撒上辣椒面和葱花，整个院子里都是肉熟之后那诱人的香味。

一把牛肉一百串，陆清酒烤好一把便递给他们，顺便在旁边烤上蒜蓉茄子、内酯豆腐之类花费时间比较长的东西。

一边吃烧烤，一边喝小酒，院子里的气氛格外愉快。

江不焕身上有伤，不能喝酒，便开了瓶可乐陪着朱淼淼喝，他的心情似乎也不错，脸上多了一点笑容，少了些愁绪。

陆清酒顺带着把家里的狐狸崽子和小花、小黑都给喂了，江不焕还没认出狐狸，以为狐狸只是陆清酒养的贵宾犬……

陆清酒饭量小，啃了个烤玉米就差不多饱了，朱淼淼喝得有点微醺，拉着江不焕非要听他讲过去的故事，江不焕无奈之下只能和她聊起了娱乐圈的八卦，什么 A 明星暗恋 B 明星啊，什么 C 明星和 D 明星早就离婚了之类的……

尹寻也吃饱了，摸着自己圆滚滚的肚皮坐在旁边消食，白月狐还在继续吃，陆清酒强烈怀疑把这些东西全部吃完了都填不满他那个巨大的胃。唉，不知道什么时候能让白月狐吃饱一次啊，陆清酒有点遗憾地想。

大概晚上十点，烧烤聚餐结束了，陆清酒忙了一天有些累，把收拾的工作交给尹寻和白月狐，自己洗了个澡，就准备早点休息。

今天的月亮弯弯的，很亮，天空中星辰密布，还能看到飘浮在空中的白色云层。这是在城市中少见的美景，而此时他只要坐在窗边，便能一览无余。

陆清酒打了个哈欠，走到床边躺下，不到几分钟，便沉沉地睡了过去。

他本以为自己会像之前那样一觉睡到第二天，可是半夜的时候，陆清酒却少有地惊醒了，他感到了一种恐惧，睁开眼睛后，他甚至不敢开灯，并且努力地控制住了自己的呼吸，不想发出太大的声音。这种怪异的第六感，让他把头埋在了被窝里，他听到自己的心脏怦怦直跳。

"呼呼……呼呼……"似乎有什么东西从窗外走过，正在发出低沉的喘息声，但仔细一听，又好像只是他自己的错觉，那呼吸声不过是微风。

陆清酒浑身抖得厉害，他想知道到底发生了什么，窗子外面到底有没有东西。于是，陆清酒强忍恐惧，慢慢、慢慢地将头探出了被褥，眼睛朝着窗外看去。窗外漆黑一片，什么都看不到，没有月亮，没有星星，也没有云，只有无尽的黑夜。

陆清酒看着那片黑色，甚至有一秒钟在怀疑是不是自己的眼睛出了问题，但他很快就反应过来为什么窗外是黑色的——有什么东西堵在了他的窗口，遮住了月亮和星辰。

接着，陆清酒看到了他这辈子迄今为止见过的最恐怖的一幕，只见窗外那片黑色微微闪了闪，陆清酒终于意识到，堵在他窗户上的，是一只巨大的、黑色的、只需用瞳孔便足以遮住整个窗户的眼睛，那眼睛的主人，此时正在向屋内窥探，显然已经发现了在床上发出响动的陆清酒。

陆清酒屏住呼吸，他不知道眼前的是什么东西，但显然，无论是什么，在那东西面前，自己都如蝼蚁一般。

"啊——"一声凄厉的惨叫响了起来，是江不焕的声音，那惨叫声让窗外的怪物慢慢移开了目光，显然是引起了它的兴趣。它眨了眨眼，接着开始缓慢移动，挪开了那只巨大的眼睛，将月光和星辰还给了陆清酒。

陆清酒看着它离开，消失在了自己的窗户外面，一动也不敢动，他不敢去想怪物去了哪儿，还有白月狐为何没有反应，难道是白月狐打不过眼前这只怪物？那白月狐会不会因此受伤，或者说遭遇了更可怕的事？陆清酒的心一下子慌乱了起来，他咬咬牙，硬生生扛住骨子里天生的恐惧，从床上爬起，小心翼翼地推开门，踉跄着步子，朝着白月狐的住处走去。

第十章

日记本

到了白月狐的房间，陆清酒没敢敲门，害怕引起外面怪物的警觉，便轻手轻脚地推开了门，透过门缝，看到了屋子里的场景。里面空空荡荡的，床上也没有人，不见了白月狐的身影。

陆清酒有点紧张，他看了眼门外，那怪物还站在他们的院子里，但因为身形太大，似乎只有脑袋塞进来了，其他部位应该还在院子外面。怪物似乎把眼睛移到了江不焕的窗户上，江不焕的惨叫声简直像是一只被捏住了脖颈的鸡，凄惨得不得了，他似乎看见了那双黑色的眼睛，叫道："救命啊，救命啊——窗外有怪物，谁来救救我——"

说着，他推开门狼狈地从屋子里跑了出来，正好看到站在走廊上的陆清酒，两人大眼瞪小眼片刻，江不焕颤声道："陆……陆先生。"

陆清酒道："晚上好？"

江不焕："……外面有怪物！"

陆清酒说："哦，我看见了。"

江不焕被陆清酒平静的反应震惊了，外面那东西已经完全颠覆了他的三观，甚至让他怀疑自己是不是又在做噩梦："你不害怕吗？"

陆清酒："怕啊。"这不是还担心自己儿子出事儿吗？

江不焕："你这叫怕啊？"

陆清酒点点头，道："你先过来吧。"

江不焕正想从地上爬起来，却听到外面传来了一声巨响，好似建筑物倒塌的声音，接着便是一连串低沉的咆哮声，陆清酒透过窗户，看到那只巨大的怪物慢慢抬起了头，朝着天空看去，似乎那里有什么东西吸引了他的注意力。

因为窗户太小，陆清酒看不清楚那怪物的模样，但他隐约感觉这怪物长得有些像传说中的龙，但和龙又有一些细微的差别。这让陆清酒想起了那只被困在深渊中的黑龙，只是不知道这两者之间是否有联系。

就在陆清酒疑惑之际，那巨兽身边却已升腾起了一阵黑色的雾气，将它的身体包裹了起来。接着，黑雾朝着天空的方向蔓延，陆清酒见状赶紧出门查看，却发现此时的天空中，已经有一团黑雾了。紧接着，两团黑雾就这么融合在了一起，伴随着撕咬、吼叫和如野兽般的咆哮，黑雾四处弥漫，最后遮住了整个水府村的天空。江不焕已经看呆了，他胆子没有陆清酒那么大，做了好一会儿心理建设，才鼓起勇气到了门边，呆呆道："下雨了？"

陆清酒说："嗯。"

不知何时，天空中淅淅沥沥地落下了小雨，雨滴砸在地面上，发出"沙沙"的声音，外面已经黑得伸手不见五指了，除了这些响声之外，陆清酒什么也看不见。不过很快，他就发现这些掉落的液体并不是雨水……而是血液。陆清酒慢慢伸出手，用手心接住了一些液体。他收回手，放在鼻尖轻轻地嗅了嗅，果然嗅到了一股浓烈的血腥味。

江不焕也发现了不对劲，他颤声道："怎么这么大一股血腥味啊？"

陆清酒没说话，抬头看着天空。

黑雾便是降下血雨的地方，这些血液，似乎便是黑雾之中战斗的巨兽落下的，伴随着血雨一起落下的还有一些硬物，陆清酒弯腰捡了起来，发现那硬物居然是一片鳞片。这鳞片有巴掌大小，坚硬且锋利，陆清酒握得稍微紧了些，便被鳞片的边缘割破了手心。他意识到了什么，朝着黑雾投去了担忧的目光。

江不焕已经被吓傻了，他呆呆地坐在地上，用呆滞的表情看着天空。血雨越下越大，最后变成了瓢泼大雨，血腥味浓得呛鼻，原本熟悉的小院，此时却变得无比陌生，仿佛进入了异次元的空间。

"那是什么？"江不焕说，"我真的不是在做梦吗？"

陆清酒没有应声，他所有的注意力都在那片黑雾里面，地面上积累的鳞片越来越多，血水在地面上积起了水洼，耳边是碰撞撕扯和啃咬的可怖声音，所有的一切都是那么可怕。

这一夜，漫长得惊人。

恐惧消耗掉了江不焕的大部分力气，他竟然坐在地上，靠着门框就这么睡着了。陆清酒一直仰着头，到后面颈项都有些僵硬的时候，天边终于泛起了曙光。薄薄的光线冲破了浓厚的黑雾，像打碎了黑暗的结界，雨势渐渐小了下来，叫声也变得虚弱，笼罩天空的黑雾开始淡去，陆清酒终于看到了深蓝色的云层，还有已经快要消失的明月。

天要亮了，陆清酒想。他朝着自己的院子里看去，整个小院里一片狼藉，到处都是血液，地面上布满了黑色鳞片的残骸，仿佛修罗地狱。但奇迹般地，这么大的动静，似乎只有他和江不焕能听到，整个水府村仿佛除了他们两人之外，再没有别的活物。

陆清酒低头看了眼自己手心里的鳞片，那鳞片其实很漂亮，散发着宝石般的光泽，边缘锋利如刀刃，可以轻易割开人类脆弱的皮肤，显然，鳞片的主人也不是什么善茬儿。

陆清酒再次抬头的时候，黑雾终于消散了，露出了天空，还有地平线上即将升起的朝阳。地面上的血迹开始消失，鳞片残骸也渐渐淡去，一切仿佛都在朝着正常的趋势恢复。

仿佛昨夜的死斗，不过是一场荒诞的梦。

陆清酒站了起来，他听到院子门口传来了人的脚步声，接着，看到了一个熟悉的身影——白月狐回来了。

他穿着一身黑袍，披着长发，微微垂眸，脸色白得吓人。黑袍上用金丝线绣着五爪腾龙，那龙活灵活现，仿佛要从他的衣服上直接扑出来。

"月狐。"陆清酒叫了他的名字。

白月狐抬头，道："清酒。"

"你受伤了？！"陆清酒察觉到了什么，他快步上前，紧张道，"伤到哪里了？"他注意到白月狐的袍子下面还在滴血。

"小伤，不碍事。"白月狐说。

"让我看看。"陆清酒却坚持。

白月狐微微蹙眉，似乎有些为难，但在陆清酒坚定的态度下，他还是慢慢解开了自己的袍子，露出了结实的胸膛。只见胸膛之上，一条血红色的抓痕横贯白月狐的腹部，那抓痕极深，已可见骨，还在缓缓地往下滴着鲜血。

陆清酒见到这么狰狞的伤口，一下子紧张了起来："这么严重？我们去医院吧！"

白月狐道："没事的，过几天就好了。"

陆清酒说："这叫没事？"

白月狐道："嗯，我们一族自愈能力很强，况且人类的医院对于我们来说没什么用。"

陆清酒道："那你需要什么？有什么我能帮得上忙的吗？"

白月狐思考片刻："我需要食物。"

陆清酒道："好，我马上给你做吃的。"他担忧地看着那伤口，却还是放不下心，小声道，"需不需要把伤口清理一下啊？"

白月狐道："可以。"

陆清酒闻言急忙去屋子里找到热水和纱布，还有消毒用的一些医疗用品，回到院子里后，让白月狐躺下，自己半跪在他身边，小心翼翼地帮他清理了一下伤口。这伤口应该是被什么猛兽划伤的，陆清酒甚至在里面找到了一片碎裂的指甲，他一边清理，一边有些心疼自家被欺负的狐狸精。

"那东西怎么样了？还会再来吗？"陆清酒问道。

白月狐半闭着眼睛，黑色的发丝在身后散开，倒是衬得他整个人都充满了一种慵懒的诱惑："可能会吧，但它比我伤得重，想要回来，没那么容易。"

陆清酒"哦"了一声："你先休息，我帮你做点吃的。"

白月狐道："嗯……等等。"

陆清酒道："嗯？"

"你兜里放着什么？"白月狐忽地发问。

"黑色的鳞片。"陆清酒把自己兜里的东西拿了出来，院子里的鳞片都消失了，只有他手里的这一块鳞片依旧存在，这鳞片他还挺喜欢的，拿出来后在手里摩挲了几下，感受了一下那光滑的质感，"怎么了？"

白月狐表情有点不自然："你留着这个做什么？"

"哦，我觉得挺好看的。"陆清酒道，"有问题吗？如果不行我就丢了。"

白月狐道："……也不是不行。"

陆清酒莫名其妙地看着白月狐。

白月狐道："算了，你留着吧。"他似乎想要说什么，但最后还是没说出口。

"那我就留着啦。"陆清酒露出笑容，"我去做吃的了。"

白月狐点点头，由着陆清酒去了。

这会儿天已经蒙蒙亮了，江不焕迷迷糊糊地从梦中醒来，一睁眼居然看见陆清酒在院子里喂白月狐吃面。他起初以为是自己看错了，但是揉了揉眼睛之后，才发现自己不是出现了幻觉。

这几天发生的事情都太荒诞了，荒诞到他都觉得自己模糊了现实和梦境间的界限。

江不焕从地上站起来，感觉自己浑身上下都在痛，他慢慢地走到了陆清酒和白月狐的身边，小声道："早……早上好啊。"

陆清酒头也不回："早上好，厨房里有早饭，你自己去拿吧。"

"昨天晚上我是做了个梦吗？"江不焕迷惑道，他记得天上下了血雨，整个院子都变得乱七八糟的，可早上睁眼一看，这周围不都好好的吗？

"不是梦，是真的。"陆清酒道。

江不焕看到了白月狐的模样，一夜之间，白月狐就长出了一头乌黑亮丽的秀发，不过脸色倒是比昨天难看了很多："白先生受伤了吗？"

陆清酒道："你去吃东西吧。"他没有回答江不焕的问题。

江不焕识趣地点点头，转身走了。

在他走后，陆清酒却是有些疑惑："伤你的那东西，是跟着江不焕来的？"

白月狐："是，也不是。"

陆清酒："什么意思？"

白月狐道："江不焕身份特殊，他只是想让江不焕死在水府村。"

"身份特殊？"陆清酒有些讶异，"他……也不是人？"

白月狐道："是人。"

陆清酒蹙眉，不明白白月狐的意思，但白月狐却已不打算再解释了，有些疲惫地闭上了眼。陆清酒见他脸上有倦色，也没好意思继续打扰他，见碗里的面吃得差不多了，才轻手轻脚地离开了白月狐身边，让他自己休息。

朱淼淼神清气爽地睡了一觉，起来却看见陆清酒和江不焕都是一脸睡眠不足的模样，惊讶道："你们两个怎么都一副没有睡觉的样子？昨天晚上背着我抓鬼去啦？"

陆清酒："嘿，还真是抓鬼去了。"

朱淼淼："……算了，我不问了，你也别说了。"她本来是不信这些的，但是自从后院那口井治好她秃头的毛病后，她就不得不信了。

陆清酒打了个哈欠，告诉朱淼淼别去吵白月狐，让他在院子里休息。

朱淼淼虽然奇怪，但还是很听陆清酒的话，乖乖待在了屋内。

尹寻不一会儿也来了，和陆清酒、江不焕一样，同样是一副睡眠不足的样子，显然他昨天晚上也看到了发生的那一幕，完全没能睡着。

"白月狐没事吧？"尹寻小声地问陆清酒。

"受了点伤。"陆清酒道，"他说自己没事。"

"哦。"尹寻道，"昨天晚上把我吓死了，我还以为要出大事了呢。"

"你知道这东西是什么吗？"陆清酒想了想，从自己的兜里摸出了那块黑色的鳞片，"这是我昨天晚上捡到的。"

尹寻看见那鳞片表情扭曲了一下："你捡起来了？"

陆清酒："是啊。"

尹寻："白月狐知道吗？"

陆清酒："……知道啊，他同意我留着了。"

尹寻："……"

陆清酒："怎么了？你脸色怎么那么奇怪？"

尹寻憋了半天，硬生生憋出来一句："没事。"

陆清酒狐疑道："真的没事？没事你怎么这个表情？"

"哦，我就是觉得这鳞片拿着不太合适。"尹寻小声嘟囔，"谁知道有什么副作用啊。"

陆清酒倒是觉得无所谓："有副作用白月狐会和我说的，应该没事。"

怎么没事啦？你知道这鳞片意味着什么吗？这鳞片只有他们最亲近的人才能拥有啊，你就拿在手里当收藏品了，别最后把自己给收藏进去啊——尹寻在内心疯狂地咆哮，但为了自己的小命没敢把这话说出来，他害怕万一是自己误会了白月狐的意思，白月狐对待他可不像对待陆清酒，在白月狐的眼里，他顶多算是个会说话的储备粮，是完全没有人权可言的。

因为白月狐在院子里休息，所以陆清酒让这几个人都在屋里待着，别出去打扰白月狐睡觉。

朱淼淼看大家都是一副没睡醒的样子，十分好奇昨晚到底发生了什么事，但无论怎么问都没人肯说，最后只能无奈地放弃了，并且强烈怀疑这群人是不是背着自己做了什么见不得人的事。

"我们几个大男人能做什么啊？"被吓了一晚上的尹寻委屈极了，他也想像朱淼淼那样什么都不知道安安稳稳地睡一晚。

"谁说大男人不能做什么了。"朱淼淼一拍桌子，"现在男人可不安全，特别是江不焕这样可爱的男孩子，出门在外一定要学会保护自己。"

江不焕："……"他总觉得离朱淼淼远点就是保护他自己了。

陆清酒道："你们玩吧，我去做饭了。"

"三个人怎么玩啊。"尹寻道，"不然我也来帮你吧。"

朱淼淼撸起袖子："三个人怎么不能玩了，来来来，我们来斗地主！"

尹寻一头雾水地被朱淼淼拉了过去。

陆清酒去厨房做饭了，虽然早晨喂了白月狐一顿，但是按照白月狐那大得吓人的胃口中午肯定会饿，再加上白月狐还受了伤，肯定要吃点好的。

想到白月狐胸口的伤痕，陆清酒有些发愁，也不知道白月狐的伤多久能好，会不会在身上留疤，变回原形的时候身上会不会因此秃一块儿，不过话说回来，白月狐既然不是狐狸，那到底是什么呢……他家狐狸精为啥一定要坚持说自己是狐狸精？这到底是什么奇怪的执念？

为了给白月狐补充营养，陆清酒几乎把冰箱中的存货搬了个空，做了一桌子的肉，什么炒的、炖的、焖的、油炸的，看得其余三人目瞪口呆。

尹寻道："咱们家今天过年吗？"

陆清酒抹了把额头上的汗水，没理他："我去叫白月狐吃饭。"这里也就他敢叫醒还在睡觉的白月狐了。

白月狐果然还在熟睡，有人走到他身边都未曾察觉，陆清酒伸出手轻轻地拍了拍他的肩膀，叫了声："月狐。"

白月狐睁开眼，看到了旁边的陆清酒。

"吃午饭了。"陆清酒说道，"我做了好多你喜欢的菜。"

白月狐"嗯"了一声，慢慢起身，长长的黑发披散一身，他有些烦躁地把头发随手撩到脑后，道："先给我找把剪刀来。"

陆清酒笑道："怎么这么急着剪？"

白月狐说："吃饭不方便。"

陆清酒登时哑然，白月狐不喜欢长发的理由果然干净利落，也是，长头发吃饭的确是不太方便，再加上白月狐不会梳理，吃饭的时候很容易掉在前面影响速度。

陆清酒道："没事，我先找朱淼淼要根头绳，吃完饭再剪吧。"

白月狐听完点点头，倒没有在这件事上多纠结。

接着几人坐到了餐桌前，朱淼淼看着白月狐这一头长发眼睛都直了，不住地夸他头发漂亮。陆清酒找了根头绳，帮白月狐把这一头黑发给束在了脑后，他头发油黑顺滑，握在手里跟上等的绸缎似的，之前都是被白月狐一刀给剪了，现在想来还觉得有些可惜。

白月狐所有的注意力都在食物上，根本不关心陆清酒怎么折腾自己的头发。

坐在陆清酒旁边的尹寻看着二人互动，眼珠子都要瞪出来了，敢这么动白月狐的头发，他真怕白月狐扭头对着陆清酒就是一口……不过话说回来，白月狐都同意陆清酒碰他的鳞片了，那梳理头发好像也没什么关系。

这么想着，尹寻便坦然了。

陆清酒给白月狐弄好头发之后才开始吃饭，不过肉这东西，向来都很管饱，再加上为了照顾白月狐，这一桌子就没几个素菜，他们四个很快就吃饱了，最后就这么眼睁睁地看着白月狐继续往嘴里塞东西。

食物进了白月狐的肚子，却好像进了永远填不满的深渊，他没吃饱，大家却都看累了。

吃了差不多一个小时，白月狐解决掉了桌子上最后一样食物，吃完后，他才露出餍足之色，如同一只捕猎结束的大猫，眼角眉梢皆是慵懒和满足。

"感觉还好吗？"陆清酒都没敢问他吃饱了没。

"好多了。"白月狐说，"我去睡个觉。"他懒懒地打个哈欠，又往院子中心的摇摇椅去了。

春日的阳光正好，葡萄藤也发了芽，枝干上抽出了嫩绿的新叶，时而有鸟落在藤蔓之上，发出清脆的鸣叫。白月狐睡在椅子上，闭着双眸，美得像一幅画。

他们都没敢去打扰他，小心翼翼地在旁边活动，尹寻提议说趁着天气好可以去山上转转，摘点野果子什么的，陆清酒让他们去，说自己在院子里守着白月狐。

于是三人提着竹篮带着小狐狸一起出了门，留下陆清酒坐在院中陪着白月狐。

陆清酒去屋里摸了本书，坐在白月狐的旁边静静地看，看着看着，睡意便涌了上来，他靠在椅背上，竟也睡着了。

等到醒来时，已是日落西山。他茫然地睁开眼，注意到白月狐不知何时已经醒来，正用一种意味不明的眼神凝视着他。这种眼神中竟带着贪婪和渴望，陆清酒愣了愣，再去看时，白月狐的黑眸却已经恢复了往日的淡然和平静。

"睡醒了？"陆清酒有些不自在地和他打招呼。

白月狐点点头。

"胸口的伤好点了吗？"陆清酒还在担心这个。

白月狐沉默片刻，伸手解开了自己上衣的扣子，露出胸膛，只见他的胸膛已经恢复了光滑，还能看见八块鲜明的腹肌，早上那狰狞的伤口已然不见了踪影。

"真好啦？"陆清酒有些讶异。

"好了。"白月狐坦然道，"不信你可以摸摸看。"

陆清酒道："不用了，不用了。"

白月狐蹙眉："那你为什么那么喜欢摸我的尾巴？"

陆清酒："这……一样吗？"

白月狐："都是我身体的一部分，哪里不一样了？"

陆清酒："……"他竟然无法反驳，无奈之下，只能伸手又认认真真地摸了一遍，摸完后还得夸他家狐狸精，"恢复得可真好。"

白月狐这才露出满意之色。

陆清酒的生日，是春意正浓的三月，万物复苏，整个世界都充满了生机。陆清酒喜欢忙碌的春天，喜欢春日和煦的阳光，喜欢融化的溪水，喜欢旷野里草木的香气。姥姥还在的时候，只要陆清酒过生日，她都会给陆清酒煮上一碗特制的鸡汤面。他们家的条件不算好，也没什么钱买蛋糕，对于陆清酒而言，这碗面已经让他很满足了。鸡汤面里一般会卧着三个煎得金黄的溏心蛋，陆清酒两口就能吃掉。

后来陆清酒离开了水府村，很久都没有再尝到姥姥的手艺，他记得当时父母也是想要把姥姥接出去的，只是姥姥怎么都不同意，态度坚决地要留在这个偏僻的村落里，仿佛在守候着什么。

三十号的早晨，陆清酒从床上醒来，睁开眼后做的第一件事，便是拿过床头放着的木盒。

木盒上依旧挂着文字锁，这些文字锁上的文字每天都会出现新的变化，陆清酒今日照例检查了一遍锁头，却在看清楚文字锁后，露出了愕然之色——他竟在文字锁里找到了三个非常熟悉的字：陆、清、酒，正是他的姓名。

陆清酒马上想起了和尚玄玉对他说过的话，他的姥姥在去世之前给他留下了一份礼物，那份礼物，应该就是眼前的木盒。

陆清酒的手微微发抖,慢慢地转动锁头,将陆清酒三个字转到了同一个水平线上,在三个字被扭齐的一瞬间,木盒发出了一声清脆的响声,紧紧锁着的锁头就这么开了。

陆清酒紧张地屏住了呼吸,他慢慢取下文字锁,掀开木盒,看到了里面的东西。

那是一本厚厚的笔记本,看起来已经有些年月了。

陆清酒伸手将笔记本拿了出来,却看见笔记本里掉出了一块儿黑色的东西,他愣了愣,将那东西捡起来,入手之后,竟发现那东西居然是一块儿黑色的鳞片,和他昨夜得到的有几分相似。只是这鳞片上面布满了划痕,似乎鳞片的主人受了很严重的伤。

陆清酒有些混乱起来,他之前的猜测得到了证实,看来他的姥姥,的确也知道关于非人类的事,不但知道,甚至还和他们有什么交集。至于这片黑鳞,是白月狐的还是他同族的?白月狐的族人到底是什么呢,是龙吗?然而龙有那么多种类,光是《山海经》里就有不少……

陆清酒怀着满腹狐疑,把鳞片收到了口袋里,翻开了手中的笔记本。

那笔记本因为放置的时间太长,纸张已经变成了陈旧的黄色,但是上面娟秀的字体却依旧非常清晰,这正是陆清酒姥姥的手迹。

翻开笔记本的第一页,上面写着几个字:水府村是有水的。

陆清酒蹙眉,露出疑惑之色。的确,关于村落的名字,他曾经也觉得奇怪,毕竟在大多数情况下,村子的名字,都是依照当地的一些特点定下的,最简单的例子就是,姓李的人比较多,那么这个村子就会叫作李家村,可水府村只有一条连鱼都没有的小溪,又为何会叫水府呢?

又往后翻阅了几页,陆清酒终于确定,眼前的笔记本,是他姥姥的日记。只是记载得比较混乱,没有具体的时间,想起来的时候就在上面写上几笔。从内容上可以大致判断出,这本笔记是从姥姥年轻的时候开始记录,直到她去世都保存在她的身边。

“我挺喜欢这里,房客也挺有意思,而且长得还很好看,哈哈,我觉得他比我好看多了。”姥姥如此写道,“只是吃得有点多,感觉有点养不起。”

陆清酒的表情凝固了,他有种不好的预感。

很快,随着他翻页越来越多,他那糟糕的预感应验了。

笔记本里记载的内容在告诉陆清酒,他的姥姥似乎在和他经历同样一件事。她也遇到了一个漂亮的房客,那个房客的胃口很大,只是脾气却和白月狐很不相同,温柔、体贴,“暖和得像春天里的太阳”。

"我真喜欢春天啊。"那时还年轻的姑娘，很快便陷入了热恋之中，"就像他一样，他今天做的午饭真好吃，我问他能不能一直做给我吃，他笑着点了点头。"

看着这么温暖的文字，陆清酒的心里却难受了起来，因为在他的记忆里，他是没有见过自己姥爷的，而姥爷这个称呼，也是家中的禁忌。小时候他曾经问过姥姥，姥姥却让他不要再问。

"你没有姥爷。"姥姥说，"乖酒儿不要再问啦。"

从此陆清酒便再也没有问过。

陆清酒继续往后看，发现后面的日记被撕掉了一大半，看得出，撕掉后面部分的时候，姥姥的心情特别激动，因为这本日记差点被撕成两半。

"我知道了。"姥姥在后面写道，"我愿意做出这样的选择，因为我至少有他，有他就够了，原来他们要我回来，是因为这个，陆家就剩下我了，我是唯一一个，这是我的责任。"

陆清酒不明白这个"责任"是什么意思，但他的心情却越发沉重了，他感觉有什么事在姥姥身上发生了。

之后的日记空白了很多页，似乎是姥姥失去了记录的兴趣，接着，便出现了一些让陆清酒格外不安的文字。

"他变了，怎么会这样？"

"怎么会这样？我不明白。"

"他们派了新的房客过来，可是我接受不了。"

"为什么啊，为什么……为什么，为什么，我不想放弃，我不要放弃。"

"我怀孕了。"

"一切都结束了。"

陆清酒死死地握住了笔记本。未婚先孕，在过去是大罪，但好在因为陆家在水府村的地位很高，所以她没有被赶出去，只是不能去一些正式场合，姥姥偶尔也会遭遇村民们的白眼。

陆清酒的母亲出生之后，姥姥便把她送出了水府村，让她在外面生活长大。但后来母亲和父亲工作忙碌，无法照顾幼小的陆清酒，他才又被送回了水府村，在这位慈祥的老人身边度过了童年。

姥姥和她心爱的房客之间到底发生了什么？她口中的"变了"又是什么意思？陆清

酒感觉自己仿佛站在一个黑色的深渊面前，只要抬步往前，就会坠入其中。他的理智告诉自己应该停下，但好奇心却驱使着他继续往前。

陆清酒把笔记本翻到了最后几页，看到了姥姥留给自己的一段话。

"清酒，你看到这本笔记的时候，我应该已经不在了，我想对你说声抱歉，你父母的死，并不是意外，而是有人杀了他们。只是凶手已经得到了应有的惩罚，他也并非自愿，请你不要怪他。水府村有很多秘密，我不知道你知道了多少，但如果可以，我并不想你知道得太多。"

陆清酒看着文字，却觉得自己的身体越来越冷。

"我们陆家有特殊的血脉，生来便是水府村的守护者，只是陆家血脉稀薄，不知道什么时候会断绝。我很高兴你离开了水府村，也希望你不要再回来，让这一切彻底结束。但我还是担心自己走后会发生什么意外，你回到这里后会一头雾水，所以给你留下了这本笔记，我多么希望你不要看到它，也不要打开它。"

可显然，姥姥的祈愿并没有成功，在命运的驱使下，陆清酒还是回来了，回到了这个偏僻的村落。

陆清酒喉头哽咽了一下，继续往下看。

"但如果你看到了，或许也不是什么坏事，你有自己的路要走，姥姥无法替你做出决定。水府村是个很特殊的地方，连接两界之处，陆家千年镇守于此，但我们守的不是村子，而是人。清酒，你是不是也遇到了一个新的房客呢？你要守的便是他，他活着，水府村才能继续保存下去，他死了，或者出现了什么意外，都会产生严重的后果。你千万不要对房客动感情，这是绝对错误的，陆家人都会为此付出惨痛的代价。"

陆清酒想，他姥姥写下这段话的时候，心情又是如何呢？是想到了她曾经深爱的那个人吗？可这分明是矛盾的，你用尽所有的力量去守护一个人，又怎么会不对他动感情？没了感情的人类，还算是人吗？况且他们明明如此弱小，为什么是由他们来守护强大的房客？他实在是想不明白。

姥姥显然也没能给出完美的答案，在留下一句"清酒，姥姥爱你，若是你遇到了糟糕的事，便多看看盒子里的东西吧"之后，笔记便戛然而止。

最后一段字写得非常潦草，可以看出写下这段话的人状态很糟糕，这应该是姥姥最后的遗言了。

陆清酒用手指摩挲着纸张，感受着上面粗糙的触感。他差不多明白了姥姥的意思，但也有些不明白的地方，不过此时都已经不重要了。他将笔记本牢牢地搵在胸口，起身去找了白月狐。

白月狐还在睡觉，他躺在床上，脸颊埋在柔软的被褥里，黑色的长发像丝绸一样披散在洁白的床单上，他的容颜美得像幅画。

人类都是肤浅的动物，喜欢的，向来都是精致的皮囊。

陆清酒在白月狐身边坐下，他的动作很轻，但白月狐还是睁开了眼，只是眼里带着些睡意，也没有任何防备，他道："怎么了？"

陆清酒说："我有些事情想要问你。"

白月狐的目光移到了陆清酒捧着的盒子上面："你打开了？"

陆清酒道："嗯。"

白月狐说："问吧。"

陆清酒略微有些迟疑："你知道我姥姥身上到底发生了什么吗？"

白月狐道："知道一些。"

陆清酒立马紧张了起来："哪些？"

"她是你姥姥。"白月狐说，"曾经守护水府村的陆家人。"

陆清酒："还有呢？"

白月狐说："她的爱人闯下了大祸，被囚禁了起来。"他的语气轻描淡写，说出的话却让陆清酒身体微微颤抖。

"你……你知道她曾经的爱人闯了什么祸吗？"陆清酒继续问。

"不知道。"白月狐说，"这些事都是保密的。清酒，怎么了？"

陆清酒苦笑："他吃了我的父母。"

白月狐微微蹙眉："不可能。"

陆清酒："为什么不可能？"

白月狐："他如果要吃，也会先吃了你姥姥，怎么会对你的父母下手？"

陆清酒："什么意思？为什么这么说？"他完全没有明白白月狐的逻辑。

白月狐坐直了身体，慢慢靠近了陆清酒，他的眼神里仿佛有火焰在燃烧，陆清酒条件反射地想要后退，却被白月狐一把抓住了手臂，他缓缓道："你怕什么？"

陆清酒喉头微动："我只是……不明白你的意思。"

白月狐说："我们一族，除非是面对敌人，否则吃下肚的，都是喜欢的。你的姥姥当时就在他的身边，他如果吃，也会先吃了你姥姥。"

陆清酒："……但是事实是他吃了我的父母。"

白月狐："或许他不是自愿的。"

陆清酒："你们还会被强迫？"

白月狐道："我们不会被强迫，但是会被污染。"他道，"水府之外，皆是异境。"

陆清酒想要从白月狐的手里挣脱出来，却感觉白月狐的手如同铁铸一般，牢牢地卡住了他的手臂，他扭动了半天，手臂几乎是纹丝不动，他最终放弃了，垂着头就这么坐在了白月狐的身边，紧紧地抱着木盒："你知道我为什么要回水府村吗？"

白月狐观察着陆清酒的表情，得出了答案："因为你的父母？"

"对。"陆清酒说，"有人告诉我，我的父母不是因为意外死掉的。"他看向白月狐，"它说对了。"

白月狐："谁告诉你的？"

陆清酒道："老树。"

白月狐蹙起了眉头。

陆清酒说："它说我的父母命不该绝，死在水府村是人为并非天灾。"

白月狐道："你信了？"

"我回来之前是不信的，但是现在信了。"陆清酒道，"它说得很对，我的父母不是因为泥石流死掉的，而是被吃了。"

难怪当时连作为山神的尹寻都没有找到他父母的尸体，只找到了遗物，他就该知道——这根本不是意外，他们被什么东西吃掉了。

陆清酒看向白月狐，眸子里有湿润的水光，他想到了自己姥姥笔记本上的绝望，想到了自己处理父母丧事时的场景，问道："你会吃掉我吗？"

白月狐微微张嘴，他知道这时候最好的答案是否认，但他的灵魂却在诉说着对陆清酒的渴望，这种渴望让他有些迟疑，乃至于他只能看着陆清酒眼神里的光暗淡了下去。

"你回答不了吗？"陆清酒说。

白月狐感觉自己的心脏紧了一下，这种感觉是如此奇妙，他的心脏明明没有受伤，可为什么会有些发疼？他说："我不知道。"

陆清酒苦笑。

白月狐说："但是我会努力克制的，我很难和你解释那种感觉，就好像……一大块儿美味的蛋糕在你的面前走来走去，你很喜欢那块蛋糕，想把它吞下去，但是又知道吃了就没有了，所以得继续忍着。"

陆清酒的情绪本来有些低落，却被白月狐这比喻逗笑了："可是我不是蛋糕啊。"

白月狐："可是你比蛋糕还要诱人。"

陆清酒道："你这是在夸我肉质好吗？"

白月狐："算吧。"

陆清酒哈哈大笑起来，他笑着笑着，笑出了眼泪："把我父母吃掉的那个非人类，现在在哪儿呢？他知道姥姥没了吗？"

"我带你去看过了。"白月狐道，"还记得我们的恐怖故事会吗？你看到的那条龙，就是吃掉你父母的龙，当然，他们是这么说的，我并不信，只是那龙不知为何，也不为自己辩驳。"看来他很笃定那条龙并没有吃掉陆清酒的父母，但这种说法和姥姥的说法大相径庭，陆清酒也不知道到底谁说的是真的。

"我有点难受。"陆清酒说，"我没想到生日礼物会是这个。"会是如此沉重的真相。

白月狐："不难受。"他抬手，轻轻地抚摸着陆清酒的后颈，像是在用陆清酒安慰小狐狸的法子安慰他。

陆清酒被他摸得有点痒，想要躲开，却被白月狐抓得更紧。

"你会走吗？"白月狐问，"会离开这里吗？"

或许白月狐自己都没有意识到，在问出这个问题的时候，他的语气有些紧张。

陆清酒想了一会儿："不会吧。"

白月狐轻轻松了口气。

"好像离开这里，我也没有其他可以去的地方了。"

说出这句话的陆清酒内心是苦涩的，他早就失去了所有的亲人，在其他地方也没有容身之所，水府村于他而言，不仅仅是老家，更是他最温暖的归宿。这里有等着他回来的尹寻，有守护着这里的白月狐，有可爱的小猪，还有毛茸茸的狐狸。

这里对于陆清酒而言，是独一无二的。

"不要走。"白月狐伸手抱住了陆清酒，"留在这里。"

陆清酒感受着白月狐的动作，觉得眼前的狐狸精大概是因为情绪太激动，不由得做出了原形经常做的动作，所以说，白月狐的原形到底是哪种龙？他本来想问，但又感觉白月狐对这件事非常在意，便又将嘴里的话给咽了回去。

　　"不走。"陆清酒说，"你松开吧，我去做早饭了。"

　　白月狐道："真的不走？"

　　陆清酒无奈道："真的不走，我要是骗你，你就吃了我，好吧？"

　　白月狐道："也行。"他是认真的。

　　陆清酒说："让我先把这些事消化一下。"好在他早就接受了关于非人类的事，有了心理准备，要是一来就知道了这些，恐怕第二天就被吓跑了。

　　"嗯。"白月狐点点头表示赞同。

　　陆清酒抱着盒子回了卧室，小心翼翼地将盒子关上，然后再次放在床头，他细细地摸着盒子，想着姥姥给他留下的最后一句话，如果遇到了糟糕的事，就再看看盒子里的东西……想来姥姥应该是想用自己的经历安慰陆清酒。

　　但陆清酒只感到了悲伤，他很难想象姥姥当时得知自己的爱人吞掉了他们的孩子时的绝望。

　　在屋子里坐了好一会儿，陆清酒才调整好了心情，起身出去准备做饭。

　　虽然知道了以前在这里发生过的悲伤故事，可生活还是要继续的，况且今天还是自己的生日，他可不想把自己的坏情绪传染给其他人。

第十一章

生日礼

　　走到厨房外面，陆清酒却听见里面传来叽里呱啦的声音，仔细一听，发现是朱淼淼在和尹寻吵架，江不焕在旁边劝说。

　　"哇，你这做出来的到底能不能吃啊！"尹寻说，"我不是让你少放两个鸡蛋了吗？你看这蛋糕都成不了型了。"

　　朱淼淼："哎呀妈哟，早知道你手艺这样我就去订一个了，快点快点，这么晚了，清酒都要起来了！"

　　尹寻："别催别催——"

　　江不焕说："放在这里，小心一点。"

　　陆清酒朝门里瞅了一眼，就看见三个身上、脸上都糊着面粉的人正在小心地搬运一个蛋糕，只是那个蛋糕的形状怎么看都很奇怪，如果一定要形容……就像是一坨融化掉的屁屁。

　　陆清酒："……"他们到底是怎么把蛋糕做成这个模样的？

　　三人没有发现门口偷看的陆清酒，好不容易才把蛋糕移到了盒子里，打算糊奶油。陆清酒想了想，干脆把厨房留给了他们三个，自己转身回房间去了。

　　大概又过了二十分钟，一脸兴奋的朱淼淼来敲陆清酒的门叫他起床。陆清酒假装自己刚起来，打了个哈欠说："抱歉，今天起晚了。"

　　"没事没事。"朱淼淼说，"快过来吧，我们准备了早饭！"

陆清酒说："你们还做了早饭？谁做的？不会是尹寻吧？！"

朱淼淼并不知道尹寻的厨艺有多可怕，有些茫然："尹寻做早饭怎么了？我看他做得挺有模有样的啊。"

陆清酒："……算了，没什么。"他没告诉朱淼淼，尹寻做饭最恐怖的地方就在于明明外表和食物差不多，味道也挺不错，但是吃完之后绝对会拉肚子，仿佛用了什么奇怪的食材。

既然为了庆祝他的生日，大家都忙了半天，陆清酒也没有扫大家的兴，反正吃了尹寻做的吃的也不过是拉一天的肚子……吧？

仔细想来，陆清酒已经很久没有认认真真地庆祝生日了。虽然公司会记下员工生日一起庆祝，但也不过就是派发一点小礼物，大家一起切个蛋糕罢了。因为工作繁忙，陆清酒每次想起来的时候，不是生日没到，就是生日已经过了。

早饭是他们三个一起准备的，是一碗长寿面，从外表上看，似乎和其他的面条没什么差别，上面还铺着三个油乎乎、黄灿灿的煎蛋。

陆清酒在桌前坐下，承受着朱淼淼和尹寻无比期待的目光。

"生日快乐啊酒儿。"尹寻笑着说，"好久没有给你过生日了，我记得姥姥在的时候每次都会给你下面，今天就由我亲自操刀，给你下了一碗传说中的美味鸡汁长寿面！"

朱淼淼道："你快尝尝看！"

陆清酒："……"虽然他心中对尹寻的厨艺抱有怀疑的态度，但不得不说，眼前这碗面的卖相还是很诱人的，清澈的汤头上撒着翠绿的葱花，还散发着鸡汤那浓郁的香气，怎么看都是一碗非常正常的面条。

再加上他们如此期待的眼神，陆清酒最终没有说什么，把眼前的面条吃掉了。不得不说这碗鸡汤面的味道很不错，煎蛋也是溏心蛋，陆清酒吃完之后感觉整个身体都暖了起来。

"好吃，谢谢你们。"陆清酒笑着说。

"今天的饭我们包了，你就好好地休息一天吧。"朱淼淼是如此计划的，她道："看外面天气不错，你拉着白月狐去山上转转？"

陆清酒笑道："不用了，还是我来吧，毕竟是我的生日，我想请你们吃饭。"

朱淼淼却怎么都不同意，最后陆清酒只能无奈妥协，和白月狐一起去地里种田，把家里的厨房交给了他们三个。当然临走之前，他没忘记嘱咐他们安全第一，可千万别把厨房点着了。

陆清酒和白月狐在地里聊了点自己幼时的记忆。白月狐是个很好的听众，和他说的事也不用担心会被其他人知道，毕竟大多数时候，他都懒得开口说话。

地里的菜一片葱郁，种下不久的南瓜也长起来了。这还是他们第一次种南瓜，一个个的特别大，抱起来得有二三十斤，陆清酒回去的时候抱了一个，打算用南瓜做点点心。

只是走到半路上，他感觉自己的肚子好像有点不对劲。

"怎么了？"白月狐问陆清酒。

"我……肚子有点疼。"陆清酒脸色煞白，"你抱着，我先回去了！"他说完放下南瓜拔腿就跑，留下白月狐愣在原地。

事实证明，陆清酒非常有先见之明，因为刚一到家他就快不行了，一阵风似的冲进了厕所。

二十分钟后，从厕所里出来的陆清酒脸色白得跟张纸似的，腿软得差点没直接摔倒在地上。

"你怎么了？"在院子里刚坐下的白月狐看见陆清酒这模样，疑惑地发问。

"我……我吃了尹寻做的东西。"陆清酒颤声道。

白月狐："……"他的表情好像在问陆清酒，他为什么那么想不开？

陆清酒说："可是明明看起来还不错的样子啊！"

白月狐说："上次你也是这么说的。"

陆清酒痛不欲生，但是最恐怖的事不是这个，而是此时尹寻还在厨房里和朱淼淼一起发挥他的厨艺，陆清酒还没来得及说什么，便又被迫进了厕所。蹲在厕所里的他甚至开始痛恨自己家为啥不是马桶，这蹲得他都觉得自己的腿要被截肢了……

等陆清酒好了一点从厕所出来的时候，整个人都要脱水了，白月狐递给他一杯热茶，眼神里带着怜悯，他说："他们又给你做了一桌好菜。"

陆清酒："……"他端着热茶的手微微颤抖。

白月狐："喝了这杯茶。"

陆清酒："……好。"

谁知白月狐下一句是："早点上路吧。"

陆清酒差点没被呛死，他把茶喝完，拖着沉重的身躯进了屋子，看到了尹寻和朱淼淼给他准备的一桌子好菜。不得不说，如果不是屁股还在疼，这桌好菜还是十分诱人的，有肉有素，还有一大锅香喷喷的鸡汤，中间甚至还有一条非常漂亮的松鼠鳜鱼。

朱淼淼在旁边赞道："尹寻你手艺可以啊。"

尹寻羞涩地回应："这不是回家经常练嘛，以前做得可没这么好，酒儿，你回来了，怎么今天在地里待了那么久？"

陆清酒心想：我哪里是刚回来，我明明都在厕所里待了一个上午了，只可惜他们几个都忙着做饭没注意到快要死在厕所里的那个人。

陆清酒说："尹寻……我有点事情……"

朱淼淼对此完全不知情，她热情地冲着陆清酒招手："说什么呢，赶紧来吃饭啦，吃完再说吧，这都凉了。"

陆清酒知道这不说是不行了，但是面对尹寻那期待的眼神，本来到了嘴边的话竟然有些说不出口。尹寻知道每到他过生日，他姥姥都会给他下一碗面，所以早早地就起床熬了新鲜的鸡汤，做了一碗面。也知道陆清酒很久不过生日，所以特意准备了一桌好菜，他没有什么特别的生日礼物能给陆清酒，只能倾尽自己所能……遇到这样的朋友，却要跟他说这桌饭不能吃，想到这里，陆清酒竟有些不忍。

"怎么了，清酒？"尹寻见陆清酒没动，茫然地发问。

陆清酒深吸一口气，最后什么也没说，带着父亲般慈祥的眼神，坐在了桌子旁边，说："吃吧。"

"我去叫白月狐。"朱淼淼高兴地出去了。

被叫进来的白月狐看见陆清酒又坐在了桌子旁边，还拿起了筷子，微微挑了挑眉，对陆清酒送来一个眼神询问什么情况。

陆清酒不能当着尹寻的面说，干脆掏出手机给白月狐发了条信息，表示这好歹是尹寻和朱淼淼忙了一上午的结果，他如果说不能吃未免会让他们觉得失望。

白月狐沉默半晌，隔了好一会儿才回了句：你是真的不怕死。

陆清酒合上手机装作没看见。

拿起筷子，开餐。

饭菜的味道其实都还不错，至少对于很少做饭的尹寻来说，已经是超常发挥了。大家喝着小酒，聊着天，气氛倒也不错，只是一想到这顿饭之后的几个小时，陆清酒就心如刀绞，甚至开始思考要不要去隔壁借厕所。

吃饭过程还是很美好的，酒足饭饱，朱淼淼从冰箱里拿出了那个屄屄蛋糕，郑重其事地端到了桌子上，还掏出了不知道从哪里搞来的蜡烛，给陆清酒点上了。

"清酒，生日快乐啊！"朱淼淼笑得灿烂，"蛋糕也是我们一起做的，样子不太好看，但味道还不错！"

陆清酒看着蛋糕心中一痛，觉得自己今天晚上可能要睡在厕所里了，不过没关系，这不还有几个人陪着他吗？这么一想，心里瞬间释然，露出了慈祥的笑容。

朱淼淼看着陆清酒的笑容，疑惑道："酒儿啊，你咋露出这样的笑？"

陆清酒："有吗？"

朱淼淼："有啊。"

陆清酒心想：那可能是因为我知道我马上就要升仙成佛了吧。

白月狐坐在旁边看着两人互动，闻言眼神里露出一丝笑意。

朱淼淼还不知道自己到底做了什么，见陆清酒没有要解释的意思，便把所有的注意力都放到了蛋糕上，还给陆清酒唱了生日歌。陆清酒对着蛋糕许了三个愿望，然后一口气把蜡烛上的火焰给吹灭了。

把蛋糕切成几块儿，大家分而食之，这蛋糕虽然横看竖看都像一坨白色的屁屁，但其实味道还是不错的，至少像个甜品。陆清酒迅速解决掉了蛋糕，起身就往外走，朱淼淼看着他决绝的背影，茫然地发问："酒儿啊，你这是要去哪儿？"

陆清酒："我去厕所。"

朱淼淼："你去厕所干吗？"

陆清酒："待会儿你就知道了。"他停顿了一下，给剩下三个还不知道发生了什么的傻货提了个醒，"我真诚地建议你们，现在，马上去村里找个厕所，进去之后就别出来了……"

三人皆是一脸莫名其妙，不过很快，他们就明白了陆清酒话里的含义。

"陆清酒，你快点给我出来，我不行了——"尹寻叫得跟被捏住了脖子的鸡似的。

然而刚才已经用尽了父爱的陆清酒此时心硬如铁："出不来，我今天就住这里了。"

"陆哥，陆哥，你行行好，求求你，给我一个机会吧。"朱淼淼决定来软的，"我上完了就让给你。"

"不可能。"陆清酒说，"你想都不要想。"朱淼淼这货他还不知道吗，别看她说得好好的，要是真让她进来了，这厕所就姓朱了。

江不焕没好意思和陆清酒争，红着脸去隔壁借厕所了。

尹寻和朱淼淼见自己的计划失败，都纷纷骂了几句街，去其他地方找厕所去了。陆清酒终于成为了厕所的王，但是却一点都笑不出来。

于是四个和厕所坑融为一体的人干脆建了个群，开始聊天。

尹寻："你为啥不早点告诉我们食物有问题？"

陆清酒："这不是你的一番心意嘛。"

尹寻这个不要脸的东西厚着脸皮道："对啊，对啊，这的确是我们的一番心意，所以你吃就行了，我们在旁边看着嘛。"

陆清酒："我这一拳头下去你可能会死。"

朱淼淼在旁边呻呻呜呜，说自己拉得快要脱水了，还说明明自己盯着尹寻做的，食材方面完全没有问题，为什么会拉肚子。

尹寻："可能这是一顿倾注了爱意的饭吧。"

朱淼淼："可是你的爱让人屁股好痛。"

尹寻："……"你个姑娘家的能不能别说这么容易让人误会的话？

白月狐也在群里，不过他完全没受到影响，所以也一直没有说话，最后大家聊得差不多了的时候，他才在群里发了个假笑的表情，看得尹寻一阵哆嗦。

上午做饭，中午吃饭，下午厕所群聊聚会，这一天倒是过得十分充实。等到太阳快要偏西的时候，大家才再次聚在院子里，只是个个都东倒西歪，一副被掏空了身体的样子。

"我觉得我快不行了。"朱淼淼说，"我现在只有一副空空的皮囊。"

尹寻："你不要想太多，你还有那么多肉呢。"

朱淼淼："……求求你闭嘴吧。"

陆清酒趴在白月狐旁边的椅子上，觉得自己现在也只剩一张皮了，最惨的是他两条腿麻得像被电过了似的，一巴掌下去一点感觉都没有。

"晚上吃啥啊？"朱淼淼有气无力地问。

陆清酒道："你还吃得下啊？"

朱淼淼："这不有点饿了嘛，不焕，你饿没啊？"

江不焕没说话，倒在旁边的椅子上，像具被风干的尸体，他下午蹲在厕所里的时候甚至以为自己会就这么死了，结果居然坚强地撑了过来……面对朱淼淼的问题，他用最后的力气吐出两个字："不饿。"

朱淼淼露出遗憾之色，她是真的有点饿了。但这一屋子的人都没力气做饭，于是只能转身去拿了点零食充饥，陆清酒对她的胃实在是佩服到了极点，他现在看着食物都觉得肚子一阵疼痛。

尹寻这顿午饭的威力实在是太大了。

大家休息了一阵，朱淼淼把她准备的生日礼物也送给了陆清酒，那是一块价格不菲的机械表，陆清酒觉得太贵重了，本来想要拒绝，朱淼淼却一副"如果陆清酒不收就是不把她当朋友"的表情，于是陆清酒只能收下，再伸出手给了朱淼淼一个拥抱。

在失去了那么多亲人后，朱淼淼在陆清酒的眼中已经是亲人般的存在了，这个姑娘体贴热情，为朋友两肋插刀，陆清酒很庆幸自己遇到了她。当然，他的幸运不只是朱淼淼，还有这屋子里的所有成员。

隔壁的李小鱼，家里的小黑、小花和小狐狸苏息，甚至连后院的钦原都给陆清酒送了生日礼物，这些礼物都很有趣，看得出是花了心思的，陆清酒一一接过，笑着对他们道谢。

陆清酒喜欢水府村，即便他知道现在这个村子和他想象中的有所不同，但依旧对这里充满了爱意。

到了晚上，陆清酒的身体终于恢复了，这么折腾了一天，他本来打算早点睡的，却被白月狐叫住了。

"我有事想和你说。"白月狐到了陆清酒的卧室，敲开了他的门。

"怎么了？"陆清酒问。

白月狐道："我的生日礼物还没有送给你。"

陆清酒道："生日礼物？"他倒是没想到白月狐也给他准备了生日礼物，一时间有些惊喜，"是什么？"

白月狐没说话，只是冲着陆清酒招了招手，陆清酒便跟着白月狐走了出去，两人离开院子，朝着山上的方向去了。

春天的夜晚微凉，但并不冰冷，风吹在脸上有些发痒，让人忍不住露出笑意。天空很干净，没有月亮，繁星满天，路边草丛里嘈杂的虫鸣也为夜色增添了情调。

陆清酒和白月狐走在小道上，白月狐没说要去哪里，陆清酒也没问。两人十分默契地沉默着，气氛却并不尴尬。山林越走越深，和白天相比，周围的景色都是陌生的，走在前面的白月狐突然停下了脚步，转身对着陆清酒伸出了手："来。"

陆清酒握住了他的手。

周围有黑雾腾起将白月狐笼罩起来，接着陆清酒感到自己被白月狐拉了一把，坐到了一个冰冷又坚硬的东西上面，只是那东西被黑雾笼罩着，看不清楚模样。陆清酒用手触摸着身下的东西，那东西长着光滑的鳞片，鳞片非常坚硬，触感有些像石头。

这大概就是白月狐的原形了吧，陆清酒如此想着，眼睛里浮起笑意。被黑雾笼罩着的巨兽托着陆清酒开始缓缓上升到天空中，地面上的景物越缩越小，灯光变成了萤火。他们到了天空中，同繁星并肩。

白月狐开始在天空中飞翔，他没有翅膀，却飞得很稳，陆清酒周围出现了一个透明的屏障，帮他挡住了空中凛冽的风和过低的温度。他朝下看去，发现地面的景色出现了奇异的变化，原本熟悉的村落不见了，取而代之的，是洁白的云海。

云海之中，有光团闪动，仔细看去，才发现那些光团是在云海中穿梭的鱼类，还有一些陆清酒不认识的动物。白月狐开始俯冲，朝着云海中飞去，陆清酒本来有些怕自己滑下去，却发现并没有失重的感觉，他依旧稳稳地坐在白月狐的身上。

随着他们越来越靠近云海，周围奇异的生物也越来越多，有长着六个身体的鱼，有如同凤凰般美丽的大鸟，甚至还有之前曾经见过的巨牛。

这里是另外一个世界，陆清酒从未见过的世界，他抚摸着身下的巨兽，感觉心脏部分有什么东西在发酵，以至于最后忍不住俯下身，将脸颊贴在了白月狐的后背上。

他后背上的鳞片既不温暖也不柔软，但在这一刻，陆清酒甚至觉得它们比毛茸茸的狐狸尾巴更迷人。

白月狐似乎察觉到了陆清酒的动作，身体微微僵了僵，但又因为陆清酒柔和的动作，慢慢地放松了下来。

云海下面有光透出来，起初的光源很微弱，但随着白月狐的下降，光芒越来越耀眼，身边的云层也开始渐渐变淡，陆清酒看到了云层之后蔚蓝的天空，天空下，是澄澈的海洋，海水和陆清酒之前看到的不同，呈现出的是天空般明亮的蓝色，可以看到海中有各种鱼类和动物，他们在天海之间穿梭游动，仿佛整个世界都化作了一体。

海水很清澈，即便离得很远，也能看到海底的沙石和珊瑚，白月狐身上依旧附着黑色的雾气，周围的动物似乎有些害怕他，只要见到他就都开始朝周围躲闪。白月狐并不关心其他的动物，直接从天空中一跃而下，冲进了蔚蓝的海水中。

陆清酒被吓了一跳，但很快发现自己被一个透明的泡泡笼罩了起来，在泡泡里他不但可以呼吸，还可以看到海洋里面的景象，陆清酒看呆了。

"怕吗？"白月狐的声音传了过来。

陆清酒这才回神，笑道："不怕。"

白月狐声音少有地温和起来，似乎是害怕陆清酒担心，他解释道："不会淹到你的，再等一会儿就到了。"

陆清酒说："没关系，这里很美，我很喜欢。"

白月狐道："喜欢？"

"喜欢。"陆清酒说，"你以前就生活在这儿吗？"

白月狐沉默片刻后，轻轻地"嗯"了一声。

"那这里也有你的族人？"陆清酒其实非常好奇白月狐的过去，此时被白月狐家乡的景色震撼，于是不由得多问了几句。

"有。"白月狐缓声道，"以前有很多，现在很少了。"

陆清酒道："很少？"

白月狐："嗯。"但他并未解释为什么，而是岔开了话题，开始给陆清酒介绍周围那些看起来非常陌生的生物。

这里的许多动物是《山海经》里都未曾记载的，有的凶残，有的美丽，在蔚蓝的海水中游动，如同一个怪诞又绮丽的梦，白月狐便是梦境的使者，这名使者带着陆清酒来到了这里。

入海之后，白月狐越潜越深，他似乎在往一条深渊之中游去，周围的动物也开始变少，光线渐渐暗淡下来。

深海是阳光也够不到的地方，周围变得安静，只有海流冲刷的细微响动。

陆清酒坐得有些累了，便趴在了白月狐身上，脸贴着白月狐冰凉的黑色鳞片，好奇道："这里有多深啊？"

白月狐似乎有些不自在，语气别扭地回答："很深。"

陆清酒问："很深是有多深？"

白月狐道："是连接着地心的地方。"

陆清酒有些好奇："我的生日礼物就在那里？"

"嗯。"白月狐道，"就在那儿。"他本可以选择将那东西取出直接送给陆清酒，但思量之下，却选择了带着陆清酒亲自过来拿。一种奇怪的感情驱使着他的内心，他莫名地想让陆清酒也看看他生活的世界,见一见他最爱的故乡。

"好。"陆清酒笑了起来,他伸手摸摸鳞片,"我已经开始期待了。"

白月狐轻轻地"嗯"了一声,修长的尾巴在水中自由地划动,带起一片沉闷的水声,越发黑暗的光线告诉陆清酒他们在往更深的地方潜去,但在这一刻,陆清酒却并不害怕。

到了后面,白月狐游过的地方已经是一片伸手不见五指的黑暗了。陆清酒什么都看不到,只能感受到自己身下游动的白月狐。大约是担心他害怕,接下来的一路上白月狐都在陪陆清酒说话,直到到达了一个巨大的平台。那平台之上散发着冷色的光,星星点点,如繁星一般。仔细看去,才发现这些光芒的来源是一些长相很奇怪的鱼。这些鱼的模样,简直能用"稀奇古怪"四个字来形容。陆清酒想到一句话,忍不住笑了起来。

白月狐问他笑什么。

"之前看到过一句话,问,为什么深海里的鱼都长得那么丑。"陆清酒道,"有人回答说反正没人看得见,就随便长长啦。"

白月狐沉默片刻,来了一句:"我也长在深海里。"

陆清酒:"……"

白月狐:"我全家都长在深海里。"

陆清酒猛烈地咳嗽起来,脸涨红了大半:"你别误会,我没有说你长得丑的意思。"

白月狐没说话,把陆清酒放到平台上之后,便散去了黑雾,恢复了人形。

因为鱼类提供了光源,陆清酒勉强能看清平台上的景色,这是一块非常完整的巨石,似乎是经过特意打磨的,巨石的最远处有一个巨大的洞口,洞口里面也散发着明亮的光芒,在漆黑的海水里格外耀眼。

白月狐带着陆清酒朝那洞口走去,他简单地介绍了一下这里,说这里曾经是他的住所,也就是人类口中的家。

第一次来到白月狐住的地方做客,陆清酒心里全是满满的好奇,他实在是想不到,白月狐到底会送给他怎样的生日礼物。

两人继续往前走,走进了洞口里,进去之后,陆清酒看到洞口的墙壁上镶嵌着许多明亮的圆珠子,这些珠子在黑暗的洞穴中散发着明亮的光,将整个洞口照得如同白昼一般。

这个洞非常大,陆清酒甚至看不到天花板的尽头,想来住在里面的白月狐,原形也不会小到哪里去。

洞穴里有很多细小的岔路，但主干道只有一条，这条主道里的摆设非常简单，除了墙壁上偶尔挂着的一些装饰品之外，几乎看不出这里有人居住的痕迹。很快，他们就走到了一间巨大的房间里，房间的中心，摆放着一块黑色的石盘，那石盘是圆形的，几乎占了整个房间的大半。

白月狐说："这是我的卧室。"

"那是你的床吗？"陆清酒指着石盘问。

白月狐点点头，他让陆清酒在门口等着，自己朝着石盘走去。因为卧室里没有夜明珠，陆清酒看不太清楚白月狐到底去了哪儿，不过他很快就回来了。

白月狐牵住陆清酒的手，道："过来。"

陆清酒道了声"好"，便被白月狐牵着往前走。

白月狐道："前面有些黑，跟着我，慢慢地。"

陆清酒笑着说："嗯。"

他们绕过那石盘，进入了卧室后面的一个洞口，穿过洞口后，似乎来到了一个高大空旷的房间，整个房间都是黑的，陆清酒什么也看不到。

"陆清酒。"白月狐顿住了脚步，凑到陆清酒的耳边，轻声低喃，"生日快乐。"

话音落下，他们的眼前亮起了温和的光芒，陆清酒看到了一副巨大的白色骨架。不，那不是骨架，那是一副白色的龙角，龙角洁白通透，如同玉石一般，闪烁着耀眼的光华。它几乎占满了整个房间，在它的面前，作为人类的陆清酒渺小得近乎蝼蚁。

陆清酒盯着龙角，被它美丽的光华彻底地吸引了，他情不自禁地走近龙角，伸出手轻轻地摩挲起来。龙角摸起来非常坚硬，像是石头似的，陆清酒摸着爱不释手，甚至还想用脸颊蹭一蹭。

白月狐道："喜欢吗？"

"自然喜欢。"陆清酒笑着问，"你从哪里弄来的？"

白月狐道："是我……是我捡来的。"

陆清酒道："捡来的？"

"对。"白月狐道，"每条龙成年的时候，都会换下幼龙时的龙角，这便是换下来的。"

陆清酒露出惊讶之色："这只是幼龙的龙角？"这副龙角已经足够让人震撼了，只是站在旁边，便已能想象出龙那磅礴的气势。

"是。"白月狐道，"成年的龙角，比这个大两倍。"

陆清酒有些想象不出来，他在这龙角旁边，甚至伸出手都不能将其抱住，如果是成年的龙……那该是何等的凤翥龙翔？

陆清酒道："那这东西应该很特别吧？"

白月狐道："嗯。"

陆清酒道："就这么送给我……没事吗？"他自然不会真的以为这龙角是白月狐从哪里捡来的，显然，这副幼龙龙角的主人就是白月狐，只是他家狐狸精似乎不太好意思，硬是找了个理由来敷衍陆清酒。

"没事。"白月狐却少有地移开了目光，没有继续和陆清酒对视，"我能做主。"

陆清酒笑了起来："谢谢你，这份生日礼物我很喜欢。"他从未收到过如此特别的生日礼物。

这龙角这么大，陆清酒本来以为白月狐只是带着他来看看，即便说是送给他了，也是带不走的。谁知道在自己说完这话后，白月狐的手便摸到了龙角上面，接着龙角开始迅速缩小，最后竟变作了拇指大小。

陆清酒看着这一幕都惊呆了，白月狐却已动作自然地从自己的口袋里掏出了一根细长的链子，将那龙角直接打了个孔，然后用链子把它串了上去。接着他看向陆清酒，温声道："我给你戴上？"

陆清酒点点头。

白月狐伸手，将链子戴在了他的颈项上，陆清酒一低头便看到了那副缩小的龙角。如果不是刚才见到了龙角的原形，他很难想象那么大的东西，居然能被自己挂在脖子上。也难怪白月狐一定要带他过来亲自看看，如果就这么变小了送人，没有看到龙角原本的风华，着实有些可惜。

陆清酒伸出手，轻轻地摸了摸已经变小了的龙角，眼里全是笑意。

白月狐给陆清酒戴好之后，也露出满意之色。

送完礼物，又带着陆清酒在海里游了一会儿后，白月狐才载着陆清酒回到了住所。这时夜已经深了，陆清酒看了看时间，才发现现在已是凌晨三点。

白月狐把陆清酒放到了院子里，两人互相道了晚安，便各自回房。

陆清酒躺在床上，却有些失眠，他怀中抱着姥姥给他留下的木盒，木盒里还装着那片伤痕累累的龙鳞。这片龙鳞，应该属于姥姥的恋人，只是不知道，姥姥是怀着怎样的心情将这鳞片留下的。

陆清酒想得有些多，又过了好一会儿才迷迷糊糊地睡了过去。

第二天，陆清酒少有地赖床了。昨天睡太晚，导致他到了中午才从床上爬起来，走到客厅却是看见家里其他人都坐在客厅里吃泡面。

"怎么不做饭？"陆清酒问了一句。

"我们觉得还是泡面安全一点。"朱淼淼沉痛地回答，"毕竟再拉下去，我可能就要进肛肠医院了。"

陆清酒："……"

"不过拉了一天我脸上的痘痘都消了耶。"朱淼淼说，"难道尹寻做的饭还有排毒养颜的功能？"

尹寻道："你还吃吗？你要吃我还做。"

"不了，不了，已经排完了。"朱淼淼直摆手，她到底是个女孩子，很快便注意到了陆清酒脖子上多出来的东西，"哎，你脖子上怎么多了条项链？谁送的？是什么做的？好漂亮啊。"

陆清酒道："是月狐。"

"哇，好好看。"朱淼淼笑道。

尹寻在看到龙角的时候，眼睛瞬间瞪大了，他显然是认出了那是什么东西，满脸都是不敢置信，嘴巴张了老半天都没合上。

陆清酒起身去厨房做饭了，他还没吃早饭呢，昨天拉了一天，这会儿肚子咕咕直叫，都有点饿过头了。

为了能早点吃到东西，陆清酒做了个简单的炒饭，想着先垫垫肚子。

炒饭虽然简单，但是味道却不能马虎，火腿肠、虾仁、鸡蛋一样都不能少，切成丁之后和饭炒在一起。饭如果是隔夜的话味道会更好，但是他们家嘛，从来都是没有剩饭的。

陆清酒炒了一大锅，又让尹寻去挤了点牛奶，大家凑合着把午饭给吃了。

吃完后还没清醒的陆清酒又去睡了个回笼觉，等到下午三点多阳光正盛的时候才从床上慢吞吞地爬起来。

他打着哈欠走到客厅里，就看见白月狐一个人坐在沙发上看电视。

陆清酒倒了杯水，在白月狐旁边坐下，道："看什么呢？"

"随便看看。"白月狐说。

陆清酒抬头，发现白月狐看的是动物世界，正在播放的是关于狐狸的纪录片，当然，和狐狸精不太一样的是，纪录片里的狐狸皮毛是漂亮的橘红色，不过，看着都挺漂亮就是了。

狐狸一家几口都生活在巨大的垃圾堆里，狐狸爸爸和狐狸妈妈带着可爱的狐狸宝宝，看起来非常幸福，白月狐坐在沙发上，看得很认真。

陆清酒也陪着白月狐看了一会儿，他开玩笑似的问："这和你们的生活有什么不一样吗？"

白月狐道："没什么不一样。"他说完这话，安静片刻又补充了一句，"他们比我还穷。"

陆清酒听到这句差点没把嘴里的水给喷出来。

不得不说，动物世界其实还是挺有趣的，陆清酒陪着白月狐看了一会儿后，就去厨房做饭了。朱淼淼在他们家玩不了几天就得回去上班，所以陆清酒便想着每一顿都做丰盛一点，让她把能吃到的东西都吃了。

春天地里的菜种类特别丰富，什么都有，陆清酒把前几天带回来的南瓜切成块，碾碎，和面粉混合在一起，在里面夹上豆沙，蒸熟之后再在外面裹上一层面包糠低温油炸。他们家的南瓜本来香气就很浓郁，又甜又面，这么炸出来之后味道更好，外皮是酥脆的，但是咬开后热乎乎的豆沙馅便会从里面流出来。

陆清酒正把炸好的南瓜饼放到盘子里晾着，就看见尹寻从外面风风火火地冲了进来，见了他便叫道："陆清酒！"

"怎么了？"陆清酒问道。

尹寻道："出大事了！"

陆清酒手上动作一顿："出大事了？什么事？"

尹寻道："你家狐狸精竟然光天化日之下在客厅里看片！"

陆清酒："……"他看向尹寻，一脸"你是认真的吗"的表情。

尹寻伸手掏了个南瓜饼，啃了一口，重重地点头："我当然是认真的！你快出去管管吧！"

陆清酒忙擦了擦手，想着是不是白月狐点到了什么付费频道，他匆忙离开了厨房，走到了客厅里想招呼两句。可他刚到外面还没进去，便听到了一个非常熟悉的低沉男声："春天到了，又到了交配的季节……"

陆清酒："……"他好像猜到了什么。

果不其然，当陆清酒看清楚了电视屏幕时，他看见两只正在交配的小狐狸。公狐狸骑在母狐狸身上正在耸啊耸啊的，白月狐蹙着眉头看得格外认真。

陆清酒莫名地有点尴尬，悄咪咪地装作什么都没看见转身回去了。

尹寻还在厨房里祸害南瓜饼，吃得嘴上全都是豆沙，看见陆清酒回来了，赶紧道："怎么样，怎么样，他是不是在看小黄片？"

陆清酒咬牙道："动物世界算什么小黄片？"

尹寻道："不是小黄片那你脸红干什么？"

陆清酒："我哪儿脸红了？"不过他刚才看到白月狐的表情的时候，的确是有些不好意思，但也不至于脸红……吧？

尹寻却无情地拆穿了陆清酒："你少来啊，你现在脸红得跟个猴屁股似的。"

陆清酒怒了："吃你的南瓜饼吧。"

尹寻："……"你们大人都是这么容易恼羞成怒吗？

为了保住自己的南瓜饼，尹寻决定学会闭嘴。陆清酒把剩下的饼子都炸了，炸好之后去了客厅，看见动物世界里的狐狸崽子又生了一窝，唉，也不知道来年春天的时候他们能不能节制一点，别教坏了小朋友。

朱淼淼并不知道白月狐的身份，从床上爬起来后简单地洗漱完毕，便也在白月狐旁边的沙发上坐下，看起了动物世界，居然还和白月狐讨论上了。

"这狐狸都是一夫一妻制的啊。"朱淼淼嗑着瓜子，"好像三年养一窝孩子……"

白月狐道："三年？"

朱淼淼说："是啊，得把小狐狸养大呢。当然这肯定是很难的，要是小狐狸不幸夭折，第二年就会生新的小狐狸。"说着，她摸了摸窝在她膝盖上的小狐狸崽子，道，"唉，要不是你这毛发，我都要以为你也是小狐狸了，这小嘴尖的。"

小狐狸崽子："……"姐姐你都是靠毛认人的吗？

白月狐闻言露出若有所思的神色。

朱淼淼继续说："狐狸都聪明着呢，要换了其他动物在垃圾场里可能早就没了。"

白月狐道："人类很喜欢狐狸吧？"

朱淼淼："是啊，人类虽然觉得狐狸很狡诈，但也觉得它们是智慧和魅力的化身，不然怎么骂人都骂狐狸精，没有什么狼精、狗精的。"

白月狐："唔……"

陆清酒听着他们的对话，很想赶紧冲过去让朱淼淼别说了，白月狐要装成狐狸的原因他算是明白了，但是要怎么告诉他家狐狸精自己一点也不介意他的原形呢？就这么直白地说吗？万一白月狐不信怎么办？陆清酒内心还没纠结出结果，便看见朱淼淼拿起遥控器换了台："动物世界完了，咱们看看别的吧。"

白月狐道："嗯。"

朱淼淼顺手换了个婆媳纷争的电视剧，和白月狐两个又津津有味地看了起来。

今天真是奇了怪了，白月狐平时都是躺在院子里的摇摇椅上连动都懒得动，今天居然和朱淼淼饶有兴趣地看起了电视，还看得那么认真。

陆清酒小声道："月狐，淼淼，你们要不要吃南瓜饼啊？"

朱淼淼站起来高兴道："要啊，要啊，在厨房里吗？"

"嗯。"陆清酒说，"刚炸好，还热乎着呢。"

朱淼淼闻言还没等陆清酒说接下来的话，便冲进了厨房，剩下陆清酒和白月狐在客厅里大眼瞪小眼。

陆清酒被白月狐的眼神看得有点不自然，干咳一声："你不吃吗？"

白月狐说："还不饿。"

陆清酒："……"哈？他没听错吧？白月狐说他还不饿？平时吃东西的时候白月狐不是最积极的吗？！

他再次和白月狐确认道："你……你真的不吃南瓜饼吗？"

白月狐说："吃。"

陆清酒这才逃也似的进了厨房，看见朱淼淼和尹寻两头猪还在吭哧吭哧地吃饼，朱淼淼把自己的脸颊塞得鼓鼓的，含糊道："陆清酒你脸怎么这么红？"

陆清酒："看动物世界看的。"

朱淼淼："……你认真的？"

陆清酒："不然呢？"

朱淼淼这货也是一点没有女生的矜持，听着陆清酒的话居然还来劲了，摩拳擦掌地说："那你是大大惊小怪了，你看过交配的海豚没有？嘿嘿，贼刺激。"

陆清酒心想：老子不但看过海豚，还见过蛤蝲呢，蓝色的那啥你看过没有啊？也贼刺激了。

尹寻这没见过世面的娃子在旁边听得一愣一愣的："啥？海豚不是鱼吗？"鱼不都是体外受精吗？

"你没好好上课吧？海豚可是哺乳类动物，是那种连鱼都不放过的邪恶物种。"朱淼淼激动地和尹寻科普起来，"你知道水族馆的海豚还会对饲养员下手吗？"

尹寻听得眼睛瞪得溜圆，不自觉地看了陆清酒一眼。

陆清酒这会儿正敏感呢，被尹寻这眼神看得浑身发毛："你看我干什么？"

尹寻道："我就随便看看。"才怪，我看你，还不是因为你养了个比海豚还可怕的生物？那玩意儿可比海豚恐怖多了……

陆清酒狐疑地看着尹寻，他才不信尹寻是随便看看呢："尹寻，你老实和我说，你是不是知道什么？"

尹寻露出白痴的表情："知道什么？"

陆清酒："当然是关于……"他本来想说白月狐，却发现不知何时白月狐出现在了厨房门口，面无表情地看着正在激烈讨论着少儿不宜话题的三人，于是到了嘴边的话硬生生地咽了回去，"当然是关于中午吃什么！"

尹寻："咱们吃鱼补补身体吧。"他怜悯地看着陆清酒。

陆清酒："……"你什么意思啊？

尹寻："……"没什么意思，我就关心一下你。

陆清酒："……"说人话。

尹寻："……"好好保重吧，你的好日子怕是不多了。

两人眼神交流完毕，尹寻又恢复了白痴的身份，啃着南瓜饼出去抓江不焕陪他一起扫鸡屎了。

朱淼淼比较迟钝，并未感觉到陆清酒和白月狐之间的暗流涌动，不过她还是觉得气氛有点莫名地凝重："你们聊啊，我也出去做事了。"

陆清酒还没来得及叫住她，她便转身出去了。

于是这个小小的空间里，又只剩下了陆清酒和白月狐，陆清酒本来以为白月狐会说点什么，却见他家狐狸精只是看了他一眼，便也转身出去了。

陆清酒忙道："月狐！"

白月狐脚步顿住，目光灼灼地回头。

陆清酒小声道："那个……你的南瓜饼还没吃呢。"

白月狐："……"

陆清酒："吃吗？"

白月狐从牙缝里挤出一个字："吃。"

陆清酒："……"你吃就吃嘛，表情那么恐怖做什么……

第十二章
逐客令

　　江不焕在陆清酒家里住了快一周了，他的经纪人从一开始疯狂打电话催促他回去，到后来试图问出他的位置想亲手把他揪走，再到如今放弃，心路历程相当复杂。要不是他反复重申自己没事，恐怕经纪人早就报警了。

　　"我要是走了，会死的！"江不焕如此告诉自己的经纪人，可他却以为江不焕是被谁威胁了，并且承诺会给江不焕找更多的保安来保障他的安全。

　　"我说了，想杀我的不是人，哎，算了，反正和你说了你也不明白。"江不焕知道这事儿说出来实在是太过荒诞，若不是他自己亲身经历过，恐怕也会觉得是自己的精神出现了问题。

　　"想杀你的不是人，那是什么？"经纪人都要被江不焕弄疯了，他家明星这都失踪几天了，行程全都耽搁了下来，现在他还能掩盖一下，要是再过几天掩盖不住，被粉丝知道江不焕失踪，这得是多大一条负面新闻啊。

　　"我也不知道它是什么啊。"江不焕说，"不说了，我得去做饭了。"

　　经纪人闻言嘴角抽了抽，还打算说点什么，那边江不焕却干脆利落地挂断了电话。他看着手机发出一声长长的叹息，说实话，要不是这通视频通话让他确定江不焕精神状态不错，他都要怀疑江不焕是被他的小粉丝绑架囚禁起来了。

　　江不焕挂了电话便去厨房帮陆清酒做饭了。他来这里几天，住得越久越觉得这几人不一般。

虽然陆清酒曾叮嘱他不要去后院，但江不焕没有按捺住自己的好奇心，悄悄去后院看了看，却只看到了一口深不见底的井，还有几只蜂箱，那蜂箱里面发出了"嗡嗡嗡"的声音。江不焕没敢走得太近，就在边上瞅了瞅，谁知道他脑袋刚支过去，里面就冒出了一只长得有些像蜜蜂的生物，扯着嗓子吼："看啥看啊？你是变态吗？这么偷偷摸摸地看我们？"

江不焕整个人都被吼蒙了，在原地呆立了两秒想要解释："不……我不是，我只是好奇……"

"啥啥啥？你好奇个啥？"蜜蜂气呼呼地说，"我这儿正和媳妇睡觉呢，你就瞅来瞅去的。"

江不焕："对不起，对不起，我不是故意的。"

蜜蜂道："赶紧走啊，别让我再看见你！"

江不焕被骂了个意识模糊，甚至开始为自己的卑劣行径感到羞愧，但当他回到自己的卧室时才感觉出了不对劲——那东西是蜜蜂吗？可是蜜蜂为什么会说话？江不焕再次感受到了这间宅子的不同寻常。不过这只是无足轻重的一点罢了，很快江不焕就知道这家里还有两只会说话的猪，一头可以产出各种口味牛奶的牛，还有凶得不得了战斗力极强的一群鸡。他本来以为至少家里的人都是正常的，直到某天他看见尹寻在切菜时一刀切掉了一个手指头，然后尹寻以为他没注意到，顺手就把那手指头塞进嘴巴里给吃了。

站在旁边的江不焕虽然看到了这一幕，但只能假装什么都没发现，生怕自己暴露之后尹寻会拿着刀冲着自己过来——他可是个普通人。

虽然住在这里很安全，但长期住下去也不是个事儿啊，江不焕没有退出娱乐圈的打算，况且这里还是别人家，他还是有点自知之明的……

于是在陆清酒送走了上班去的朱淼淼后，江不焕找到陆清酒，对陆清酒表示了感谢，并且递给了陆清酒一张七位数的支票，委婉地询问自己什么时候离开才算安全。

江不焕虽然是个明星，但在这里老老实实的，每天陪着尹寻清扫院子，洗菜、切菜，很没存在感，陆清酒都快把他给忘了，这会儿看着他可怜巴巴的模样，陆清酒倒是觉得有些好笑，他谢绝了江不焕的支票，表示自己会去帮他问问。

"哥，这钱您还是收下吧。"江不焕苦兮兮地说，"您不收我心里不安啊。"

陆清酒道："不用了，我们家暂时不缺钱。"

江不焕："您拿去给白先生多买点肉吃吧……"

陆清酒道："他吃不了那么多肉，真不用了，况且我也只是帮你问问，能不能解决还是另外一回事儿呢。"收了钱，这事就变味儿了。

江不焕还是很不安，但看陆清酒不肯收这钱也没法子，只能在心里祈求这事儿能早点解决，自己也能早点离开水府村。虽然老宅里的生活很温馨，但整个村子的氛围却很诡异啊，搞得他觉得自己像是进入了恐怖片的片场。

第二天，陆清酒就找了个机会和白月狐说了江不焕的事，当然，他说得比较有技巧，只是道："月狐，江不焕都在咱们家蹭了这么久的饭了，他什么时候能走？"

白月狐本来在吃陆清酒刚从镇子上买来的青枣，嘴里咔嚓咔嚓正嚼着呢，听见这话动作马上停了，连带着脸色也阴了下来，他道："他吃多少东西了？"

陆清酒忍着笑："这不每顿都是和咱们一起吃的嘛。"

白月狐蹙眉，他道："有人想在水府村杀了他。"

"为什么？"陆清酒一愣，他倒是第一次听白月狐说起这件事，"为什么要在水府村杀了江不焕？"

白月狐道："水府村是一个界限，用你们人类的话来说，就是神话和现实的界限，这个界限原本有很多，但是随着两界分隔的时间越来越久，界限也开始渐渐融合，现在只剩下水府村可以联通两界了。"

陆清酒马上明白了："江不焕的血缘有问题？"

"嗯。"白月狐说，"他们家曾经也是守护界限的家族，只是现在已经彻底融入了人类的世界，这种家族的血脉会越来越单薄，直至消失，江不焕应该是他们家族仅剩的子嗣。"

这么想来，陆清酒和江不焕倒是有着相同的背景，他是陆家的最后一个，江不焕是江家的最后一个。只是江不焕却似乎对这些事完全不了解，彻底脱离了这个圈子。

"为什么要让江不焕死在水府村？"陆清酒觉得这事儿有点恐怖。

"守护者死在水府村，会对边界产生污染。"白月狐说，"这种污染对于人类的影响不大，但是对我们的影响很大。"

陆清酒已经是第二次听到这个词了："污染？"

白月狐："是的，污染。"

陆清酒道："什么意思？"

白月狐微微蹙眉，斟酌片刻，如此解释："就是对精神产生的影响。"虽然这样的解释依旧有些模糊，但陆清酒差不多明白了其中的意思，他道："是不是可以理解为，小孩儿看见了太多坏的事情，就容易被教成坏小孩儿的意思？"

白月狐："……你这么想也可以。"

陆清酒说："那江不焕怎么办呢？就这么让他一直和我们生活在一起吗？"

白月狐斩钉截铁："那是不可能的。"

显然，他已经对这个在自家白吃白喝的小明星感到深恶痛绝了，但又不能把江不焕赶出去，一离开这里，江不焕估计马上就会被弄死在离开水府村的路上。

"我会尽快把这件事处理掉的。"白月狐拿起一个青枣，全放进嘴里，咔嚓咔嚓咬成了几块干净利落地吞掉了。

陆清酒点点头："你小心些，别受伤了啊。"

白月狐道："好的。"

陆清酒这才心里有了谱。

之后几天家里都很平静，春天的太阳实在是太舒服了，陆清酒把冬天吃剩下的红薯全部切成块儿状，在院子里铺上凉席，然后把红薯块儿放在上面晒成红薯干。这样晒出来之后的红薯干是半透明状的，非常有嚼劲，比火烤的水分会更多一些。反正这些红薯也吃不完，这么处理之后当作零食也挺好。

陆清酒又用多余的蜂蜜做了不少甜品，现在烤箱用得多了，他火候也掌握得越来越好，烤出来的面包卖相和甜品店里卖的几乎没什么差别，味道上甚至要更胜一筹，毕竟家里的牛奶和蜂蜜都很特别，外面根本买不到。

这天晚上，陆清酒割了点儿韭菜，还买了几块新鲜的猪肉，包了一桌子饺子。饺子个个皮薄馅大，还没下锅卖相就是诱人，尹寻挺喜欢吃饺子的，高兴道："咱们家今天过年啊，包这么多饺子？"

陆清酒瞅了他一眼，没说话。

"你怎么这个表情？"尹寻莫名道，"怎么一副吃了这顿饺子好上路……唔。"他话还没说完，就被陆清酒捂住了嘴。

"闭嘴，好好吃你的饺子。"陆清酒低声说道。

尹寻露出惊恐的表情，小声道："家里谁要上路了？"他指了指自己，"不会是我吧？"他终于要摆脱储备粮的身份成为餐桌上的食物了吗？

陆清酒："谁要吃你，吃了估计都得拉肚子。"

尹寻："……"

陆清酒："是吃江不焕……呸呸呸，谁说要吃人了。"

尹寻："那是要干吗？"

陆清酒说："你问这么多干吗？饺子不好吃吗？"

尹寻觉得这话有点道理，既然吃的不是他，他问那么多干吗呢，乖乖吃自己的饺子不好吗？

江不焕还不知道自己就要上路了，眼巴巴地看着锅里的饺子直流口水。说实话，他吃过的好东西也不少了，可陆清酒做的食物却怎么吃怎么美味，就光说眼前这碗看起来平淡无奇的饺子吧，他刚刚尝了一个，味道鲜得不得了，还不是那种放了味精的鲜，而是食材本身的味道，韭菜和肉完美混合的那种鲜美，配上一点醋和蒜蓉简直是直击灵魂。

只是除了饺子之外，旁边站着的尹寻的目光总让他觉得有点奇怪，江不焕对人的眼神挺敏感的，莫名地扭头："你老看着我干什么啊？"

尹寻心想：这不是同为食材的怜悯嘛，但是他没敢说，只是道："这不是你好看嘛。"

江不焕还是第一次被非人类这么夸，居然有点不好意思："哦，谢谢啊。"

"不谢。"尹寻说，"很高兴遇见你。"

江不焕："……"你这一副我马上要没了的语气是怎么回事？

不过在美味的饺子面前，江不焕也没多想，饺子端上桌，陆清酒先给江不焕盛了一大碗，然后带着慈祥的微笑，说："孩子，吃吧，多吃点。"

江不焕："唔……好。"他咬了一口，脸上洋溢着灿烂的笑容，"真香。"这饺子里面全是馅料，轻轻咬一口肉汁就流了出来，虽然有点烫，但还是美味得让人放不下筷子，他一口一个，根本停不下来。

陆清酒煮了挺多的，里面还夹着一部分韭菜虾仁馅的，江不焕吃得相当满足，连带着肚子都鼓了起来。这段时间他是一点都没有忌嘴，整个人胖了一圈，这对于正常人而言或许没什么影响，但摄像机可是最挑人的，鬼知道他回去之后会遭受经纪人怎样非人的虐待。

想到之后自己过的日子，江不焕硬生生地往已经满到嗓子口的胃里又塞了一个进去。

陆清酒也没劝，就由着他吃，还不时帮他盛饺子，他温柔的表情，让坐在旁边的尹寻看得打了个寒战，在心里面暗暗告诫自己以后要小心这个表情的陆清酒——温柔的人内里突然变黑，简直是最恐怖的事。

江不焕吃得太饱，坐在椅子上消食，陆清酒说："你要不要去外面走走消消食啊？"

江不焕本来想拒绝的，但是看着陆清酒那真诚的目光，他最终没忍心把拒绝的话说出口，道："好吧，我去走走。"

陆清酒说："嗯，去吧。"

江不焕便慢吞吞地出门去了，他其实挺怕整个村子的，所以平时就算出来遛弯也不会离开太远，就在陆清酒家屋子附近随便转悠一下。现在开春了，天也渐渐黑得晚了，这会儿艳丽的夕阳还挂在地平线上，这也是江不焕敢出来转转的原因，这要是天黑了，打死他都不敢离开陆清酒家里。

陆清酒家附近的住户不多，基本上就只有李小鱼一家，那小孩儿江不焕见过，挺可爱的，不过因为对水府村有偏见，江不焕没怎么敢和他说话。

走到陆清酒停小货车的地方，再在旁边转悠了几圈，江不焕感觉肚子好受了一点，便打算回去了。

只是往回走的时候他却觉得有哪里不太对劲，仔细一想，发现头顶上原本还亮着的天空，不知何时突然就黑了。江不焕抬头，看到一片黑色的乌云笼罩在水府村上空，遮住了夕阳的余霞，四周竟是在片刻之间，便黑得伸手不见五指。

江不焕的心突突跳了两下，不好的预感越发浓烈，他知道情况不对，掏出手机打开手电筒勉强照着面前的路，拔腿就往陆清酒家的院子里狂奔。

然而原本就在旁边的院子，却怎么都找不到了，江不焕跑得上气不接下气，可还是没看到院子的影子，他试图用手机照亮周围，找到回去的路，却发现自己四周的环境变得非常陌生，仿佛是个从未来过的地方。

"有人吗？这里有人吗？救命，救命啊——"江不焕惊恐地叫了起来，他虽然气喘吁吁，却还是不敢停下脚步，跟跄着继续往前走，但黑暗给他的行走带来了障碍，又往前跑了几十步，江不焕便被一块石头绊倒，跌坐在了地上。

他跌倒后，原本想要快些爬起来，可抬头之后却被头顶的景象震惊了。只见他头顶上汇聚了一片旋涡状的乌云，如同海水一般翻滚涌动，乌云的中心，有一只巨大的眼睛，那只眼睛是黄色的，瞳孔如同冷血动物一般竖起一条线，正冷冷地盯着江不焕。

"啊——"江不焕被这只眼睛盯住，整个人都僵在了原地，他看着乌云不断地变化，最终形成了一只巨大的龙爪，接着，那只黄色的眼睛眨了一下，巨大的龙爪朝着江不焕直接盖了过来。这铺天盖地的气势，让江不焕甚至连挣扎的勇气都没有，他呆呆地坐在原地，像只被吓傻了的兔子，面对完全无法抗衡的凶残猎食者，只能引颈受戮。

但就在此时，他胸口上的佛像突然发出了一道明亮的光芒，将他整个人都罩在了其中，龙爪携着呼啸着的厉风重重压下，眼看就要压到江不焕的身上，江不焕惊恐得甚至忘记了闭上眼睛。接着，江不焕听到了一声龙吟，那龙吟一出，龙爪便仿佛碰到了什么障碍，停顿在了半空中。

接着，地面上腾起了一阵黑雾，黑雾之中传来了低沉的吟叫，随着低吟，云层汇集而成的龙爪，缓慢地消散在了江不焕的眼前。

然而，这只是一个开始，那只黄色眼睛的主人，却好似被激怒了一般，云层开始剧烈地翻滚，接着一只深黑色的爪子从云层之后伸出，硬生生地将天际撕出了一个巨大的口子，口子里露出夕阳的霞光。地面的黑雾也开始腾空，黑雾到了半空中散去之后，江不焕终于看清楚了里面藏着的巨兽。

那是一条极为漂亮的黑龙，身体极长，巨大的白色龙角和威严的龙头几乎占了半个天空，黑色的鳞片在霞光的照耀下，反射出耀眼的光芒。它身体的每一寸都是那么完美，仿佛艺术家手中最精美的雕像，然而没有一个艺术家能雕刻出这么完美的生物，它只能是上天的馈赠，它美丽得惊心动魄。

江不焕看呆了，他的所有注意力都被那条巨龙吸引了，接着，云层之中的巨兽也出现在了江不焕的面前，它和巨龙的模样有几分相似，只是口中似乎含着一柄黑色的铁剑，龙角也不是漂亮的白色而是乌黑一片，它看见巨龙，口中发出一声沉闷的咆哮。

云层翻滚搅动，两只巨龙的身体便这样碰撞在了一起，它们的牙齿、身躯、利爪皆是锋利的武器，没有任何虚招，这是力量最原始的碰撞。江不焕看到后面已经受不了了，受巨龙的影响，他的鼻子和嘴巴里都开始溢出血液，眼前也开始变得模糊。

如果不是被这罩子罩住，他可能早就没了，但现在他也不好受，为了自己的小命，他不敢再继续看下去，闭上眼睛，挣扎着伸出手捂住了自己的耳朵。

虽然看不见了，但头顶上打斗的声音还在不断传来，甚至还伴随着淅淅沥沥的小雨和杂物落地的响动。有了上次的经验，江不焕知道这是龙的血液和碎片，他害怕的同时又有些担心，担心黑雾里的那条黑龙会处于下风。

江不焕缩成一团，听着听着，居然就这么睡了过去，等到他醒来时，一切都安静了下来，天空恢复了平静，笼罩着他的光芒没了，地面上也没有任何的血迹和鳞片，若不是他口鼻之间还有干了的鲜血，他恐怕会以为这是一场怪诞的梦境。

但周围的环境的确恢复成了他熟悉的模样，江不焕从地上爬起来，感觉到自己的胸口一阵疼痛，他咳嗽了几声，从喉咙里咳出了块状的鲜血。

好在咳出血块儿之后，疼痛缓解了许多，江不焕踉跄着步子，朝老宅的方向走去。他走到门口，听见陆清酒焦急的声音："月狐，月狐你没事吧？"

"没事。"白月狐的声音轻飘飘的，好似风里面的云马上就要飘散一般，他道，"我需要休息，不要打扰我。"

"好，你去休息吧。"陆清酒知道白月狐经历了一场恶斗，他非常担心，但能做的事却很少，"我给你准备吃的去。"

白月狐这次没有去院子，而是走进了卧室，一进去就倒在了床上，连沾血的衣服都没有换。之前无论如何，他至少会在睡觉之前换下这一身带血的黑袍。

江不焕慢慢地走进了屋子，陆清酒看到了也满脸是血的他，陆清酒忙道："你没事吧？"

"我没事……"江不焕艰难道，"白月狐的伤，严重吗？"

陆清酒苦笑："我也不知道，希望没什么大碍吧。"

江不焕道："我看见他和另外一条龙打起来了。"

陆清酒道："另外一条龙？"

江不焕道："嗯，怎么了？"

陆清酒有点纠结："那你看见白月狐的原形了？"

江不焕："看见啦，怎么了？"他愣了愣。

陆清酒："什么样啊？"

江不焕："就是……龙的样子。"他有点莫名其妙。

陆清酒欲言又止，最后还是什么都没说，转身给白月狐做吃的去了，他家狐狸精还伤着呢，虽然很好奇，但他决定还是以后再研究白月狐到底是什么龙吧。

因为白月狐还在等着，陆清酒也没敢做太复杂的菜，而是选择了最简单的菜式。他用高压锅炖了一大锅红烧牛肉，做好之后便端进了卧室里。

牛肉的香气在屋内弥漫，刚刚昏睡过去的白月狐却是睁开了眼，他醒来后也没说话，拿起筷子飞快地把陆清酒给他准备的食物吃光了。

"还要吗？"陆清酒觉得他肯定没吃饱。

白月狐摇摇头，表示自己想要再睡一会儿，明天早晨再补充食物。

陆清酒看着他身上的血迹有些担心："你睡吧，我用热毛巾帮你清理一下身体。"

白月狐点点头，眼睛一闭便再次陷入了沉睡。他身上还穿着那件黑色的袍子，袍子上凝固的血液散发着浓郁的血腥气。

陆清酒轻手轻脚地把白月狐的黑袍子脱了下来，看见了白月狐身上因为打斗而出现的伤口。和上次的伤口相比，这次似乎更严重了，伤口几乎布满了白月狐的身体，但万幸的是没有伤到要害，并且血已经止住了。

陆清酒去拿了热水和毛巾，帮白月狐清理了一下伤口，并且用纱布简单地包扎了一下。但陆清酒没敢在白月狐身上用太多药，怕破坏了他本身的自愈能力。

看着白月狐漂亮的身体上横七竖八的伤口，陆清酒格外心疼，手上的动作也尽量放得很轻，怕把白月狐给弄醒了。处理好伤口后，陆清酒把白月狐放到了床上，为他盖好被褥，又关了灯，这才出去。

"陆哥，白先生怎么样了？"江不焕站在门口有些不安地询问，虽然没有看到白月狐身上的伤，但他也能猜到白月狐肯定伤得不轻，毕竟是那样两个庞然大物在打斗，随便一爪子下去都是天崩地裂。他以为当时自己是睡着了，后来仔细想想，那分明是被震晕了过去。

"睡了。"陆清酒道，"身上有些伤，但应该没什么大碍，你看到最后是谁赢了吗？"

"没有。"江不焕老老实实地说，"我看到一半就晕过去了。"

陆清酒道："晕过去了？"

"嗯。"江不焕道，"他们打架的阵仗太大了，我没坚持住。"他刚刚把自己脸上的血清理干净。

"哦，你去休息吧。"陆清酒说，"我来守着就行。"

江不焕点点头，这才回去睡觉了。

尹寻得回家，江不焕他不放心，最后陆清酒决定自己一晚上都守着白月狐，免得他晚上醒了想吃东西也没人做。白月狐还在熟睡之中，但从他眉头微微蹙起的模样，可以看出他睡得并不安稳。

陆清酒坐在他的旁边，开着一盏小灯静静地看书。白月狐虽然已经当了快一年的房客，但屋子里依旧空空荡荡的，屋里仅有几件日常穿的衣服，和一些简单的生活用品，除此之外，看不到任何生活的痕迹。即便是消失不见，也似乎不过是一个转身的时间。

　　陆清酒手里的书叫《子不语》，写的是一些民间的奇闻轶事，自从了解到了这个世界非科学的一面后，他的阅读对象便成了这些怪力乱神的古籍，读得越多，越对另一个世界感兴趣。

　　夜深了，月亮升起后，窗口吹过的风是凉的，陆清酒生起了一些倦意，但他压抑住了这股睡意，端起面前已经快要凉掉的茶喝了一口。身后的白月狐发出一声轻微的呻吟，陆清酒听后以为白月狐醒了，急忙扭头去看，借着月光他看见白月狐依旧闭着眼，还在睡梦中。这一声轻吟似乎是因为他翻身碰到了伤口，陆清酒见状缓步上前，伸手轻轻地帮白月狐调整了一下姿势，白月狐紧皱着的眉头这才微微松开。

　　明天早上做什么给他吃呢，受了这么重的伤，肯定流了很多血吧，陆清酒在心里盘算着，明天早晨得多给白月狐煮几个鸡蛋，好好补一下身体。

　　陆清酒就这么坐在床边，熬到了天边泛起晨光，后半夜他为了驱逐倦意，又去倒了几杯浓茶，这么边喝边等，到天亮的时候倒是困过了头，感觉不到困了。

　　陆清酒猜测白月狐也快醒了，便去厨房烧水准备做饭，他知道白月狐喜欢吃肉，干脆又炖了一锅鸡汤，虽然早晨喝鸡汤怪怪的，但白月狐应该会喜欢。

　　白月狐睡眠向来很浅，这一觉却睡得很沉，他知道陆清酒陪在自己的身边，就坐在离自己不远的地方。

　　这让白月狐放松了警惕，使身体陷入了柔软的床垫里，他嗅到了清淡的茶香，香味一直萦绕在屋子里，这让他充满了安全感。

　　之后的事，白月狐也不太记得了，因为他真的睡着了。

　　陆清酒做好了早饭，再次回到白月狐的卧室时，白月狐已经醒了过来，靠坐在床上闭目养神，陆清酒忙道："月狐，饿了吗？我给你准备了早饭。"

　　白月狐点点头。

　　陆清酒忙把厨房里做好的食物端了过来，是一大锅炖好的鸡汤和一大碗鸡汤面，味道都很清淡，很适合白月狐这样刚受伤的身体。

　　白月狐端起食物，却没有直接吃，而是问道："江不焕呢？"

　　陆清酒以为他是在担心江不焕的安危："他受了点小伤，好像没什么大碍了，正在睡觉呢，要我把他叫过来吗？"

　　白月狐蹙眉："他怎么还没走？"

　　陆清酒差点没被这话给呛到，哭笑不得道："他可以走了？"

"自然是可以走了，不然我费那么大力气做什么。"一想到江不焕还要蹭家里一顿早饭，白月狐就有点不高兴，"让他走吧，赶紧的。"

陆清酒笑着说好。

说完这话，白月狐才慢慢地吃起了面前的食物。

陆清酒在旁边看着白月狐吃面，尹寻也过来了，他嗅着鸡汤味走到了白月狐卧室的门口，不过他没敢进来，就支棱个脑袋朝里面看，正好看见陆清酒那慈父一般的眼神和微笑。

尹寻："……"行吧，家里又多了个儿子，正好响应国家二胎政策。

白月狐吃完饭又继续睡觉了，陆清酒把东西收拾好了之后也感觉有点困，出了卧室门就看见了贼头贼脑的尹寻。

"你看什么呢？"陆清酒伸手在他脑袋上拍了一下。

"我这不是在看你们父子情深……啊呸，看你们两个友谊长存嘛。"尹寻道，"你守了一晚上？"

陆清酒说："嗯，吃早饭吗？我去做个鸡汤泡饭。"

尹寻说："吃啊，吃完你去睡会儿吧。"

陆清酒道："你来守着？"

尹寻挠挠头："守着也行，就是你得和白月狐先打个招呼，让他不要对我鲜嫩的肉体下手……"不然一嘴下去，他估计连再生的机会都没了。

陆清酒面露无奈，道了声"好"。

陆清酒去抓了点咸菜，又用香油把咸菜拌好，然后就着咸菜和尹寻两人吃了碗热乎乎的鸡汤泡饭，刚吃完就看见江不焕也起床了，他昨天晚上可能没睡太好，眼睛下面青了一圈。

"早上好。"他冲着陆清酒打了个招呼。

"早上好。"陆清酒说，"一起来吃个早饭吧。"

江不焕高兴地点点头，他在这里最快乐的时光就是吃饭的时候了。米饭被鸡汤泡得软软的，上面还撒了葱花，咸菜清爽可口，放了香油和辣子，嚼在嘴里完美地释掉了鸡汤的油腻感。江不焕吃得正开心呢，就听到陆清酒来了句："白月狐说想杀你的东西已经被解决了，你可以离开水府村了。"

"这就解决了？"江不焕听到这话，内心居然冒出了一丝失落。

"嗯。"陆清酒道，"他这么说，应该是没事了。"

江不焕道："那……那好吧。"

陆清酒道："你买下午的火车票吧，我睡一会儿，起来就送你去镇里。"他觉得江不焕这个小孩儿应该是挺想走的，毕竟水府村这么偏远又很落后，基本上只适合有养老心态的人待。

"好。"事情处理好了，江不焕也没有了继续待在这里的借口，他食不知味地吃着面前的鸡汤饭，小声地问了句，"那……我以后还能来吗？"

陆清酒露出惊讶之色。

"我的意思是以后度假的时候来玩玩。"江不焕连忙解释，"会给住宿费的，也不会太麻烦你们……"

"行啊。"陆清酒笑了起来，他没想到江不焕居然还挺喜欢水府村，"欢迎。"不过明星向来都很忙，恐怕江不焕也没有太多时间在水府村度假。

"太好了。"江不焕道，"你们帮我解决了这么多麻烦，我也不知道该怎么感谢你们才好。"

"不用了。"陆清酒说，"这也不是你自己的麻烦。"如果白月狐的说法是真的，那江不焕只是一个被牵连进来的可怜人而已，幕后黑手的最终目标其实还是水府村和白月狐，他想用江不焕的死亡将白月狐污染。

只是，这种污染到底意味着什么……

江不焕似懂非懂，但见陆清酒不打算解释，便也没好再问。

熬了一晚上，陆清酒也有点困了，吃完饭就去睡了个觉，一直睡到下午才从床上起来。起来之后，他去确认了一下白月狐的状态——不，准确地说是确认一下尹寻是否还活着。

"呜呜呜，我好害怕啊。"和白月狐独处一室，紧张得把手啃了半截的尹寻道，"不然我送江不焕走吧，你守着他好不好？"

陆清酒："他中途醒了？"

尹寻："醒了，他半途醒来看了我一眼，问我陆清酒呢，我说在睡觉呢，他说让我离他远点，不然睡迷糊了把我吃了不负责的。"

陆清酒："……"为什么他觉得白月狐这是在嫌弃尹寻？

尹寻悲伤道："我只是个可怜、弱小又无助的山神啊，为什么要这么对我？"

陆清酒最后无奈地同意了尹寻的提议，让他开着小货车把江不焕送走，毕竟尹寻的手已经因为紧张啃掉了大半，再啃下去谁知道什么时候能长出来。人家吃手手都是个卖萌的形容词，就他家的蠢儿子是真的下嘴啃。

于是尹寻高高兴兴地领了任务，去送江不焕了，换陆清酒在屋子里继续守着还在睡觉的白月狐。

其他的动物都有些害怕白月狐，但奇怪的是从见到白月狐的那一刻起，陆清酒几乎就没有对他生出过什么畏惧之心，在他看来，白月狐只不过是个最最普通的狐狸精而已，没什么可怕的。

睡到了下午三四点，白月狐终于醒了，他一睁开眼睛，便看见了靠在窗户边上看书的陆清酒，暖暖的阳光照在他的脸颊上，给他的肌肤和黑色的头发都镀上了一层金色，光线模糊了陆清酒的线条，他仿佛要随着光点消失了。

"陆清酒。"白月狐叫了他的名字，像是在念一句将他唤回的咒语。

陆清酒身形一动，抬头看向白月狐，见他醒来，脸上露出平日里常见的温柔笑容："你醒了？"

"嗯。"白月狐看着他快步走到了自己面前，逆着光凝视着自己，胸口的位置鼓胀了起来，仿佛有什么东西要从中喷涌而出，让他不由自主地微微抿唇，害怕泄露自己的情绪。

"饿了吗？"陆清酒能为白月狐做的事实在是不多，好在其中一件，便是白月狐最需要的。

白月狐点头。昨天的打斗消耗了他太多力量，需要漫长的补充和恢复。

"我去给你做饭。"陆清酒说，"想吃什么？"

白月狐道："什么都可以。"

陆清酒念叨："那给你煮几个猪脚吧，再炒点饭。"

白月狐道："都行。"

陆清酒转身去了厨房，这些东西都是现成的，之前就备好了，就是担心白月狐醒来之后没有东西吃。他迅速地做好之后，端到了白月狐的卧室，却发现卧室里空空荡荡的，没了白月狐的身影。

"月狐？"陆清酒有点慌乱地叫了一声。

"我在这儿。"白月狐的声音从院子里传来。

陆清酒走到院子里，看见白月狐又坐在了摇摇椅上，他道："想晒太阳。"

陆清酒松了口气，笑着走到了他的旁边，把食物放在石台上："吃吧。"

白月狐抬手开始慢慢地吃东西。

春天的阳光果然是最好的，微凉的风不知从何处带来了散落的桃花瓣，有的落在院子的泥土里，有的落在了白月狐黑色的发丝上。陆清酒忽地站起，走到了白月狐的身后，垂下头将白月狐的发丝拢在脑后，简单地束在一起。

"他们还会再来吗？"陆清酒问。

"嗯。"白月狐说，"有光的地方，就有影子，只要光还在，影子就不会被消灭。"

陆清酒道："你们世世代代都是做这个的？"

白月狐道："对。"

陆清酒轻叹。

白月狐道："对了，我有东西要给你看。"

陆清酒："什么？"

他本来以为是什么非常重要的东西，然后，他看着白月狐站了起来，一脸严肃地将屁股对准了自己，在他还没反应过来时，九条白色的毛茸茸的尾巴从白月狐的尾椎处冒了出来，白月狐的声音传了过来："你看，长出来了。"

陆清酒："……"

白月狐："我说了春天会长出来的。"

陆清酒肩膀抖动得厉害，他努力想要忍住笑，最终还是失败了，笑得整个人都弯下了腰，连眼泪都出来了。

白月狐疑惑地看着陆清酒："你笑什么？"

"没……没什么。"陆清酒觉得自家的狐狸精真是可爱极了，他没忍住，一伸手就抱住了那九条毛茸茸的狐狸尾巴，狠狠地亲了一口。

白月狐却狐疑地看着陆清酒，回过头小声地嘟囔了一句。陆清酒站在他身后，自然是把白月狐的小抱怨听得一清二楚，白月狐说："你明明喜欢的是毛茸茸的东西。"

"哪有。"陆清酒辩解，"谁告诉你我喜欢毛茸茸的东西了？"

白月狐："人类都喜欢。"他的尾巴抖了一下，"不喜欢你抱着做什么？"

陆清酒道："我喜欢你的尾巴，因为它是属于你的。"

白月狐没说话，但显然不相信陆清酒说的话，哼，人类撒谎向来都是信手拈来，嘴巴上这么说，等真看到他的原形的时候转身就跑了，不然"叶公好龙"这个词是怎么来的？

陆清酒无奈道："你看我没觊觎苏息他爸的尾巴吧？"

白月狐看透了陆清酒的灵魂："那是因为他没有露出来。"

陆清酒："……"他居然无法反驳。

"而且他现在只有秃尾巴。"白月狐道，"多余的毛都输给我做毛绒大衣了，暖和吗？"

陆清酒："暖和。"

白月狐："乖。"

陆清酒登时哭笑不得，他很想向白月狐说明自己其实没有那么看重毛茸茸，但又觉得他双手抱着尾巴的样子好像也没什么说服力，最后只能叹了口气，又蹭了蹭他毛茸茸的大尾巴，说："我就是喜欢毛茸茸。"

白月狐理不直气也壮："我就是毛茸茸。"

陆清酒："……"行吧，他还是跳过这个话题比较好。

于是白月狐坐回了自己的摇摇椅，十分骄傲地把自己的尾巴借给了陆清酒抱着。这尾巴的触感还真是跟真的一样，不但有温度，还会动，缠在陆清酒的腰上很讨他喜欢，可问题来了，尾巴到底是怎么来的呢？是白月狐赌大衣那样赌来的，还是……他吃剩下的？

陆清酒有点纠结，和之前相比，尾巴上的毛更茂盛了，也更顺滑，抱着跟个大洋娃娃似的，舒服得不得了，最神奇的是它还能缠在人身上，陆清酒靠着它就像靠着靠垫似的，再加上被太阳晒得暖暖的，很快就迷迷糊糊地睡了过去。

等到他再次醒来的时候，太阳已经偏西了，他睁开眼就看到了白月狐的侧颜，一片桃花的花瓣落在了白月狐的鼻尖上，陆清酒伸出手指，轻轻地将花瓣拿了下来。

白月狐却被惊醒了，他也睁开了眼，眸子里还带着些蒙眬的睡意，侧过头，动作自然地轻哼一声。

"唔……"陆清酒道，"起来了？还没做晚饭呢。"

白月狐道："不吃了。"

陆清酒笑道："好了，别闹了，你刚受伤，怎么能不吃饭呢？"

白月狐道："也不是很饿。"

虽然白月狐说着不饿，但陆清酒还是挣扎着爬了起来，他看了看时间，现在已经下午六点多了，可去送江不焕的尹寻居然还没有回来。

不会是出了什么事吧？陆清酒有点担心，连忙掏出手机给尹寻打了个电话。

电话接通后，尹寻的声音从那头传了过来，他道："酒儿，不用担心我，我要晚点才能回来啦。"

"出什么事了？"陆清酒疑惑地问。

尹寻道："哎呀，也没什么大事，就是送走了江不焕之后我发现我屁股上起了一片红疹子，去诊所拿了点药，医生说我是过敏了，让我打个吊针再回去。"

陆清酒："……"他想起来了尹寻好像是对蛄蝓过敏，只是之前不是不严重吗？怎么今天突然就犯病了？

尹寻解释得很敷衍："我也奇怪呢，医生说可能是因为春天，春天嘛，都是疾病的高发期……"

陆清酒："那行吧，你记得早点回来。"

尹寻默默地挂断了电话，看着手机屏幕暗自垂泪，他也想回去啊，可是今天下午某个人却给他发了条短信，说是六点之前不准出现在他面前，不然直接杀了吃肉。他也没啥好办法，只能硬着头皮让小货车背了这口黑锅。这还是他第一次收到白月狐发的短信，他收到信息的时候本来还在想白月狐这是转了性了居然给他发信息，谁知道信息一打开，就看见原来白月狐是想要了他的小命。

"呜呜呜，酒儿啊，你在家里可要保重身体。"尹寻抹着泪担心自己的好友，"别我回去了，就看见白月狐把你啃得只剩下个骨头架子了……"陆清酒可不像他，吃了还能再生。

第十三章
囚龙出

陆清酒睡了个午觉，感觉身上的疲乏一扫而空，看着天色不早了，他这才起身去做晚饭。

尹寻挺晚才回来，回来的时候表情十分幽怨，陆清酒以为他是打针打的，也没有多想，并不知道他可怜的小儿子受到了怎样的生命威胁。

江不焕离开后，他们又恢复了往日平静的生活，家里的农活儿永远都做不完，家里养的两只小白猪也长成大猪了。这两只小白猪还是小花、小黑来的时候一起买来的，只是小花、小黑还是小猪的模样，小白猪却已经变成大猪了。为了让它们熬过冬天，陆清酒没忘记每天让尹寻去给它们烧盆炭，煮一盆热乎乎的猪食，用尹寻的话来说，就是他是一把屎一把尿把这两只猪给拉扯大的。

"所以你现在想对它们说点什么？"陆清酒问尹寻，大白猪养一年也差不多了，再养下去肉反而会变老，所以他打算找个良辰吉日把猪杀了吃肉。

"我想说。"尹寻道，"希望它们的肉香一点。"

陆清酒："……"他又想起了英年早逝的小花。

既然决定吃猪肉，那杀猪的任务就落到了他们的手里，村子小，根本没有杀猪匠，村民们自己养的猪都是自己亲手宰。陆清酒杀过鸡，但是还没有对猪这么大的动物动过手，找邻居问了一下流程之后很没出息地怂了。

"好像是要把猪绑到凳子上面，然后一刀捅下去。"尹寻在旁边拿着借来的杀猪刀手舞足蹈，"那个血呼啦一下就下来了……"

　　陆清酒："……你来吗？我帮你按着？"

　　尹寻小声道："可是我没杀过啊，这猪比我还重呢。"

　　陆清酒："……"

　　两人面面相觑片刻，随即眼神都飘到了同一个地方——坐在院子里的白月狐身上。

　　陆清酒提着杀猪刀慢吞吞地走到了白月狐旁边："狐儿啊。"

　　白月狐睁开眼："杀猪？"他已经听到两人的对话了。

　　陆清酒："唔……嗯。"

　　白月狐道："行。"他从椅子上坐起，伸手就拿过了陆清酒手里的刀，起身之后就朝着猪圈的方向走去。看得陆清酒忙拿了个盆跟在后面，猪血可是好东西，用来做血肠味道可好了。

　　白月狐表情冷酷地到了猪圈，伸手就把猪拎了出来，别人家杀猪还得找几个大男人按着猪呢，他完全不用，几百斤的大肥猪在他手里跟只小动物一样毫无挣扎之力。接着就是白刀子进红刀子出，那果决冷漠的表情，看得旁边围观的尹寻感觉自己脖子莫名一凉，不由自主地后退了几步。

　　白月狐是个相当称职的杀猪匠，杀完之后还不忘记把猪的肉给分好，猪肉在他手里很快被分成了几大块，陆清酒拿了只猪腿送给隔壁李小鱼家，剩下的打算做一顿猪肉大餐。

　　和镇上买来的猪肉不同，他们家的猪肉肉质特别好，而且非常香，陆清酒把五花肉理出来，炒了个回锅肉，又炖了一锅猪脚汤，还卤了四个猪蹄子和猪耳朵，猪头肉用来凉拌，总而言之猪身上的每个部位都是物尽其用。

　　喂粮食的猪身上的肥肉和喂饲料的猪比起来少了很多，但是却很香，放在锅里炼油，剩下的油渣撒上白糖又是一道小菜。

　　杀完猪，家里高兴得就跟过年似的，连小花、小黑都得到了一根煮熟的大骨头棒子，啃得津津有味。

　　四月份了，天气开始渐渐变热，衣服也越穿越少，晚上的时候陆清酒把白天卤的猪耳朵和猪脚端到了院子里，又拿了几瓶冰啤酒，三人在院子里边吃边聊天。猪脚和猪耳朵经过卤水的腌制都变得软糯入味，喜欢辣口的还可以蘸点混合了芝麻和香料的辣椒面。

　　今天天气不错，月亮很圆，院子里的气氛很好，白月狐不太喜欢喝酒，但对卤味还是很感兴趣的。尹寻在旁边说着自己当了山神之后遇到的一些"奇葩"事，比如父母不想要孩子了，故意把孩子领到山上丢掉，还是自己帮小孩儿找到了路安全送下山。

陆清酒听得直皱眉，正想说怎么有这么不负责任的家长，天边却突然传来一阵巨响。那响声仿佛是山体崩塌似的，震得陆清酒的耳朵嗡嗡直响，原本坐在摇摇椅上神色淡定的白月狐脸色瞬间大变，道："你们待在家里别动。"

"出什么事了？"陆清酒忙问。

白月狐摇摇头，道："还不知道，我先过去看看。"他站起来，身边腾起一阵黑雾，接着便消失在了陆清酒的面前。

之前陆清酒从未见过神色如此凝重的白月狐，他道："到底怎么了？"

尹寻呆呆道："天好像破了……"

陆清酒："天破了？？"他朝着尹寻看的方向望去，发现天真的像是破了，原本已经暗下来的天空中，却出现了一条极长的红色霞光，那道霞光穿破天际，在天空中留下了一道耀眼的痕迹，霞光之中却似乎又有黑云滚动，像是有什么东西要从里面涌出来，看得人心中泛起一阵不适。

陆清酒和尹寻看呆了，他们虽然不知道那道霞光到底意味着什么，但显然，这并不是什么好东西，黑色的云从霞光之中不断溢出，整个天空好像漏了似的。

尹寻心中不安的感觉越发浓重，他道："清酒，我们回屋子里吧。"

陆清酒道："好。"

两人离开院子，回到屋中，关好了门窗。

红色的霞光渐渐扩大，陆清酒遥遥地看着，等待着它的变化。尹寻比陆清酒敏感一些，这会儿已经不敢再往外面看，而是缩在屋子的角落，身体不由自主地微微发抖。陆清酒看着他的模样，担忧道："你没事吧，尹寻？"

"没……没事。"尹寻颤声道，"清酒，你……你知道吗……你爸妈出事的那一年，天空中也出现了这样一道霞光。"

陆清酒愣住。

"接着就是连绵的大雨。"尹寻垂了头，"我什么都感觉不到了。"他本是山中的山神，山上的一草一木、一切变化都能浮现在他的脑海里，但是这霞光一出，他对山上的感知便好像被一股奇怪的力量屏蔽掉了，灵视所及之处，皆是一片虚无。

陆清酒想到了父母的死亡，一直以来，他都以为自己父母的死是意外，虽然因为老树的话，他心存疑虑地回到了水府村中，却并没有什么特别的发现。直到生日那天，打开了姥姥留给他的木盒，他才知道，自己父母的死亡，真的不是意外。

水府之外，皆是异境，那异境到底指的是什么呢？是白月狐带他去的那个世界吗，还是什么别的地方？

天本该是黑的，可刺目的霞光却照亮了半个天空。这样的异象之中，整个水府村陷入了一片寂静，似乎没有任何村民对这天空中奇异的场景产生兴趣，所有屋子都大门紧闭，如同死寂的坟墓。

虽然不知道到底发生了什么，可因为本能，尹寻却陷入了难以言说的恐惧中。他在害怕那道霞光，准确地说，他是在害怕霞光里面即将溢出的东西。

陆清酒比尹寻稍微好一点，他坐在窗户旁边的位置上，目不转睛地盯着霞光。霞光的范围越来越大，里面涌出的黑云也越来越多，接着，似乎有什么东西靠近了霞光，用身躯堵住了裂口。

因为背光，陆清酒看不太清楚那到底是什么，不过从轮廓上看，那似乎是一条龙形的生物。

陆清酒凝视着天空，他猜出了那条龙形生物的身份……显然就是他家慵懒的房客——白月狐。

只是他在做什么呢？霞光又意味着什么？陆清酒心中的不安在涌动，他知道白月狐的伤还没有完全愈合，如果再打一场，白月狐的身体真的能够支撑下来吗？陆清酒很担心，可他只是个凡人，能做的事实在太少了，甚至还得让白月狐分心来保护他。

不知道白月狐到底做了什么，天边的霞光开始暗淡下去，渐渐恢复了往日平静的模样。

如尹寻所料，大颗大颗的雨滴开始落下，瓢泼一般，形成了一幅巨大的帷幕，笼罩住了整个世界。雨势太大，大到陆清酒甚至听不清尹寻的低喃，也看不到乌云之后那道红色的霞光到底如何了。

缩在角落里的尹寻突然直起了腰，他道：“白月狐回来了。”

陆清酒面露惊讶，他没想到白月狐会回来得这么快，再次朝外望去，果然在雨幕里看到了白月狐的身影。

白月狐站在门外，对着陆清酒轻轻地招了招手，似乎示意他出去。

“你要出去吗？”尹寻有些不安，“外面……好像很危险。”

“没关系。”陆清酒说，“有白月狐在呢。”

　　尹寻闻言欲言又止，最后却什么都没有说，由着陆清酒推门出去了。陆清酒说得其实也有些道理，毕竟如果真的有人要伤害陆清酒，也只有白月狐能护得住他。

　　而自己，不过是个弱小的山神罢了。

　　看着陆清酒出了门，尹寻露出一丝苦笑。

　　陆清酒走到了院子里，天上依旧在下雨，只是这些雨落到了陆清酒身上却被一股无形的力量弹开了，白月狐站在院子门口，黑色的眸子隐匿在夜色之中，让人有些看不清楚，他看着陆清酒的脚步停在了自己的面前，然后对着陆清酒伸出了手："同我过来。"

　　陆清酒点点头，握住了白月狐的手掌。

　　接着便是一阵天旋地转，陆清酒感觉自己的身体随着白月狐飞了起来，等到白月狐再次停下的时候，他的眼前出现了熟悉的场景——一个巨大的深坑。

　　这个深坑便是之前白月狐在讲恐怖故事的时候带陆清酒和尹寻来过的地方，只是和之前相比，眼前的深坑出现了巨大的变化。

　　深坑的边缘，被撞出了一个巨大的洞，被困在里面的巨龙也不见了踪影，只留下了一潭散发着恶臭的淤泥。

　　"他逃出来了。"白月狐说，"可能会来找你。"

　　"找我？"陆清酒有些震惊，"他来找我做什么？难道他也想把我吃了？"虽然白月狐说这条龙没有吃掉他的父母，但这毕竟是白月狐的一面之词，况且若是没有做这件事，他又为何宁可遭受如此残酷的惩罚却不做辩解？

　　周围还在下雨，噼里啪啦的雨声模糊了白月狐的声音，不知是不是陆清酒的错觉，他竟然从白月狐的语调之中，听出了一丝怜悯的味道："我只是这么猜测……毕竟……"

　　陆清酒道："毕竟什么？"

　　白月狐说："没什么。"

　　陆清酒感觉白月狐显然有什么事在瞒着自己，他道："月狐，你有什么事没有告诉我吗？"

　　白月狐回头看了陆清酒一眼，竟然坦然地承认了："嗯。"他停顿片刻，低声说，"我不知道该怎么和你说。"

　　陆清酒叹气："这条龙很厉害吧？"被困在这样的坑中，且被挖去了双眼，但即便如此，他还是从坑中逃了出来。

　　"自然很厉害。"白月狐说，"他之前被困在里面，也不过是因为他不想出来。"

陆清酒："不想？"

白月狐："他觉得自己错了。"

陆清酒："错了？他是因为吃掉了我的父母才被囚禁……"他说到这里，有些悲伤，"他为什么要这么做？"他想到了当年为父母举办葬礼的场景，那时候他还在上大学，不过是个半大的孩子，是父母的死亡让他迅速地成熟了起来，只是如果可以选择，他宁可不要这样的长大。

白月狐欲言又止，最后什么都没说，只是伸出手，轻轻地按住了陆清酒的肩膀。

陆清酒道："他现在是不是又想要吃了我？"

白月狐："我不知道。"

陆清酒苦笑："刚才天际的霞光……"

白月狐道："霞光只是为了吸引我的注意力，给他出逃的机会。"又是一声叹息，"他想走，总有法子的。"

陆清酒垂着眼眸："我能做什么呢？"

白月狐："不用害怕，我一定会保护你的。"

陆清酒感到了挫败："可原本应该是我守护你不是吗？这种守护到底是什么意思？我只是个普通的人类而已，连看着你受伤都没有办法帮你。"

"不。"白月狐声音却柔了下来，"你有你不知道的力量。"

陆清酒："不知道的力量？"

白月狐说："是的。"但我希望你永远也不要知道，他看着陆清酒悲伤的眼眸，在心里默默地补上了这么一句。

陆清酒却只把白月狐的话当作了敷衍似的安慰，勉强笑了笑，便不再说话了。

白月狐本来就很少和人交流，此时看着陆清酒强颜欢笑的样子，虽然心中有些不舒服，却不知道该如何安慰他，于是最后只能侧过头，摸了摸陆清酒的发顶。

陆清酒看着眼前的深坑，陷入了沉默。

白月狐道："我们回去吧。"

陆清酒点点头。

于是白月狐又把陆清酒带回了家中，陆清酒脑子很乱，到家之后也没有和尹寻打招呼，便独自回房休息了。

尹寻看着陆清酒失魂落魄的模样，壮着胆子问白月狐发生了什么事。

"被囚禁的龙逃走了。"白月狐平静道，"可能会来找陆清酒。"

"什么？！"尹寻露出难以置信的神色，"逃出来了？怎么会逃出来了！"一想到自己好友的性命可能正被实力强悍的龙族觊觎，他整个人都紧张了起来，"清酒，清酒不会有危险吧？"

白月狐："我在呢。"

尹寻道："我知道……但是……"

"没有但是。"白月狐粗暴地打断了尹寻，"只要我还活着一天，就会护着陆清酒一天。"

尹寻咬了咬牙："可你能保证永远陪在陆清酒身边吗？"

白月狐冷冷道："为什么不能？"

尹寻哑然，他自然看得出白月狐说这句话是认真的。

"天色不早了，你该回去续香火了。"白月狐为他们的对话做了结束语。

外面还下着瓢泼大雨，尹寻却选择了离开，他没有打伞，也没办法隔开雨水，就这么狼狈地一步步走回了家中。村子里安静得像座坟，尹寻推开了家中的门，看到了快要燃尽的香烛，还有无数的牌位。

尹寻看着牌位，脸上露出一个笑容，只是这笑容，却比哭还难看。

大雨下了一整夜，像是要把整个世界的颜色都冲刷掉。

陆清酒坐在自己的卧室里，看着那片黑色的、布满了伤痕的鳞片，这大概就是那条被囚禁在深坑里的巨龙的吧，那么他的姥姥是怀着怎样的心情将这鳞片留下的呢？

不曾被提起的姥爷，难道就是那条龙？可如果是这样，他为什么要吞噬自己的孩子，造成不可挽回的悲剧？

陆清酒想不明白，也没人可以给他答案。

他抬头向窗户望去，只看到了被雨幕笼罩的黑暗，大雨仿佛不会停下，就像他父母死去的那天——巨大的山体垮塌下来，人类在其中是如此渺小，甚至连找到尸体都成了奢望。

陆清酒觉得胸口闷得厉害，他将鳞片夹进笔记本里，放进自己的床头柜。挂着文字锁的木盒再次被锁上，应该只有在他生日的那天才能被打开，好在木盒里的东西已经被取了出来。

凌晨三点多，失眠的陆清酒才勉强睡着，只是睡眠质量非常不好，他甚至梦到了那条被囚禁的龙。

龙的角断掉了，眼睛却还在，是一双漂亮的黑眸。黑眸中带着悲伤的神情，凝视着陆清酒，仿佛在透过他看别的人。

"你是谁？"梦中的陆清酒情不自禁地发问。

黑龙张开嘴，露出缺了一半的舌头。

陆清酒道："你……不能说话吗？"

黑龙点点头。

"我为什么会梦到你？你是不是想要告诉我什么？"梦境和现实之间变得模糊了起来，陆清酒甚至有些搞不明白自己到底是醒着还是在做梦。

黑龙不语，眸中悲哀之色更甚，他用断了的龙角轻轻蹭了蹭陆清酒的手臂，动作很轻，仿佛怕吓到陆清酒。

陆清酒心中一疼，不知怎的就想起了白月狐，如果他没有猜错，白月狐的原形应该和眼前这条黑龙差不多，要是白月狐变成了这个模样，他甚至都不敢去想，一想就觉得胸口闷得厉害。

龙啊，那么高傲的生物，怎么可以变成眼前这副残缺的样子，他们本该是骄傲地翱翔在天空的神话，即便是死亡，也该是壮丽的。

"我不明白你想说什么。"陆清酒道，"我……"他还想说什么，眼前的一切却忽地散去了。他从梦境中醒来，看见了白月狐担忧的表情。

"你做噩梦了？"白月狐说。

陆清酒眨了眨眼睛，才反应过来自己浑身上下都冷得厉害，额头上也积满了冷汗，他低声道："我梦到了一条黑龙。"

白月狐静静地看着陆清酒，没有插话。

"他的角断了，舌头也没有了。"陆清酒道，"看起来好惨。"他想用笑容告诉白月狐自己没事。

可白月狐却说："别笑了。"

陆清酒呆了呆。

"不想笑就不要笑。"白月狐伸出手拥住了陆清酒，温暖的身体给已经僵掉的陆清酒带来了暖意，"做出什么表情，都没关系的。"

陆清酒吐出一口气，闭了闭眼睛："我有点累。"

白月狐道："累就睡吧，有我在呢。"

两人睡在了一张床上，陆清酒身侧的人紧紧地抱着他，让他像胎儿一样置身于温暖的羊水之中。陆清酒闭上了眼睛，很快睡着了，这次他没有再做梦，也没有再看到那条眼神悲凉的黑龙。

陆清酒第二天早晨醒来时，外面的雨已经停了，太阳挂在蔚蓝色的天空中，又是一派春日温暖的景象。

身侧的白月狐不见了踪影，或许是已经下地种菜去了。

这似乎只是一个平凡得不能再平凡的早晨，昨日的大雨和异象，都好像只是个怪诞的梦。

如果那一切真的只是梦境就好了，陆清酒坐起，看见尹寻从门外支棱个脑袋进来，他咧开嘴冲着陆清酒直乐，露出嘴角可爱的虎牙，笑容灿烂得像朵追着太阳的向日葵："酒儿，早上好啊。"

"好。"陆清酒也笑了起来，他被尹寻的笑容感染了，整理了一下情绪便很快振作起来，"想吃点什么？"

尹寻道："什么都可以啊，不过我有点想吃牛肉米粉。"

"那就吃米粉吧。"陆清酒道，"你去地里摘点新鲜的蔬菜。"

"好嘞。"尹寻笑着应声。

平凡的一天，从一个平常的早晨开始了。

今天早晨的牛肉米粉和往常一样好吃，米粉里面不只有牛肉，还有牛筋。炖得烂烂的牛筋完全不用担心嚼不动，口感柔软，配着清爽的青菜和米粉，吃下去又是神清气爽的一天。

陆清酒昨天没有休息太好，今天人有些没精神，他吃了早饭，简单地喂了猪和鸡，就坐在院子里休息了。

白月狐种完地，带回来一些新鲜的蔬菜，尹寻洗了根黄瓜，咔嚓咔嚓地在陆清酒身边嚼开了，白月狐种的黄瓜味道是一顶一的好，鲜甜清脆，果味十足，无论是生吃、凉拌还是煮汤，都非常美味。

陆清酒在太阳底下小憩片刻，感觉精神好了点，这才起身做午饭去了。

尹寻还是有些担心陆清酒，赶紧跟着他进去帮忙打下手，边洗菜边问陆清酒他们什么时候出去玩，趁着天气好可以出去踏青、放风筝。

"都行啊。"陆清酒低着头搅拌着碗里面的鸡蛋，"昨天不是才下过雨嘛，山上还是湿的，等干了再说吧。"

尹寻道："那后天去吧，后天天气可好了。"

陆清酒道："好。"

尹寻见陆清酒同意了，才微微松了口气，他就是担心陆清酒心情太糟糕，想找点乐子让陆清酒心里头舒服点。

因为陆清酒精神不太好，做的饭也比平时简单了一点，他蒸了一大碗粉蒸肉，又煮了青菜汤，炒了个回锅肉，还做了个红枣糯米饭。枣子是蜜饯的，味道很甜，和糯米饭一起蒸了之后甜味便散到了糯米里面，吃在嘴里甜滋滋的。

陆清酒挺喜欢这类带甜味的菜肴，比早晨多吃了一点。

饭桌上，尹寻说起了后天出去踏青的事，白月狐在旁边听着不置可否。

"我能出去吗？"陆清酒忽地问道。昨天白月狐说那条龙逃走之后极有可能来找他，就这么出去踏青，不知道会不会遇到什么危险。

"可以。"白月狐也察觉到了陆清酒情绪不高，他点点头，"总不能一直待在家里。"

这倒也是，陆清酒又吃了一口甜腻腻的蜜饯枣子，感觉心情好了一点。

下午的时候，陆清酒打起精神，用烤箱做了一些甜点。甜点是比较简单的曲奇饼干，不过在用了牛牛产的牛奶之后，饼干的味道特别香，陆清酒还想着要不趁着春天家里也种点小麦，来年的面粉都有着落了。本来他们这里很少有人种小麦，但白月狐那特殊的种地技巧不用的确有些可惜……

院子里上个月种下的果树苗也在噌噌噌地往上长，看着它们的长势，陆清酒怀疑可能今年秋天的时候就能结果，只是不知道果子味道怎么样，但想来白月狐在，肯定差不到哪里去。

小时候，春天来了，陆清酒的姥姥就会带他俩去山上玩，摘点野果，放放风筝。那时候条件不好，风筝都是自己糊的，姥姥通常会给陆清酒糊个蝴蝶，给尹寻糊个蜜蜂，然后到了山上就看着两个小娃娃满山乱跑，跑到后来，手里的风筝线绷得直直的，漂亮的风筝也飞到了天空中。

家里是没有风筝的，陆清酒本来打算下午去镇上买一个，谁知尹寻自告奋勇，说自己会糊风筝，糊出来的保证很好看。

陆清酒对他的自信保持怀疑的态度，不过见尹寻拍着胸脯承诺的样子，他决定还是给他的傻儿子一个机会。

糊风筝的纸就是普通的纸，骨架是尹寻带回来的竹子，把竹子劈成竹条之后便可以做为风筝的骨架，陆清酒坐在旁边，看见尹寻这风筝做得像模像样的，倒是有些惊讶。

"你做的什么风筝？"陆清酒问他。

"鱿鱼。"尹寻回答。

陆清酒："游鱼？"他想了想，觉得鱼形的风筝好像也不是很奇怪，便放了心，给尹寻准备好颜料之后便去院子里做其他的事了。趁着天气好，他想把猪圈打扫一下，把里面的稻草全部换一遍。

等到陆清酒做完了事再转身回去的时候，他看到了尹寻口中的"游鱼"整个人惊呆了。

陆清酒："……这是啥玩意儿啊？"

尹寻："鱿鱼啊。"

陆清酒："这游鱼怎么还有须须的？"

尹寻："鱿鱼不都有须须的吗？"

陆清酒缓了一会儿："等等，你说的游鱼是哪两个字？"

尹寻："……鱿鱼就是炖鸡的鱿鱼啊。"

陆清酒瞬间服了。这尹寻把风筝做得贼大，色调全是黑的，就两个眼睛涂成了亮黄色，下面的须须又长又细，陆清酒都能想象出这风筝飘在天空上吓哭小孩儿的情景了。

不过做都做好了，凑合着用吧，陆清酒决定还是什么都别说了。

尹寻一口气做了两个风筝，形状和颜色都很一言难尽，但为了不打击孩子的积极性，作为父亲的陆清酒决定还是忍了。

尹寻却已经开始期待后天的踏青了。

虽然没什么能力，但尹寻预报天气的效果还是很好的，接下来的两天都是大晴天，第三天的早晨，陆清酒早早地备好了食物，一家人就这么踏青去了。

小花、小黑、小狐狸也跟了过来，三人三动物，浩浩荡荡地上了山。

水府村靠近山顶的位置有个比较宽敞的平台，春天的时候风特别大，很适合放风筝。

尹寻一手拿着他的黑色大鱿鱼，一手拿着一只看不出是什么动物的风筝，跟在陆清酒身后颠颠地跑，陆清酒还得回头招呼他别摔了。白月狐还是一副懒懒散散的样子，他的头发又恢复成了短发，只是这次是陆清酒动手剪的，他没有给白月狐剪太短，大概就是不影响吃饭的长度，但也比白月狐自己动手剪的狗啃发型好多了——虽然白月狐那长相剪什么发型都完全不影响他的美貌。

山上的风带着花的香气，树林间草丛中，皆能看到各色的野花。其间有蜜蜂、蝴蝶环绕，和冬天的死寂相比，处处充满了生机。

三人拿着风筝和放满了食物的竹篮顺着山路走到了山顶上。感受着山顶上那强烈的风，尹寻迫不及待地拿出了他的风筝，在山间奔跑了起来。本来陆清酒来之前还有点怀疑尹寻的风筝能不能飞起来，谁知道尹寻刚在台子上跑了一圈，那鱿鱼风筝就腾空而起，一路奔着天空去了。

尹寻像个小孩儿似的哈哈大笑："看，看，我的风筝飞起来啦！！"

小花、小黑跟在他身边跑，尹寻见它们也想玩，便把风筝线缠在了小花的小猪蹄子上，结果山顶的风太大，小花又太小，差点被风直接给带到半空中，还是被陆清酒眼疾手快地抓住了它的小尾巴，才避免了惨剧的发生。

"你守着小花玩风筝，它一个小猪多不安全。"陆清酒像个教训孩子的大人，"别出意外了。"

尹寻乖乖地说："好。"

搞定了尹寻，陆清酒把带来的竹篮打开，将竹篮里面的布铺在了绿色的草地上，再在布上摆满了各式各样的食物。有用保鲜盒装好的炖肉和炸鸡，还有早上起来烤的草莓饼干和苹果蛋糕，陆清酒还记得带上了几瓶用冰毛巾裹起来的汽水。

白月狐在陆清酒旁边席地而坐，抬头看着天空中的风筝。

陆清酒站在旁边，笑着道："我们小时候都喜欢在风筝线上面系草，系草的时候在心里默默地许愿，据说这样可以给天上的神明送信，让神明帮忙实现自己的愿望。"

白月狐道："神明实现你的愿望了？"

陆清酒怅然："当然没有。"

白月狐听到这话，便垂了头，随手从身侧的草地里拔了一根绿色的草，递给陆清酒："再试试？"

陆清酒笑了："行啊。"他拿着草到了尹寻的旁边，把草系在了风筝线上，接着尹寻便开始放线，让风筝飞得更高，连带着陆清酒的那根草也飞到了半空中。

至于陆清酒许了什么愿望，倒也不太重要了，毕竟天空中根本没有神明，既然没有神明，那谁来满足他的愿望呢？

尹寻和小猪、小狐狸玩得不亦乐乎，甚至想要尝试把小狐狸绑在另外一个风筝上放飞，陆清酒作为家长，无情地阻止了这群熊孩子作死的举动，表示狐狸是不能飞的，要是掉下来估计全村都要来他们家吃饭了。

尹寻："为啥全村要来咱们家吃饭啊？"

陆清酒："为了参加你的葬礼啊。"

尹寻："……"

最后尹寻表示还是不要麻烦村里人了，乖乖地把风筝系在了一棵小树上，然后坐下开始吃东西。

炸鸡是陆清酒自己做的，裹上了一层薄薄的面包糠之后温油慢炸，炸完之后外皮酥脆，里面软嫩多汁，一口咬下去鸡肉淡黄色的汁水便从中溢出。因为是小鸡，所以连带着骨头都是脆的，稍微用点力，便碎在了口腔里。

陆清酒喝着冰的碳酸饮料，吃着还冒着热气的炸鸡，觉得生活其实还是很美好的，也没有那么多过不去的坎。

吃到一半的时候，陆清酒突然想上厕所，他放下手里的食物，用纸巾擦了擦自己的手，道："我去上个厕所。"

"唔。"尹寻嘴里塞着个鸡腿儿，"早点回来，不然鸡都被我们吃光了。"说着还看了白月狐一眼。

白月狐冷冷瞪回去，尹寻秒怂，把鸡腿儿从嘴里拉出来，咬了一口："……没事，我会给你留一个腿儿的。"

陆清酒道："就你戏多。"

尹寻假装委屈地哼哼唧唧。

陆清酒走到旁边的树林里，寻了个隐蔽的角落便打算解决问题，只是正准备脱裤子的时候，却注意到自己的脚边好像有什么奇怪的东西，仔细一看，才发现那是一堆黑色的蚂蚁，正在草地里爬动。

如果只是爬也就算了，陆清酒却感觉这些蚂蚁爬行的轨迹非常奇怪，在仔细辨认后，他愕然辨认出，这群黑色的蚂蚁爬行的路线竟形成了两个汉字：阿酒。

阿酒，这是陆清酒姥姥对陆清酒的称呼，除了那位已经过世的老人之外，很少有人会这么叫他。

陆清酒的后背上起了一层鸡皮疙瘩，他还来不及反应，便看到黑色的蚂蚁又变化成了另外两个汉字：过来。

阿酒，过来——他的耳边仿佛响起了老人温柔的轻呼，陆清酒着了魔似的，脑子里变得一片空白，只剩下一个念头，他要过去看看，他的姥姥在叫他。

黑色的蚂蚁们形成了一个个路标，引着神色恍惚的陆清酒朝着林子中央去了，阿酒，过来，阿酒，过来……陆清酒的脑海里不断地回荡着姥姥的呼唤，直到他的面前出现了一个陌生的男人，陆清酒才从这种恍惚的状态中抽离出来。

"你……你是谁？"陆清酒心中已经隐约猜到了男人的身份。

男人逆光站在密林的深处，他穿着一身黑色的、和白月狐的衣着有些相似的长袍，头发披散在肩膀上，他闭着眼睛，虽然面容有些模糊，但依旧能品出俊美的味道。

不知不觉中，陆清酒已经走到了森林的深处，周围全是陌生的景色。原本吹拂着脸颊的微风也凝固了，树林间没有鸟鸣，只余一片寂静。

男人朝着陆清酒走了过来。

陆清酒见状条件反射般地转身想跑，可却因为太过慌乱，被地上的石头绊了一下，整个人朝前踉跄几步，最终还是失去平衡，跌坐在了地上。

"啊！"陆清酒的手心刚好按在一块尖锐的石头上，皮肤被划破的刺痛让他不由自主地叫出了声。

男人的眼睛是闭着的，但显然已经察觉出了面前发生的一切，他微微蹙眉，朝着跌倒的陆清酒走了过来。

陆清酒看着男人在自己的面前停下脚步，形成一个逆着光的剪影。

"你带我来这里做什么……"陆清酒本应该感到恐惧，但看着男人近在咫尺的脸，他却意外地平静了下来，甚至能礼貌地问出自己想问的问题，"有什么事吗？"

男人没说话，半蹲下身来，虽然闭着眼，可陆清酒却有一种被他凝视的错觉。

"是你杀了我的父母吗？"陆清酒说，"你还想杀了我吗？"

男人的嘴唇微微抿起，露出一个紧绷的弧度，陆清酒感觉他想说什么，但他却只是微微摇了摇头，什么都没说。

"你不想杀我？"陆清酒放松了下来，他感觉到眼前俊美的男人似乎对他没有什么敌意，至少目前没有，"那你想告诉我什么？"

男人对陆清酒伸出了手，示意他将手搭上来。

陆清酒见状略微有些犹豫，在思考是否要这么做。但就在他思考的时候，身后的林子里却传来了白月狐的声音："陆清酒，陆清酒你在哪儿？"他的声音非常焦急，显然马上要找过来了。

男人眉头皱得更紧，他没有再给陆清酒犹豫的时间，直接抓住了他的手，然后用手指在他的手心里写了一个字。

一笔一画，只是一遍，陆清酒便明白了这个字是什么。

那是一个"走"字，眼前陌生的男人在让他离开。

"什么意思？"陆清酒有些茫然，"你让我走？走？我为什么要走？"

伴随着白月狐越来越近的喊声，男人的脸上出现了些许焦急，他张开嘴，想要说点什么，却只能发出喑哑的不明所以的音节。坐在他面前的陆清酒，却清楚地看到男人的口腔之中只有半根残破的舌头。

眼前这人毫无疑问就是那头被困在深坑之中的黑龙，他从囚笼之中逃出，找到自己，难道就是为了在自己的手心里写上一个字？

白月狐的叫声就在陆清酒的身后，他只要推开几棵小树，便会出现在陆清酒的眼前。

男人也知道自己没时间了，他抬手轻轻地抚摸了一下陆清酒的头，脸上挂着带着悲哀的笑容，随后便转身，转瞬间就消失在了陆清酒的面前。

陆清酒还想听男人说些什么，但男人显然并不想和白月狐见面，走时的姿态无比决绝。

"陆清酒！"白月狐焦急的声音在陆清酒的身后响起，他看到陆清酒坐在地上，急忙几步向前按住陆清酒的肩膀，"你没事吧？他没对你做什么吧？"

"没有。"陆清酒看了白月狐一眼，鬼使神差地，他没有告诉白月狐那个男人在他手上写的字，而是摇摇头，"他好像不能说话。"

白月狐道："你受伤了？"

陆清酒的手心在刚才跌倒的时候被旁边的石头划破了，这会儿血流满了整个手掌，他刚才所有注意力都在那个男人的身上，完全没有意识到，这会儿白月狐一说，才感觉自己手心火辣辣地疼了起来。

"不小心跌了一跤。"陆清酒有点不好意思，"小伤，回去抹点酒精就行了。"

白月狐不置可否，他的鼻子微微翕动，像是在嗅着什么气味，随后眼神严肃地凝视着陆清酒："你身上有他的味道，他碰你了？"

陆清酒哑然片刻，尴尬地解释："没，就是牵了一下我的手。"还摸了摸我的头。

白月狐抿起了唇，严肃的表情倒是和男人有几分相似，接着，他做了个陆清酒没有想到的动作——低下头，一点点将陆清酒手心里的血迹舔舐干净了。

陆清酒道："别，很脏的！"

白月狐有点不高兴："吃了也不会生病。"

陆清酒道："可是……"

白月狐道："必须得清理干净。"

这句"清理干净"，本应该指的是伤口，可陆清酒却莫名地感觉到其中隐藏了别的含义，白月狐的动作如此认真，让他一时间竟然不知道该如何拒绝，等到彻底反应过来的时候，白月狐的动作已经停止了，他被白月狐从地上拉了起来，乖乖地站在原地，由着白月狐给他整理身上狼狈的痕迹。

白月狐突然有些闷闷地问："他是不是还碰了你的头发？"

本来理直气壮的陆清酒因为这句话居然一下子心虚了起来，他嘴巴开开合合，半晌后才小声地说了句："他就摸了一下。"

"摸也不行。"白月狐冷冷地说，"最好看都别看。"

陆清酒："……"唉。

白月狐牵着陆清酒的手，把他从林子里领了出去。陆清酒这才发现他并没有离开他们野炊的地方太远，只是偏离了很短的距离。

"清酒，你没事吧！！"尹寻见白月狐把陆清酒领回来，松了好大一口气，他刚才脑子里已经过了无数个恐怖的猜想，最害怕的就是白月狐带出一具残破不堪的尸体，或者说……连尸体都没有了。

"我没事。"陆清酒道，"他好像对我没什么恶意。"

"没恶意？"尹寻嘟囔道，"没恶意他把你带走做什么？吓得我都出了一身冷汗。"万幸的是白月狐把人完整地带回来了。

陆清酒无奈道："他要是对我有恶意，我现在已经没了。"虽然那龙遭受了酷刑，但依旧是龙，再强悍的人类在这种神话生物面前，也不过是蝼蚁般的存在。

尹寻撇撇嘴，显然不太同意陆清酒的话，在他看来，偷偷把陆清酒带走的，都不是什么好东西。

　　不知不觉，天色已经暗了下来，陆清酒完全没有察觉自己离开了那么久。

　　今天的踏青也到此结束，他们收拾好东西，准备下山了。只是在离开山上的时候，陆清酒却不由自主地朝着山林之中望了一眼，他有种感觉，那个男人还在这里，只是没有现身罢了。

　　手心里受的伤被白月狐的唾液清理干净以后，感觉不到太多疼痛了，但男人修长的食指在上面留下的字迹却如同灼烧的烙印，让陆清酒无法忘记。

　　"走"？"走"是什么意思？是要自己同他一起离开，还是有什么别的含义？他逃离那里，就是为了告诉自己这么一个字吗？

　　陆清酒实在是想不明白，不由得叹了一口气。

　　尹寻道："你叹气做什么？"

　　陆清酒答非所问："明天吃鱿鱼算了。"

　　尹寻："为啥？"

　　陆清酒："因为总感觉你的风筝也是一股子鱿鱼味。"

　　尹寻："……"鱿鱼怎么了，这不飞得挺高吗？

帝少昊，传说出生之时五凤翔空，可管理百鸟，居住之所无论草木、石头还是鸟兽，都长满了美丽的花纹，是个很浪漫的神。

"你就是陆清酒吧。"少昊的声音很温和，看起来是个脾气不错的人，他走到九凤旁边，对着陆清酒伸出手，"久仰。"

陆清酒已经习惯了自己被"听说"这件事，伸出手和少昊握了握，招呼着两人进了院子。

锅里还煮着东西离不开人，陆清酒让尹寻拿了些零食给两人吃，自己又回了厨房。

"他们来咱家干什么？"尹寻对陌生人向来都很警惕。

"不知道。"陆清酒说，"好像是来找白月狐的。"

尹寻"哦"了一声，把零食给两人端了出去。

这些零食有些是在镇子上买的，有些是陆清酒自己做的，味道都很不错，九凤看见零食吞了吞口水，也没客气，伸手就开始吃，边吃边和少昊说："你快尝尝，可好吃了。"

少昊闻言略微有些犹豫，但看九凤吃得那么开心，还是伸手将脸上的口罩取了下来。口罩取下之后，尹寻才发现这人脸上下半部分生着些黑色的花纹，几乎掩盖住了他半张脸，这些花纹都十分精美，只是这么出现在脸上，莫名让眼前的人多了几分诡谲的气质。

尹寻也没敢多看，把零食放下转身就走了。

少昊看着他的背影，问了句："他就是山神？"

"是啊。"九凤嘎吱嘎吱嚼着陆清酒晒的红薯干，一脸满足道，"很香对吧？一股肉灵芝的味道……要是能吃就好了。"只可惜有白月狐盯着。

少昊笑道："要是你把他给吃了，白月狐也能加顿餐。"九凤吃了尹寻，白月狐估计也不会放过九凤。

九凤眨眨眼睛："这不是没吃嘛。"

少昊吃了一口红薯干，没有再理会九凤。

白月狐从地里回来的时候，带了一大堆蔬菜，他头上戴着草帽，脚上穿着橡皮靴子，怎么看都是一副农家子弟的样子。他进院子之后看到坐在院子里的两个客人，也没打招呼，先进厨房把手里的菜递给了陆清酒。

"你朋友来找你了。"陆清酒道。

"嗯。"白月狐态度很冷淡。

"他们来找你应该有事吧？厨房里我来，你去陪陪他们吧。"陆清酒说。

白月狐点点头，转身出去了。

只是白月狐的表情有点不对劲，陆清酒觉得有些奇怪，他多长了个心眼，洗菜的时候专门走到了靠近窗户的位置，这窗户正对着院子，隐约能听到院子里几人对话的声音。

"月狐，好久不见。"少昊说。

白月狐直接在少昊的对面坐下："怎么了？"

少昊道："这边有个事情，你要不要接？"

白月狐："不接。"

少昊听到白月狐如此果决地拒绝了，似乎有些惊讶，他道："价格挺高的，真不接？"

"不。"白月狐道，"以后都不用来找我了。"

少昊："……真不去？"他坐直了身体，用不可思议的眼神看着白月狐，"这不像你啊。"

白月狐微微扬了扬下巴，表情略微有些骄傲："不用了。"

九凤在旁边小声道："我就说他现在过得可好了，你请不动他，你还不信我。"

她又啃了两根红薯条，悲伤垂泪："哪像我，有一顿没一顿，吃了上顿没下顿。"

少昊面色古怪地朝着厨房看了一眼，陆清酒赶紧往旁边一缩，却还是有种被看见了的感觉。这几人的对话很奇怪啊，少昊来找白月狐干吗？这听着怎么像是在勾引自家孩子出去打工？陆清酒越想越觉得不对劲，把耳朵竖得直直的，生怕听漏了什么。

"以后都不用找我了。"白月狐说，"我不做了。"

少昊道："你这生活水平直线上升啊，你看这样行不，我给你加五百块钱……"

白月狐："五百？"

少昊："够你吃一顿小笼包了。"

在后面偷听的陆清酒心情格外复杂，啥五百块，这少昊要带白月狐去干什么事儿啊就给白月狐五百，他家狐狸精是五百块请得到的吗，别说五百了，五千都休想。

但显然，白月狐的脑回路和陆清酒不太一样，陆清酒居然从他的沉默中感受到了迟疑。陆清酒实在是不敢相信，他家种田小能手居然被五百块钱蛊惑了！

"去吗？"少昊嚼着坚果，又问。

白月狐道："我想想。"

陆清酒实在是听不下去了，把手里的菜一放，气势汹汹地从厨房里走了出来，对着院子里聊天的三人露出一个假笑："聊什么呢？"

“他请我去做点事。”白月狐倒是很坦白。

“做什么？”陆清酒实在是想不到什么事花五百块能请到白月狐。

少昊见陆清酒这一副护犊子的模样，却笑了起来：“你别急，我只是请他去帮我吃点东西。”

“吃什么？”陆清酒像个看见自家孩子被诱拐的家长，满目狐疑。

“我的领地里来了一群名为幽鴳的动物。”少昊说，“一直在猎杀我养的鸟儿，因为数量太多，清理起来比较麻烦，所以想让白月狐帮帮忙。”

陆清酒道：“你给多少钱？”

少昊道：“平时一次给一千，这次多加五百。”所以就是一千五了。

陆清酒道：“一千五？这幽鴳好吃吗？”他问的是白月狐。

白月狐摇摇头：“难吃得要命。”

陆清酒：“和雨师妾的尸体比起来怎么样？”

白月狐稍作思量：“稍微好一点。”他停顿片刻补充道，“至少肉是软的。”

陆清酒对着白月狐露出怜爱之色，他家狐狸精过的都是什么日子啊……

少昊显然已经看清了陆清酒是白月狐饲主这个事实，有些无奈地摊了摊手：“好了，我知道你不会让他接了，但至少让我蹭一顿午饭吧？”

陆清酒道：“行啊，今天正好是尹寻的生日，你和九凤留下来吃饭吧。”

九凤闻言又开始高兴地和自己的另外八个脑袋吵吵闹闹，直到把白月狐吵烦了才不甘心地安静下来。

少昊吃了一些零食后，便停下了动作，又重新戴上了口罩。

尹寻好奇地问他这些花纹是不是他自己纹上去的，少昊摇摇头：“不是，是我天生就有的，有些人看了害怕，我便遮住了。”

与完全远离人群的白月狐和九凤不同，少昊似乎是生活在人类社会，而且陆清酒还注意到了他开到门口的那辆车，是辆保时捷的超跑。这车停在他们家门口简直和他们家朴素的风格格格不入。

不过这倒是让陆清酒有些好奇，为什么有的神话生物就能融入人类社会，有的却不行，他说出自己的疑问后，少昊笑着说了句：“因为那些生物在神话里就是跟着人一起生活的，或者本身就是人。”

陆清酒道：“所以如果不是亲近人的神话生物，就不能融入人类社会？”

少昊："唔……也不能这么说。"他拿白月狐举了个例子，"比如白月狐，要是想去人类社会打工，那他花费出去的力气，还不够他赚回来的东西。"

陆清酒道："那是他没找到正确的工作方式吧……"就凭白月狐这张漂亮的脸，当个花瓶明星已然绰绰有余，就算不去演戏，拍拍硬照什么的应该还是很受欢迎的。

"没办法嘛。"少昊摊手，"他又没身份证，又没户口本，还没学历……"眼见白月狐的表情越来越阴郁，少昊赶紧补了句，"当然，这些东西也不是很重要。"

白月狐没说话，拿起一根红薯干，咔嚓一声咬断了。

少昊尬笑两声，觉得自己的脖子有点凉，他真是有点飘了，也就是趁着陆清酒在场白月狐不敢发飙，这才不要命地调侃了一下。

陆清酒越听越觉得悲伤，他家狐狸精这些年来是受了多少委屈啊，以前连种菜的种子都买不起，路过包子店只能吸吸口水忍过去。如此一想，心中登时生出了父亲般的怜爱，恨不得把白月狐抱入怀中摸摸他的脑袋告诉他一切都有爸爸。

少昊虽然没有请到白月狐，但好歹蹭到了一顿午饭，看样子是相当心满意足。

陆清酒让白月狐拒绝少昊的邀请后，这才放心地进了厨房，把剩下的菜烧完。

尹寻已经好久没有过过生日了，蛋糕端上来的时候他激动得热泪盈眶。陆清酒把提前做好的纸皇冠给尹寻戴在脑袋上，又在蛋糕上点上蜡烛，几人一起给他唱起了生日歌。

尹寻在那儿呜呜直哭，说谢谢陆清酒给自己重新做人的机会。

陆清酒："……"算了，不要和小孩儿计较。

蛋糕是榴莲千层，陆清酒昨天晚上就做好了，放在冰箱里冻着，这会儿拿出来切成几块儿，等着尹寻吹灭蜡烛之后分给大家。这千层做得很成功，卖相也挺好看，奶油里面带着榴莲打成的酱，味道浓郁。

吃掉作为开胃甜点的蛋糕后，接下来就是一桌子的正餐。鸡鸭鱼肉应有尽有，陆清酒把平时尹寻喜欢吃的菜统统做了个遍。

少昊尝了一口陆清酒做的菜，露出惊艳之色："手艺不错。"

陆清酒有点不好意思："都是白月狐种的菜香，还有这葱茸的肉，随便炒一下都很好吃。"

少昊笑道："你太谦虚了。"

陆清酒没再说话，他其实真的觉得自己的手艺很普通，主要是平时也没什么其他的事可以做，所有精力都放在了吃上面，再加上食材特殊，味道比一般的食物好是正常的。

九凤和白月狐全程就没说过一句话，两个人吃饭都跟打仗似的。

少昊的胃口倒是和人类差不多，几乎是和陆清酒一起放下筷子。陆清酒有些惊讶："你不吃了？"

"饱了。"少昊擦擦嘴，"有空的话，来我家鸟园子玩玩吧。"

陆清酒应声："好啊。"

酒足饭饱之后，尹寻摸着自己的肚皮表示自己不能再吃了，在椅子上瘫坐下去。少昊坐在旁边看着尹寻，陆清酒注意到，似乎从进门开始少昊就对尹寻很感兴趣。尹寻这个粗神经的完全没有意识到。

"他很特别吗？"陆清酒问了一句。

少昊意识到陆清酒是在问自己，笑了起来："没有，我只是觉得他身上的香气很诱人。"

本来已经瘫软得快要睡着的尹寻听到这话立马醒了，他可没有自恋到会觉得少昊对自己有什么别的意思，作为一坨人形零食，他清楚地认识到了自己在食物链最底端的残酷现实，这少昊夸他香气诱人，基本上就等同于在夸他好吃了。

陆清酒道："你吃过肉灵芝？"

少昊说："吃过。"他舔舔嘴唇，"味道不错。"他说着对尹寻笑了一下，虽然笑容挺温和的，但是却让尹寻紧张得眼睛都瞪圆了。

陆清酒道："他是我朋友，你就别挂念着了，吃点别的吧。"

少昊道："好。"

话题到此结束，吃饱了的少昊和意犹未尽的九凤起身告辞，陆清酒看着两人走到门口，上了跑车，消失在村子尽头，才转身回了家里。

尹寻见少昊走了，说："这人真是人面兽心，居然光明正大地在当事人面前讨论当事人好不好吃……"

陆清酒觉得有点好笑，但怕尹寻生气没笑出来，伸手拍了拍他傻儿子的肩膀。

白月狐吃饱后又去院子里躺着了，陆清酒突然想起了什么，到房间里拿了外套，然后把尹寻也叫到了院子里。

"我决定给你们发点零花钱。"陆清酒把自己的钱包从外套里掏了出来，心想：他家狐狸精和小山神都这么大了，身上肯定得有点零花钱，不然突然再来个少昊，花个五百块就把两人给骗走了可怎么办。平时买东西都是他亲力亲为，一时间也没有注意到这事儿，少昊倒是给陆清酒提了个醒。

"钱？为什么要给我们钱啊？"尹寻茫然地看着陆清酒，显然不明白为什么陆清酒突然提起这事儿。

陆清酒说："留着钱可以买零食嘛，或者什么其他想买的东西，咱们家现在条件很好，吃肯定是吃不完的，所以想买什么就买，也别省着。"他们能过上这样的日子，还真得感谢后院的女鬼小姐，女鬼小姐真是为这个家付出了太多……

尹寻还想说什么，但见陆清酒态度坚决，便没有再坚持己见。

白月狐本来也想拒绝的，可看着陆清酒凝重的神色，最终没把心里话说出口。

陆清酒道："每个月两千的零用钱，不够了再和我要，不准出去乱接活儿——少昊那种活儿接之前一定要先和我说。"他语重心长地嘱咐，"别被五百块就骗跑了。"

白月狐欲言又止。

陆清酒没理他，直接从钱包里掏出来一叠钱，然后数了两个两千块，给两人一人手里塞了一叠。

尹寻看着这么多红彤彤的人民币，手心微微颤抖，道："这也太多了……"他从来没有见过这么多钱，平时都是陆清酒付账，买菜不超过一百块，买大件则刷个手机二维码就行。

白月狐神色凝重："对，太多了。"

陆清酒长叹："拿着！"他就见不得他家那两只受委屈，少昊花个一千五白月狐就得去啃一顿泥巴，这让他完全不能接受。他家狐狸精可爱又毛茸茸，怎么能让他再干这样的粗活儿！

虽然尹寻和白月狐都对这笔巨款表示了不适应，但在陆清酒的坚持下，他们最终还是收下了这笔钱。尹寻说自己想存到银行卡里，而白月狐因为没有身份证，则从杂物房里摸了个旧罐子，把罐子洗干净之后认认真真地把钱数了一遍，然后小心翼翼地塞了进去。

陆清酒道："对了，月狐，你就算没有身份证，应该也有其他法子赚到钱吧。"在他的印象中，龙都是富有的代表，哪至于像白月狐这般穷得连包子都吃不起。

白月狐说："我不能从人类那里直接赚钱。"

陆清酒："为什么啊？"

白月狐："会饿。"

陆清酒有些茫然。

"赚得越多，饿得越厉害。"白月狐缓声解释，"还不如什么都不做。"他在陆清酒来之前，几乎日日夜夜都处于饥饿的状态，人类做的饭菜里会含有人气儿，是很好的充饥食物，但他却没有钱，买不到，于是只能吃文鳐鱼之类的神话生物用以充饥。

陆清酒道："那我给你钱你没有饿吧？"

白月狐摇摇头。

陆清酒这才放心了，他怜惜地看着白月狐，心想：没有自己的日子，这两人是怎么活过来的啊？他一定要好好对他们，给他们最温暖的父爱……呸，是友谊。

少昊离开后没过两天就给陆清酒打了个电话，邀请他去自己的园子里玩，还特意提醒他把全家都带上。

按照古籍的记载，少昊统领百鸟，想来他口中的园子也是非常有趣的地方，被邀请后，陆清酒的确有些意向，便去问白月狐是否能去。

白月狐道："可以去，他家挺漂亮的，你要是喜欢鸟，去看看也无妨。"

不光是鸟类，陆清酒喜欢一切长得漂亮的小动物，当然，要是有软软的毛就更好了。家里的狐狸崽子经过漫长的冬天，总算是把毛给长齐了，看上去不再像贵宾犬，虽然还是傻乎乎地每天跟着两头小猪跑来跑去，但好歹有了个狐狸的样子。

既然白月狐说了可以去，陆清酒便制订了出行计划，这春天嘛，天气这么好，总是待在家里比较浪费，倒不如多出去走走，免得热起来之后又没有了出门的动力。

陆清酒问了少昊的住址后，才得知原来少昊就住在市里面，而且是最贵的那片地段。

"少昊很有钱啊。"坐上自家小货车时，陆清酒想起了少昊那辆漂亮的黑色超跑，"他怎么赚的？"

白月狐说："他卖鸟。"

陆清酒："卖鸟？"

白月狐道："对啊，他卖的鸟一只比一只机灵，买家都当祖宗似的供着，要是你对鸟不好，今天买回去明天就只剩下个笼子了。"如此形成了一个完整的产业链，陆清酒真是佩服少昊的商业意识。

"他的车是什么变的？也是鸟吗？"陆清酒有点好奇，他们家的小货车也能变超跑呢，虽然速度有点慢，但模样够好看不就行了嘛。

白月狐缓缓地说："不，那是真车。"

陆清酒："……"少昊是真的很有钱。

三人坐着小货车到了少昊说的地址，陆清酒停下车才发现少昊住的是市中心独栋大花园别墅，这片地方房价本来就不便宜，这么一大片陆清酒都不敢去想得要多少钱。所以如此富有的少昊，请白月狐这个廉价劳动力居然才肯加五百块，天哪，这简直是资本家对贫苦大众的剥削。

陆清酒按响了门铃，片刻后大门打开，一个管家模样的中年男人出来接待了他们。

"先生已经在花园里等着各位了。"管家微笑道，"各位这边请吧，你们的车我们会帮你们停好的。"

陆清酒点点头，三人顺着管家指引的方向去了。

这栋花园别墅非常漂亮，看得出经过了精心的打理，四处都是盛开着的花和修剪成各种形状的草木，只是让陆清酒感到奇怪的是，他没有在园子里看到一只鸟，也没有听到鸟叫。

怀着这样的疑惑，陆清酒终于看到了坐在后花园里的少昊。

少昊旁边就是九凤，只是前两天还神采奕奕的姑娘这会儿蔫答答地躺在草地上，一副马上要断气的样子。少昊面前的石台上放了四杯冒着热气的茶，看见他们三人来了，便笑着扭头对着他们招了招手，示意他们快过去。

"九凤怎么了？"陆清酒有些疑惑地问了句。

"吃了难吃的东西。"白月狐道，"看来那批幽鴳肉质比较老。"

陆清酒："……"这姑娘有点惨啊。

少昊道："你们是想先坐着休息一会儿，还是直接去看鸟？"他没有戴口罩，下巴上的花纹格外刺眼，起初看着会让人觉得有些突兀，但看久了，却有种异域美感。

"直接去看鸟吧。"陆清酒说道，虽然花园也很漂亮，但他还是对少昊养的鸟更感兴趣。

"走吧。"少昊起身，朝着花园深处走去。

他们三人跟在后面，白月狐显然是这里的常客了，再加上每次来这里都没什么好事，所以从头到尾都是一副兴致缺缺的样子，倒是尹寻和陆清酒一路上都在颇有兴趣地四处观望，左看看右看看。

少昊带着他们走过了一条由紫藤萝构成的隧道，隧道很长，蜿蜒曲折，简直像是在走没有尽头的迷宫。再往前走，陆清酒明显感觉自己似乎已经离开了少昊原来的花园，通向了另外一个世界。

大约走了十分钟，少昊的脚步慢了下来，周围的紫藤萝也开始变得稀疏，陆清酒隐约听到了清脆的鸟鸣。

"快到了。"少昊笑着说了一声，"你们身上没带现金吧？"

"现金？"陆清酒说，"带了一点，怎么了？"虽然现在都是移动支付，但他还是会习惯性地带一部分现金，免得什么时候需要用。

"多吗？"少昊问。

"不多。"陆清酒满目茫然。

"不多就好。"少昊笑了笑，"你知道吗？有时候鸟也会比较无聊。"他话音落下，伸手掀开了面前紫藤萝形成的帘子，将他的世界展现在了陆清酒等人的眼前。

陆清酒看到了一座山，山上草木葱郁，绿树成荫，其间有乱石无数，石头上全部文着各式各样的美丽花纹，但这并不是最吸引人的，最吸引人的，是山上无数的飞鸟。有的鸟飞在天空中，巨大的翅膀舒展开，彩色的羽毛和艳丽的头冠瞬间便吸引了人的眼球；有的鸟落在草丛里，身上有淡黄色的绒毛，脸颊上有一团可爱的粉色红晕，堆在一起的模样简直像是乖巧的毛绒玩具；有的鸟身姿纤细，模样有些像仙鹤，但是身形比鹤大了很多，修长的脖颈微微弯曲，黑白相间的羽毛更是为它增添了几分水墨般的仙气。

这些鸟看到来到这里的少昊，一齐发出清脆的鸣叫，显然是在欢迎这片领地的主人。

"幽鹚吃干净了吗？"白月狐在进来之前问了句。

"差不多了，只剩下一小撮。"少昊道，"你要是不介意……"

白月狐："我介意。"

"啧。"少昊露出遗憾之色。

四人走到了山林前，陆清酒看清楚了这座山的全貌，不得不说，这座山实在是太漂亮了，山底下有清泉环绕，虽然树木茂密，但并不阴森，阳光透过树梢在地面上印下斑驳的光影，给人的感觉很是静谧。他们脚下的草和一般的杂草不同，如同一块厚重的毛毯，陆清酒用手在上面压了压，只感觉到了柔软。

"太美啦。"尹寻眼睛都看花了。

"我带你们上山看看吧。"少昊笑道，"大鸟们都在山上呢。"

陆清酒期待道：“好啊。”

白月狐闻言却挑了挑眉，道了句：“哪些大鸟在？”

“都在呢。”少昊说，“燕子刚回来……这不，这几天还嫌无聊呢。”

几人往山上走的时候，白月狐简单地和陆清酒说了一下少昊的鸟儿们，无非就是少昊当年建国时创立了一套非常特殊的制度，定凤凰为百鸟之王，旗下燕子、伯劳、鹦雀、锦鸡分管春夏秋冬，当然别的鸟儿也有各自的职责，但在这个体系下，这几只鸟的地位是最高的。

“还有凤凰？”陆清酒一听眼睛就亮了起来，“凤凰很漂亮吧？”

白月狐：“就那样吧。”

陆清酒道：“那今天能看见凤凰吗？”

“能。”少昊笑道，“它就在山顶上，估计这会儿在和其他鸟玩呢。”

陆清酒听得越发期待了起来，在他的想象中，到了山顶就能看见凤凰和其他鸟嬉戏的场景，龙都这么漂亮了，凤凰肯定也和传说中的一样美。

白月狐在旁边嘴唇微微动了动，似乎想要说什么，但看见陆清酒这期待的样子，最后还是沉默了下来。

山路虽然有些陡峭，但好在身边的景色够美，陆清酒倒也不觉得枯燥。少昊一边走，一边和陆清酒介绍着周围看见的鸟儿的名字，陆清酒这才发现，这里的鸟大部分都是人类世界里能看到的鸟，他甚至还看到了一些已经灭绝了的种类。

少昊的领地，就像是一个专门给鸟儿们准备的桃花源。

快到山顶的时候，陆清酒心中的兴奋已经到达了顶点，只是当他拐过一个弯到达一片开阔的草地上时，却听到几个很不合时宜的声音。

“三万！”

“碰！”

“和了！”

“你怎么又和了，你是不是在出老千！”

“哎，输不起就别玩啊，我这么老实的鸟怎么会出老千呢！”

陆清酒和尹寻的表情都凝固在了这一刻，好不容易爬到山顶上的他们，看到了坐在石台旁边搓麻将的四个人。

陆清酒缓缓扭头，看向了少昊：“他们在干吗啊？”

少昊："搓麻将啊。"

陆清酒强行镇定了一下，告诉自己那一定不是真的："你说的大鸟呢……"这山顶上连个小鸟的影子都没看到，更不用说漂亮的大鸟了。

少昊："搓麻将呢。"

陆清酒："啊？？"

少昊："他们就是大鸟。"

那四个人听到了他们的对话，手上的动作停了下来，齐齐朝着这边看了过来。陆清酒这才注意到他们几人的发色都和常人有所不同，有黑白相间的，有红红绿绿的，其中最惹眼的是那个顶着彩色头发的姑娘。

陆清酒感觉自己意识一片模糊，所有的梦想瞬间破灭了。大约是他受到打击的表情太过明显，少昊带着安慰的语气来了句："不然让他们变出原形给你看看？"

陆清酒："不……不用了。"

"小哥哥，来搓两圈不？"顶着一头彩色头发的姑娘冲着陆清酒招招手，态度热情地对他发出了邀请。

陆清酒此时终于明白了少昊为什么要问他有没有带现金，这群鸟居然在山顶上聚众赌博……

少昊扭头看向自己的鸟儿们："你们变回原形吧。"虽然陆清酒说不用，但看他这副被打击得快要晕过去的样子，他还是觉得不能再继续刺激他了。

四只鸟听了少昊的话，互相看了看，随即竟真的变回了原形。他们的原形比普通的鸟大了很多，站起来几乎有一个成年男人那么高。

不得不说，虽然看到了他们打麻将的场景，但陆清酒还是没骨气地被他们的原形吸引住了。这几只鸟各有各的风韵，燕子清俊、伯劳英美、鹦雀秀丽、锦鸡美艳——如果他们面前没有那一桌麻将就更好了，陆清酒有点痛苦地想。

但缓了缓后，陆清酒还是接受了这个残酷的事实，并且得知了鸟儿们无聊喜欢搓麻将这个事实。

"要不要来几盘啊？"锦鸡估计就是那个一头彩发的姑娘，鸟嘴里说出的是人类的语言。

"我没带多少钱。"陆清酒道。

"没事啊。"燕子是个男人，无论是人形还是鸟形看起来都很绅士，"我们打得小。"

陆清酒还想拒绝，但被这四只如此期待地盯着，莫名地有点说不出话来，他道："再说你们四个不是已经齐了吗？"

"哎呀，我可不想和伯劳一起打牌。"锦鸡说，"他技术太烂了。"

伯劳："……"

旁边的燕子和鹦雀表示赞同。

被排挤的伯劳露出悲伤的表情，道："你们这群坏人，凑不到角儿的时候可没嫌弃我的牌技。"

陆清酒再也看不下去他们用鸟形吵架了，这看久了真是要产生心理阴影的，于是赶紧让他们变回人形，说搓两圈也可以，只是白月狐和尹寻怎么办啊？这两人都不会打牌，坐在旁边多无聊。

"我就在你旁边看着。"白月狐对这个鸟园没什么兴趣，他被少昊抓来当苦力的时候早就把整个院子看遍了。

"我可以带他到处转转。"少昊笑道，"不用担心，我不会让他无聊的。"

按理说少昊长得也不差，笑起来看着也挺温柔的，只是尹寻看着他的笑却背后一凉，莫名地有些害怕了起来，但还没等他说出拒绝的话，少昊就伸手按住了他的肩膀，冲着他眨眨眼："不想去看看吗？"

尹寻："我……"其实他挺想再转转的，不过……

陆清酒以为他是不好意思，便安抚道："去吧，没事儿的，我们就在这儿打牌，你要是想回来了，就让少昊带你过来。"

尹寻这才"嗯"了一声，被少昊领走了。

这边陆清酒和几只鸟搓上了麻将，那边尹寻被少昊领着去了园子的另外一边。不得不说这个鸟园特别美，对于几乎没有出过水府村的尹寻来说充满了诱惑力。少昊跟在尹寻的身后，和之前一样介绍着周围鸟儿的名字和习性，尹寻听得津津有味。他们边走边聊，慢慢走到了一座小桥上，那断桥下面是清澈的河水，河水里还有金色的锦鲤在水中游动，因为河水太过清澈，这么看起来甚至觉得这些鱼是游在空气里的。

"好漂亮啊。"尹寻已经记不得自己这是第几次发出由衷的赞美了。

"喜欢这里吗？"少昊温声询问。

"喜欢啊。"尹寻正欲转身，却发现少昊就站在自己的身后，两人的距离特别近，他甚至能感受到少昊呼出的气息。

"啊……"尹寻条件反射般地想要后退，但身后就是桥，不能再移动分毫。

少昊比尹寻高了一个头，此时正微微垂着眸子，凝视着尹寻，尹寻被他盯得有些害怕，声音也跟着紧张了起来："少昊先生？"

少昊道："你是山神吧？"

尹寻道："对……对啊。"

少昊笑道："有没有人告诉过你，你很吸引人？"

尹寻沉默片刻，小声地说："你是说我的肉质吗？"

少昊："……"

尹寻这下明白了，少昊估计是看中了自己这一身的肉："能不能不吃我啊？"他似乎担心自己的拒绝会让少昊恼羞成怒，纠结了一会儿后，从兜里掏出了个套在钥匙上的小刀，然后对着自己的手指头就剁了下去。

少昊本来是有点逗着尹寻玩的意思，结果看着他的动作整个人都呆住了，直到尹寻把他的手指头塞到了自己的嘴里，才反应过来。

尹寻："就……只尝个鲜？"

少昊表情扭曲了一下。

尹寻以为他不满意，颤抖着准备再切半个手掌，却被少昊一把抓住了手臂。

少昊几乎是有点咬牙切齿地说："我和你开玩笑呢，你这是做什么？"

尹寻："开玩笑？"

少昊："嗯！"他其实是觉得尹寻这个肉灵芝有点意思，只是随便逗弄一下，谁知道尹寻的反应简直让他不知道该说点什么，这可是手指头，说切就切了，切了手指头还不够，还要切手掌，而且为什么尹寻的动作这么熟练啊？他到底干过多少次这种事了？！

尹寻讪笑，觉得自己是不是太敏感了，毕竟白月狐还在山顶上呢，少昊也是个正道的神明，应该不会对自己动粗把自己给吃了，他道："那……"

少昊以为尹寻会说点什么责怪自己的话，谁知道这货很是腼腆地来了句："那你觉得我的味道怎么样啊？"

少昊："……"

尹寻："我平时切菜的时候不小心切到都会随手吃了，觉得好像还不错，不过其他人没吃过。"他见少昊表情不对，赶紧结束了这个话题，"我看得差不多了，你把我送回去吧。"

少昊从牙缝里挤出了一句："不错。"

尹寻："什么不错？"

少昊："你的味道不错。"虽然不知道你这只手指刚才到底摸过什么东西，但说真的，尹寻的味道真的挺好的，口感有点像果冻，但是比果冻稍微要厚重一点，里面还带着股奇异的芬芳，滑过舌头被吞咽下去的感觉非常不错……不过现在的重点不是这个。

尹寻第一次被这么夸，自豪之余还有点不好意思，道："不错吧？"

少昊："我想问你个问题。"

尹寻："什么？"

少昊道："既然你不想让别人吃了你，为什么还要让别人尝到你的味道？"他以前是吃过肉灵芝的，味道却和尹寻的很不一样，若是一定要说的话，那肯定是尹寻的味道好很多。

尹寻小声地说："这不是指望你尝了之后就不想了嘛。"

少昊无奈道："万一尝了之后觉得味道不错更想吃了怎么办？"

尹寻："……"对不起，是他太天真，都怪这个社会太险恶。

少昊见尹寻脸色又开始发白，好笑之余又生出了点奇怪的怜爱，他身边的鸟儿虽然看着柔顺，其实一只比一只凶残，说句不好听的，就是身边一个吃素的都没有，他从来没有遇到过尹寻这样的类型，稍微一逗，就什么都表现出来了。

"走吧，带你回去了。"少昊怕再逗下去，尹寻就要回去告状了。

尹寻见少昊真的没有要吃他的意思，才松了口气，跟在少昊后面屁颠屁颠地往山顶走。

第十五章
眼球伞

陆清酒这边还不知道尹寻遭遇了什么，正蹙着眉头搓麻将呢，他发现这几只鸟儿的麻将技术都非常好，不过他还在公司的时候也经常被朱淼淼他们拉着打牌，所以这会儿还能勉强应付，也算是不输不赢。

打了一会儿之后，陆清酒感觉到每只鸟的性格差异很大，有的温和，有的暴躁，有的细腻，有的粗犷，和他们的种类比较相近。比如眼前的燕子，就特别绅士，打牌轻手轻脚的，态度也比较温和，和站在自己身后暴躁地走来走去的伯劳形成了鲜明的对比。

他打了几圈后，便看见少昊领着尹寻回来了，尹寻像是在害怕什么似的，赶紧从少昊身边跑开，回到了自己的身边。

"怎么了？"陆清酒以为尹寻是看到了什么吓人的东西，随口问了句。

"没事。"尹寻的手插在口袋里，没让陆清酒看见自己还没长出来的手指头，这手指头长出来得花一两个小时呢。

陆清酒狐疑道："真没事？"

"没事。"少昊笑着走到了尹寻身后，像之前那样轻轻地将手搭在了尹寻的肩膀上，只是这一次，他毫不意外地感觉到了尹寻的身体微微一僵，"我只是带他去看了几只猛禽。"

"哦。"陆清酒说，"那注意安全啊。"毕竟他家这个山神的身体特别脆弱，而且材质特殊，不过有白月狐在，他也不怕少昊打尹寻的主意。

少昊温声道："自然是要注意安全的，不然不小心被鸟吃了怎么办，对吧，尹寻？"

尹寻："……对。"他现在终于意识到，白月狐的朋友们，似乎都很可怕，如果不可怕，那肯定是那人没有表现出来，比如眼前这个笑容灿烂、看起来一派温和的白帝少昊，显然不是什么吃素的角色，想到这里，尹寻不由得缩了缩肩膀，默默地往陆清酒的身边凑了凑。

见到尹寻的反应，少昊也不介意，只是那笑容却温柔得有些刺眼。

搓了几圈麻将之后，便差不多到了吃午饭的时间。少昊说自己已经备好了包厢，邀请几人前往。

陆清酒因为对少昊他们平日里吃的东西很感兴趣，所以也没有推辞。但是少昊却领着他们直接离开鸟园，回到了人类的世界，然后招呼着几人上了车，开着车去了市中心一家很有格调的饭店。

陆清酒坐在车上都傻了："不在你家吃啊？"

少昊道："我不会做饭，家里很少开伙。"

陆清酒有些惊讶："那你就天天在外面吃？"虽然外面的饭菜味道不错，可是天天吃也是会腻的。

少昊说："也不是天天在外面，大多数吧。嫌麻烦的话，都是和鸟一起吃。"

陆清酒："那鸟吃什么？"

少昊笑了笑："什么都吃。"他说着，颇有深意地看了眼尹寻，搞得坐在旁边的尹寻不由得缩了缩脖子，想要降低自己的存在感，少昊收回眼神，继续道，"比如成熟的果子，或者一些小型哺乳类动物。"

陆清酒："生吃？"

少昊点点头。

陆清酒在心里感叹：这白帝也太硬核了。

几人到了酒店门口，少昊停好车就领着他们进去了，他显然是这里的常客，连大门口的服务员见了他都先讨好地叫了声"白先生"。

这地方名叫万鸟阁，陆清酒没有来过，不过听说是一家会员制店，平常人想吃还吃不到，得由内部人员介绍。根据少昊的身份，陆清酒怀疑这店的老板就是少昊本人。

菜是之前就定好的，几人坐定之后便开始上菜，只是少昊刚坐下，脸色就有点不对劲，陆清酒正欲发问，便见他站了起来，匆忙道："我去上个厕所。"说完转身就走，看那背影颇有些狼狈的味道。

　　陆清酒开始以为少昊只是解决一下生理问题，可谁知道在接下来的一个小时里，他基本上在板凳上坐不了两分钟就会再次站起来，脸色也越来越青，最后干脆不回包厢里了。陆清酒看着这场景莫名觉得有点熟悉，于是将狐疑的目光落到了很是心虚的尹寻身上。

　　"你们刚才到底干什么去了？"陆清酒问。

　　尹寻道："没……没干什么啊。"

　　陆清酒："那他为什么拉肚子？"

　　尹寻故作镇定："可能是因为他身体孱弱吧。"

　　陆清酒要是信了就有鬼了，他观察了一下自己好友的表情，确定他在隐瞒什么："你老实和我说，刚才你和少昊出去转悠的时候，你不会是做了饭给他吃吧？"尹寻的手艺他可是深有感触的，吃一顿拉一天，一点含糊都没有。也亏得这地方的厕所是马桶，不然这么搞下来腿基本上就可以当作是没有了。

　　"没有啊。"尹寻说，"我没事儿给他做饭干什么？"

　　陆清酒："真的没有？"

　　尹寻道："没有。"他把目光放到了面前丰盛的菜肴上面，咽了咽口水。

　　陆清酒见尹寻回答得如此坚决，便没有再继续追问，他根本就想不到，尹寻的确没有给少昊做东西吃，他只是屌屌地把自己切了一块给人尝了一口。当然，这么大一块，效力自然也是格外好，少昊可能这几天都要住在厕所里面了。

　　少昊住在厕所，却一点也不影响他们对美食的渴望，不得不说，这些菜的味道果然对得起那昂贵的价格，所有的菜肴做工都非常精细，和家常菜不同，这些菜肴的每一道工序都是经过了精心打磨得出的最优选择，就拿面前的开水白菜来说，汤汁清澈，味道鲜美，白菜清甜，吃进口中便知不是凡品。这道菜陆清酒虽然知道大致的做法，但因为太过烦琐从未尝试过，就这一小碗清澈的汤底，起码得经过八九道复杂的工序和熬制才能做出来。

　　白月狐和尹寻两人吃得非常开心，完全把请客的主人忘在了脑后。陆清酒倒还剩了那么一点点良心，吃得差不多的时候去了厕所一趟，很体贴地问少昊需不需要再送点纸进去。

　　少昊从牙缝里挤出一句："不用了，谢谢。"

"你是不是吃错了什么东西啊？"陆清酒见他情形惨烈，不由得心生怜悯，"需要我帮你去买点药吗？"

"不用了。"少昊道，"普通的药对我没什么效果。"

陆清酒："哦……那我们吃得差不多了，你看……"

少昊："……单已经买了。"

陆清酒："太好了，谢谢您的款待。"

少昊："……"他就知道，他刚才还在想拉了这么久了，为啥陆清酒突然要来询问他的情况，原来是吃得差不多了，担心自己没买单。坐在马桶上的少昊深吸一口气，正打算站起来走出去，结果刚推开门，又感到肚子一阵翻腾，被迫重新坐了回去。他绝望地用手撑着自己的膝盖，仔细回忆了一下今天一天吃过的东西，最后莫名地想起了尹寻手指头那柔软的触感……该不会是……

少昊捂住脸，长长地叹了口气。

坐在饭桌面前吃得肚子圆滚滚的尹寻突然打了个喷嚏，他揉揉鼻子，嘟囔着自己是不是感冒了。

"山神还会感冒？"陆清酒问道。

"那可不。"尹寻说，"说实话，我觉得除了自己可以吃之外，好像和普通人也没啥区别。"

陆清酒："……"收起你那骄傲的小表情，可以被吃是什么值得骄傲的事吗？！

虽然少昊这会儿还被困在厕所里面出不来，但毕竟还是请他们吃了如此昂贵的一顿饭。三人合计了一下，便一起进入厕所和少昊道别。

"少昊先生，我们准备回去啦。"陆清酒道，"下次有空多来玩啊。"

少昊的声音隔着厕所门，听起来有点闷闷的："好。"

尹寻跟着陆清酒小声地说："欢迎来玩。"

少昊："一定来。"这三个字，硬生生被他说出了咬牙切齿的味道，听得尹寻不由得缩了缩自己的脖子。

三人吃饱喝足，满意地走了，打车回少昊的别墅，然后开着自己的小货车美滋滋地回了家。少昊的管家却有点一头雾水，显然没想明白为啥客人回来了，主人却不见了踪影。

看了漂亮的鸟园子，又吃了大餐，陆清酒心情非常好，睡了个下午觉后，他从床上爬起来打算发点面蒸点包子、馒头、花卷之类的来当晚饭。但是检查材料的时候，陆清酒却发现家里的小葱用完了。

白月狐这会儿还在院中小憩，陆清酒想着反正地也不远，便没有打扰他，打算自己去地里摘。

小葱是常用的食材，什么菜都能用到，所以消耗得很快，好在他们家地里种了不少，想吃的时候直接拿着剪刀去剪一把就行，非常新鲜。

走在路上，陆清酒想着干脆以后把小葱像韭菜那样移植到院子里算了，摘起来更方便。

今天天气依旧很好，阳光普照。这种天气对于普通人来说是很舒服的天气，但对靠天吃饭的农家人来说就不是什么好事了，雨水太少，地里的农作物长势较慢，得天天挑水灌溉，不然会影响收成。

这都开春几个月了，才下了三四场雨，要不是家里有白月狐，恐怕陆清酒也得苦恼地里的菜。他们这里的灌溉水，是从很远的水库引过来的，如果水库水位太低，就得另寻水源，只是水府村方圆几十里就那么一条小溪，也不知道要怎么才能弄过来。以前陆清酒自己没有种过地，也不懂这些，直到听到隔壁的李叔唉声叹气后，才明白了春雨对于农户们的重要性。

陆清酒回过神来时才察觉自己想得太多了，他已经走到了地里，看见了一排模样可人的小绿葱。

这葱比市面上卖的葱香很多，特别是用来做小葱拌豆腐那更是一绝，豆腐也是自己家里点的，豆香四溢，切成块状之后和小葱一起凉拌，滴点香油放点盐，清爽可口。

陆清酒掏出剪刀，弯下腰剪了一把小葱，又挑了个成熟的南瓜，拔了两棵小白菜，摘了点红艳艳的小尖椒，全都放进了自己提着的竹篮里，这才开始慢吞吞地往回走。

每次来地里，陆清酒都会被白月狐种地的天赋震惊，一片绿色小菜苗，里面搭着红色的辣椒、黄色的南瓜，既整齐又漂亮，乍看上去，简直像个花圃似的。

他们家的南瓜有点大，陆清酒这还是特意挑了个小的，这么一个南瓜可以吃两顿，要是下午有时间，还能做点豆沙馅的南瓜饼解解馋。

陆清酒正往前走着，突然注意到路中央放着一个黑色的物件，仔细一看，发现是一把黑色的伞，就这么静静地躺在路边。

　　谁家的伞？陆清酒脚步停了下来，那伞就在他的面前，一弯腰就能捡到。伞看起来很普通，就是市面上能买到的那种黑伞。陆清酒本来打算随手捡起来，问问是不是村子里谁丢的，但他的手还没伸出去，就注意到了伞上的一个细节。

　　这把黑伞是湿润的，伞面上还沾着雨水的痕迹，水府村已经快一周没有下雨了，谁会带这么一把黑伞出门？陆清酒有了不好的预感，他想到了雨师妾，于是慢慢朝后退了一步，从旁边绕开了眼前这把看起来十分诡异的伞。

　　陆清酒走出一段距离后，朝着身后看去，却见那伞依旧乖乖躺在原地，似乎什么反应都没有，他心中松了口气，正想着自己是不是因为见多了这些东西所以太过敏感，就见那黑伞慢慢、慢慢地从地上立了起来，就像是有人扶着它似的，接着"唰"的一声，黑伞直接撑开了，陆清酒清楚地看到，黑伞里面居然挂着无数眼球，这些眼球还挂着血红色的神经，黑色的瞳孔直接看向了陆清酒。

　　"啊！！"陆清酒被这一幕吓得叫了出来，他反应极快，把菜篮子一扔，转身就跑。

　　身后传来了怪异的声响，陆清酒扭头看去，才发现那黑伞竟像轮子似的朝着他滚了过来，那些眼球的神经黏在黑伞的内部，随着黑伞的滚动也形成了一个圆。

　　"白月狐，白月狐！救命啊，救命！"在求生欲面前，陆清酒冲得比兔子还快，万幸的是他们家的地离家很近，陆清酒百米冲刺到了家门口，喘着粗气冲进院中，看见白月狐后悬着的心才放下来。

　　"怎么了？"白月狐见陆清酒这上气不接下气的模样开口询问。

　　"我在路边看到了一把伞——"陆清酒艰难道，"伞里面全是眼球，还朝着我追了过来。"

　　白月狐道："眼球？"他思量片刻，似乎想到了什么，微微蹙眉，"在哪儿？"

　　陆清酒："就在外面。"

　　白月狐起身走到门口，却什么都没有看到，空荡荡的乡间小路上并没有陆清酒口中的黑伞和眼球。

　　陆清酒站在白月狐身后，支棱个脑袋："怎么不见了？"

　　白月狐扭头看了陆清酒一眼："要去看看吗？"

　　陆清酒："去……看看吧，我刚摘的菜还在路上呢。"

　　白月狐抬步走出了院子，只是让陆清酒不解的是，那个刚才追着他跑的黑伞这会儿居然不见了踪影，连带着他丢在路边的菜篮子也一起消失了。

"没了？"陆清酒道，"那是什么东西啊？"

白月狐摇摇头："不知道。"

陆清酒："他追我干吗？"

白月狐叹息："追你总不会是什么好事。"

也是啊，看那伞恐怖的模样，怎么看也不像是好事，虽然现在伞没了，但陆清酒还是心有余悸。

白月狐道："你回院子里吧，我来摘菜，都需要什么？"

陆清酒道："我还是和你一起回去吧。"别回去的路上又看见那玩意儿了。

把要的菜重新摘了一遍，两人开始往回走，陆清酒一直注意着周围，但显然那东西并不想和白月狐见面，直到进入院子，陆清酒都没有再看见那东西。

"这几天别出门了。"到家后，白月狐嘱咐陆清酒。

陆清酒点点头，算是应下了白月狐的叮嘱，他可没有白月狐那么强大的战斗力，要是真的遇到了什么奇怪的东西，跑是唯一能活下来的方式。

下午，尹寻也听到了陆清酒遇到的事，他也有点担心，但还是开口安慰陆清酒，说有白月狐在，肯定没问题。

陆清酒笑道："我知道，我只是好奇那到底是个什么东西，里面的眼球又是什么。"

尹寻道："反正肯定不好吃。"

白月狐闻言，嘴角微微抽了一下。

下午闲着没事做，陆清酒便把之前带回来的南瓜给蒸了，又将冬天腌制的咸鸭蛋拿了出来，打算做南瓜蛋黄酥。尹寻在旁边帮忙揉面，把南瓜和面粉揉在一起。酥皮的做法比较复杂，面皮的折叠次数和火候都是关键，陆清酒是第一次做，做出来的皮稍微厚了点，不过好在足够酥。一口下去蛋黄里面的油脂便溢了出来，配着甜甜的豆沙，味道鲜咸诱人。

尹寻和白月狐对于小点心向来都很热情，三人吃着甜美的食物，很快就忘记了早晨的不愉快。

陆清酒本来计划第二天去镇上买点柠檬和百香果做柠檬鸡爪，但因为刚才的事不得不拖延了下来，他把这事儿和白月狐说了一下，白月狐想了想，便说他可以去镇上一趟帮陆清酒买，陆清酒待在家里就行。

陆清酒对白月狐还是很放心的，看着他上了小货车后，才回到院子里。

尹寻刚吃了好几个蛋黄酥，这会儿坐在院子里休息，陆清酒抬头看了眼天空，发现早晨还阳光灿烂的天空这会儿盖满了黑色的乌云，看起来似乎是要下雨了。

春雨贵如油，这是一场众人期盼了许久的大雨。

陆清酒把院子里晒着的东西收了起来，趁着春天天气好，他买了一些豇豆、海带之类的东西，打算晒干之后储存起来，这些东西只要保存得好，可以放很久，冬天的时候拿来炖汤也是很好的材料。

这季节蜜橘也成熟了，陆清酒买了一些在家里吃，吃完之后果皮晒干，还可以用来做陈皮。陈皮既可以泡水，也能用来当香料，在食物里面放一点，可以去除大部分腥味和油腻。

陆清酒刚把东西收好，天上的雨就下来了。

和夏天猛烈的雨水不同，春雨润如柔丝，连声音也是温柔的，缓缓地落在地面上，带出沙沙的响声。

空气里开始弥漫泥土的气息，陆清酒和尹寻坐在家里，聊着天看外面的雨。

"白月狐是不是没带伞啊？"陆清酒想起了什么。

"他不是不用打伞吗？"尹寻说。

"不行啊。"陆清酒道，"他在镇子上买东西，总不能像之前那样把雨水隔开吧。"这要是被人类看见了，那白月狐怕不是得被围观。

"哎，也是。"尹寻倒是没有想到这茬儿，伸手摸了摸自己的脑袋，"不过这雨小，淋了也没什么关系。"

陆清酒没说话，只是起身去浴室拿了条干毛巾，放在桌子上，想着白月狐回来了，可以直接给他擦头发。

雨渐渐有些大了，干燥的土地变成了湿润的颜色，低洼之处形成了一个个水洼。陆清酒突然想起了什么："哎，后院里的蜂巢是不是忘记盖油布了？"之前为了清理，他把蜂巢上面的油布取下来洗了，结果忘了挂回去，这会儿下雨了，木质的蜂巢很容易被淋湿的。

"我去吧。"尹寻道，"油布在厨房吗？"

"嗯。"陆清酒道，"顺便抽一格蜂蜜出来吧，明天做蛋糕用。"

尹寻点点头，顺手摸了把伞就出去了。陆清酒还在想有没有什么别的东西忘记收回来，却听到后院传来了尹寻一声凄惨的尖叫。

陆清酒心中一惊，口中叫道："尹寻！"他甚至来不及打伞，直接就往后院冲去，冲过去的时候随手拿起了放在墙角的木棍作为防身的武器。

"啊啊啊——"尹寻还在凄惨地大叫。

陆清酒到了后院看到尹寻后，倒吸了一口凉气，只见尹寻的脑袋竟然被一把黑色的伞给裹住了，那把伞仿佛有生命似的，将尹寻的脑袋完全裹在了里面，无论尹寻怎么挣扎都无法从中挣脱出来。

陆清酒放下木棍，开始帮着尹寻撕扯黑伞，但无论怎么用力，那黑伞都牢牢地粘在尹寻的脑袋上，尹寻开始挣扎得很厉害，后来动作幅度渐渐变小，似乎是没了力气。

陆清酒急得人都要疯了，他冲到厨房拿了把剪刀，却发现这伞的材质根本没办法用剪刀戳破。

"尹寻，尹寻，你坚持一下，我马上给白月狐打电话，你再坚持一下。"陆清酒满脸都是水，也不知是雨还是急出来的汗。

"等等。"尹寻闷闷的声音从伞里面传了出来，"我发现这东西好像对我也没啥影响啊。"

陆清酒："……哈？"

尹寻道："除了看不见了。"他条件反射般地想要挠挠头，却摸到了黑伞的表面，"反正我也不用呼吸，这么裹着好像没啥事吧。"

陆清酒："……真的没事？"

尹寻从地上站起来："真没啥事。"

陆清酒："可是你不是看不见了吗？"

尹寻："我好歹是山神耶，其实只要想，不用眼睛也能看到的，只是这能力我平时不太喜欢开，毕竟总是会看到点不该看的东西。"

陆清酒："那有什么其他的感觉吗？"

尹寻："……感觉？没啥感觉啊。"不痛不痒的。

陆清酒深吸一口气："那你叫得像只被杀的鸡一样干吗？"

尹寻讪讪的："这不是被吓到了嘛。"他又理直气壮了起来，"你要是突然被这么个东西抱住脑袋，你不叫啊？"

陆清酒心想：我也没什么叫的机会，反正最多两分钟人就被憋死了。

尹寻道："那现在咋办啊？就让它在我的脑袋上待着吗？"

陆清酒叹气："凑合一下吧，等白月狐回来了，让他给你取下来。"

尹寻道："那行，这还下雨呢，你先进去吧，我把油布糊上就来。"

陆清酒道："不了，我们还是一起进去吧。"他这个心脏真的是不能再受刺激了。

尹寻动作利落地盖好了油布，证明他的确能看得到，弄好蜂巢后才和陆清酒一起进了屋子。陆清酒拿起毛巾抹了一把脸，又看了脑袋已经变成了伞的尹寻一眼。

尹寻："你看我干吗？这伞好看吗？"

陆清酒："……"朋友，你的重点为什么总是这么清奇？

白月狐买完东西，一进家门表情就凝固了，他看了看陆清酒，又看了看陆清酒旁边脑袋上套着把伞的人。

陆清酒似乎知道白月狐在想什么，做了个介绍："这是尹寻。"

白月狐："……这什么造型？脑子进水了要打伞？"

陆清酒："……"

尹寻："……"

白月狐，你真是人才啊。

在白月狐异样的眼神下，陆清酒赶紧解释了下这不是他和尹寻的奇怪癖好，而是昨天那把追杀他的黑伞又跟过来了。

白月狐闻言微微点了点头，上前一步伸手便抓住了黑伞，然后用力一撕，便将那黑伞硬生生地从尹寻的脑袋上扯了下来。这伞被扯下时，发出了一声凄厉的尖叫，叫声有些像哭号的孩童，听得人头皮发麻，陆清酒站在旁边，看见尹寻脑袋的同时，也看见伞里有东西掉落，噼里啪啦砸在了地上，仔细一看，才发现是那天他看见的黑瞳眼球，骨碌碌地滚了一地。

尹寻终于重见天日，松了口气的同时也被这一地的眼球给吓着了，最恐怖的是这些眼球似乎是活的，放大的瞳孔全都盯着白月狐，场面可怖极了。

白月狐随手把那黑伞扔到了地上，而黑伞落地的瞬间，滚落一地的眼球全都朝着黑伞的方向聚集了过去，再次被黑伞包裹了起来。

"这到底是什么东西？"陆清酒从来没有见过这么神奇的生物，而且《山海经》里面也没有此类妖怪的记载。

白月狐没说话，他弯下腰，从自己的脚下拿起了什么东西，陆清酒待他直起腰后，才发现白月狐手里拿的是一颗眼球。那眼球和陆清酒之前看到的差不多，圆滚滚的一个，后面还生着红色的神经，无论是神经还是眼球显然都还活着，此时被白月狐捏在手里，正跟小动物一样瑟瑟发抖。

"是一种术。"白月狐道，"具体用处不明。"

"那这些眼球都是人类的？"陆清酒觉得那么多眼球实在是让人不太舒服。

"不是。"白月狐道，"这些眼球都是活物……"他把手里的眼球往地上一抛，似乎想要看看眼球落地时的反应，可却没想到本来乖乖趴在旁边看热闹的狐狸崽子苏息看见这眼球就冲了过来，几人都还未反应过来，便看见苏息嗷呜一口，把那眼球吃进了嘴里，嘎吱嘎吱嚼碎之后吞了。

"啊啊啊，苏息，你吃了什么！！"尹寻惊恐地尖叫。

"快吐出来！"陆清酒一个箭步上前，抱起狐狸崽子掰开它的嘴想要把眼球抠出来，但是显然他的动作已经晚了，苏息被掰开嘴后露出一排整齐的小白牙，蓝色的眼睛无辜地盯着陆清酒，似乎是在询问陆清酒这个动作是什么意思。

陆清酒痛苦道："你真吃了啊？这要是出了点什么事儿，我怎么和你爸交代。"去年剪成贵宾犬就算了，今年再搞个食物中毒……他觉得自己真没法去见人家家长了。

苏息显然并不明白陆清酒内心的痛楚，还很高兴地用红舌头舔了舔嘴巴，目光竟然落到了黑伞上面，看模样居然是觉得那眼球的味道不错，想再来一颗。

黑伞被苏息盯着，居然慢慢朝后退了一步，要不是陆清酒一直盯着看，估计会以为是他自己出现了错觉。

"这吃了没事吧？"陆清酒焦急地问白月狐。

白月狐瞅了狐狸崽子一眼，想了想，直接把伞捡了起来，然后伸手进去，硬生生从伞里面又掏出来了一颗眼球。

"你要干什……"陆清酒的话还没说完，便看见白月狐把那眼球往他的嘴里一塞，一阵嘎吱嘎吱声，就这么干净利落地把那眼球给吃了。

尹寻和陆清酒都被白月狐的动作吓到了，两人瞪圆了眼睛，盯着白月狐半晌没说话，直到白月狐把那眼球咽下了肚子，还舔舔嘴唇后才勉强缓过劲来，陆清酒颤声道："好吃吗？"

白月狐："好吃。"他思量片刻，说了一句细思极恐的话，"不是人类的眼球。"

陆清酒："……"什么叫不是人类的眼球，白月狐这话的含义岂不是他已经尝过了人类的眼球，所以才辨别得出味道上面的差别？

"真的不错。"大概是陆清酒的神情太过惊恐，白月狐体贴道，"口感是脆的，没什么腥味，里面的汁水也很多。"

陆清酒："……"你要是说的不是眼球，我就真试了。

尹寻在旁边看得眼珠子都要掉下来了，不由自主地往后退了退想要离白月狐远一点。

白月狐道："尝尝吗？"他说着竟从黑伞里又掏出了一颗眼球。

那伞本来还在挣扎，结果再次被掏了眼球之后彻底蔫了，连陆清酒都在它身上看出了"生无可恋"这四个字。

"不了，不了。"陆清酒谢绝了白月狐的好意。

白月狐看向尹寻，尹寻赶紧把自己的手摆得像个雨刮器。

"好吧。"白月狐的语气里带了点遗憾，"那我就自己吃吧。"

黑伞似乎能听懂他们的对话，此时想要紧紧裹住自己，反抗残暴无情的白月狐大魔王。但它的反抗在白月狐面前显然是螳臂当车，下一刻，白月狐就又从它里面摸了颗眼球，嘎吱嘎吱地嚼上了。

陆清酒和尹寻均是一脸木然，都被这凶残的画面刺激得有点意识模糊。

解决掉了这把奇怪的伞，陆清酒默默地转身去做晚饭，尹寻跟在他后面瑟瑟发抖的样子和黑伞倒是有几分相似。

晚饭做得比较简单，陆清酒煎了一大锅的牛肉饼，做了个凉拌三丝，还熬了一锅八宝粥，最后把卤好的牛肉切成片，再在旁边放上辣椒面用来蘸着吃。

陆清酒把粥端上桌，招呼着白月狐来吃饭。

白月狐点点头，这才把黑伞放到了一边。那黑伞静静地待在白月狐身侧，一点动静都没有，但就在白月狐拿起筷子的一刹那，黑伞"啪"的一声撑开了，接着便像轮子似的朝着门口滚了过去。

黑伞居然想要逃！

陆清酒和尹寻都看得目瞪口呆。

白月狐的反应极快，那黑伞还没滚两圈，他就已经冲到了伞的面前，一把将那伞抓了起来，冷笑道："去哪儿啊？"

黑伞："……"

"想来就来，想走就走，当这里是旅馆？"白月狐捏着黑伞道，"要走，至少先把你的眼珠子留下吧。"

他这话一出，黑伞便发出了"噫呜呜噫"的哭声，虽然声音有些刺耳，但怎么听怎么像个被欺负狠了的小孩子，搞得陆清酒有点不好意思，有种自己在欺负弱小的错觉。

然而白月狐心硬如铁，不为所动，甚至还顺便去厨房找了根粗粗的绳索，把黑伞捆了起来，然后往地上一扔，道："今天吃饱了，明天继续。"

黑伞："……"呜呜呜它这是造了什么孽啊！最恐怖的是那只小狐狸也对它感兴趣得很，鼻头在伞面上一个劲儿地蹭，一副随时可能咬下来的模样。

尹寻看着黑伞，小声地和陆清酒咬耳朵："我为什么在黑伞身上看到了自己的未来？"

陆清酒道："你不要想太多，白月狐要是吃你，肯定一口就没了，很痛快的。"

尹寻："……"谢谢你的安慰啊，我的朋友。

吃完饭，尹寻回家，陆清酒回卧室，两人都默契地没有提那把伞，装作什么都没有发生的样子。

于是接下来的两天，黑伞就成了白月狐的专属零食，陆清酒就看着他家狐狸精坐在院子里的摇摇椅上，旁边放着把黑伞，然后时不时地把手伸进那黑伞里掏个眼球出来，放进嘴里嘎吱嘎吱，其画面的残暴程度，简直让人不忍直视。

最近天气好，一般陆清酒都会和尹寻在院子里找个地方晒太阳，但是这几天他们实在是没敢，因为只要在院子里，就能听到那让人头皮发麻的嘎吱声，多听那么一会儿，整个人的意识都得变模糊……可想而知，其杀伤力有多大。

当然，家里也有欢迎黑伞的，比如狐狸崽子就很喜欢黑伞，坐在旁边眼睛就没有转开过。

但鉴于陆清酒对食品安全的担忧，白月狐还是停止了喂食行为，即便小狐狸一副望眼欲穿的可怜模样，也没放松。

尹寻熬了两天，实在是坚持不下去了，他也不敢找白月狐说，只能找到陆清酒，十分婉转地表示出了自己内心的脆弱："我总觉得白月狐嚼眼珠子的时候，我的眼珠子在疼……"

陆清酒本来正在炸鱼，听见尹寻这话手里的锅铲顿了一下。

尹寻："你是不是也……"

陆清酒长长地叹了口气，慢慢地点点头："差不多。"

　　如果说是吃其他东西也就算了，那可是一颗颗活生生的眼珠子啊，就这么嘎嘣脆地往嘴里塞，画面感简直爆棚。

　　"那你能不能……"尹寻把希望放到了陆清酒身上，"和白月狐提一下意见？"

　　陆清酒点头："好，我去和他说说。"

　　于是吃完午饭后，趁着白月狐还没午休，也没吃零食的打算，陆清酒便赶紧把他的意见说了出来，其中包括对眼珠子口感的怀疑，以及对白月狐吃眼珠子画面的不适。

　　白月狐听完之后安静了一会儿，对着陆清酒招了招手。

　　陆清酒见状以为他要和自己说什么，便弯下腰凑了过去，谁知道白月狐伸出手一把按住了他的后脑勺，接着他感到自己的唇边被塞了一个冰凉的东西，还没来得及反应，那东西已经被塞进了他的口中。

　　"唔！"陆清酒瞬间瞪圆了眼睛，正欲说什么，却感到口中传来一阵甘甜的味道，和他想象中的腥臭全然不同。

　　"先尝尝。"白月狐的声音从旁边传来。

　　既然东西已经入口，而且口感不像自己想象的那样，陆清酒便压抑住了自己心中对这东西的恐惧，小心翼翼地用牙齿咬破了眼球的表面，随即便感到一股带着清香气味的汁水盈满了口腔。这眼球似乎并不是动物的眼睛，而是一种长得像眼睛的植物，吃起来外面脆脆的，里面柔软多汁，如果硬要比喻的话，有点像草莓。的确挺好吃的。

　　陆清酒把眼球嘎吱嘎吱嚼碎了，吞进肚子里："这不是动物的眼睛啊？"哪有动物的眼睛是草莓味的？

　　白月狐："不是。"

　　"那是什么？"陆清酒有点蒙了。

　　"可能是一种果实。"白月狐道，"看着像眼球，吓人罢了。"其实味道真的很好。

　　眼球吃完后，口腔里还回荡着一股甘甜的味道，不得不说，除了造型比较吓人之外，这眼球的口感还真的没得说。

　　"再尝尝吗？"白月狐又从伞里摸了一个出来，看了一眼之后递给陆清酒，"这是橘子口味的。"

　　陆清酒："……"他犹豫片刻，还是接了过来，这次没等白月狐塞，而是自己小心翼翼地塞进了嘴里。

　　橘子口味的没有草莓味的那么甜，但是汁水要更充盈一些，里面的果肉还带着橘子的颗粒感，简直像是在吃果冻版的果粒橙，而且是没有添加剂纯天然的那一种。陆清酒正吃得起劲，朝着自己屋子那边看了一眼，却看到站在屋内的尹寻对着他露出惊恐无比的眼神，显然是没想明白为什么来劝说的陆清酒也跟着一起嚼眼球去了，还嚼得那么津津有味。

陆清酒被尹寻的表情弄得有点想笑，想了想后，让白月狐给了他个眼球，他拿在手里朝着尹寻走了过去。

尹寻看陆清酒拿着眼球走了过来，转身就想跑，却被陆清酒一把逮住了。

"跑什么。"陆清酒道，"又不是要吃了你。"

尹寻哪会不知道陆清酒要干什么，哭嚷道："你离我远一点，我不要吃，我不要！"

陆清酒："你都没尝过怎么知道不好吃？这不是动物的眼球，来，试试看嘛。"

尹寻想要挣扎，却被陆清酒直接按住了肩膀，然后一颗圆滚滚的东西便被塞到了他的唇边，他被吓得差点哭出来，但他的挣扎在陆清酒面前毫无用处，那东西还是硬生生地被塞进了他的嘴里，在眼球入口的那一瞬间，尹寻甚至怀疑自己会再死一次——直到他尝到了眼球的味道。

"哎？"尹寻道，"怎么是葡萄味的？"

陆清酒道："好吃吗？"

尹寻瞬间不挣扎了，嚼了两口："好像果冻啊。"

陆清酒："是啊，还有草莓味的。"

尹寻："真香。"

两人对视一眼，下一刻都将眼神落到了院子里白月狐身边的那把黑伞上，黑伞似乎感觉到了他们的眼神，又开始瑟瑟发抖，但奈何旁边有个白月狐坐着，压根儿跑不掉。来到水府村，可能是它这辈子做过的最错误的决定了吧。

陆清酒和尹寻也终于明白为什么黑伞成了白月狐这几天心爱的零食，这玩意儿也太好吃了吧……虽然长得不好看，但是心灵美啊。

在尝过黑伞的味道后，陆清酒和尹寻终于克服了心中的恐惧，开始和白月狐一起坐在院子里吃眼球了。当然，他们吃的时候一般都是关着门的，免得万一哪个邻居路过，看见了这可怖的一幕受到刺激。

就这么又吃了两三天，终于有人找上门来了。

第十六章
四季神

　　那天早晨下了点小雨，陆清酒在园子里割了一大把韭菜，打算做韭菜盒子，然后他家的门就被"咚咚咚"地敲响了，陆清酒去开了门，看见一个漂亮姑娘站在他们家门口，这姑娘穿着一身华服，黑发绾起，上面装饰着精美的头饰，虽然看起来很美，但风格和现代人格格不入。

　　"你好，请问有什么事吗？"陆清酒问道。

　　那姑娘看了眼陆清酒手里拿着的韭菜，道："我丢了一把伞。"

　　陆清酒："……"完了，失主找上门来了。

　　姑娘道："你有看到吗？"

　　陆清酒道："嗯……看倒是看到了。"

　　姑娘道："那你能还给我吗？"她露出个楚楚可怜的表情，看起来颇惹人怜爱。

　　陆清酒被她看得有点心虚，毕竟他们抓着人家的伞吃了都快一周了，这突然被伞主人找上门来，心里自然有点过意不去。他想了想，先将姑娘邀请进了屋子，让她在家里等着白月狐回来。

　　白月狐刚才打着伞下地去了，他平时本来是从不打伞的，但是有了黑伞之后就开始积极地使用了起来，毕竟边打伞还能边吃零食，简直是再美好不过了。

　　那姑娘便坐进了屋子里，陆清酒也不好意思把客人一个人放在客厅，便干脆把菜板拿出来，在客厅里咔嚓咔嚓地切韭菜和肉。

姑娘好奇道："你在做什么呢？"

"做韭菜盒子呢。"陆清酒回答。

"韭菜盒子？"姑娘道，"那是什么？"

"一种很好吃的食物。"陆清酒道，"你没吃过吗？那待会儿我做好了给你尝尝吧。"他感觉这姑娘应该也不是人类。

姑娘点点头，继续安静地等着。

过了十几分钟，种完地的白月狐回来了，他一进屋子，原本坐着的姑娘就站了起来，道："我的伞！"

白月狐看见了姑娘，也没说话，只是当着姑娘的面又从黑伞里摸了个眼球出来，当场吃了。

站在旁边的陆清酒清楚地看见白月狐吃眼球的时候，那姑娘的表情扭曲了一下。

"你做什么呢！"姑娘怒吼。

白月狐根本不理她，反而扬了扬下巴，露出一个挑衅的表情。

姑娘："白月狐，你这个王八蛋！"

"还行吧。"白月狐道，"你来做什么，这伞是你的？"

姑娘道："不是我的是你的？"

白月狐道："进了我家的东西都是我的，要不是看在你不如猪肉好吃的分儿上，连你一起吃了。"

姑娘："……"

从二人的对话来看，他们显然是旧识，只是关系似乎不大好，是随时可能掐起来的那种。

"你把伞还我。"姑娘知道在这事上和白月狐纠结没什么好处，干脆跳过了自己和猪肉的话题，直奔重点，"你都吃了四五天了！也不怕吃坏肚子！"

白月狐根本不理她，再次摸了个眼球出来，嘎吱嘎吱地吃了。

姑娘瞬间暴跳如雷，白月狐却根本理都不理她。

见白月狐软硬不吃，姑娘只能咬牙道："说吧，你要怎么才能把伞还给我！"

白月狐："等我吃完了。"

"你——"姑娘被逼得居然想说句脏话，又在白月狐冷冰冰的眼神下硬生生地将脏话咽了回去。

白月狐道："既然敢把伞送过来，就别想着要回去。"

姑娘道："是它自己跑出来的！"

白月狐道："我倒是第一次知道春神的伞还能自己跑出来。"

陆清酒听到这话，心中一惊，他没想到眼前的女孩儿就是神话中的春神。传言掌管四季之神的分别是春神句芒、夏神祝融、秋神蓐收、冬神玄冥。只是神话中这几位神都是男性的形象，眼前这个姑娘怎么看都不像是男的啊。陆清酒正在奇怪呢，就听到句芒嘤嘤嘤地哭了起来，梨花带雨的模样，十分惹人怜爱。

然而他家的狐狸精却一点怜香惜玉的心都没有，无情地说："再哭我就把你踹出去。"

句芒瞬间息声。

白月狐道："伞要拿走可以。"

句芒闻言露出狐疑之色，显然怀疑白月狐突然松口是有什么阴谋。

"但是你得把种子留下。"白月狐道。

"什么种子？"句芒问道。

"当然是眼球的种子。"白月狐说，"神有伞可植万物，无论什么种子，都会在伞上发芽结果，这眼球也是植物吧？"

句芒哼了一声："我可以把种子给你，但是能不能种出来，就是你自己的事了。"

白月狐道："嗯。"

句芒道："我给你种子你就把伞还我？"

白月狐点点头。

句芒道："一言为定。"她站起来，离开了院子，似乎是给白月狐找种子去了。

陆清酒见句芒走了，才小声地来了句："她就是传说中的春神？可是春神不是男人吗？"

白月狐瞅了陆清酒一眼，语出惊人："谁说他是女的了？"

陆清酒："……"

白月狐："他就是男人啊。"

陆清酒："……"

白月狐："不像男的？"

句芒那一身华服，那一声声娇哼，怎么看，怎么都不像个……算了，他应该是个可爱的男孩子。

大约是陆清酒的表情太受打击，白月狐安慰了陆清酒一句，说现在正是春天，春神穿的是祭祀的服装，等到夏天穿短袖了，就应该能分辨出句芒的性别了。

陆清酒道："那他的伞是怎么回事？"

白月狐说："只要是种子，无论活的死的，都能在他的伞上种出来，但是只能种植物。"

陆清酒："原来你早就知道了？"怪不得吃得那么开心。

白月狐"嗯"了一声。

"那他的伞是怎么跑到水府村来的？"陆清酒看了眼黑伞，"不小心弄丢了？"

白月狐却冷笑起来："春神的伞，怎么可能会弄丢？"

这些神，没一个省事的。

句芒离开之后，很快便回来了，回来的时候手上多了一把黑色的种子，他将种子递给了白月狐，并且表示这就是那些眼球的种子。

白月狐示意陆清酒将种子收下，然后才把黑伞还给了句芒。句芒终于拿回了自己的黑伞，摸着伞面温柔地安抚了许久，那伞也好像有生命似的，用自己的伞面蹭着句芒的脸颊，简直像是一对因为灾难分开、此时好不容易重新相聚的情侣。

陆清酒收下了种子，这种子和普通的种子看起来没什么差别，只是稍微沉了一点，而且壳子看起来很硬，他把种子小心翼翼地放进布口袋，听见白月狐开口道："春日祭典如何了？"

"就那样。"句芒道，"今年没什么事做。"

"没事做？"白月狐似乎对此有些疑惑。

句芒说："对啊，没什么事。"他语气有些漫不经心，可接下来说出的一句话却吸引了陆清酒的所有注意力。

句芒说："都忙着找龙呢。"

龙？就是那条逃掉的黑龙？陆清酒竖起耳朵，虽然眼睛看着种子，耳朵却仔细地听着句芒和白月狐的对话。

"怎么还没有找到？"白月狐问。

"我也不知道。"句芒把伞收了起来，"这不是因为没找到，才让我可爱的伞哥来水府村看看嘛，谁知道被你逮住了，还吃了这么久。"他如此埋怨道。

白月狐冷笑："水府村是谁的地盘你不知道？谁告诉你需要你来这边看的？"

句芒在这事上似乎有些理亏，听到白月狐这话没有再出声反驳。

"继续找吧。"白月狐说，"找不到，你们都得负责。"

句芒哼了一声，转过身打算走了，只是在离开院子前，他对白月狐说了最后一句话，他说："最近你也小心点吧，祝融也可能会过来一趟，毕竟那条龙没找到，谁也不安心。"

白月狐没说话，但陆清酒注意到在听到祝融这个名字的时候，他的眼神明显阴郁了下来，整张脸都带上了冷冽之色。

句芒走后，陆清酒没忍住问起了关于祝融的事。

祝融是神话中的司火之神，也是掌管夏天的神明，可以说是在民间流传得比较广的一个神明了，陆清酒没想到自己还能听到他的名字，甚至有机会见到他，好奇之余，也有些兴奋。

可是白月狐似乎对祝融的印象不太好，听见句芒说祝融也要来水府村后，脸色一直不怎么好看。

"祝融为什么要来水府村？"陆清酒道，"他也是来找龙的？"

白月狐点点头。

陆清酒道："你为什么不高兴？"

白月狐道："他是执刑人。"

陆清酒闻言先是一愣，随即明白了白月狐口中的"执刑人"是什么意思，那条黑龙被囚禁之前，被断掉了龙角，挖掉了眼睛，割断了舌头，陆清酒在感到残忍的同时也曾疑惑到底是什么人能对龙做出如此残酷的惩罚，他本以为行刑的人是白月狐的同族，却没想到居然是传说中的火神祝融。

"那条龙……就是被他关起来的？"不知为何，陆清酒想起了上次见面时那龙看着他的温柔的眼神，心中微微一紧。

"嗯。"白月狐道，"他们都说他做错了事，他自己也不辩解。"他微叹，"所以便被罚了。"如果那条龙想要逃，自然能逃掉，然而谁都不懂，他为什么会认下了所有的罪行，并且自愿留下，接受了那般残酷的惩罚。龙族最不喜欢让人碰的两个地方，一是龙角，二是逆鳞，可那条黑龙却被硬生生地断掉了龙角，这是很多龙族宁愿死也不愿意失去的部位，这是身为龙族的耻辱。

白月狐不明白，连带着对执刑人也没产生多少好感，现在听到句芒说祝融要过来，自然是心情不妙。

　　陆清酒沉默了，他想说点什么安慰情绪低落的白月狐，但又觉得话都是多余的，毕竟他虽然不是龙，可看见那条黑龙狼狈的模样，心中也同样感到了不舒服，更何况是和黑龙身为同族的白月狐了。

　　不知道怎么用语言安慰白月狐，陆清酒便做了一顿大餐打算抚慰一下白月狐的心灵。

　　他让白月狐杀了一只鸡，在鸡的肚子里塞了各种辅料，放进烤箱里烤。烤好的鸡外酥里嫩，鲜嫩多汁，连带着骨头都是酥的。他们家养的鸡确实好吃，不光战斗力强悍，连带着味道也是一顶一的好，在烤炉里转圈时散发出的浓郁香气让人垂涎。

　　陆清酒还打算找个时间去镇子上买点兔子回来养着，他们这边有吃兔肉的习惯，兔肉是白肉，一点脂肪都没有，骨头还比鸡少，如果做好了，肉会非常嫩，兔肝的味道也比一般的肝脏好吃很多，口感绵密细腻，并且完全没有肝脏的那种铁腥味。

　　吃完饭，白月狐心情好了一点，说句芒给的种子可以种了。

　　"种在哪儿啊？就种在后院吧。"陆清酒说，"这种子要是结出眼球来被人看见，咱们家不得被其他村民当成怪物啊。"

　　"可以。"白月狐想了想，觉得陆清酒说得挺有道理，"就种在水井旁边吧。"

　　陆清酒点点头。

　　因为生发水的热卖，后院那口井上面的光圈越来越浓了，甚至在黑夜里也十分耀眼，连路灯都不用开，用尹寻的话说就是帮他们家省了不少电费。白月狐说可能再过一段时间井里的女鬼就能现出原形成神了。作为山神的尹寻听完后心情十分复杂，觉得自己还没有后院的女鬼厉害，虽然大家都是神仙，人家可是年薪百万，自己连吃个小笼包都得算算口袋里的钱。

　　陆清酒拍拍他的肩膀以示安慰，表示为这个家付出最多的还真是他们家后院的这口井……

　　把黑色的种子种在坑里，陆清酒在上面填上了一层薄薄的土，浇了点水，虽然白月狐说种下去就不用管了，但陆清酒还是有些担心它们会不会好好发芽。

　　"没问题的，家里不是有当康嘛。"白月狐说，"让它们多来后院玩玩，在这块土上面多跑跑，它们再不行，还有我呢。"

白月狐这种田小能手的称号是甩不掉了，他们家三月份种下去的果树这会儿已经噌噌噌长得比陆清酒还高，他甚至怀疑这个秋天它们就会结出果实，完全不用像其他农户那样等个几年。

白月狐，农业的小帮手，种田的好伙伴。

据白月狐说，这些种子种下去，生出来的果实就是眼球的模样，味道是水果味的，听起来就很好吃的样子，吃过眼球的陆清酒和尹寻都开始期待起来。

句芒走了几天，都没见他说的祝融的身影，陆清酒也就把这事儿忘在了脑后。

他是个行动派，说了想买兔子，第二天就去了镇子上一趟，买了几只可爱的小白兔回来，打算养在鸡窝旁边。

小兔子也不认生，很快就和战斗鸡们打成了一片，活动范围扩大到了整个院子。

陆清酒本来还想养点鸭子和鹅之类的，不过他们家离小溪太远，没有什么活水，总不能让鸭子去后院那口井里面游泳吧，所以这个计划暂时搁置了下来，想着以后有机会再说。

天气渐渐开始变热，不知不觉中，树木已经完全褪去了冬日的萧条，变得繁茂葱郁。

春天本来是去山上摘菌子的好时候，作为靠山吃山的水府村，村民们自然不会忘了这项能增加收入的活动。只是今年的雨水实在是太少，连带着也影响到了菌子的产量，好在四月末的时候，终于连着下了几天的雨。

尹寻说山上长了不少菌子，问陆清酒要不要一起去摘点下来吃。

野生的菌子味道鲜美，无论是用大火炒还是炖汤都是很好的食材，但是有个比较麻烦的问题，一般人不容易分辨出哪种菌子有毒，每年因为吃菌子进医院的人都不少。

陆清酒离开水府村也挺久了，对分辨菌子这事儿一点头绪都没有，但好在他们有个尹寻，尹寻拍着胸脯说这山上没有他不认识的蘑菇。

陆清酒便提了个竹篮子和尹寻上山摘菌子去了。

白月狐闲得没事儿，也挎着个篮子跟在后头。

雨后初晴，潮湿树叶底下到处都有野生的菌子，有时候撩开树叶就能看见一大片。

尹寻对山上很了解，去的地方几乎都是野菌丛生，摘下来的菌子有些陆清酒认识，比如鸡枞菌什么的，但有的陆清酒就觉得很陌生了，甚至见都没有见过。

"这真的能吃吗？"看见尹寻把一个红色的蘑菇放进篮子，陆清酒面露狐疑之色。

"能的。"尹寻道，"这个好吃着呢。"

"真没事儿？"陆清酒说，"我可是货真价实的人类，吃了毒蘑菇会死的。"

尹寻："没事，要是真有事这不还有白月狐呢嘛。"

白月狐抬眸，眼神不善地瞅了尹寻一眼。

尹寻赶紧缩了缩脖子。

蘑菇摘下来，清洗干净，能直接吃的晚上就用来炖鸡了，不能直接吃的还得靠太阳晒干。晒干了的蘑菇可以减少毒性，食用起来比较安全。

陆清酒看见鸡汤炖得差不多了，就往里面加入了新鲜的菌子，然后盖着锅盖，准备去院子里掐点葱花，谁知他刚进院子，就看到一个陌生人站在院子中间，正和白月狐对视。

那人身材高大，留着一头红色的长发，眉心有一小团火红色的文身，按理说红色头发本来会让人感觉有些轻浮，但是在这人身上，却一点都感觉不到轻浮的味道，反而让人觉得他非常严肃，根本不敢在他面前开任何玩笑。

那人听见陆清酒的脚步声，抬眸朝这边看来，他的瞳孔竟然也是红色的，然而在看见陆清酒的瞬间，变回了正常的黑色。

这人的外形特征太过明显，就算陆清酒没有见过他，也能猜出他的身份，他应该就是句芒口中的祝融了。

"陆清酒？"祝融低沉地叫出了陆清酒的名字。

"祝……祝先生？"陆清酒本来想叫他祝融的，可是话到了嘴边不知怎么觉得直呼其名不太合适，于是硬生生换了个称呼。

"叫我祝融就好。"祝融说，"近来过得可好？"

"还不错。"陆清酒被他这种熟人似的问候方式弄得有点手足无措，他们两个本来第一次见面，可祝融这态度却仿佛两人是相识已久的好友似的。

祝融也看出了陆清酒的局促，扯了扯嘴角，露出一个生硬的笑容，他道："不用太拘束，我和你的姥姥是旧识。"看得出，他是想在陆清酒面前表现得亲和一点，奈何他本身就是一副硬汉长相，笑起来反而越发瘆人了。

"旧识？"陆清酒惊讶道，"你认识我姥姥？"

"嗯。"祝融说，"她的厨艺不错。"

厨艺不错？那他肯定是吃过姥姥做的饭了，只是不知为何自己幼时却从未见过他，还是说他刻意避开了自己？陆清酒心中有些猜想，不过既然是姥姥的旧识，也算是自己的长辈了，他道："那……您，要留下来吃个晚饭吗？"他想知道祝融还知道多少关于自己姥姥的消息。

"不了。"谁知祝融却拒绝了陆清酒的提议，他看了白月狐一眼，"我还有些其他的事要处理。"

白月狐在旁边一直没怎么说话，但目光却是冷的。

"哦，那好吧。"陆清酒感觉白月狐和祝融似乎有些不对盘，便也没有强求。

祝融点点头："如果你见过那囚龙，记得告诉我，只要他在外面，你就很危险。"

"我？他为什么要吃我？"陆清酒问。

祝融闻言表情有点奇怪："白月狐没有告诉你吗？"

陆清酒："嗯？"

祝融道："他们龙族只吃两种人，一种是敌人，一种是挚爱之人。"

陆清酒愣了："我是他的敌人？"

祝融蹙起眉头，眼神怪异地看了陆清酒一眼，却没有再回答陆清酒的话，挥挥手示意自己要走了。

陆清酒看着他的反应，心中却冒出了一种不可思议的猜想，这猜想他之前就有过，但一直觉得太过荒诞，便暗藏在心中，可是祝融的反应，却完全证实了他这种荒诞的想法，他缓缓扭头，看向了白月狐。

白月狐看见陆清酒凝重的表情，他叹了口气，伸手捏了捏眼角，嘟叹道："我就知道他来没什么好事……问吧。"

陆清酒："他是我的姥爷？"

白月狐抿唇沉默，隔了许久，才在陆清酒的注视下缓缓吐出了一个字："对。"

"他是我姥爷？那条龙是我的姥爷？？"如此轻易地得到了问题的答案，可陆清酒却一点也高兴不起来，他想起了囚龙悲哀又温柔的表情，又想起了他被囚禁在坑底时那狼狈至极的模样，"为什么？为什么他要吃掉我的父母？难道是因为他爱他们？？"

白月狐："我不知道，但我觉得这是个误会。"作为龙族，他深知自己种族的习性，如果陆清酒的姥爷控制不住了，那他第一个要吃掉的应该是陆清酒的姥姥而不是自己的子女，毕竟姥姥怀孕的时候，他已经离开了她的身边，并且从未见过自己的子女一面。

陆清酒被这个真相震惊了，他有好多想问的，但一时间却又不知道该问什么，最后只能从嘴里憋出来一句："所以我是龙的后代？也有龙族血统？"

白月狐："你就没有想过，为什么你可以看到其他人看不到的东西，听到其他人听不到的话吗？"

陆清酒："我以为我是小说主角呢。"

白月狐哑然失笑："说不定现在你也是呢。"

陆清酒："……"嘿，还挺有道理，不过说真的，他从来没有认真想过为什么自己会有特异功能，还以为这是巧合，现在想来，世界上哪有那么多的巧合。

每一个偶然，都是由无数个必然造成的。

陆清酒："我有好多想问的，不行，我得回去列个表。"

白月狐本来以为陆清酒知道真相后反应会很强烈，却没想到陆清酒居然来了句这个，甚至真的打算回去列表了，他张了张嘴："等等……"

陆清酒："嗯？"

白月狐："你知道真相了，不会被吓跑吧？"

陆清酒莫名其妙："跑？跑哪儿去啊？"

白月狐："这不是有龙想吃你嘛。"

陆清酒："对啊，还是我姥爷。"

白月狐："你就没什么想说的？"

陆清酒想了想，然后脸色一沉，忽地拍了一下大腿："不好！"

白月狐也跟着紧张起来："怎么了？"

陆清酒："我忘记锅里还炖着鸡了！！！"

白月狐："……"

他还没来得及说话，就看见陆清酒一阵风似的冲进了厨房，随后厨房里发出了凄惨的叫声："完蛋——炖干了！！"

白月狐："……"一想到那么美味的一锅鸡汤没了，他竟然开始恨起了祝融。

因为祝融带来的爆炸性消息，导致他们三人的晚饭从美滋滋水润润的鸡汤，变成了干巴巴的鸡块外带缺水的蘑菇。

尹寻下午回去了，不知道发生了什么事儿，吃晚饭的时候对着碗垂泪，说陆清酒，你们有没有人性，就这么背着我把汤给喝了，连一口都不给我留。

陆清酒看着他这样头都大了："我说了鸡汤是不小心熬干了。"

尹寻："我不信我不信，你忘了白月狐能忘了吗？！"

白月狐听得暗暗磨牙，差点没把自己手里的筷子捏断，是啊，平时他是肯定不会忘的，但是当时那情形，难道他能提醒陆清酒鸡汤要干了吗？这要是真的提醒了，恐怕就不是只损失一锅鸡汤那么简单了。

陆清酒："好了好了，别哭了，我给你冲点热水凑合着吃行不？"

尹寻："哇，你有没有人性啊，鸡汤没了就算了，你还要我喝白水。"

陆清酒："那咋办啊？"

尹寻："明儿咱们再炖一锅吧，我来守着。"

陆清酒："……行吧。"

三人闷闷不乐地吃完了晚饭，然后各做各的事去了。白月狐出了门，不知去向，尹寻摸着肚皮回了家，陆清酒则坐到自己的卧室，找来一张纸开始列自己想要问的问题，不得不说，他想问的实在是太多了，列完一张纸还不够，还得准备第二张。看着纸上面的问题，陆清酒又叹了口气，他的余光注意到了放在枕头旁边的木盒、木盒上面的日记本，以及日记本上的黑色鳞片。

此时，他终于明白了姥姥的那句"不要对房客产生感情"是什么意思，她竟和龙族产生了感情，甚至还怀了一个孩子。这个故事的结局是个悲剧，被污染的龙族吃掉了他们的孩子，并且被残忍地囚禁了起来。而姥姥，则在悲痛之中离开了这个世界。

陆清酒拿出了那片龙鳞，仔细观察后，才发现这鳞片似乎被摸过许多许多次了，以至于上面一些凹凸不平的地方全都被摸得非常光滑。陆清酒又取出了之前白月狐身上掉落的那一片黑鳞，两片鳞片对比非常明显，一片光泽如新，一片暗淡无光。他家的龙，果然是最漂亮的，想到这里，陆清酒嘴边不自觉地挂起了一抹笑容。他将鳞片重新放入了自己特意准备的布袋里，又将那片满是伤痕的龙鳞重新夹进了日记本。

不知道这么多年来，姥姥抚摸这片龙鳞时在想什么呢？是怀着深深的爱意，还是藏着难以言说的恨？陆清酒想不出来，只能猜测。

然而他的猜测却注定得不到答案，因为当事人早已不在了。

慢慢将所有东西归位，看着纸上的无数个问题，陆清酒却叹了口气，将纸揉成一团，随手扔进了旁边的垃圾桶。

他意识到，询问白月狐是得不到正确答案的，想要知道当年发生了什么，恐怕还得找到那条被囚禁的龙，也就是他的姥爷。

但想到祝融的来意，陆清酒也知道现在想见到他姥爷，并不是那么容易的事。

第二天，陆清酒又重新炖了一锅鸡汤。为了防止昨天那样的事发生，这次尹寻全程守在热锅旁边，就怕鸡汤不小心给炖干了。

在后院种下的眼球草才过了一晚上就生出了翠绿的苗苗，那苗苗看起来和普通的植物没有什么不同，估计只有等到结果的时候才能长出眼球状的果实了。

陆清酒早晨起来，照例把院子先打扫了一下，然后去做了午饭。

最近网店的生意越来越好，随着名气更大，那一百瓶生发水也是供不应求。当然也有不少人怀疑这是店家的营销，但生发水的效果就摆在那儿，前一天还是地中海，后一天就变成了一头长发，让人不信都不行。

陆清酒现在都不敢上自己网店的后台了，一上去就是多得能把自己的电脑卡死的信息，还有一些商家联系他想要量产生发水，最后都被陆清酒一一拒绝了。

这月末又要为下个月的生发水做准备，陆清酒开着小货车去市里打算把玻璃瓶和包装纸运回家中，顺便再在市里买点新鲜的热带水果之类的。

陆清酒开着车往回走，路过镇子的时候本来想去小笼包店里买点小笼包给家里两只带回去，却看见胡恕和庞子琪两人愁眉苦脸地坐在店门口，似乎在谈论什么。

陆清酒也没多问，随口和他们两人打了个招呼，然后让老板打包了两百块的小笼包。谁知看到陆清酒，胡恕和庞子琪都是眼前一亮，胡恕像是怕陆清酒跑掉似的，赶紧一把抓住了他的手："老陆，陆哥，这是要干吗去呢？"

陆清酒看见胡恕的表情就知道这事儿不简单："回家啊，干啥？"

"嘿嘿，嘿嘿。"胡恕假笑着，"别那么急嘛，来来来，你的小笼包还要等一会儿呢，赶紧坐下，我请你喝粥。"

陆清酒正想拒绝，却被胡恕抓着肩膀硬生生地按在了座位上。

庞子琪顺手就给陆清酒倒了一杯热腾腾的豆浆，还往豆浆里泡了一根油条："陆哥，吃！"

陆清酒："……你好像比我大吧？叫我陆哥干吗？"

庞子琪："那陆老师？"

陆清酒："……你还是叫我陆哥吧。"

无事献殷勤，非奸即盗，这两人的表现很不正常，陆清酒要是看不出来他们有事就有鬼了。不过他要的小笼包的确还要等一会儿才能打包好，听听两人想说什么也无妨。

"陆哥啊，我想问问你知道有什么妖怪，是蜜蜂的形态吗？"经过几次事件，胡恕已经把陆清酒当成了隐居在水府村的世外高人，所以看见陆清酒就像看见了救星。

"你们又遇到什么奇怪的东西了？哎，不是，胡恕你不是普通的警察吗？怎么调查的全是这种莫名其妙的灵异事件啊。"陆清酒奇怪地看着胡恕，觉得胡恕离正常的人类生活是越来越远了。

胡恕闻言露出痛不欲生之色："我也想啊，可是自从上次庞子琪那事儿之后我就调进了他们科。"结果调进去没几个月，遇到的全是些颠覆他三观的怪事，他都想辞职了。

庞子琪在旁边骂道："胡恕你少来，你勾搭狐狸精的时候可不是这个态度。"

胡恕讪笑。

听到"狐狸精"三个字，陆清酒倒是有了点兴趣，虽然已经知道自家那只不是狐狸精了，但好歹马甲还没掉嘛，至少表面上得维持一下。

"什么事啊，你先和我说说。"陆清酒说，"蜜蜂的话，我倒是知道一点……"他想起了家里被白月狐逮来强行做蜜蜂的钦原，虽然钦原看起来和蜜蜂没啥关系，但是酿出来的蜜还是挺好吃的。

"你知道市里面那个特别有名的贵族幼儿园吗？"胡恕说，"最好的那个，花园幼儿园。"

陆清酒："听说过一点。"在这所幼儿园上课的全是达官贵人的小孩儿，一般有钱人没点关系还真的进不去，在他们市里，这幼儿园也算是一种身份的象征了。

"那边闹了蜂灾。"庞子琪接了话，"只要小孩儿去上课，就满屋子都是蜜蜂。"

陆清酒蹙眉："会不会是有什么蜂巢之类的？"

"这些可能存在的因素我们都想过了，也去查了。"胡恕叹气，"但是这件事最神奇的地方不在于那地方有蜜蜂，而在于那儿平时都看不见蜜蜂的影子，但是只要有小孩儿上课，不到十分钟，密密麻麻的蜜蜂就从四面八方飞过去了，好像被什么召唤似的。"

这的确是有点奇怪，陆清酒道："那小孩儿们换过地方了吗？"

"换过啊。"胡恕说，"园方重新选了一个地址让小孩儿们去上课，谁知道小孩儿们一到那儿，蜜蜂又出来了。"

陆清酒说："还有这样的事？"

胡恕苦恼道："对啊，这事闹得挺大的，好歹是把媒体那边压下来了，不过也压不了太久，所以上面非常重视，但是我们查来查去都查不出个所以然，就想问问陆大仙人您啊。"

陆清酒："……"刚才还陆哥，这会儿就陆大仙人了。

庞子琪脾气还是很暴，点了根烟语气不善地说，就该按照他的说法，一把火把那些蜜蜂全给烧了，来多少烧多少，他倒要看看这些东西能折腾多久。

胡恕没理庞子琪，只是看着陆清酒，那双黑色的眼睛把陆清酒盯得有点毛骨悚然。

"我回去想想吧。"陆清酒给了他们个敷衍的答案，"不保证能想出来啊。"

陆清酒没有直接拒绝已经让胡恕很满意了，他连忙点头对着陆清酒道谢，还说过两天请陆清酒喝酒。

陆清酒摆摆手没说话，拿着打包好的包子走了。

回到家里，他先把包子热了一下，然后把炖好的菌子鸡汤端了出来，在上面撒上绿油油的葱花。这鸡汤炖菌子香得不得了，再加上鸡肉是土鸡，菌子也是野生的，完全不用放一丁点味精便已无比鲜美，香得能让人把舌头吞下去。鸡肉虽然是炖的，但并不柴，反而肥美鲜嫩，吃的时候舌头一裹，肉就从骨头上下来了。

三人吃着鸡汤和小笼包，陆清酒顺口把胡恕的事儿给白月狐说了，问白月狐对蜜蜂有啥想法没。

白月狐听完后问了句莫名其妙的话："家里的蜂蜜够吃吗？"

"还行，差不多够了，如果给朱淼淼那边也寄点过去，就有点紧张。"陆清酒道，"怎么了？"朱淼淼那边是吃蜂蜜的大户，她说这边的蜂蜜和一般的蜂蜜不同，具有排毒养颜的功能，她还尝试性地将蜂蜜当面膜敷在了脸上，第二天脸蛋变得光滑又柔软，简直像是刚剥掉壳的水煮蛋。

发现了陆清酒家里蜂蜜的这种功效后，朱淼淼自然不可能放过，强烈要求陆清酒多给她留一点蜂蜜用来美容。

朱淼淼帮了家里那么大的忙，再加上经常寄零食和水果过来，对于把蜂蜜寄给她的事白月狐倒也没有什么怨言，不过过了朱淼淼那么多蜜，家里吃的就变少了，毕竟他们家就一个蜂箱，而且人家钦原还是做五休二，下班时间比陆清酒还准时，加班是不可能的。

"你问问他们什么时候开园，开园之后我们再去看看。"白月狐道，"捉点蜜蜂回来。"

陆清酒道："好啊，不过这么多蜜蜂到底为什么聚集在那儿啊？"

白月狐："去了就知道了。"

几人吃完小笼包，陆清酒便给胡恕打了个电话，问他花园幼儿园什么时候开园。胡恕说园方通知了下周一，不过到时候有没有学生去是个问题，毕竟没有家长会愿意自己的孩子被蜜蜂蜇。

陆清酒说到时候自己会去看看。

胡恕赶忙称好，并且表示有任何需要他帮助的地方尽管直说。

离下周还有好几天，陆清酒也不急，最近家里要做的事太多了，趁着春天阳光好，他把在柜子里放了一个冬天的夏季衣物全都洗了一遍，发现尹寻和白月狐没什么衣服，便拉着两人去了市里，买了好几套夏装。

接着又让白月狐去理发店里剪了一个最近特别流行的短发，这剪完一出来，就吸引了周围不少人的眼光，不光女生在偷偷地瞟，还有男的也在朝着这边看过来。

尹寻就很省钱了，自从变成山神之后他的指甲和头发就停止了生长，如果硬要剪短，没过两天就会变成原形，所以完全不用打理，每天都是同一个发型。

陆清酒还带着两人去买了市里面很有名的蜂蜜蛋糕，不过在尝过这蛋糕后，尹寻和白月狐都表示这蛋糕没有陆清酒做的好吃，陆清酒笑着说那是因为家里用的蜂蜜、牛奶都是最好的。

市里面最近好像要举行什么盛大的活动，到处都张灯结彩，看起来一片热闹。

陆清酒去逛了一下市里的菜市场，买了一些白月狐和尹寻都没有吃过的东西，比如甘蔗。只是四月份的甘蔗不是很新鲜了，大部分都是存货，要不是尹寻盯了半天，陆清酒是肯定不会买的。除了甘蔗之外，陆清酒还买了新鲜的蚕豆，打算一部分用来做零食一部分用来做菜。

总之今天收获颇丰，回到家时每个人手上都提着大包小包。

晚上的时候，大家坐在屋子里一边看电视一边慢悠悠地啃甘蔗，白月狐很嫌弃这种只能尝个甜味还费力气的水果，于是少有地没碰。陆清酒和尹寻倒是很喜欢，两人咔嚓咔嚓地啃着甘蔗，还时不时地喂旁边的小花、小黑几口，吃得嘴里甜滋滋的。

电视上播的是今天的地方新闻，全是些乱七八糟的琐事，不过看着还是挺有趣的，陆清酒在上面看到了花园幼儿园休园的消息，新闻上说可能会在下周一开放——这倒是和胡恕说的一样。

白月狐在旁边吃着炒蚕豆，蚕豆是五香的，用香料炒干，剥开干掉的皮直接塞进嘴里，又香又脆。蚕豆里面还有些炒花生，都是很好的消遣小零食。唯一美中不足的，就是吃了容易肚子胀气……

看完电视节目，他们各自休息去了。

很快就到了周一，是胡恕说的花园幼儿园开园的时间。

前一天白月狐就和陆清酒说要早点起来，于是不到五点，陆清酒就从床上爬起来，去厨房做了个豪华版的三明治，再给家里的动物喂食之后便打算出门去了。

今天尹寻负责看家，陆清酒和白月狐则要去市里一趟。

开着可爱的小货车，陆清酒和白月狐就这么上路了，几个小时后，两人到达了目的地——市中心的花园幼儿园。

这会儿已经快要九点了，幼儿园的门虽然大开着，却看不见进出的小朋友，整个幼儿园都非常安静，连门口的保安都不见了踪影。

陆清酒觉得这种安静让人很不舒服："咱们要进去吗？"

"嗯。"白月狐走在了前面。

进入园内后，陆清酒感叹道，这个幼儿园果然是个贵族学校，不论是学校的基础设施和建筑，还是园内的摆放物品和设计，都透着一股豪气，颜色亮丽的教学楼造型别致，塑胶操场上布置着各色玩具，陆清酒没忍住，看四周没人，悄悄坐到秋千上荡了两下。

因为从小和姥姥一起长大，他是没有去过幼儿园的，也没怎么玩过这些玩具，等到了城里接触到这些东西的时候都已经长大了，自然也不好意思和小朋友们争。

白月狐看陆清酒乐得像个傻子，微微偏了偏头："好玩吗？"

陆清酒："还行还行，你要来试试吗？"他指了指自己旁边的秋千。

白月狐欲言又止，最后居然什么都没说，默默地走到了陆清酒的旁边，坐在了秋千上。

这幼儿园的玩具实在是太多了，秋千只是基本配置，陆清酒扫了一圈，甚至怀疑自己能在这里玩一天不带重样的。当然，他也就只是想想，因为很快，门口的方向就传来了脚步声。

陆清酒毕竟是偷偷溜进来的，赶紧拉着白月狐躲到了一丛灌木后面。

很快，他们便看到有一群人从门口的方向走了过来，仔细看去，才发现是十几个大人，每个人手里都牵着一个小孩儿，后面还跟着几个穿着保安制服的男人。

他们边走边说话，从几人的对话中，陆清酒得知了他们的身份——他们就是在这所幼儿园上课的孩子们的家长，今天园方通知开园，大家都抱着怀疑的心态带着孩子过来了。因为之前的蜜蜂事件，家长们都对能否把孩子送到学校心存疑虑，所以今天是特意过来亲自看看的。

"好像没看见蜜蜂啊，是已经把蜂巢清理干净了吗？"其中一个女性家长道，"不过其他孩子呢？"

"他们应该是在看情况吧。"另一个人回答，"我看没什么事了。"

幼儿园里干净又清爽，不但看不到蜜蜂的痕迹，连一只虫子也看不见。

"不行，我还得再等等。"女性家长要细心一点，"我家宝宝差点被蜇了，那么多蜜蜂，吓死人了。"

"嗯，那咱们就去教室里面再等等吧。"有人赞同了她的说法。

显然，园方为了维护幼儿园的名誉，并没有将真相全部告知家长，现在家长们都以为是幼儿园里生了一窝蜂巢，所以才会有那么多的蜜蜂，现在看不见蜜蜂，自然以为是园方已经把蜂巢清理干净了。

这群人进来后，后面又陆陆续续地来了几批家长，整个幼儿园也热闹了起来，只是让陆清酒觉得奇怪的是，他并没有看见胡恕口中的蜜蜂。

"没有蜜蜂啊。"陆清酒和白月狐躲在灌木丛后面，像两个要偷小朋友的变态，"难道这事儿已经解决了？"

白月狐摇摇头没说话，示意陆清酒再等一会儿。

于是陆清酒便耐下了性子，和白月狐继续等。随着时间的推移，幼儿园里的小朋友越来越多，家长们见没有蜜蜂了，都放了心，将孩子们送到教学楼后便离开了。

此时时间差不多是上午十一点，该来的小朋友都来了，并不见蜜蜂的踪影。

就在陆清酒想着要不要离开的时候，他的耳朵却捕捉到了一种熟悉的声响，嗡嗡嗡嗡嗡——是翅膀高速挥舞时留下的嗡鸣声，陆清酒下一刻便意识到，这是属于蜜蜂的声音！

第十七章
控蜂人

那嗡嗡声传来后不到片刻，陆清酒的头顶上便出现了一片黑色的阴云，他抬头看去，发现那根本不是云，而是一大片黑色的蜜蜂，它们聚集在一起，甚至盖住了天空，巨大的嗡嗡声让人身上的鸡皮疙瘩瞬间炸开，陆清酒惊愕地张开了嘴巴，看见这些蜜蜂如黑色的潮水一般朝着教学楼的方向涌了过去。

此时教学楼里全都是刚坐进教室的小孩子，难以想象如果这些蜜蜂扑上去，会造成多大的损伤。

"月狐，怎么办！"陆清酒忙问。

白月狐看着蜜蜂飞去的方向，对着陆清酒道："这边。"说完便朝着教学楼跑了过去。

陆清酒跟在白月狐身后，一口气直接上了四楼，停在了写着"小五班"的教室门口。

白月狐爬四楼连口气都不带喘的，但陆清酒却是常人的体质，喘得是上气不接下气："呼呼……月狐，怎么了？"

白月狐指了指教室里面。

因为蜜蜂，教室里一片混乱，孩子们到处乱跑，而本该带着孩子们迅速离开的老师居然倒在了地上，生死未知。蜜蜂通过窗户和门飞进来，密密麻麻地布满了整间教室，无论是天花板、墙壁，还是小朋友们的身上，到处都是这种拇指大小的飞虫。

"呜哇，呜哇……"孩子们的哭声震耳欲聋，看得陆清酒心惊肉跳。

白月狐走进教室，目光落在了教室的角落里。

陆清酒顺着白月狐的目光看去，却是瞬间惊呆了，只见角落之中，一个小男孩儿坐在地上，一动不动，身上附着一层黑黑的东西，那层黑黑的东西还在爬动，分明就是无数只还活着的蜜蜂。小男孩儿似乎已经完全不能动了，陆清酒第一个反应就是冲上去将他身上的蜜蜂挥开，但刚跨出一步，就被白月狐按住了肩膀。

"别去。"白月狐说，"他不是人。"

陆清酒愣住："不是人？"

白月狐道："嗯，蜜蜂是他招来的。"

他话音刚落，陆清酒便看见倒地的小男孩儿慢慢地从地上爬了起来，他咧开嘴笑了，只见他嘴里也全是蜜蜂，如果不是还有黑色的头发露在外面，陆清酒甚至会怀疑他整个人其实都是蜜蜂构成的。

"你是什么东西？"小男孩儿见到陆清酒和白月狐，用恶劣的语气开了口，声音有些尖锐，还带着嗡嗡的混音，让人听着很不舒服，"也敢来我的地盘上撒野？"

白月狐道："我叫白月狐。"

小男孩儿道："白月狐？你是只狐狸精？哈哈哈哈哈，你们狐狸精也配来找我的麻烦？不想死就赶紧给我滚。"

被小男孩儿这般歧视，白月狐一点都没生气，他眨了眨眼睛，温声道："你的话让我觉得有些怀念。"

小男孩儿道："怀念？"

白月狐说："因为上一个这么说话的人，已经死了五百多年了。"他话音落下，便上前一步，伸出手直接掐住了小男孩儿的脖颈。小男孩儿被白月狐的动作吓了一大跳，开始疯狂地挣扎，而他身边的蜜蜂也像被操控了似的朝着白月狐一拥而上。白月狐整个人都被蜜蜂包裹了起来，浑身上下都布满了这种细小的昆虫，只剩下一个人形轮廓，看不见人的模样。

陆清酒在旁边看得无比焦急，正在想要不要掏出打火机制造火源将蜜蜂熏走，却看见那些粘在白月狐身上的蜜蜂起了奇异的变化——它们开始不停地掉落，不过片刻工夫，所有附着在白月狐皮肤上的蜜蜂便全部从他身上掉了下来。

那小男孩儿也看到了这种变化，整个人都呆住了，他尖叫了起来，语气里带着满满的惊恐和不可思议："不……不可能，你是狐狸？你根本不是狐狸！！"

白月狐本来神色还算淡然，可听到这话后，马上表情一变，冷冷道："我就是狐狸，你再敢说我不是狐狸，我就杀了你。"

小男孩儿显然并不知道自己的话到底是哪里触到了白月狐的逆鳞，整个人都呆住了。

站在旁边听着二人对话的陆清酒："……"这种时候你还那么在意这种事情吗宝贝，你是不是搞错了重点？

全世界都知道白月狐掉了马甲——除了他自己。

对于马甲异常执着的白月狐让站在旁边的陆清酒陷入了沉默，和他一起沉默的，还有被白月狐捏在手里的那个小男孩儿。

被白月狐的反应吓了一跳后，小男孩儿怪笑一声，接着身体便化作了无数只飞舞的蜜蜂，从白月狐的手里挣脱了出去。

眼睁睁地看着自己手里的精怪化形跑了，白月狐的反应却很冷静，他没有要追出去的意思，反而扭头看向这一屋子的小孩儿。

小孩儿们被这些密密麻麻的昆虫吓得全都在大哭，唯一一个大人也晕倒在了地上，白月狐走到了那个被蜜蜂包裹住的大人旁边，伸手挥了挥，这人身上的蜜蜂散去，露出一张被蜜蜂蜇得面目全非的脸，看得陆清酒倒吸一口凉气。这人身上只要是露在外面的皮肤，几乎每一寸都布满了红色的大包，上面还能看见蜜蜂留下的尾刺，看得出他伤得很重。

虽然平时被几只蜜蜂蜇并不算是什么大伤，但是，一旦遇到一大群蜜蜂蜇人，就真的会出人命的。眼前的人已经陷入了昏迷，看样子是凶多吉少了。

看着周围的蜜蜂渐渐散去，陆清酒掏出手机赶紧打了 110 和 120。打完电话后，陆清酒又在教室里面转了一圈，想要看看有没有因为蜜蜂受伤的小孩儿，但让他非常惊讶的是，居然没有一个小孩儿被蜜蜂蜇。倒是有个受伤的小孩儿，却是因为太过慌乱，不小心被桌角绊倒，才在脑袋上摔出了一个圆鼓鼓的包，这会儿他正伤心地哇哇大哭。

陆清酒赶紧把小朋友抱起来安慰，等到救护车过来的时候，小朋友已经不哭了。这是个看起来很可爱的小男孩儿，虎头虎脑的，大大的眼睛里含着一汪泪水，他伸手抓着陆清酒的衣袖不肯放开，似乎是被吓到了。

"乖，没事了，没事了。"陆清酒摸着他的小脑袋。

救护车停在了楼下，医生和护士到了四楼，看见了倒在地上的男教师，在简单的检查之后，发现男教师此时已经休克，如果再来晚一点，可能人就没了。一起来的还有听到了消息的满面焦急的大人们，陆清酒看到人多了，便放下小朋友打算和白月狐开溜，毕竟两人是偷偷进来的，要是被警察发现，恐怕会受到怀疑。

好在这会儿整个幼儿园特别混乱，他们两个出去了也没被人发现。不过离开的时候，陆清酒注意到被蜜蜂蜇的不只这个男教师，还有其他的大人，但没有一个小孩儿受伤。

显然，那些蜜蜂都是有目的性地选择蜇伤对象的。

离开幼儿园，陆清酒看着救护车呼啸而出，把伤者带去了医院，也不知道这几人被蜇得那么厉害，能不能活下来。

"好奇怪啊，他到底要干什么？"陆清酒道，"看这样子，也不是无差别攻击吧。"

"嗯。"白月狐"嗯"了声。

陆清酒道："不过去了医院应该就安全了吧？"

白月狐淡淡道："那可不一定，他管的不止是蜜蜂。"

陆清酒："……不止是蜜蜂？"他想到了什么，感觉自己似乎猜出了刚才那个小男孩儿的身份，他道，"难道他管的是所有的螫虫？"

白月狐道："对，就是他。"

螫虫指的是所有尾巴上有毒刺可以蜇人的虫子，而掌管螫虫的首领，便是一种名为骄虫的生物，在神话中他形如幼儿，长相似人，唯一和人类不同之处，便是他有两个脑袋。

骄虫管着所有的蜂类，不光是蜜蜂，还有毒性更大的黄蜂以及各种毒蜂。惹了他，就等于惹了天下的蜜蜂。

陆清酒知道后，心中暗暗庆幸，还好自家的钦原和蜜蜂没什么血缘关系。

骄虫虽然听起来像是精怪，但其实是一种比较少见的山神，战斗力还很强。不过这样的山神，为什么会对一个幼儿园下手？虽然没有伤到小孩儿，但还是把孩子们吓得够呛，莫非是幼儿园里的人做了什么事，将骄虫惹怒了？陆清酒觉得这是唯一的可能。

两人正在讨论这事儿，胡恕就给陆清酒来了个电话，陆清酒接起来，听见胡恕焦急地问他们今天有没有去幼儿园。

"去了啊。"陆清酒说，"我们刚从里面出来。"

"真去啦？"胡恕道，"那，陆哥你也看见蜜蜂了？"

陆清酒说："看见了。"

胡恕道："你没受伤吧？"

陆清酒道："没有，怎么了？"

胡恕道："园子里有两个人被蜇了，两个都是老师，现在在医院里抢救呢，说是伤得很重，也不知道能不能抢救过来。"

陆清酒道："没有孩子受伤吧？"

胡恕苦笑："这大概是唯一值得安慰的了，目前没有小孩儿受伤……"

陆清酒想了想，道："胡警官，你是不是隐瞒了我们什么事啊？"

胡恕在电话那头沉默了。

陆清酒说："这蜜蜂来了这么多趟了，之前就应该有伤者吧，你为什么没有告诉我们，还是说，这些伤者的身份都很特殊，不能说出来？"

胡恕安静了好一会儿，才长叹一声："你说得没错，的确一开始就有伤者，不过受伤的是一个很有名的贵妇，这事情被压了下来，没几个人知道。"

陆清酒蹙眉："受伤的是贵妇？她做了什么？"

"她做了什么我们也不知道啊。"胡恕道，"现在还在昏迷中呢，而且她是被蜇得最严重的那个，能不能活下来还得另说。"

陆清酒道："都发生这么严重的事故了，你们居然还没有关闭幼儿园？"甚至隔了没几天就又开园了。

胡恕道："这是幼儿园高层决定的，他说想要找到凶手，我们也劝了，但是他们不听我们也没法子。"按照胡恕的说法，就是那个园长一心认定是有人捣鬼，所以想要揪出内鬼帮贵妇报仇。

陆清酒听得眉头紧皱，这园长未免也太不负责任了一点，为了抓凶手居然将那么多小孩儿置于险境，如果小孩儿们真的出了什么事，那可怎么办？

不过胡恕接下来的话，倒是解开了陆清酒一部分的疑惑。

原来这个园长根本不是幼儿园的投资方，只是被请来做园长的，而真正的投资方身份也很特殊，据说是一个很有名的金融大佬，其旗下资产过亿。据胡恕的小道消息，那个贵妇似乎和投资方有什么私下的联系，两人似乎是情侣。看到爱人受伤，那人非常生气，而且坚定地认为是有人要害自己。

陆清酒道："那现在你们打算怎么办？"又伤了两个人，虽然孩子没事儿，但事情却闹大了，而且最重要的是凶手还没找到。

"不知道啊。"胡恕苦笑，"上面给的压力本来就很大了，这次估计会更麻烦……唉，陆哥，你有什么头绪没有？"

"暂时没有。"陆清酒没有给胡恕露口风，他总觉得这事没那么简单。

胡恕见问不出什么内容，这才不甘心地挂断了电话。

陆清酒放下电话后，看向白月狐道："月狐，接下来怎么办？我们要去找骄虫吗？"

白月狐点点头，从兜里掏了个什么东西出来，陆清酒仔细一看，才发现那居然是一只还活着的小蜜蜂，那蜜蜂身上萦绕着几缕黑色的雾气，似乎是白月狐刻意留在它身上的。

白月狐手一张，小蜜蜂便挥舞着翅膀往天边去了，陆清酒也看明白了白月狐想要做什么，他道："我们跟着？"

白月狐道："嗯。"他说完这话，动作自然地伸出手抓住了陆清酒的手，然后黑色的雾气瞬间将两人笼罩起来，陆清酒先是眼前一黑，接着便感觉自己整个人腾空而起，就这样被白月狐带到了半空中。

蜜蜂似乎没有飞多远便停了下来。白月狐将陆清酒放到地面上，黑雾散去，陆清酒看到了周围的景象。他们离开了幼儿园，来到幼儿园附近的一个小公园里。这个公园似乎是供孩子们玩耍的，沙地上还有很多玩耍的器材，器材旁边有很多妈妈带着学龄前的小孩儿在玩耍。

白月狐和陆清酒则站在树丛之中，倒也没人看见他们两个。

"怎么到这里来了？"陆清酒有点惊讶。

白月狐道："他没有走远。"他嗅了嗅，似乎是在寻找骄虫的气息，"他就在附近。"

陆清酒道："还在附近？难道他还想做什么？能找到吗？"

白月狐摇摇头："只能找到大概范围，他化形之后身体太小，气息比较淡。"

陆清酒道："那我们在这里等等吧。"他总觉得骄虫之所以选择这个公园是有原因的，至于什么原因，他还不知道。

两人便在林中寻了个石凳坐下，一边观察周围的情况一边等待。

只是等了快一上午了，他们都没有发现什么异常情况，公园里热热闹闹的，人们来往不断，和平日里别无二致。

陆清酒等得有点饿了，便去公园门口买了一袋零食还有几根烤热狗，和白月狐分而食之。

这热狗还挺好吃的，咸甜的口味，里面夹着碎碎的脆骨，口感很不错，看得出白月狐挺喜欢，连着吃了三四根还一脸意犹未尽。陆清酒便干脆又去买了一大袋。反正家里有钱，这点东西不算什么。

今天天气不错，阳光洒在人身上暖洋洋的，陆清酒在石凳子上坐着都快睡着了，那边还没有什么动静。不过白月狐说了，骄虫的气息还在这儿，没有什么变化。

既然这样，那就继续等吧，反正回家也没什么事，陆清酒拿了瓶饮料，又开了一包瓜子，慢悠悠地开始嗑，假装自己是在公园里春游。

两人等了很长时间，直到下午五点多，陆清酒吃饱之后甚至还趴在石桌上睡了一觉，骄虫也没什么反应。就在陆清酒觉得今天可能不会有什么结果的时候，公园里却出现了一个意想不到的身影——今天白天在幼儿园里因为摔倒在脑袋上碰了个包，还在陆清酒怀里哭了好一会儿鼻子的小男孩儿。

五点多，公园里的人差不多都散去了，夕阳的余晖落在空荡荡的玩具器械上，平白给这里添了几分孤寂的气息。

小男孩儿背着个小书包，慢吞吞地走到一个秋千跟前，坐了下来。他脑袋上的包已经经过了处理，抹了药还包上了纱布，后背上背着个小小的书包，书包里鼓鼓囊囊的，不知道装了些什么。

小孩儿在秋千上荡了一会儿，眼睛却落在周围，似乎在寻找什么东西。看他年龄不过五六岁的样子，身边也没跟着家长，陆清酒心里浮起担忧，本想上前问问，却被白月狐拦住了。

"怎么？"陆清酒问道。

白月狐摇摇头："再看看。"

陆清酒见白月狐神情凝重，这才停下了动作，继续和白月狐看着。

小孩儿又在秋千上荡了一会儿，确定周围没有人后，便背着小书包进了树丛，陆清酒和白月狐跟在他的身后。白月狐放出的黑雾包裹住了两人的身体，让两人的气息不至于外泄，脚踩在地上也没有声音，不会被其他人发现。

陆清酒开始以为小孩儿是来公园玩的，但是很快他就发现，小孩儿其实是来寻找什么东西的。他行走的路线具有很强的目的性，并且一路上东张西望，只朝着树上草丛里四处观察。

陆清酒和白月狐静静地看着他。

走了五六分钟，小孩儿的脚步突然停在了一棵高大的松树下面，他抬起头，像是在树梢上发现了什么东西，凝视了片刻后，竟突然开口叫道："小骄，小骄！"

小骄？站在后面暗中观察的陆清酒立马想起了骄虫。

"小骄，我来啦。"小男孩儿用自己的小手蹭了蹭树干，道，"你在吗？"

他又叫了几声，树梢上居然真的跳下来一个人，那人分明就是白天从白月狐手里逃脱的骄虫，只是他现在的模样和人类别无二致，并没有两个脑袋，他看见小孩儿，却是故作不高兴道："你来干什么？我不是叫你别来了吗？"虽然听起来语气很不开心，但是他眼睛里闪烁的喜悦却依旧很明显。

"我来给你送吃的。"小男孩儿开心地笑着，"他们全部进医院啦。"

"哼，那是他们活该。"骄虫道，"都叫你别给我带了，你非要带，我才不稀罕你给我带吃的。"

小男孩儿闻言只是露出一个甜甜的笑，并不介意自己伙伴的口是心非，他从自己的背包里掏出了给朋友带的东西，那居然是一罐用玻璃瓶装起来的零食。小男孩儿掏出零食之后，用小手小心翼翼地把罐子盖打开，然后弯起眼睛，递给了坐在旁边眼巴巴等着的骄虫。

"你真的不和我一起吃吗？"骄虫接过零食后，有些不自在地问了句。

"不啦。"小男孩儿道，"我在家里吃了饭了。"他吸了吸鼻子，声音却莫名地低落下来，"虽然妈妈又不在家……"

骄虫看着他的表情，又哼了一声："没事，那些坏人都要死了，等他们死了，就没人能害你了。"

小男孩儿听到这话才又高兴了起来。

骄虫拿起零食罐子，高高兴兴地吃了起来，小男孩儿则在旁边乖巧地看着，两个小朋友之间的气氛好得不得了，搞得陆清酒都有点不忍心破坏了。

但白月狐显然没有陆清酒那么温和，他直接一步跨出了草丛，身边的黑雾腾起，形成了一个半圆形的罩子，将他们几人都罩在了里面。

骄虫本来还在美滋滋地吃零食，见到此景脸色大变，正欲像之前那样化成蜜蜂逃去，却看到了坐在自己旁边一脸茫然的小男孩儿。

"小骄，这是什么呀？"小男孩儿有些害怕。

骄虫咬了咬牙，直接拦在了小男孩儿和白月狐之间，他怒道："你跟着我到底想要干什么！我可是山神，吃了我是会受到责罚的！"

白月狐道："吃杀了人的山神可不会。"

骄虫脸色一白。

小男孩儿懵懂地听着二人对话，虽然并不明白他们说的话的具体含义，但他还是听懂了白月狐说的内容，他一把抱住了骄虫，哭叫道："你们不要吃小骄，他是好虫子！"

被他们这么一搞，陆清酒登时觉得自己和白月狐的形象变成了无情的反派，他有点无奈，道："你们别急，我们只是来了解一下情况。"他看向骄虫，"你为什么要放出那么多蜜蜂伤人？他们都差点没命了。"

骄虫冷冷道："当然是因为他们都不是好人。"

"到底怎么了？"陆清酒感觉这事儿肯定和小男孩儿脱不了关系。

"呜呜呜，呜呜呜……"小男孩儿却委屈地哭了起来，大大的眼睛里落下泪水，脸颊也鼓得像个软乎乎的包子，看起来十分可爱，他道："他们，他们蜇我……"

"蜇你？"陆清酒茫然，"谁蜇你？"

小男孩儿道："那些坏人。"他似乎是害怕陆清酒不相信他的话，委屈地掀起了自己的衣服，转过身露出后背，"乐乐好疼。"听他的自称，"乐乐"便应该是小男孩儿的小名了。

陆清酒凝眸一看，却是被小孩儿后背上的痕迹吓了一大跳，只见小孩儿后背靠近肩胛骨的地方，有十几个黑色的小洞，这些小洞大部分已经结痂，因为太过细小，不仔细看根本看不出来。陆清酒也是成年人了，看见这个洞马上就明白发生了什么——小孩儿被人用针扎了。

"谁做的？！"陆清酒火气一下子腾起，即便是他这般好脾气的人也忍不住骂了脏话，他怒道，"这么对一个孩子，这些人是畜生吗！"

乐乐被陆清酒的表情吓了一跳，又往骄虫身后缩了缩。

骄虫怒道："你能不能好好说话，别吓着乐乐了！"

陆清酒："抱歉——"他马上想到了被蜜蜂蜇得不省人事的几个人，道，"是你蜇的那几个人做的？"

骄虫道："不然呢？我可是山神，自然不会无缘无故地杀人。"他骄傲地挺起了胸膛，只是嘴巴上沾着的零食让他的话语可信度不太高，反倒让人觉得有些可爱过头了，他说完这话，又看了白月狐一眼，很不服气地小声嘟囔，"和某些乱吃东西的……可不一样。"

白月狐冲着他笑了笑，露出两排洁白又整齐的牙齿："是吗？"

骄虫不敢吭声了。

陆清酒走到了乐乐旁边，在骄虫警惕的眼神中半蹲下，帮乐乐整理了一下挂在腰上的衣服，然后温声道："乐乐，这事情有多久了？你怎么不告诉你的爸爸妈妈呢？"

"妈妈忙呢。"乐乐垂下了头，"乐乐好久都没有看见爸爸了。"

见小男孩儿露出这么悲伤的模样，陆清酒忍不住摸了摸他的脑袋："那你又是什么时候认识小骄的？"

小男孩儿还没说话，骄虫便道："我认识他好久了，他放了学天天来公园，对着一窝蜜蜂絮絮叨叨。"

小男孩儿道："哇，原来小骄就藏在蜂窝里！你不是和我说你是躲在树上的吗？"

骄虫嘀咕："这不是怕你怕蜜蜂嘛。"

小男孩儿笑了起来："我才不怕蜜蜂呢，我最喜欢小骄了。"他说着还凑过来，在骄虫脸颊上亲了一口。

骄虫的耳朵瞬间红了，但还得装作生气的样子，呵斥小男孩儿："都叫你不要乱亲人了！你再这么做我就不理你了。"

乐乐显然笃定骄虫不会真的生气，听着开始傻乎乎地笑。

陆清酒道："这就是你把蜜蜂放进幼儿园的原因？不过你这事儿做得不够漂亮啊，那么多蜜蜂容易引起恐慌啊，你看乐乐头上的包就是今天被吓到了摔的。"

骄虫一听就生起气来："你不是说你不怕蜜蜂吗？"

小男孩儿的表情格外无辜，小声解释："是不怕啊，但是我以为小骄被蜜蜂吞了，一着急就……"

骄虫："你这个大笨蛋！"

两人的对话怎么听怎么像两个小孩子在吵闹，这骄虫显然也没什么社会阅历，看起来比乐乐还要幼稚一点，难怪做出了这么大的动作，陆清酒弄明白了整件事，看向白月狐，用眼神询问该怎么办。

白月狐显然还在记仇，挑了挑眉："都吃了算了。"

陆清酒还没说话，乐乐便被吓得大哭起来，骄虫气得差点对白月狐动手。陆清酒这才意识到，这里根本不是两个小孩子，而是三个——他家狐狸精也没成熟到哪里去。

陆清酒虽然一开始就知道了这事情肯定和他们知道的有所出入，但在知道真相之后还是忍不住气了起来。小孩儿还太小，被欺负了也不能非常清楚地表达出来，有时候家长一粗心就忽略了过去，等到发现的时候一切都已经太晚了。陆清酒又问了乐乐一些问题，比如到底有哪些人蜇了他，其他小朋友有没有被蜇。

乐乐乖乖地回答了陆清酒的问题，说蜇他的人全都被小骄送进医院了，没有其他小朋友受到惩罚。所有的事似乎都在针对乐乐一个人。

这就让陆清酒觉得有些奇怪了，一般情况下，如果幼儿园出现了这样的问题，通常很多小朋友都是受害者。因为老师会将扎针作为惩罚不听话孩子的手段，可是在这里，乐乐却是唯一一个受到惩罚的，莫非是乐乐的身份有什么特殊之处？

受伤的三个人中有两个都是教师，唯独有一个人是和投资方有关系的贵妇，也对乐乐做了同样的事。从乐乐的描述中，陆清酒了解到他从来没有见过这名贵妇，直到某一天老师突然把他带到了一个单独的房间，然后找借口责罚他。而那名从来就没有见过的女人，就是执行责罚的人，她非常讨厌乐乐，甚至一边扎乐乐一边用恶毒的言语对乐乐进行咒骂，乐乐又怕又痛，哭得一塌糊涂。

那天回家后，乐乐本来想把这件事告诉妈妈，可是妈妈却没有回家，家里面的用人也对他爱搭不理，受了委屈的乐乐便从家里跑了出来，像往常那样在家附近的公园里一边哭一边对挂在树梢上的蜜蜂窝哭诉，谁知道哭着哭着，草丛里就跳出来了一个自称是小骄的男孩子。然后两个小孩儿就这么一见如故，小骄帮乐乐报了仇，而乐乐则发现小骄喜欢吃蜂蜜，于是天天从家里背一罐蜂蜜出来和小骄见面。

陆清酒知道了整件事情的经过，便打算将乐乐带回家和他妈妈聊聊。他觉得天底下大部分母亲都是爱子女的，虽然也有小部分例外，但身为乐乐的家长，他认为有必要让她知道这些事。

而且乐乐现在还这么小，如果以后再遇到这种事，总不能次次让骄虫出面。

"可是妈妈不在家，妈妈忙着工作呢。"乐乐听到陆清酒的提议后，表情看起来很是落寞，长长的睫毛垂着，眼眶里又开始闪动泪花，"乐乐不知道妈妈什么时候回来。"

"那乐乐一般什么时候能见到妈妈？"陆清酒问道。

"不知道。"乐乐说，"有时候星期天妈妈会陪着乐乐吃饭，但也就是吃一会儿……"

陆清酒道："那乐乐的爸爸呢？"

乐乐道："爸爸也忙，也好久都没有出现了……"

陆清酒道："那乐乐知道妈妈的电话吗？"

乐乐点点头，表情却有点迟疑："可是阿姨说了不能随便打妈妈的电话。"

阿姨指的是家里带乐乐的用人，看来她对乐乐也不太上心，不然乐乐身上这么多伤口，怎么会发现不了？而且据乐乐说，她反复叮嘱了乐乐，说是妈妈很忙，有什么事和她说，不然烦到妈妈，妈妈是会生气的，五岁的乐乐对此信以为真。

陆清酒真是越听越生气，最后憋了一肚子的火，他道："乐乐，你把你妈妈的电话告诉叔叔，叔叔保证妈妈不会生气。"

乐乐犹豫片刻，看了看旁边站着的骄虫，见骄虫点点头，才把电话说了出来。

陆清酒直接打了过去，第一次被挂掉了，第二次响了好一会儿才被人接起来，电话那头传来了一个有些不耐烦的女声，问陆清酒是哪位。

陆清酒道："你是乐乐的妈妈吗？"

"乐乐？乐乐怎么了？"女人听见儿子的名字，倒是一下子紧张了起来，"请问你是谁？我儿子出什么事了吗？"

陆清酒道："你儿子身上发生了严重的事，我现在打算把他送回家，你最好也马上回来一趟。"

女人道："可是我下面还有个会要开，能不能……"

陆清酒冷冷道："不能。"按理说，第一次和陌生人交谈，态度应该好一点，但陆清酒却没打算给乐乐妈妈好态度，"你最好马上回来，不然我不能保证乐乐会出什么事。"陆清酒直接下了最后通牒。

女人被陆清酒的语气吓了一大跳，还想再问点什么，陆清酒却直接挂了电话。

"走吧，咱们回家了。"陆清酒摸摸乐乐的小脑袋，"和小骄说再见。"

"小骄，再见，我明天再来看你。"乐乐又凑过去，亲了亲小骄鼓鼓的脸蛋。

小骄的耳朵又泛起了红色，但还是冲着乐乐摆摆手，做出了再见的手势。他知道，乐乐还是要回归人类社会的，他可以帮乐乐解决掉一时的麻烦，却没办法从根本上改变什么，由陆清酒出面引导，其实是最好的结果。

况且万一有一天……乐乐看不见他的时候该怎么办呢？

陆清酒把乐乐抱起来，在骄虫的注视下和白月狐一起离开了公园，将乐乐带回了附近的家中。

看得出乐乐的家境很不错，家里住的是花园式的大平层。照顾乐乐的阿姨看见陆清酒抱着乐乐回来时，有些惊讶。

陆清酒说自己是幼儿园的员工，幼儿园出了一些事，所以特意将乐乐带了回来，还有些问题要和家长对接一下。

阿姨看了看陆清酒和白月狐，虽然有所怀疑，但还是同意两人进了屋子。

三人在客厅里等着乐乐母亲的时候，陆清酒观察了一下整个屋子，他发现这个家里一点小孩子生活的痕迹都没有，至少在客厅里看不到任何小孩儿的玩具，空空荡荡的屋子透出一股冷冰冰的味道，也难怪乐乐喜欢往外跑。

乐乐的母亲大概是害怕陆清酒对乐乐做什么，推掉了会议后，匆匆忙忙开车回家了。

她到家后看到坐在客厅里的陆清酒，很不客气地发问："您是哪位啊？"看得出她在事业上应该很成功，质问人的时候气势逼人。

但陆清酒却完全不吃这一套，他对着乐乐母亲招了招手，道："你过来。"

乐乐母亲皱起眉头，迟疑片刻，还是缓缓地走到了陆清酒的面前。

陆清酒深吸一口气道："你看好了。"他说完，伸手掀起了乐乐的衣服，露出乐乐的后背。

乐乐母亲见到陆清酒的动作正欲发火，却注意到了乐乐后背上那些并不明显的痕迹，她看着这些小点，马上明白发生了什么，表情大变，声音也因为震怒变得扭曲："谁做的？！乐乐，有人用针扎你？"

大约是她的神情太过狰狞，乐乐被吓得往陆清酒怀里一扑，用害怕的眼神看着自己的母亲。

乐乐妈妈被乐乐的眼神看得心中一痛，颤声道："乐乐，别怕妈妈，妈妈是爱你的……"

陆清酒抱着乐乐，轻轻地拍着乐乐的后背安抚着小孩儿的情绪，他道："你冷静一点，别吓到孩子了。乐乐是被幼儿园的老师扎的，不过那两个老师现在都在医院里……"

乐乐妈妈听完陆清酒的话后气极了，但又害怕自己反应太大吓到孩子，于是硬生生地咽下了胸中澎湃的火气，对着陆清酒扯出一个十分勉强的笑容："你好，我叫杜清虹……是庄乐的母亲，请问您是？"

"我叫陆清酒。"陆清酒道，"是今天路过公园的时候看见你儿子在公园里哭，询问之下才得知了这个情况，想要告诉家长，让家长注意点。"

杜清虹道："谢谢您了，乐乐，来，告诉妈妈到底发生了什么事。"

乐乐却待在陆清酒的怀里没动，眼睛小心翼翼地观察着自己的母亲，杜清虹被乐乐逡巡的目光弄得眼泪差点没掉出来。

陆清酒道："具体情况我都已经问清楚了，我和你说吧。"他直接把乐乐和他说的事情告诉了杜清虹，当然，重点还是在那个偷偷进入幼儿园扎乐乐针的贵妇身上，他总觉得这个人是整个事情的关键。

果不其然，他把这些事情说出来后，杜清虹的脸色变得很难看，要不是顾忌着孩子还在场，她恐怕会破口大骂，可即便如此，她还是有些压抑不住自己内心的愤怒："我就说……谁敢对我家乐乐动手，原来是她，我放她一马，她居然这么对我的儿子，真是个贱人！"最后那一句"贱人"，简直是从牙缝里硬生生挤出来的，看杜清虹那恨极了的表情，如果那人在她面前，她搞不好就要食其骨肉了。

"她到底为什么要这么做？居然能对这么小的孩子下手？"陆清酒实在是想不明白，是怎样的私仇能让那人对一个五岁的小孩儿动这样的手脚。

杜清虹看了眼乐乐，长叹一声："我们去外面说吧。"她站起来从冰箱里拿了一些甜点，道，"乐乐，你在这里乖乖地坐着，我和叔叔出去聊聊天。"看来她是不想让乐乐知道太多这些肮脏的事。

乐乐懵懵懂懂地点点头，乖乖地坐在原地没动。

看着孩子乖巧的样子，杜清虹的眼泪终是没忍住，她死死地咬着下唇，用尽了所有的力气，才从椅子上站起来和陆清酒走到了外面。

接着，杜清虹把他们家的事简单地和陆清酒说了一下。原来庄乐的父亲在半年前就出轨了，并且想同杜清虹离婚，但杜清虹对他依旧有感情，所以没有同意。因为庄乐的父亲是入赘进来的，家里所有的资产几乎都是杜清虹在管理，甚至包括庄乐父亲上班的公司。

杜清虹忙于工作，便疏忽了家庭，为了补偿庄乐，她甚至提前投资了花园幼儿园，只不过这个投资是挂在庄乐父亲的名下……杜清虹现在还在和自己的丈夫僵持着，想让他回心转意，想给庄乐一个完整的家庭，但她却忽略了身边最重要的人，甚至没有注意到庄乐的异常。

庄乐很乖，很少像其他小孩儿那般哭闹，因为长时间见不到母亲，受了委屈的他也无从诉说，杜清虹没有想到，那个女人居然敢在她眼皮子底下动手脚，她太低估人性的丑恶了，万万没有想到，他们居然能做出这种肮脏的事来。

"她疯了，竟敢做出这种事？！"杜清虹恨得要命，紧紧地握着走廊上的栏杆，连手指甲劈成两半都未曾察觉，"我现在就要她付出代价。"

陆清酒道："她现在还在医院里，熬不熬得过来还另说呢。"

"她怎么了？"杜清虹蹙眉。

"她被蜜蜂蜇了。"陆清酒道，"这大概就是恶有恶报吧。"

杜清虹冷笑："被蜜蜂蜇？受这么点小伤就想逃掉惩罚，门儿都没有。"她拿出纸巾擦干净脸上的泪水，又恢复成了女强人的模样，语气冷得吓人，"她要是死了我就不追究了，要是没死……呵呵。"

陆清酒道："那你老公怎么办？"

杜清虹道："他？他也别想跑，要离就离吧。"她吐出一口气，像是放下了什么，"家里什么东西他都别想带走。"一想到乐乐身上的那些针眼，还有孩子小心翼翼的样子，杜清虹的心中便又是一阵剧烈的疼痛，她没想到自己的一个疏忽，会让孩子遭遇这样的事，如此荒诞，却又如此真实。好在一切发现得不算晚，还没有到不可挽回的地步。

想到这里，杜清虹感激地看了陆清酒一眼："谢谢你陆先生，如果不是你，乐乐……"

陆清酒道："客气。"他想了想，"不如我们去医院看看病患？"他想知道那些人到底什么情况了。

杜清虹道："也好。"

接着两人便决定晚上去医院一趟，看看那几个被蜜蜂蜇的人到底怎么样了。两人聊完之后，回到屋子里，看见白月狐和庄乐两人坐在沙发上，你一口我一口地吃着蛋糕。

虽然白月狐平日里一副不近人情的样子，但和庄乐还算投缘，庄乐也挺喜欢这个长得漂亮的叔叔，还大方地分了白月狐两颗蛋糕上的红樱桃。

陆清酒看着两人，觉得还真是两个小朋友。

杜清虹的眼神里也透出些许温柔，表情倒是和陆清酒有些相似。

第十八章

龙之争

吃过晚饭，杜清虹把庄乐哄睡后开着车和陆清酒他们一起去了医院。这医院离他们倒是挺近，二十分钟车程便到了。

只是这一路上杜清虹都在打电话，似乎是在询问关于伤者的情况和身份，在陆清酒的说法得到完全证实后，她恨得牙根痒痒。

三个被蜇的人都在 ICU 里面躺着，按理说他们作为外人是不能进去的，不知道杜清虹用了什么法子，到医院后他们直接被护士领进了 ICU，看到了已经面目全非的贵妇。

看着自己的复仇对象这么凄惨，杜清虹本来应该高兴，可她却一点也不痛快，毕竟不是她亲自动的手。

贵妇似乎已经恢复了意识，但是还不能说话，在看到进门的杜清虹后，眼神里露出极大的恐惧，显然是认出了她。

杜清虹看着她的表情，却笑了起来，她温柔道："朱筱蓉，你可要快点好起来啊。"

朱筱蓉想说话，但还肿着的嘴只能发出类似"啊啊"的音节。

"你不是喜欢折腾我儿子吗？"杜清虹笑着，"我也喜欢折腾人，特别是你这样的，快点好起来，好起来了，我才能尽兴。"

朱筱蓉被吓得流出了眼泪。

只可惜这眼泪并不让人动容，不过是鳄鱼的泪水罢了，只有祸到临头，才意识到自己曾经的所作所为到底会给自己带来什么。

"可是他再差也可以操纵蜜蜂啊。"陆清酒道，"不是还有蜂蜜可以吃吗？为什么要沦落到翻垃圾桶？"

白月狐："你吃一百年的蜂蜜会腻吗？"

陆清酒："……"

白月狐道："反正我肯定会。"

陆清酒倒是完全没想到这茬儿，登时哭笑不得，他道："对了，你怎么会知道骄虫翻了垃圾桶？"

白月狐双目直视前方，镇定自若："猜的。"

陆清酒："唔……"他决定还是别提这个问题了，免得勾起白月狐的伤心事。

因为骄虫这事儿，陆清酒感觉自己似乎又了解了白月狐不为人知的一面。于是回到家后赶紧给他家的狐狸精做了一顿大餐，然后用怜爱的眼神看着白月狐吃完了。

尹寻还不知道发生了什么事，一脸茫然地看着父爱泛滥的陆清酒，问道："咋回事儿啊？怎么去趟超市里面回来就这表情了？"

陆清酒道："你不明白……"

尹寻说："你不说我咋明白？"

陆清酒看了尹寻一眼，私下里找了个地方把他和白月狐遇到的情况和尹寻说了，当然后面还讲了白月狐可能去翻了垃圾桶的事，尹寻听完之后一拍大腿："我怎么没想到呢！"

陆清酒以为他是没想到白月狐会去翻垃圾桶，谁知道这货来了句："还有垃圾桶可以翻啊，我到底错过了什么！"

陆清酒："……"你是认真的吗？

陆清酒至今都没想明白，为什么其他书里记载的山神和龙族都是特别厉害的形象，别说吃饭这种小事了，甚至可以用"翻手为云，覆手为雨"来形容，然而他们家的两只小可怜却连吃饭都成了问题，一个弄不好就得和垃圾桶做伴，简直就是惨绝人寰。

陆清酒想到这里，抹去了自己眼角的一滴泪水。

之后一段时间，陆清酒都在关注乐乐的事，他告诉胡恕，说这事儿算是了了，蜜蜂不会再去攻击花园幼儿园了。

胡恕听完后自然是问了原因，显然是还想找出凶手。

"你别问为什么了，这事儿不是你们能管的。"陆清酒决定撒个谎，"那边厉害着呢，不过他们是来寻仇的，现在仇已经报了，所以以后都不会再来了。"

胡恕闻言却只想苦笑，说："陆哥，虽然您是这么说了，可是我们总要结案的吧……这……这……"

陆清酒道："哎呀，这还不好办吗？被蜜蜂蜇是多么正常的事，被蜇进医院，肯定是因为捅了蜜蜂窝了呗！"

胡恕哑口无言。

"你说是不是。"陆清酒敷衍完了胡恕，还是觉得有点不好意思，于是招呼他有空来自家吃饭，说等哪天天气好，他们做场露天烧烤。

胡恕想了想，觉得陆清酒说得也有点道理，居然没有再继续纠缠，就这么应下了。

而庄乐妈妈那边，也干净利落地处理好了整件事。她延续了她女强人的风范，做下决定之后办事一点也不拖泥带水，先是报了警，将庄乐身上的伤口备了案，然后开除了自家的保姆。当然，这只是个开始而已，母亲的愤怒并没有因此停歇，她显然还做了很多其他私下的安排，但都没有告诉陆清酒，不过陆清酒听胡恕说，朱筱蓉从医院出来之后就被杜清虹起诉了，估计得和另外两个共犯一起在监狱里待个一两年。

很多年后，陆清酒偶然间见过庄文石一次，他和杜清虹离婚后还是和朱筱蓉结婚了，但他离婚的时候杜清虹没让他带走任何财产，所以婚后生活似乎并不如人意，甚至可以说得上狼狈。

陆清酒见到他的时候，他正在路边和朱筱蓉吵架，两人的面容狰狞无比，因为一点琐事险些动起手来，陆清酒远远地看着，要不是白月狐提醒了一句，他甚至都没能认出来那人是当初在车库里见过的庄文石。

不过现在的陆清酒还不知道那么多。

回到水府村没过几天，陆清酒就接到了杜清虹的电话，电话里杜清虹对陆清酒表示了感激，并且表示自己想带着孩子亲自上门道谢。

陆清酒同意了，反正他也想看看庄乐的状态。

于是没过几天，杜清虹就带着庄乐来了水府村，手里还提着礼盒。她从车上下来的时候，陆清酒却是看见骄虫也坐在后座，和乐乐手牵着手看起来心情不错的样子。

杜清虹进了院子后，有些惊讶，赞叹道："好漂亮的院子啊。"

陆清酒笑道："都是他在打理。""他"是指白月狐。

白月狐坐在摇摇椅上，对于来客无动于衷，连眼皮都没有抬一下。不过虽然他现在的样子看着很慵懒，但平时做事时还是很利落的，比如眼前的院子就是白月狐一手打理的。

葡萄架上蜿蜒着绿色的藤蔓，靠近墙壁的位置种着已经长得很茂密的果树，院子里虽然有鸡窝和兔子窝，但一点也不脏，甚至没有排泄物，这也多亏了白月狐训练得好，兔子和鸡上厕所全都会到草丛里，就当给葡萄藤施肥了。

石桌和椅子摆在院子的最中间，刚好被葡萄藤的阴影遮住，阳光从树叶的缝隙里洒落，碎裂成斑驳的光影，温度刚刚好。

再加上长相漂亮的白月狐躺在椅子上，整个院子的风格都美得像一幅名家手下的油画，让见惯了世面的杜清虹都忍不住多看了几眼。

杜清虹认真道："陆先生，我是来感谢您的，要不是您，我恐怕到现在还没发现乐乐的异样，希望您能收下我的礼物，不是什么特别贵重的东西，就是我的一点心意而已。"

她提的似乎是一些酒和补品，陆清酒本来想推辞，但见杜清虹一脸"陆清酒不收她就不走"的样子，最后还是收下了。

"既然来都来了，那就留下吃个饭吧。"陆清酒招呼。

"那就麻烦陆先生了。"杜清虹也没客气。

"直接叫我名字就行了，不用那么客套。"陆清酒说，"你在院子里坐会儿，我去给乐乐拿点零食。"

杜清虹笑着在院中坐下了。

过惯了城市里忙碌的生活，再看村子里悠闲的生活节奏，心中不免有些艳羡，但喜欢归喜欢，真要让杜清虹一直生活在这里，还是会感觉不习惯。不过庄乐显然非常喜欢这里，拉着骄虫满院子乱跑，要么摸摸兔子，要么逗逗才生出来的小鸡。陆清酒拿着洗干净的草莓和杏出来，放在了石台上面。

"清酒……"一开始这么叫的杜清虹还有些不自在，但见陆清酒脸上没什么变化，便很快就习惯了，她道，"我有些事想问问你。"

陆清酒道："请说。"

杜清虹道："就是……我觉得乐乐，出了点问题。"

陆清酒一听就明白了，但还是仔细地问了问："比如呢？"

杜清虹看了看周围，确定乐乐不在旁边，才小声道："他总是自言自语，我担心是之前的事对他产生了太大的影响。"

陆清酒想了想，道："杜姐，你相信世界上有精怪吗？"

杜清虹一愣。

"就是山神之类的？"陆清酒斟酌着措辞，同时观察着杜清虹脸上的表情，如果杜清虹脸上的表情出现了厌恶之类的负面情绪，他会马上结束这个话题。但是杜清虹对这个话题似乎并不抵触，只是低声道："说来你可能不相信，我小时候见过那些东西，不过后来长大了，就见不到了……啊，听起来有点蠢是吧？"

陆清酒一听就笑了起来："所以你是相信世界上有这些东西的？"

杜清虹："我信啊，怎么了？"她也是个聪明人，马上想到了什么，表情一呆，"难道那些被蜜蜂蜇的人是因为……"

"是的。"陆清酒道，"说实话，要不是那群人被蜜蜂蜇了把事情闹大，可能我也不会发现这件事。"也不知道乐乐还要遭受多久这样的折磨。

杜清虹听到这话，陷入了沉默。

陆清酒以为她是在担心什么，正欲解释一番，却见杜清虹舒了口气："原来乐乐不是在自言自语啊，那可太好了。"

陆清酒："哎？"

杜清虹道："那个山神长什么样子，也是小孩儿吗？怎么和乐乐认识的？"这位母亲显然接受能力极强，在得知真相之后马上产生了好奇心，"我能不能看见啊？"

陆清酒有点头疼地看了坐在旁边的白月狐一眼。

白月狐感觉到了陆清酒的目光，抬抬眼皮，从椅子上站起来，然后走到了杜清虹的面前。

杜清虹还没明白白月狐想干什么，就看见白月狐抬起手，然后用手指在她的眉心弹了一下。她感到一阵轻微的疼痛，随即眼前的世界似乎出现了一种微妙的变化，这种变化很难用言语形容。一定要说的话，那就像是眼前的画面全部被刷新了一遍。

"乐乐。"陆清酒叫了乐乐的名字。

接着杜清虹便看见自己的儿子从后院乐颠颠地跑了出来，手里牵着个长得很可爱的小男孩儿，她看见这小男孩儿还没明白，茫然道："这是你家的小朋友？"

陆清酒道："这是帮你儿子报仇的小朋友。"

杜清虹惊讶地睁大了眼睛，在她的想象里，山神都是那种长着胡须的老爷爷，没想到居然是个这么可爱的小朋友。

"妈妈。"庄乐还是有些不习惯和自己的母亲相处，站在旁边怯生生地叫了一句。

杜清虹道："你……就是帮我儿子报仇的那个山神？"

骄虫一愣，没想到杜清虹居然能看见自己了，他心中浮起一些担忧，正想说自己没有一直跟着乐乐，却被杜清虹温柔地牵住了手："谢谢你呀，要不是有你的帮忙，乐乐现在还被欺负呢。"

"不……不用那么客气。"骄虫脸又红了，眼睛也开始左右乱瞟，显然对于眼前的场景很不习惯。

杜清虹道："我小时候也能看见这些，只是后来长大了就看不到了，时间久了还怀疑是不是自己幼时的臆想……我能保持这样的状态多久啊？"

白月狐道："半个小时。"

杜清虹闻言叹了口气，神色之间有些落寞。自从工作之后，她忽略了很多东西，甚至天真地以为只要给庄乐一个足够富有的生活环境就足够了，现在仔细想想，她已经错过了许多。但好在还不算晚，至少还有挽救的机会。

接着，陆清酒便去了厨房，把院子留给了杜清虹母子。

其实杜清虹对庄乐的爱，庄乐还是能感觉到的，不然也不会从头到尾都没有责怪过自己的母亲。只是庄乐太过懂事一直压抑着自己，忘记了同母亲说出自己的感受。

而陆清酒之所以想让杜清虹接受骄虫的存在，也是不想再看见骄虫继续孤独地生活在公园里，天天靠着翻垃圾桶才能吃饱饭。

因为有客人来，陆清酒做了一顿丰盛的午饭，还特意给骄虫和小乐乐做了小孩儿爱吃的甜点，他本来想做蜂蜜蛋糕的，但是听说骄虫不爱吃蜂蜜，便换了口味，做了巧克力味道的熔岩蛋糕。

杜清虹对陆清酒的手艺表达了高度的赞扬，特别是面前这道糖醋排骨，这味道连她都露出了惊艳之色。排骨选的是猪小排，上面还撒了一层白色的芝麻，肉处理得很好，嫩嫩的，也很入味，鲜甜的酱汁裹在肉上面，口味咸甜适中，让人欲罢不能。还有一道辣子鸡丁，味道也很好，鸡肉被炒得干干的，嚼着特别香，因为专门炸过，连骨头都是酥的，不会很辣，但是足够香。

"太好吃了。"杜清虹说，"我家里专门请的厨师都没有这手艺。"

陆清酒笑道："都是自己家里养的猪和鸡，味道自然是比外面的好吃很多。"

杜清虹道："你可太谦虚了，我们吃的东西都是特供的，但也没有这种味道啊。"她又吃了一块鸡肉，被鸡肉鲜美的味道香得幸福地眯起了眼睛，"太好吃了……"

陆清酒被夸赞了厨艺，还是挺高兴的，特别是看着两个小娃娃吃得一脸餍足的模样。骄虫虽然傲娇地没有表示，但是鼓起来的小肚皮还是告诉了陆清酒他很满意这顿饭。

"你是不是缺蜂蜜啊？"骄虫吃饱后擦了擦嘴，"你家后院蜂箱里装的是什么奇奇怪怪的东西？"

白月狐闻言不高兴地瞪了骄虫一眼："就是蜜蜂。"

这要是其他人这么说，骄虫早就反驳了，但奈何说这话的是白月狐，于是憋了半天，憋出来一句："好吧，蜜蜂就蜜蜂……那你再放两个蜂箱在后院吧。"

陆清酒道："你要送我蜜蜂啊？"

骄虫摆摆手，显然对蜂蜜很不待见，"送送送，要多少都给你。"

陆清酒："那谢谢了。"

三人吃过饭，便要走了，乐乐又去主动牵了骄虫的手，和骄虫一起上了后座。杜清虹这会儿已经看不见骄虫了，不过她知道自己儿子不是因为心理问题自言自语后心里好受了很多，并且表示自己一点也不介意骄虫陪着乐乐。

陆清酒站在门口目送着他们三个人离开。

"有骄虫陪着也挺好的吧。"陆清酒道，"至少不用担心乐乐会被其他人欺负了。"

尹寻站在旁边却兴致不高，他之前就从陆清酒的口中得知了整个故事，今天虽然看见乐乐和骄虫的时候笑得很灿烂，这会儿却轻轻地叹了口气。

"你不高兴？"陆清酒察觉了自己好友心情的变化。

"你说啊。"尹寻道，"万一有一天，乐乐看不见骄虫了怎么办？"

陆清酒："……"

尹寻说："如果那时候，骄虫得再次回到公园里，翻他的垃圾桶……"

他话还没说完，陆清酒便伸手拍了拍他的肩膀："要是乐乐看不见他了，这不还有我们嘛。"

尹寻道："可是……你也是人啊。"

陆清酒道："谁说我是人了？"

尹寻并不知道陆清酒长辈们的那些爱恨纠葛，被陆清酒说的话弄得一脸茫然："你不是人？你不是我们家里唯一一个珍贵的人类吗？"这全家都不是人，就陆清酒一根独苗苗了。

陆清酒悲痛地摇头："我不是。"

尹寻："那你是啥？"

陆清酒："告诉你个秘密，其实我有四分之一的龙族血统。"

尹寻："……"

陆清酒："我姥爷是龙，啊哈，没想到吧？"

尹寻整个人在原地呆了两秒，随后表情一阵扭曲："你什么时候知道的？怎么不早点告诉我？这么重要的事——"

陆清酒道："重要吗？哪里重要了？"

尹寻道："当然重要了！比如……"他话说了一半又咽回去了，因为仔细想了想后，发现这事儿好像真的不是很重要，毕竟陆清酒表现得和一个普通人类别无二致，哪儿哪儿都不像龙。

陆清酒叹气："看吧，我就说这事儿不是很重要。"

尹寻："你也不是人，那我们一屋子岂不是一个人都没有了？"

陆清酒点点头。

尹寻长叹一声，表示他们家里终于失去了最后一块净土，陆清酒太不争气了，作为唯一的一个人类代表，居然没有坚守住自己的身份。

陆清酒："对不起。"

尹寻摇着头带着一脸"陆清酒太不争气了"的表情回家去了。

陆清酒哭笑不得，关上门后和白月狐计划明天在后院里加两个蜂箱，有了骄虫的承诺，家里就算是有真正的蜜蜂了。做五休二的钦原表示非常欣慰，本来还想厚着脸皮问能不能加个年假的，但在白月狐冷冰冰的眼神下只能怂怂地缩了回去，继续委屈巴巴地假装自己是蜜蜂。不过说实话，他们那个个头儿在真正的蜜蜂面前实在太过扎眼，怎么看都格格不入。

第二天，陆清酒就去镇子上买了两个新的蜂箱，放在了钦原蜂箱的旁边。过了两三天的样子，这两个蜂箱里面便都搬来了小蜜蜂，开始在里面筑巢产蜜。大约是骄虫的缘故，这些蜜蜂对人没有什么攻击性，就算是靠近了也不会蜇人，甚至采蜜的时候都不用戴着专业装备，直接采就行了。不过和钦原的蜜不同，它们的蜜味道要更浓郁一些，和正常的蜂蜜味道更相似，也没有钦原蜂蜜那种神奇的美容效果。虽然不能用来敷脸，但吃还是不错的。

陆清酒后来从杜清虹那儿得知，她将骄虫接回了家中，并且重新请了两个阿姨，让她们照顾庄乐。有了上次的教训，杜清虹把一部分的工作推掉了，花了更多的时间陪伴自己的儿子，这件事也算是得到了完美的解决。

唯一比较苦恼的就是身为警察的胡恕，从头到尾他都是一头雾水，没明白发生了什么事儿，也没找到凶手。

为了真相，胡恕甚至还提了几斤卤猪肉来陆清酒家里串门，想听陆清酒露点口风。

但奈何陆清酒的嘴比河蚌还严实，他怎么来就怎么走，除了损失了几斤卤猪肉之外一无所得。

不过后来花园幼儿园的投资人表示不想再追究，这件事就这么彻底结束了。

随着立夏的到来，天气也开始渐渐变得炎热起来。

院子里所有的树木都长出了茂盛的枝叶，之前买的兔子经过几个月的饲养，变得肥嘟嘟、毛茸茸，看起来就很可爱的样子。

尹寻摸着兔子软软的屁股，满脸幸福地夸它们可爱，这么肥做出来一定很好吃……

陆清酒："……"

兔子肉的确好吃，只是杀的时候看起来有些残忍，白月狐手起刀落，三两下就剥掉了整张兔子皮，然后把兔子肉递给了陆清酒。

陆清酒把兔肉烫了一下，这样可以保证兔子的肉处于最有弹性的状态，吃起来口感更好。陆清酒做兔子肉的时候尹寻就站在旁边眼巴巴地看着，问陆清酒打算做个什么口味的。

陆清酒道："凉拌兔吧，你去剥点花生。"

尹寻点点头，高兴地去了。

陆清酒一边把兔子放进锅里用热水焯熟，一边准备着凉拌兔要用的作料。他站在窗户边上正低着头做菜，却忽地感觉开着的窗户外刮来了一阵大风，这风来得蹊跷，甚至将灶上的火也给刮灭了。

风里似乎还夹杂着什么东西，正好吹在了陆清酒的脸上，带来冰冷的触感。陆清酒抬手在脸上随便一擦，竟然发现这阵风里夹杂着暗红色的血液，刚好带了一滴在他的脸颊上面，这血液似乎不是新鲜的，带着一股浓郁的腥臭气息，让人觉得很不舒服。

要是白月狐在，肯定知道发生了什么事，只是他这会儿正巧去了地里，陆清酒也无从问起，他只能将手上和脸上的血冲洗干净，然后把窗户关上。但那大风还一直在刮，吹得窗户咔咔作响。陆清酒看着外面，眼神里流露出一丝不安。

尹寻剥了花生回来后，大风已经停了，陆清酒随口道："刚才的风好大啊。"

"什么风？"尹寻茫然道。

"刚才不是刮风了吗？"陆清酒问。

"刮风？"尹寻并不明白陆清酒的话，"没有啊，我一直坐在客厅里剥花生，没听见什么风啊。"

陆清酒闻言微微蹙眉："是吗……"

尹寻道："怎么啦？"

"没事。"陆清酒摇摇头岔开了话题，"等白月狐回来我问问他吧。"

突如其来的大风和风里带着的血滴让陆清酒有些不安，而本来每天十点多就应该从地里回来的白月狐却始终不见踪影。陆清酒觉得事情有些不对劲，拿出手机给白月狐打了个电话，却发现白月狐去地里的时候把手机放在了家里并未带在身上。

"清酒，怎么啦？"尹寻见陆清酒逐渐焦躁的神色，疑惑地发问。

"没事……"陆清酒想了想，还是没把刚才发生的事说出来，他说，"我去地里摘点菜，你先去把蔬菜清洗一下。"

尹寻闻言愣道："摘菜？你还需要什么菜？不然还是我去吧……"

可他话还没说完，陆清酒人就已经走到门口，推门出去了。

陆清酒顺着小路朝着地里走去，空气中弥漫着一股让人不安的气氛，这种气氛让陆清酒加快了脚步，甚至小跑了起来。

几分钟后，他终于到达了自家田里，却在看到田地里的景象后倒吸了一口凉气。只见田里空空荡荡的，并没有白月狐的身影，若只是这样也就罢了，但地里却多了一片醒目的血迹，刺得陆清酒眼睛发疼。

"白月狐？白月狐！"陆清酒一边呼唤着白月狐的名字，一边四处查看，然而始终没有看见白月狐的身影。就在他心中越来越焦急的时候，肩膀却被一只手轻轻地按住了。

陆清酒心中一紧，转身看到了一张熟悉的脸——正是自己的姥爷，那条被囚禁起来的黑龙。他的眼睛虽然闭着，可是温柔的神情却给了陆清酒一种被凝视的感觉。

"你……你好。"陆清酒愣了一下，他并不知道这条龙的名字，但又觉得叫他姥爷太过突兀。

囚龙点点头，嘴角勾起一个细微的弧度，像是在微笑，他伸手指了指远方，又指了指旁边那一摊快要凝固的黑色血液。

陆清酒奇迹般地明白了他的意思，他忙道："您知道白月狐去哪儿了吗？他有没有事？是不是受伤了？"

囚龙没说话，而是直接伸手抓住了陆清酒的手臂，陆清酒还没反应过来，便是一阵天旋地转，接着他似乎被带到了天空中。失重的感觉只持续了片刻，很快，陆清酒便发现自己离开了水府村，到了一个全然陌生的地方。

这里乱石嶙峋，四周都是浓郁的白雾，只有远处一座高大的山峰，突破了笼罩着的雾气，直插云霄，巍峨壮丽，吸引住了陆清酒的眼球。

在看见那座山峰的那一刻，陆清酒便确定自己曾经来过这里，这里是白月狐的境，之前水府村下暴雨的时候，白月狐就曾经带他和尹寻来这里避难。只是不知道他的姥爷带他来这里是什么意思。

"白月狐在这儿吗？"陆清酒试探性地发问。

姥爷微微点头，抬手指向了那座高高的山峰。

陆清酒抬眸望去，隐隐约约在雾气之中看到了什么。下一刻，陆清酒便回忆起了之前曾经在这里看见过的场景。如果没有记错，他上次来这里的时候，曾经见到过一条黑色的巨龙围着山峰游曳徘徊，不过当时因为距离太远，雾气太浓，陆清酒还没看清楚，黑龙就已经消失了。

陆清酒本以为这次和他上次看到的东西会有所相同，但让他没有想到的是，他还未见到黑龙的身影，便听到了几声巨物碰撞的响动，伴随着野兽的嘶鸣和咆哮。

陆清酒被这声音震得耳膜发疼，面露惊愕之色，只见天空之中，他之前见到的黑龙和另外一条龙竟然缠斗在一起。两条龙的身形相仿，围绕着那座挺立的山峰不断盘旋起伏，龙爪和龙角剧烈碰撞后，发出金石相击之声，整个世界都为之震动。

陆清酒被这壮丽的画面惊呆了，他从未见过龙族打架的样子，此时两条龙在他的面前斗得不分胜负，巨大的身躯撞在山峰上，地面也跟着颤动，云层被搅动出旋涡，山石不断下落，仿佛天也要跟着塌掉一样。

缠斗在一起的，分别是一条黑色的龙和一条暗红色的龙，两条龙虽然模样上大致相同，但在细节上还是有些差异的，红龙的身体要短一些，脖颈很长，鳞片呈现出一种暗淡的红色，和黑龙看起来全然不同。

红龙似乎并不是黑龙的对手，起初两条龙还斗得有来有往，但随着时间的流逝，红龙的身上出现了许多狰狞的伤口，大部分都是被黑龙的利爪撕扯出来的。黑龙身上虽然也有伤，但情形却比红龙好了不少，至少从陆清酒的角度看上去，并没有致命的伤口。陆清酒之前只见过白月狐的一部分鳞片，但也记得他家狐狸精的鳞片是黑色的，所以此时看到黑龙占了上风，心中也是微微一松。

红龙见自己不是黑龙的对手，转身欲逃，却被黑龙一口咬在了颈项的位置。不知是错觉还是真的听到了，看到这一幕的时候，陆清酒的耳边传来了一阵细微的骨头碎裂的响声，接着红龙发出了凄厉的吼叫，它的头和身体竟就这么分开了，脑袋被黑龙咬在嘴里，身体从天空中坠落进了无尽的深渊。

陆清酒看得心中一颤，带他来这里的姥爷轻轻地按住了他的肩头，似乎是在安抚他。

"这……到底是怎么回事？"陆清酒忍不住发问。

姥爷轻轻地握住了陆清酒的手，在他的手心里写字："这是被污染的龙。"

陆清酒道："被污染？"

姥爷继续写："每条龙都可能被污染。"

"被污染的龙和正常的龙有什么区别？"陆清酒觉得满脑子都是理不清楚的谜团。

姥爷写道："被污染的龙，只会想毁了他们最珍视之物。"

陆清酒感受着姥爷的手指在他手心的一笔一画，却呆住了，他有些难以置信地抬起头，看向姥爷，声音不由自主地带着些颤抖，他说："你吃掉了我的父母吗？"

他多想得到否定的答案，却注定要失望了。

姥爷沉默了片刻，面容之上似乎浮起了一丝难以掩盖的痛苦，随后缓慢却坚定地点了点头。

陆清酒整个人都僵住了，他的手还被姥爷牵着，能感受到姥爷指尖的温度，但答案又是那么清楚，让他连欺骗自己都做不到。

"为什么？"陆清酒的声音有些颤抖。

"抱歉。"姥爷只是缓缓地写出了这两个字。

"你为什么要吃了他们？"陆清酒抓住了他的袖口，大声质问，"他们……不是你的孩子吗？"

姥爷沉默。

陆清酒还想继续发问，却听到自己的身后传来了一阵轻微的脚步声，他扭过头，在浓郁的雾气里，看到了曾经见过的熟人——被白月狐称为执刑人的祝融。

祝融一头红发，站在浓郁的雾气中，静静地凝视着姥爷，他道："好久不见，敖闰。"

第十九章
生龙角

敖闰，便是姥爷的名字了。

他被祝融唤了姓名，微微笑了起来，笑容温柔，让人完全想象不到这就是吃掉了陆清酒父母的怪物。

"陆清酒，过来。"祝融对陆清酒招了招手。

陆清酒面带犹豫，正不知如何是好，却感到敖闰在他后背上轻轻拍了拍，示意他去祝融那边。

陆清酒回头看了他一眼，敖闰似乎感觉到了他的目光，低下头用自己的额头轻轻撞了一下陆清酒的额头。

这动作很轻，但陆清酒感觉到自己额头被撞的地方有些火辣辣的，眼睛也有些灼烧的感觉，他疑惑地伸出手在自己的额头上摸了摸，便听到祝融又催促起来："陆清酒，快过来。"

陆清酒迟疑地缓步向前，一边看敖闰一边走到了祝融的身边。

"离他远一点。"在确定陆清酒离开了敖闰身边后，祝融声冷如冰地发出警告。

敖闰却并不介意祝融那恶劣的态度，他的笑容反而更加灿烂，但陆清酒却注意到，他原本黑色的发丝开始从发根的部位渐渐变成耀眼的红色，这红色蔓延得极快，几乎是片刻之间，敖闰那一头黑色的长发就变成了血液般艳丽的红。

"躲到后面去。"祝融对着陆清酒道。

陆清酒虽然不明白发生了什么，但看祝融凝重的神情，也知道事情不妙，他后退几步，走到了祝融身后，朝着两人投去担忧的目光。

祝融道："不要在这里。"

敖闰笑了，和之前那温柔的笑容不同，变成红发的他笑容张狂，带着邪恶的味道，他张开嘴，在陆清酒愕然的目光中发出了嘶哑的声音："好久不见。"

祝融不说话，只是冷冷地盯着他。

敖闰道："还有我亲爱的孙子。"他将脸转向陆清酒，"你看，我从那里逃出来，不就是为了你吗？"

陆清酒被他的变化吓得不由得后退了一步。

祝融却不为所动，似乎早就料到了敖闰身上会出现这样的情况，他手一挥，掌心便出现了一把火焰构成的长枪，接着他对着敖闰扬了扬下巴，指向被黑雾笼罩住的天空。

敖闰微微颔首，身形一闪，朝着天空飞去。

祝融紧随其后，两人便飞到了暗色的天空之中。

随着两人飞到半空，敖闰也变回了原形，只是和陆清酒在深坑之中看到的黑龙不同，此时的敖闰鳞片变成了血液般的红色，他的眼睛依旧是黑色的、空洞的，龙角被锯掉，但这些损伤却并不影响他威严的形象，人形的祝融在他面前，细如蝼蚁。

"砰"的一声，一人一龙发出了第一声碰撞，红色的火焰从两人争斗之处喷出，将暗色的天空晕染成鲜艳的红色。

陆清酒看得舍不得转开眼睛，但很快，他就被迫闭上了眼，因为火焰的颜色太亮，刺得他眼睛发疼，甚至不由得流下了泪水。虽然闭上了眼，耳边巨大的撞击声却依旧继续着，陆清酒坐在地上，感到地动山摇，整个世界都好像要崩塌了。

没有依附的陆清酒心中越发不安起来，在天空中的两人又一次激烈碰撞后，他伸出手想要抓住点什么时，耳朵上覆上了一双手，声音被隔绝开来，他身后传来了低低的呼吸声。陆清酒感觉到了熟悉的气息，他身体放松下来，轻声唤道："月狐？"

白月狐的声音从身后传来，带着些闷闷不乐的味道："谁带你来这里的？"

"我姥爷。"陆清酒说，"怎么了？"

白月狐："你知道了吧？"

陆清酒微微一愣，才意识到白月狐说的是什么，他哑然失笑，没想到都这时候了，白月狐还在纠结自己原形被看到这件事，无奈之下，他故作茫然："知道什么？"

白月狐："你没看到？"

陆清酒冷静地撒谎："我刚来。"

"哦。"白月狐这才放松了，"我们走吧。"

陆清酒道："他们还在上面打架呢，你不去帮忙？"

白月狐道："祝融能处理好的。"

"唔……"陆清酒还是有些担心，虽然姥爷身上的变化让他心惊胆战，但他还是有些不相信姥爷会吞噬他的父母，"他亲口承认了把我父母吃掉的事。"

白月狐道："他之前就承认过。"

陆清酒："那你为什么……"

白月狐声音有些闷："我只是不信。"

陆清酒："……"

白月狐："不信守护水府村的龙族会做出这种事。"

陆清酒有些难过起来，他想说点什么，但最后还是没有说，只是伸手摸了摸白月狐的发丝，温声道："好吧，我们走吧。"

白月狐伸出手牵着陆清酒，两人慢慢离开了异境。陆清酒虽然看不见，但听见自己离天空中的响声越来越远，直至声音彻底消失，这才放下心来。不过他眼睛的灼烧感还在继续，有同样感觉的，还有他额头被敖闰触碰的地方，陆清酒本来以为没什么关系，谁知道回了家见到尹寻，尹寻却惊恐地叫了起来："陆清酒，你额头上是什么？！"

陆清酒什么都看不见，茫然道："什么？"他伸出手想要摸一摸自己的头，却被白月狐一把抓住了手："别碰。"

"我额头怎么啦？"陆清酒明显察觉到不对劲。

"受了点伤。"白月狐说。

"受伤？"陆清酒却有些狐疑，"我不疼啊。"

白月狐道："……过一会儿就好了。"

陆清酒说："你别骗我，我额头到底怎么了？"要不是因为他眼睛还在疼，也看不到东西，恐怕早就去厕所自己看了。

"尹寻，你来告诉我。"白月狐不说话，陆清酒便想让尹寻回答。

尹寻讷讷道："没……没什么啊……"

陆清酒被瞒着，有些生气了："哎，我说，我又不是玻璃做的，有什么接受不了的？

我身体出了什么问题，直接告诉我好不好？"

白月狐沉默片刻，低声道："你真想知道？"

陆清酒："当然。"

白月狐说："好。"他话音刚落，陆清酒便看他抬起了手，接着，他的额头上传来了一阵微妙到极点的触感，让他不由自主地叫出了声："啊！什么！"这触碰简直难以用言语形容，仿佛是直接触摸到了他的灵魂，他浑身一颤，差点瘫倒在地。

白月狐道："你把手给我。"

陆清酒颤声道："什么……"

还没等陆清酒反应过来，便感到白月狐抓住了他的手，随后将他的手带向了自己的额头，白月狐还轻声提醒了一句："轻一点。"

陆清酒终于摸到了自己额头上的东西——那居然是两个小小的龙角，摸起来不是很光滑，像是带着些细小的鳞片，这不是重点，重点是，他自己摸额头的时候都觉得不太行，龙角居然是有触觉的，而且非常敏感，连他自己摸一下身体都是一颤，更不用说像白月狐刚才那样触碰了。

"行了，行了。"陆清酒赶紧叫停，觉得再摸下去魂儿都要从身体里飞出来了。

白月狐道："感觉如何？"

陆清酒："别……别碰这玩意儿。"

白月狐："你能接受？"

陆清酒道："我不是早就知道自己有龙族血统了吗，既然有龙族血统，那有角也不是什么奇怪的事吧。"他如此说道，顺便也用这套说辞安慰了自己一下，"等等啊，这角难道就一直长在我的脑袋上了？"

白月狐："会消的，你姥爷和你血脉相通，激发了你身上属于龙族的一部分能力，过段时间应该就会消失。"

陆清酒："哦……"他这才放下心来，如果龙角不消失，他岂不是以后都只能待在水府村不能出门了？

尹寻在旁边道："我的妈呀，你们没事吧？我刚才去地里啥也没看见，就看见了一摊血，还以为你们两个出事了呢。"

"我没事。"陆清酒道，"月狐，你受伤了吗？"

白月狐道："小伤。"

陆清酒这才放下心来，过了一个多小时，他眼睛上的烧灼感才逐渐退去，又能看到周围的情况了。恢复视力之后，陆清酒做的第一件事就是冲到厕所，在镜子前看了看自己额头上的龙角。

那龙角和白月狐气势巍峨的龙角全然不同，小小的两只，就长在陆清酒额头的两边，非常小巧，如果刘海稍微长一点，大概就看不见了。

陆清酒看了一会儿没忍住，又伸出手指戳了一下，结果差点没把自己给戳到地上去。

这龙角的触觉实在是太微妙了，陆清酒从来没有过这种感觉，他想了想，从自己的颈项上掏出了之前白月狐送给自己的龙角项链，举起来在自己的脑袋边上比了比。

唔……好像真的差别挺大的，陆清酒想：什么时候才能见到白月狐的真身啊，成年龙的龙角，应该触感会更好吧，想到这里，他竟有些摩拳擦掌起来。

"月狐，龙族的龙角都这么敏感吗？"陆清酒有点好奇地问白月狐。

"幼龙角才会比较敏感。"白月狐说，"成年龙的龙角就只是个武器罢了，没什么感觉。"

陆清酒抬眸："我这是幼龙角啊？"

白月狐表情有点奇怪："你没换过角，自然是幼龙角。"

"那还有换的机会吗？"陆清酒问。

白月狐仔细看了看："或许还有……我也说不准。"

陆清酒"哦"了一声，觉得如果可以，还是早点换了比较好，不然这龙角就是他的命门，一碰整个人都软了。

白月狐对陆清酒的想法不置可否，只是从头到尾神情都带着点说不出的微妙，陆清酒问他到底怎么了，他也不肯说。

虽然回来了，但陆清酒还是担心祝融和敖闰那边的情况，到了晚上的时候，他才见到祝融，却没有看见他的姥爷。

祝融从院子外面走进来，浑身上下杀气腾腾的，他的脸颊上多了一条伤痕，看起来像是被龙爪抓伤的。

白月狐道："怎么样？"

"让他跑了。"祝融沉着脸。

白月狐微微蹙眉。

之前抓住敖闰，是因为他自己想被抓住，作为龙的他如果真想逃，恐怕谁都拿他没办法。

祝融看了眼坐在旁边的陆清酒，随口问了句："你怎么生了龙角？"

陆清酒道："我也不想……我姥爷碰了我的额头，龙角就出来了。"

祝融倒也不太在意这事儿，点点头道："小心保护着，别让其他人碰。"

陆清酒一愣："碰了会怎么样？"

祝融正准备回答，却被白月狐一巴掌按在了肩膀上，白月狐的力度让他到了嘴边的话硬生生咽了回去，他看了眼白月狐，又看了眼陆清酒，显然是明白了什么，道："没事，就是触觉比较敏感。"

陆清酒看着二人的互动，觉得自己信了才有鬼："哎，到底怎么回事，你说啊。"

祝融表情逐渐狰狞："我说了没事——我还有点事，先走了。"他从白月狐的手里挣脱出来，转身就走，丝毫不理会陆清酒的叫喊。

陆清酒用狐疑的目光送祝融离开，转头看向自家一脸无辜的狐狸精。

"白月狐。"陆清酒眯起眼睛，打量着白月狐，"这幼龙角为什么不能给别人碰啊？"

白月狐眨眨眼："不知道啊。"

陆清酒："不知道？你怎么会不知道？"

白月狐狸直气壮："我只是一只小狐狸精，怎么会知道龙族的事。"

陆清酒："……"他居然无法反驳。

被污染的龙，便会鳞片变红，生出二心，再也控制不住自己最原始的欲望。而龙族最原始的欲望，便是将自己的心爱之人吞噬掉。陆清酒的姥爷，就是一条被污染的龙，只是让人觉得奇怪的是，他没有吞噬陆清酒的姥姥，而是吞噬了陆清酒的父母，他也承认了自己做过这样的事。

陆清酒问白月狐和他相斗的那条龙到底是什么。

白月狐坐在他的摇摇椅上，慢吞吞地啃着一只水汪汪的山梨，缓声同陆清酒解释："盘古开天地之后，龙族便分成了两派，一派以应龙为首亲近人界，另一派则是以烛龙为首，非常讨厌和人类相处，认为人类都是自私残忍的动物。"他啃了一口梨，继续道，"那时人界的灵气和信仰之力都很浓郁，所以灵神异怪们也可以在人界穿梭来往，并没有什么界限。"

陆清酒道："可是为什么现在没有了？"

"后来斗转星移，人界的灵气和信仰之力越来越淡，没了精怪们生存的依仗，于是人界便和其他几界渐渐分开了。"白月狐道，"但因为人类失去了灵气和信仰之力，凡间也就少了很多可以保护人类的大能之人，人类身体羸弱，根本不是其他精怪的对手，如果继续这么下去，便有灭族之险。"

他的声音依旧懒洋洋的，说出的话却让听的人屏息凝神："后来天帝座下的陆吾一族，便联合羲和、祝融等众神为人界构筑起了屏障，且派下应龙护住屏障入口。这些屏障需守候多年，才能彻底在天地之间融合，时过境迁，现在人界只剩下了水府这么一个入口，其他的守护人渐渐散去，有的还在，有的却已经完全融入了人类的社会。"这说的大概就是江不焕了。

不过按照白月狐的说法，这些人就算不想融入人类社会也不行，因为屏障筑起之后，人界的灵气会越来越淡，加上现在凡间的人根本不信鬼神之说，信仰之力也近乎于无，所以他们身上的异能也会越来越少，直至血脉彻底消失。

陆清酒听得津津有味，他道："所以那条和你缠斗的怪物，就是烛龙一族的？"

白月狐点点头。

"那他们到底想要做什么呢？"陆清酒有些疑惑，"是杀死守护屏障的人吗？那他们的目标应该是我啊。"

白月狐道："没错，他们的目标的确是你，但你身边有我守着，他们不敢随意轻举妄动。"

陆清酒想起了自己的父母，还有始终不肯离开水府村的姥姥，想来，姥姥便如白月狐所说，有着守护者的身份，也正是因为这特殊的身份，她才始终不肯答应陆清酒离开水府村，最后在这里孤独地病逝。

陆清酒想到这里，心里有些惆怅起来，他坐在了白月狐的身边，道："所以现在世界上就剩下一个水府村了？"

白月狐："差不多吧。"

陆清酒："那要做什么事才能将龙污染呢？"

白月狐叹气："污染的原因至今成谜，唯一知道的方法，便是将守护者杀死在屏障附近，但这种方法也并不是每次都能成功……有许多的守护者死了，但他们身边的龙族却并没有受到污染。"

活下来的龙族会迎来自己的第二个守护者，就像活下来的守护者可以迎来第二条龙一样。

　　陆清酒的姥姥，便是亲眼看着自己的爱人被污染后，逃离了自己的身边，离开了人界。那时的她或许正孕育着自己肚子里的小生命，在期待着二人的重逢，却不知道有更可怖的未来在等着二人。

　　白月狐说得似乎有些累了，等陆清酒回过神来时，他已经靠着摇摇椅闭着眼睛睡了过去。

　　陆清酒看着他的睡颜，猛地想起白月狐似乎才经历过一场恶战，虽然没有受很严重的伤，但也不是件轻松的事。想到这里，他便放轻了脚步，站起来回到屋中，撸起袖子打算做一顿美餐，安慰这只可爱的狐狸精。

　　浓春一过，便是初夏。

　　气温有渐渐炎热的兆头，阳光越来越充裕，草木也越来越茂盛。

　　陆清酒找了个天气不错的下午，让白月狐把家里剩下的那头大白猪给杀了，还第一次用猪血来灌了血肠。和肉肠不同，血肠的口感更细腻也更鲜美，特别是里面还加了半熟的糯米，在里面搅拌上特别的香料后，吃起来又香又糯，还没有血的腥味，很受家里人的欢迎。

　　大概五月中旬的样子，陆清酒的龙角才渐渐消失隐入了额头之中。白月狐带着陆清酒去了一趟市里的医院，见到了许久未见的吉神泰逢。

　　泰逢的样子和一年前相比好了很多，只是他却并不高兴，蹲在住院部前面的花园地上扯着无辜的小草。

　　见到白月狐和陆清酒来了，他抬了抬头，道了句下午好。

　　他这要死不活的样子气得白月狐抬脚就想踹，但被他闪身躲开了。

　　"要死不活的干什么呢？"白月狐说，"今年不要我帮忙了？"

　　泰逢摇摇头。

　　"出什么事了？"白月狐蹙眉看着他。

　　"以后都不用了。"泰逢挠挠自己的头，"她没了。"

　　白月狐沉默了。

　　陆清酒想起了之前住院部里那个笑得很灿烂的姑娘，她似乎病了有段时间了，他以为有泰逢护着，应该没什么事，没想到人却就这么突然没了。但看泰逢也没有太过悲伤，只是脸上有些失落的味道。这大概就是人和神的区别了吧，神是永生的，人类短暂的几十年，在他们的眼中，不过是一瞬间而已。

"啧。"白月狐有些不愉快地"啧"了一声，"既然人没了，你叫我来做什么？"

泰逢把手里的草给丢了，站起来伸了个懒腰道："这不是运气好了，想请你吃个饭嘛。"

白月狐道："吃什么？"

泰逢说："我现在只有够吃饺子的钱，不过等我们走到医院门口的时候就不一定了。"

陆清酒开始还不明白泰逢这话什么意思。直到三人往医院门口走，走到半路的时候泰逢在地上捡到了几百块加上一张彩票，他把那彩票捡起来后甚至看都没看上面的数字，便大咧咧地揣进兜里，说自己中奖了，要用彩票的奖金请陆清酒和白月狐去吃大餐。

陆清酒虽然知道泰逢是吉神，但这未免也太夸张了一点，于是忍不住发问："你怎么知道这彩票中奖了？"

泰逢很不屑道："不中奖的彩票不配出现在我的面前。"

陆清酒："……"这也太霸气了。再看看穷苦得连两块钱的彩票都买不起的贫民白月狐，陆清酒心中浮起了一丝心酸。

他们走到医院附近的彩票点，泰逢掏出了那张捡到的彩票，果然换到了三千块的奖金，陆清酒在旁边看得是目瞪口呆。

换了奖金的泰逢打了个车，带着陆清酒和白月狐到了市里面很有名的一家高档自助餐厅。进了餐厅，泰逢正打算付钱，餐厅的经理却突然出现表示泰逢是本店的第 19999 名客户，于是三人成功免单，还获得了一张全年畅享卡，据说每周都可以带一个人来吃饭，当然要求本人必须到场。

白月狐倒是习惯了泰逢这运气，陆清酒却看得神情恍惚，要不是这餐厅是刚刚才定下的，他都要怀疑泰逢是提前和这里打好了招呼，故意演戏给他看了。

在众人艳羡的注视下，三人款款落座，服务生送来菜单供他们挑选。

泰逢知道白月狐食量大，大手一挥，表示菜单上的东西一样来三份，然后就在服务生惊愕的眼神中结束了点餐。

"你这运气也太好了吧。"陆清酒喝了口红酒润口，平复了一下自己的心情。

"还行吧。"泰逢说，"倒霉了那么久，我自己都有点不习惯了。"

陆清酒有些迟疑："那姑娘……"他说话的语气很慎重，想着如果泰逢表现出任何不适，自己就马上岔开话题。谁知道泰逢并不介意谈论这件事，反而笑了起来，虽然这笑容没什么暖意，但也没有太多悲伤，只是看起来有些惆怅罢了："她很小的时候我就遇到她了，那时候的她还挺可爱的。"

点的菜上来得很快，大大小小的盘子铺满了整张长桌。

白月狐对泰逢的故事不感兴趣，低头开吃，泰逢则边吃边和陆清酒说道："我遇到她的时候啊，她迷路了，我帮她找到路的时候，就和她订下了约定。"

陆清酒道："什么约定？"

泰逢说："我和她约定，如果要信神，就请信吉神泰逢。"

陆清酒微愣。

泰逢含住一块鳕鱼，慢慢地吞了："你知道吗，现在的人啊，是越来越不信这些了。"什么神啊鬼的，都靠不住，最好的是靠自己。当然，这种思想并无过错，因为对于常人而言，神明本就是虚幻之物，与其将所有的希望寄托在虚幻之物上，倒不如自己多努努力。但作为需要信仰之力的神明，这种事情就太过致命了，特别是泰逢这种原本就没有太多信徒的神。

没人记得的神明是不被需要的，"泰逢"这个名字被遗忘的时候，就是他消失的时候。

"她是个很乖的姑娘啊。"泰逢道，"她遵守了我们的承诺。"他说到这里的时候，眼睛弯起弧度，看得出他笑得非常开心，"成了泰逢的信徒，为我设置了烛台，摆上了供品。"他撑着下巴，满脸餍足，"我已经好久没有尝过香烛的滋味了……只是可惜……"

只是可惜好景不长，姑娘患了病。

"我一直陪着她呢。"泰逢说，"我以为能陪她到老，但是却发现我好像没有那么好的运气了。"他拍了拍手掌，做出一个手中空无一物的手势，"我的好运用完了。"

能让姑娘活到现在，纯粹靠的是运气，或许有他护着，姑娘只有万分之一的坏运气会死掉，但万分之一，也并不是不会发生，此时就是最好的例证。

他只是个吉神，不是掌控生死的阎王爷。

姑娘走了，带着他的一撮尾巴毛，他也不用再找自己的好友帮忙，从此又恢复了孑然一身。

他们只是彼此命中的过客而已。

陆清酒听得心里有点难受，可千言万语，却只化作了两个字："节哀。"

泰逢道："嗯，除了节哀，还能做什么呢。"

陆清酒说："她一定很喜欢你。"

泰逢笑道："我也很喜欢她啊，喂，白月狐，你说人类真的有转世吗？"

白月狐抬抬眸："有如何，没有又如何？"

泰逢憨笑："有的话我能不能找回旧人？让他们想起来上辈子的事？"

白月狐："就算有，那也是喝了孟婆汤忘断前缘的人，你还是你，她却已经不是她了。"他停顿片刻，喝了一口鲍鱼炖的鸡汤，"万一人家下辈子信的是基督你咋办？"

泰逢闻言表情微微扭曲。

陆清酒轻笑。

之后，泰逢岔开了话题，没有再继续谈论关于女孩儿的往事。陆清酒能看出，他虽然表现得很洒脱，但依旧有些不舍。可又因为心知肚明这些不舍是多余的，于是硬生生地将其压下，好像不提就真的不存在了一样。

白月狐对故事没兴趣，但好在自助餐非常合他的意，他在旁边服务员惊愕的注视下，已经点了第三轮菜了。

泰逢笑着表示要不是今天准备离开医院，是肯定不会带白月狐来吃自助的，因为这事儿太缺德，感觉做了有点伤人品。

白月狐瞪了泰逢一眼："这么多吃的都堵不上你的嘴。"

泰逢完全不怕白月狐，笑着和已经吃饱了的陆清酒聊起了天："哎，你知道我是怎么认识白月狐的吗？"

陆清酒："不知道，怎么，你们以前不认识？"他还以为白月狐和泰逢在另一个世界里就已经认识了呢。

"当然了，他可是高贵冷艳的异族。"泰逢说，"我一个小小吉神，哪儿能认识他啊。"

陆清酒："那你们是怎么认识的？"

虽然白月狐一直在给泰逢脸色看，但泰逢显然是有恃无恐，知道陆清酒在的时候白月狐不会对他做什么，挑了挑眉，一口气把白月狐卖了个彻底："他刚来水府村的时候，没有人类通用的货币，又买不起吃的，我有一天买了个冰激凌在路上吃，突然感觉到了一股凌厉的气息……妈耶，我发誓那是我这辈子离死亡最近的时候。"

咔嚓一声，白月狐硬生生咬断了一把不锈钢小勺。

泰逢脸色不变，继续和陆清酒扒白月狐的黑历史："然后呢，我当时已经认出了白月狐的身份，狐狸嘛，在我记忆里都是很凶残的动物，他站在我面前死死地盯着我，我以为他想直接把我给吃了，谁知道……"不愧是白月狐的好友，他倒是没忘记帮着白月狐护住马甲。

陆清酒已经能想象到当时的场景了，忍不住笑了起来："谁知道当时他盯着的是你手里的冰激凌？"

泰逢一拍大腿："对啊！"

陆清酒哈哈大笑。

泰逢说得兴高采烈、手舞足蹈，他可是有白月狐不少黑历史，可是有黑历史又能咋样呢，又没地儿说去，这会儿总算是有个人可以倾诉了，忍不住像竹筒倒豆子似的一口气全给倒了出来："他走到我面前，问了我一句'好吃吗？'我反应了最起码一分钟才反应过来他问的是冰激凌，回了他一句好吃，然后问他想不想吃，就看见白月狐点点头。"

他笑着笑着，眼泪都快笑出来了："然后我就把他领到了附近的冰激凌店，看着他把店里的所有冰激凌吃完，才恋恋不舍地回去了。"

陆清酒看着白月狐坐在旁边表情阴沉的模样，觉得这样的他可爱极了。

"后来我们就成为朋友了。"泰逢道，"我运气好嘛，也不缺钱花，偶尔请他吃顿饭还是可以的，不过自从小朋友生病之后，我好久没有再请他吃过饭了，今天倒是把之前的都给补上了……"

白月狐盯着泰逢那神清气爽的样子，从牙缝里挤出了一句："你是不想活了？"

泰逢挠挠头，装作没听见白月狐的威胁。

陆清酒道："好了好了，开个玩笑嘛，月狐，晚上回去我就给你做冰激凌吃，咱们做个超大型的。"

白月狐"哼"了一声。

泰逢见到二人互动，由衷地感叹："这么多年了，你总算遇到了个敢对你顺毛撸的。"

白月狐不再理会泰逢，高傲地扬起了自己的下巴，如果不是他面前还摆着无数个空着的餐盘的话，他这表情可能会更有说服力一点。

吃完了一顿让服务员和餐厅经理浑身冒冷汗的自助餐，三人互相道别，各自散去了。

陆清酒和白月狐回了水府村，而泰逢则独自打车去了另外一个地方。

泰逢要去的地点似乎是个公墓，市里面走的人一般都葬在那儿。

泰逢大概是去看姑娘的墓去了，看来他也并不像他说的那么无情。

说实话，陆清酒也说不好神明无情到底是好是坏，都道"天地不仁，以万物为刍狗"，可若神明处处有情，留恋每一个逝去的生命，又如何得以普度众生呢？这本就是矛盾的。

　　陆清酒想不明白，也就懒得想了，本来这个世界也不是每个问题都有答案。

　　他侧脸看向白月狐，他家狐狸精吃饱了，这会儿正坐在副驾驶的位置上打瞌睡，长长的睫毛微微垂着，在眼睑下面落下一个细微的阴影，让他看起来并不像冰冷的万鳞之王，而更像是一朵脆弱的、叶片上还附着露珠的脆弱小花儿，让人忍不住想要伸出手，轻轻地抚摸他柔软的睫毛。

　　因为小货车可以自动驾驶，陆清酒走神了好久都没有反应过来，等到他回过神来时，才意识到自己对着白月狐的侧脸笑了好久，久到连自己都察觉出了不妥之处。

　　陆清酒干咳一声，将自己从纷乱的思绪中拉回。

　　白月狐听到他的咳嗽声醒了过来，黑眸沉沉地看向陆清酒，道："怎么了？不舒服吗？"

　　陆清酒道："唔……没有啊。"

　　白月狐："那怎么咳嗽？"

　　陆清酒被白月狐的眸子盯得有些不自在："我……只是嗓子有些不舒服。"

　　白月狐道："真的？"

　　陆清酒："嗯。"

　　白月狐不语，却忽地伸手按住了陆清酒的额头："你的脸也很红。"他记得冬天的时候陆清酒生过一次病，那次生病的时候陆清酒整个人红得像只烤过的虾。人类都是很脆弱的，和粗糙的龙族不一样，一次疾病就能夺走他们的生命。白月狐记得来这个世界之前，教导他的人反复叮嘱过他，如果发现人类生病了，一定要让他们得到及时的治疗。

　　"我只是有点热。"陆清酒觉得这样下去不行，他被白月狐的手一摸，整个人都有点手足无措，但还得故作镇定，"别说这个了，你晚上想吃什么口味的冰激凌？香橙味的可以吗？不过家里的蜂蜜不多了，得让尹寻再去后院里取一点，唔，就用骄虫带来的那种蜜蜂造的蜜好了，钦原的蜜多留点给朱猋猋治痘痘……"他絮絮叨叨，说的全是琐事，却没注意到身旁白月狐的表情，在他的碎碎念中变得柔和了起来。

　　"怎么不说话了？"陆清酒问白月狐。

　　白月狐道："没事，你继续说。"他温声道，"我就想听你说话。"

　　陆清酒失笑："真的？不嫌我啰唆？"

　　白月狐："不嫌。"他说完这话，又怕陆清酒误会似的，认真地补充了一句，"你说什么我都喜欢听。"

陆清酒道："唔……好吧。"他便继续开口，"所以你到底想吃什么口味的冰激凌？"

白月狐："就香橙味的吧。"陆清酒正打算点头，白月狐又继续道，"和你的味道有些相似。"

陆清酒："和我？"

白月狐："有点甜，但又不是那么甜。"

陆清酒歪歪头："可是我的名字里带酒啊。"

白月狐："你的名字带酒你就是酒？"

陆清酒闻言却促狭地笑了："你的名字是狐，你不也是狐狸吗？"

白月狐："……"

陆清酒："我说得对不对？"

白月狐憋了半天，憋出来一个字："对。"

陆清酒没忍住哈哈大笑起来，之前都是他被白月狐堵得说不出话来，这次终于轮到他报仇雪恨了，而且还是用白月狐那掉得只剩下一颗扣子的马甲。

回家的第二天，陆清酒花了一个下午的时间做了一个巨大的冰激凌蛋糕。

底下的模具虽然是蛋糕做的，上面的奶油却全都是冰激凌。蛋糕里面还加了新鲜的水果，冰激凌是香橙口味的，冰冻之后没了奶油的那种黏腻，吃起来口感清新细腻，和柔软的蛋糕简直是绝配。蛋糕最底下，是一层陆清酒自制的酥皮，这层酥皮没有加太多糖，还是脆生生的，完美地化解了甜食带来的甜腻感。

尹寻和白月狐对甜食向来是来者不拒，不到半个小时就把整个蛋糕给解决掉了。

第二十章

山神凳

　　五月份一到，樱桃也成熟了，去年做的樱桃酱在冬天的时候已经彻底消耗干净了。尹寻对于自家的酸樱桃变成这样的味道表示出了极大的满意，今年还没等陆清酒说，就自己去把家里种的樱桃全给摘了下来，洗干净之后把核给去了，让陆清酒做成了美味的樱桃酱。

　　陆清酒又花了很长时间做好了樱桃酱，然后开始准备晚饭。

　　天气热了，大家都想吃点清爽的东西，他询问大家之后，干脆熬了一大锅绿豆粥，做了一大盆鸡丝凉面和蒜泥白肉，还把家里腌好的鸭蛋给掏出来洗干净，放进锅里煮了好几个。

　　因为用的是特别的海鸭蛋，所以咸鸭蛋的个头都特别大，煮好之后陆清酒剥开一个，用筷子往蛋白里一戳，就看见黄色的油脂顺着筷子溢了出来，他赶紧用嘴接住，然后咬了一大口，感受到了鸭蛋黄那沙沙的口感。陆清酒在腌制的时候没放太多盐，所以蛋白吃起来也不齁，一口下去，蛋黄那鲜美的滋味占领了整个口腔。

　　尹寻在旁边看得直咽口水，嘀咕着说自己好久没有吃过咸鸭蛋了。他爷爷奶奶还在的时候倒是经常做，后来爷爷奶奶没了，他自己又不会，几乎忘记了咸鸭蛋的滋味。

　　陆清酒顺手递给他一个。

　　晚上到了吃饭时间，陆清酒把桌子搬到了院子里，一边看星星一边吃晚餐。桌子上还有一堆他用烤炉烤的新奥尔良口味的小鸡腿，不过这些鸡腿都是他从超市买来的，虽然肉质没有自家养的鸡那么好，但当零食也足够了。

尹寻和白月狐吃得都很开心，他们两个都挺像小孩儿的，很喜欢吃乱七八糟的零食，特别是这种烤制的鸡腿，连尹寻都能一口一个连骨头都不吐。

三人正吃得火热，天边却闪过一道刺目的白光，陆清酒第一反应是又出了什么事，立马紧张地站了起来，道："怎么了？！"

白月狐冷静道："是后院发出的光。"

陆清酒一愣，随即想起了自家后院那口井上面无比明亮的光圈，难道这光是那光圈发出来的？可是也太亮了点吧。

自从陆清酒的生发水网店开业之后，后院那口井上面的光圈是一天比一天明亮，最后甚至到了晚上根本不需要开灯后院就一片光明的地步，陆清酒也没忘记隔三岔五地给后院的井续上香烛，毕竟他们全家可都是靠这口井养活的。

看着这光，显然是后院发生了什么事。陆清酒缓缓移动脚步，走到了后院门口，支着脑袋朝里面看去，这一看，差点没把他的下巴给吓掉。

只见后院最明亮的地方，出现了一个穿着白色长裙的姑娘，那姑娘坐在井口边上，一头茂密的黑发从身后垂入井中，那口井正发出耀眼的光芒，这光芒并不刺目，反而非常柔和，给人一种温暖的感觉。

尹寻都看傻了，呆了半天来了句："这……是成神了？"

陆清酒默默回头，看向白月狐。

白月狐凝视那姑娘片刻，来了句："好像真是。"

陆清酒："……"

白月狐道："成神了。"

虽然白月狐之前就有过这样的说法，可真的看到井里的姑娘因为不想秃头变成了真的神，陆清酒的神情还是有些恍惚，他想到了凄惨的泰逢，想到了在公园里翻垃圾桶的骄虫，再看看眼前一身圣光的女鬼小姐，陆清酒深深地感觉到了顺应时代的重要性。

要是泰逢也能让信徒长头发，哪里还会担心自己消失？恐怕会被无数担忧自己发际线的现代人供起来长期祭拜。

那姑娘长相虽然很平凡，但身后那头茂密的黑发却吸引了所有人的目光，她看到了站在不远处的陆清酒和尹寻，露出一个笑容，对着他们招招手："谢谢你们对我的照顾，过来吧。"

　　陆清酒和尹寻都被她的笑容吸引了，不由得朝着她身边走去，等到快要靠近她的时候，身后站着的白月狐忽地语气严厉地出声："别过去！"

　　陆清酒和尹寻心中一惊，都以为出了什么事，打算转身，可已经太晚了，那女鬼的手已经伸到了他们面前，在他们各自的肩膀上轻轻地拍了一下。

　　"啊！"尹寻发出凄惨的叫声，"我的眼睛，我瞎了！"

　　陆清酒的眼前也突然一片黑暗，但好在他比尹寻要冷静一点，很快就发现并不是自己看不见了，而是有什么东西遮住了自己的眼睛。他伸出手在自己的脸上胡乱一薅，便薅到了一大簇茂盛的头发，接着朝旁边撩去，眼睛才重见光明。

　　陆清酒这才明白方才发生了什么，原来那女鬼的手刚拍到他们的肩膀，他们的头发就开始疯长，这会儿已经长得拖到了地面上。

　　尹寻这货还没明白发生了什么，捂着自己的脸在地上打滚："啊，我的眼睛，我瞎了呜呜呜——"

　　陆清酒抬脚就给他屁股上来了一下："别鬼叫了。"

　　尹寻痛哭："陆清酒，你还是人吗？！我都看不见了，你居然还这么对我，我不活了。"

　　陆清酒："……"他阴沉着脸没说话，弯下腰撩起了尹寻那长长的刘海。

　　尹寻的眼睛得以重见光明，他茫然地坐了起来，抹了一把自己脑袋上那厚重如帘子一般的头发："我没瞎啊？"

　　陆清酒咬牙切齿："你能正常点不？"

　　尹寻露出有些尴尬的笑容，从地上爬起来拍拍屁股上的灰尘："这不是因为白月狐语气太可怕，我以为出大事了嘛。"

　　陆清酒扭头看向白月狐，却发现他家狐狸精表情有点奇怪，刚开始陆清酒还以为白月狐是在担心他们，后来仔细一看，才发现白月狐这货居然是在忍笑。

　　陆清酒："你笑啥啊？"

　　白月狐义正词严，不肯承认："我没笑。"

　　陆清酒："没笑你抖什么？"

　　白月狐："我冷。"

　　陆清酒狐疑地看着白月狐那件短袖，心想：这都快三十摄氏度了，你是哪里冷？心里冷吗？

那女鬼小姐赐予了他们一头过分茂密的黑发之后，便带着慈祥的笑容，身形渐渐消散在了他们的眼前，留下被头发笼罩住的陆清酒和尹寻两人面面相觑。

"那现在咋办啊？"尹寻摸着自己脑袋上那一头浓密的黑发。

"还能咋办，剪了呗。"陆清酒有点无奈，他虽然知道女鬼小姐这是想感谢他们，只是这种感谢方式的确让人有点难以接受，特别是对于并不缺头发的陆清酒而言……

白月狐此时终于恢复了平时慵懒的表情，不抖肩膀了。当陆清酒和尹寻一脸垂头丧气地到了浴室，拿起剪刀打算先把自己的头发整理一下的时候，两人看到镜中的自己，先是一愣，随即看向对方，接着便爆发出了剧烈的笑声。

"哈哈哈哈哈。"尹寻笑得眼泪都出来了，指着陆清酒的头发道，"陆清酒，你长得好像个拖把啊。"

陆清酒也在跟着乐："你还好意思说我，你不也像个拖把吗？"

两人笑成一团，这女鬼姐姐的生发技术实在是太硬核了，满头浓密的黑发，几乎将他们整个人都给罩住了。

笑完之后，两人拿起剪刀把头发给剪了。陆清酒没敢把头发剪得太短，打算明天去镇上让理发店的人重新修一下，毕竟他可没有白月狐那种逆天的颜值，要是真给自己剪个狗啃的发型，那估计就没法儿出去见人了。

剪完之后，发型虽然还是不太好看，但也勉强凑合，陆清酒和尹寻决定以后离后院那口井远一点，毕竟天天长长发是件很麻烦的事。

这次女鬼小姐的出现只是一个预兆，接下来的一段时间，她出现的频率越来越高，有时候早晨陆清酒去后院打扫卫生都能看见她坐在井边发呆。

陆清酒也从白月狐那里得知，女鬼小姐除了会让人长头发之外没有其他缺点，不用担心她像恐怖片里那样一脸狰狞地将自己拖到水井里。

陆清酒偶尔还会和她聊聊天，不过看她的样子，似乎忘掉了很多生前的事，并且怎么都回忆不起来。

"我到底为什么在这儿啊？"女鬼小姐和陆清酒聊天，"你知道我的名字吗？"

陆清酒是知道她的名字的，因为胡恕在办这个案子的时候和他说过，但他稍作犹豫，并没有将女鬼小姐的名字说出来，不知道为何，他总有种直觉，觉得让她记起自己悲惨的死因不是什么好事。

好在女鬼小姐十分洒脱，并没有在这件事上多做纠结，她很快就把注意力转移到了后院的其他东西上，比如挂在架子上的葡萄藤、角落里的蜂箱，还有种在蜂箱旁边的眼球草。

从句芒手里搞到的眼球草已经结果了，一片片眼球在地里随着微风四处乱瞟，这画面着实有些恐怖。陆清酒为了防止其他人看到这样的场景，在眼球草成熟之后就赶紧全都摘了下来，和白月狐、尹寻分而食之。

和他们之前吃的眼球差不多，味道大部分都是水果味的，什么水果都有，陆清酒最喜欢的还是葡萄口味的，而尹寻比较喜欢荔枝的，白月狐则更喜欢橙子的。

陆清酒吃着水果和白月狐聊天，问句芒和祝融什么关系。白月狐说他们虽然都是掌管四季的神，但其实祝融是句芒的上司，当年盘古开天地的时候祝融就在了，而很多其他的神明其实是后生的。

接着他们又聊到了一些关于应龙和烛龙的事。陆清酒这才知道了他们之间的区别，应龙其实是指年龄超过了五百岁的成年龙，而烛龙与其说是龙，倒不如说是龙族的一个分支，他们一族，原本掌管的是阴间之事，但后来和其他龙族的志向相悖，这才叛出了龙族。

陆清酒听着白月狐的话，总觉得这些神话中的生物离自己很远，可看看白月狐，又觉得其实也没那么远，毕竟自己面前不就坐着一条可爱的应龙嘛。

因为天气暖和了，各种生物越发地活跃起来，最近少昊老是给家里打电话，邀请陆清酒他们去吃饭。

陆清酒本来还在疑惑为什么少昊这么好心，白月狐却是给了答案，他说："少昊家闹兽灾了吧。"

陆清酒惊讶道："兽灾？"

白月狐说："他家不是有很多鸟嘛，喜欢吃鸟的兽很多，天气一暖和，他家就容易出事。"

陆清酒说："所以叫咱们去吃饭是什么意思？"他想起了少昊花一千五百块找白月狐当廉价劳工的事，警惕道，"不会是又要让你去当廉价劳工吧？"

白月狐："得看是什么生物，上次那幽鴳就很难吃。"

陆清酒："有味道好的？"

白月狐："夏天出现的狙如味道就挺好，肉很嫩，骨头还有异香，你吃过吗？"

陆清酒摇摇头："没有。"

白月狐想了想，做了决定："那我们找时间过去一趟，抓点回来吃。"

陆清酒同意了。

得知他们愿意过去，少昊非常开心，积极地询问他们什么时候过来，还表示如果他们愿意尽快过去的话，可以请他们吃一顿大餐。

陆清酒虽然不知道少昊为什么这么热情，但还是和他约定了见面的时间，去了少昊的鸟园。

虽然不是第一次来少昊的鸟园，但陆清酒在看到园中的鸟和植物时还是发出了惊讶的感叹。和春天的园子有所不同，夏天的鸟园颜色更加丰富，鸟类也更加活跃，只是或许是捕食鸟类的野兽太多的缘故，园子里的鸟们对于陌生人都很警惕，直到看到后面跟着的少昊才放松下来。

尹寻上次被少昊啃了个手指头，吓得三魂去了七魄，这次出于对生命的热爱，他非常自觉地想要离少昊远一点。但少昊却好似感觉不到尹寻的抗拒似的，像好朋友一般伸出手搂着尹寻的肩膀，搞得尹寻浑身都不自在。

少昊比尹寻高了大半头，做出这个姿势倒也不奇怪，陆清酒的注意力全放在鸟园上，一时间也没有察觉到二人间的异样。

"狙如就在前头，我不过去了。"少昊说，"你吃完了就出来吧，我给你们准备了丰盛的大餐。"他笑得本该是很温和的，但下巴上黑色的花纹却莫名地给他的气质增添了几分不善的味道。

"我也过去？"陆清酒问道。

"都可以。"少昊说，"看你自己想不想过去吧，不过他最好在这里等着，毕竟那些野兽虽然喜欢人，但更喜欢肉灵芝。"他对着尹寻笑了笑，露出一排白森森又十分整齐的牙齿，看得尹寻后背一冷，紧张地咽了咽口水。

尹寻本来想和陆清酒、白月狐一起过去的，可少昊揑着他的后颈肉，跟揑着鸡崽似的，他挣扎了好久都没挣脱出来，又不敢挣扎得太厉害，让陆清酒看出端倪，最后只能眼巴巴地看着陆清酒离开，留下他和少昊两个人。

"你……你干什么啊？"尹寻结巴道，"你吃了我，白月狐真的会生气的。而且上次不是尝过了嘛……"他嘟囔着。

少昊咬牙切齿："你还敢说？"

尹寻："为啥不敢说啊？"

少昊抓住尹寻的脸颊，狠狠一扯，扯得尹寻直咧嘴："你上次到底在你的手指头里放了什么东西？"

尹寻哭了："我什么都没放啊，我就，我就……"

少昊："你就什么？"

尹寻："我就抠了抠脚。"

少昊表情一阵扭曲："哈？"

尹寻被他的模样吓着了，转身就想跑，却被少昊拎鸟儿似的给拎了回来，最后两人目光相接，尹寻看着少昊凶恶的眼神，登时觉得自己今天恐怕是凶多吉少了。

少昊说："我吃了你的手指头，拉了好几天肚子。"

尹寻："哦——"

少昊："你哦个屁啊。"

尹寻忙解释道："哥，这真不是我的错，是因为我的身体有排毒养颜的功能，你吃完之后虽然拉了肚子，但是不是发现脸上的痘痘全都好了，而且耳聪目明，连噩梦都做得少了？"

少昊："好像还真是——"

尹寻闻言正打算露出笑容，便听见了少昊的后一句："是个屁，我脸上本来就没有痘痘。"

尹寻："呜呜呜呜。"

少昊："也从来不做噩梦。"

尹寻挂在少昊手里，觉得自己像是一条被风干了的腊肉。

少昊揪着尹寻转身就走，尹寻哭哭啼啼觉得自己命不久矣，本来他不想拿这事儿来麻烦陆清酒的，可到了生死存亡的关头了，他也顾不了那么多了，他偷偷摸摸地拿出手机，还没做什么，就被少昊给抢了，于是彻底失去了最后的求生手段。

少昊一只手抓着尹寻，另一只手抓住了尹寻的手机，表情似笑非笑："要给谁打呢？"

尹寻颤声道："我……我就给清酒报个平安。"

少昊道："不用报，你平安得很。"

尹寻："……"

这边尹寻被少昊拎走了，那边陆清酒还不知道自己的好友遭遇了大危机，他和白月狐在鸟园里看到了少昊说的名为"狙如"的动物。那动物长得有点像老鼠，但是个头比老鼠大了很多，身上生着一层坚硬的毛发。如果只是一只的话，这种动物的杀伤力应该也不会很强，但陆清酒刚和白月狐到达山顶，就倒吸了一口凉气。只见山顶的树林里，密密麻麻的都是这种动物，抬眼看去，竟有种森林变成了黑色的错觉。不少鸟儿都惨遭毒手，被吃得只剩下凌乱的羽毛。少昊似乎用了些法子，将这种动物拦在了某个范围里，但看它们躁动的样子，似乎随时有可能冲下山对剩下的鸟儿造成威胁，也难怪少昊一直催着白月狐过来了。

"少昊不能处理这些动物吗？"陆清酒总觉得少昊不像他表现出的那么无害。

"可以。"白月狐道，"不过这些动物虽然能杀掉，尸体却是种麻烦，倒不如叫我们来吃了。"无论他还是九凤，都是不吃死物的，要是少昊把这些动物全给杀了，那他们不会有一点兴趣。

陆清酒："你们不吃动物的尸体？"

白月狐道："嗯。"

陆清酒疑惑道："可是我平时做菜不都是用尸体做的吗……"

白月狐："……"

陆清酒："你咋这个表情？"

白月狐："你在这儿等我，我马上就回来。"他如此生硬地结束了这个话题，搞得陆清酒登时有些哭笑不得，不过话说回来，如果一定要说，那应该是白月狐不吃没有烹饪过的尸体吧。

黑雾弥漫开来，遮住了树林和山峰，站在山脚的陆清酒听到了动物凄厉的叫声，似乎是狙如发出来的，白月狐此时应该就在山顶上捕食狙如，清理掉少昊鸟园中的害虫们。

过了几分钟，白月狐便再次出现在了陆清酒的身边，这次，他的手上提了两只被捆起来的狙如，他道："喏，给你留的，待会儿带回去吃。"

陆清酒看着白月狐，忽地抬手用拇指按住了白月狐的嘴角。

白月狐微愣："嗯？"

陆清酒用拇指微微一擦，将白月狐嘴角上红色的痕迹抹掉了，他笑道："嘴巴上有点血。"

白月狐道："你不怕？"

陆清酒笑道："你吃的又不是人，我怕你做什么？"

可谁知白月狐听了陆清酒这话，眸色沉了沉，忽地靠到了陆清酒的耳畔，轻声道："你怎么知道我不吃人呢？"

陆清酒颈侧肌肤被白月狐的吐息弄得起了一层鸡皮疙瘩，他正欲反驳，却发现白月狐的眼神有些不对劲，那眼神简直像是要将他生吞活剥、连皮带骨全吞下肚似的。但这又仿佛只是陆清酒的错觉，因为下一刻白月狐就恢复了往常那冷淡的表情，道："走吧，少昊应该在外面等着我们了。"

陆清酒张了张嘴，一时间竟不知道自己该说些什么。

白月狐提着狙如，和陆清酒离开鸟园后没有看见本该在附近等着的少昊和尹寻。

"他们两个人呢？"陆清酒疑惑地问道。

白月狐摇摇头，表示自己也不知道。

陆清酒便掏出手机，给尹寻打了个电话，电话拨通大概过了二十秒才被接起来，那头传来的却是少昊的声音，他道了声"喂"。

"尹寻呢？"陆清酒问，"他的电话怎么在你手里？"

少昊说："哦，在我旁边吃东西，脱不开手，我帮他接了。"

陆清酒觉得有点奇怪，但也没有多想："吃东西？我们已经弄完了，你们在哪儿吃东西呢？"

少昊说："在外面，你让白月狐领着你出来吧，午饭已经备好了。"接着电话就挂断了，陆清酒盯着手机屏幕蹙起眉头，白月狐问他怎么了。

陆清酒道："没……就是觉得，好像听到了尹寻在呜呜呜地哭。"

白月狐挑了挑眉，对此不置可否。

陆清酒道："白帝少昊是神仙，应该不吃人吧？"

白月狐说："不吃。"

陆清酒"噢"了一声，这才放了心。不过白月狐却没有告诉陆清酒自己心里的下一句话：白帝少昊的确不吃人，可问题是尹寻也不是人啊，他本来早该死了，现在的身体都是肉灵芝重新构筑的，少昊垂涎他的肉体，也是正常的。况且他是一点也不介意少昊真把尹寻给吃了。

这边陆清酒和白月狐还在去的路上，那边尹寻眼泪都要流干了，少昊挂了电话，笑眯眯地看着他，他正打算伸手去接电话，却被少昊抓住了手腕，少昊说："你身上就没有一个部位是吃了不拉肚子的？"

尹寻道："没有！吃了都拉！"

少昊："还真是物竞天择，适者生存。"这也算是尹寻的一种自卫能力了吧。

尹寻小声道："陆清酒是不是要过来了？"

少昊道："过来了又如何？你真当我怕了白月狐？"

尹寻目瞪口呆。

少昊说着，忽地凑了过来，仔细地凝视着尹寻的脸颊，尹寻还没来得及反应，便看见他张开嘴，一口咬在了自己的脸蛋上。

"啊……唔！！"少昊这一口啃得不轻，尹寻虽然不是很疼，但真以为少昊要把自己咬掉一块肉，嘴里发出可怜兮兮的叫声，却被少昊伸手堵住了嘴。

"别叫。"少昊说，"你再叫，我就真的咬下去了。"

尹寻垂泪。

少昊没有把尹寻咬破皮，毕竟他可不想再拉肚子了，满意地看着尹寻的脸颊上出现了两排十分明显的牙印，咂咂嘴道："口感不错。"

尹寻心想：你是把我当成可再生的果冻了吗？还口感不错。当然，他没敢说出口，很没出息地在恶势力面前低了头。

少昊看着尹寻被他欺负得可怜兮兮的模样，心情很好地笑了起来，伸手在那牙印上掐了掐道："走，中午带你去吃大餐。"

尹寻撇嘴，做出一个不为五斗米折腰的表情，少昊也不介意，笑容反而越发灿烂了。

陆清酒到场的时候，就看见他家的小山神一副蔫答答的样子，像个被放了气的气球，他注意到了尹寻脸上的红痕，疑惑道："出什么事了？"

"没什么。"少昊说，"尹寻刚才惹了只大鸟，被咬了一口。"

尹寻含糊地应声。

陆清酒本来还想问，但少昊却起身表示食物已经准备好，再不过去就冷了。于是一行人便朝着饭厅走了过去，看见了少昊准备的丰盛午餐。

午餐是海鲜和日料，这边属于内陆地区，陆清酒平时很少做海鲜，他也不太会做日料，所以这次应该是白月狐和尹寻第一次品尝这类料理。

桌上的刺身非常新鲜，牡丹虾上桌的时候还活着，前肢甚至还在扭动。三文鱼的味道也很好，口感肥美细腻，带着一丝回甘，尝得出是上等的食材。还有各种芝士焗的龙虾和蟹宝，做法和味道都是上乘之作。陆清酒以前工作的时候，同事们聚餐有时候会选择日料，他也吃过不少，但今天尝到少昊家里的日料，还是有些惊艳，更不用说从来没有吃过的白月狐和尹寻了。

尹寻特别喜欢芝士焗的龙虾，吃完之后还把壳子都给舔了一遍，舔完后注意到坐在旁边的少昊正笑眯眯地盯着自己，他被看得有点虚，小声道："你看我干什么？"

少昊说："还要吗？"

尹寻道："还能要一只？"

少昊道："当然可以。"他扭头给管家递了个眼神，管家便转身下去给尹寻加菜去了。

白月狐在旁边语气阴森："我怎么没这待遇？"

少昊道："你都吃了我家这么多东西了，还缺一只虾？"

白月狐冷冷道："不然我喂你吃两口狙如？"

少昊讪笑："不了，不了。"

虽然他没有特意说要给白月狐加菜，但上菜的时候还是有白月狐的一份，陆清酒已经吃得差不多了，就看着白月狐和尹寻两个人继续胡吃海塞。尹寻还是最先败下阵来，趴在桌子上不甘心地摸着自己胀鼓鼓的肚皮。

少昊道："要不要在我家多玩两天啊？每天都有很多这样的食物哦。"

尹寻摇摇头。

少昊又劝了几句，但见尹寻态度坚决，只好作罢，但陆清酒却觉得他似乎在谋划着什么，他有点不明白，为什么少昊突然就对尹寻充满了兴趣。

吃饱喝足，陆清酒提着狙如回去了。回去之前顺便去了市里的海鲜市场一趟，买了很多新鲜的海鲜打算晚上吃。

之前虽然做过海鲜，但都是比较普通的虾子之类的，这次陆清酒各种类型都买了一些，什么生蚝、扇贝、鲍鱼，还有面包蟹之类的……

海鲜只要新鲜，怎么做都好吃，陆清酒已经计划好了晚上的菜单，打算用烤炉做蒜蓉生蚝扇贝，鲍鱼则做原味的。他还特意为螃蟹买了咖喱，想做个咖喱面包蟹，再做几个海胆蒸蛋。

尹寻看着陆清酒手上提着的大包小包，高兴地说："咱们家真像在过年。"

陆清酒伸手摸了摸他脑袋上的头发，温柔道："咱们家有钱了，可以想吃什么就吃什么，不用省着，你现在是有钱人家的孩子了。"

尹寻流出了感动的泪水。

白月狐在旁边看着他们，像在看两个傻子。

到了家里，陆清酒先把买来的海鲜放在水池子里吐沙，然后开始准备辅料，尹寻在旁边帮忙，白月狐则在院子里准备桌子和碗筷。

陆清酒还挺喜欢海鲜的，不过这地方小，海鲜的价格和质量也没有大城市好，但家里人吃还是够的。

新鲜的生蚝和扇贝做成蒜蓉味的之后一点腥味都没有；鲍鱼Q弹，很有嚼劲；面包蟹和咖喱简直是绝配，蟹肉和咖喱混合在一起，搭配着白米饭，让人欲罢不能。这一顿晚饭，完美地弥补了陆清酒被午餐勾起的对海鲜的渴望，三人吃得都很满意，连带着小花、小黑和小狐狸崽也沾了光，蹭着吃了不少海鲜。

吃完饭，白月狐洗碗去了，陆清酒提议和尹寻出去转转消消食，他们可不像白月狐那样有个通向宇宙的胃。

立夏之后，天黑得也晚了，这会儿时间接近七点半，天边还挂着一抹残阳。

傍晚的水府村透着一股安静和闲适，吃完饭的村民们都开始在路边散步，还能看见小孩儿在小道上追逐打闹。陆清酒和尹寻慢慢悠悠地走着，从村子这头走到了村子那头。

村头的磨盘旁边，几个老人抽着旱烟正在聊天，看见尹寻和陆清酒出来打了个招呼。

陆清酒家里的地在村里是出了名的好，别人家的种子种下去还没发芽呢，他家的就已经长出叶子了，有人说他家用了太多肥料，可问题是陆清酒又不卖菜，用多了肥料还不是得自家消化，而且结出来的果子个个圆润饱满，长期种地的自然能看出品相不错。因为这，还有不少大婶、老伯来找陆清酒讨教种地的法子，陆清酒只能笑着说家里的地不是他在管，全都是白月狐的功劳。白月狐那生人勿近的样子，也没多少人敢去烦他，所以虽然陆清酒家的地特殊，但也没什么人怀疑。

走到了村子尽头，尹寻问陆清酒要不要去山上转转，说这几天有棵野枇杷树也熟了，可以摘点枇杷下来做枇杷膏。

陆清酒道："可是咱们没带竹篮啊。"

尹寻道："没事儿，我带了塑料袋呢。"他从兜里掏出个袋子。

陆清酒道："也行吧。"尹寻没暴露山神身份的时候，他们还得用竿子去打树上的果子，后来知道尹寻是山神了，每次摘果子都是尹寻爬上去，然后一个个撸下来，这样可以保证果子不会被摔坏，还可以挑选到熟得好的果子。野生的枇杷和果农种植的差别很大，个头儿只有小拇指那么大，也没什么肉。但是味道却非常甜，而且果味很浓。他们家去年就用李叔家的枇杷做了点枇杷膏，枇杷膏比樱桃酱麻烦一点，因为枇杷是必须要去核的。

这会儿时间还早，家里正好也没什么水果，陆清酒便应下了。

两人顺着山路慢慢往上走，聊着关于白天少昊家鸟园子的事。那狙如虽然带回了家，但因为晚上吃的是海鲜，所以现在还捆在厨房里，打算明天中午让白月狐杀了剥掉皮之后再吃。也不知道白月狐说的味道好到底好到什么程度，陆清酒还想着到底该用什么法子来烹饪比较好，是红烧呢还是爆炒……

两人正聊着，尹寻脚下忽地顿住了，他的脸上出现了些许疑惑，像是察觉到了什么异样。

"尹寻，怎么了？"陆清酒问道，他以为尹寻是看见了什么。

尹寻表情凝固几秒，随即脸色大变，道："不好！"说完之后，转身就跑，站在他身后的陆清酒愣了两秒才追上去。

"尹寻？？"跟在狂奔的尹寻后面，陆清酒满目茫然，只能大声发问，"到底怎么了？"

尹寻跑在前头，速度飞快，声音若隐若现："家里出事了！"

陆清酒一听急了，他以为是白月狐又和其他的龙打了起来，忙问："出什么事了？？"

尹寻没有再回答，而是用尽全力往前跑着，很快，陆清酒就意识到他说的家并不是陆宅，而是他自己住的地方——那个摆着无数牌位的老宅出事了。

本来十几分钟的路程，硬生生被尹寻跑成了五六分钟，陆清酒用尽力气才跟上，等到达的时候，整个人都气喘吁吁的，肺部生疼。

尹寻却没在外面停留，直接冲进了屋子。

陆清酒缓过气来，赶紧跟进去看是什么情况，他一进门，就感觉尹寻屋子里的情况不太对，空气中弥漫着一种黑色的雾气，将整个屋子都笼罩在里面。而最让人感到不安的，是原本供奉起来的牌位跌落了一大半在地上，牌位前面被点燃的香烛摇摇欲坠，屋子里是没有风的，那火苗却奄奄一息，好似下一刻就要被扑灭。

尹寻冲到香烛前，用手护住了那团小小的火苗，火苗在尹寻靠近后，才重新恢复了光明，照亮了整间黑暗的屋子。

陆清酒道："尹寻？"

尹寻低声道："有人来过这里了。"

陆清酒蹙眉，他注意到了被打开的窗户，他们到这儿之前，屋子里好像还有人在，直到他们进门，那人才从窗户跑掉。

"他想做什么？"陆清酒说，"吹灭香烛？"

尹寻道："香烛不是一般人能吹灭的……"他低头看着自己手心里看似孱弱的火焰，神色之间全是忧虑。

屋子里面一片狼藉，陆清酒见尹寻还在护着蜡烛，便弯下腰帮他把掉落在地上的那些牌位捡起来一一摆好。一边摆还一边询问尹寻这些牌位的摆放是否有顺序，尹寻摇摇头，表示牌位没有什么顺序。

陆清酒捡起牌位，一块块摆好，他见尹寻脸色不好看，怕生枝节手底下的速度也快了些，然而当他弯下腰，看到一块牌位上的名字时，整个人的表情却凝固住了。

"清酒？"尹寻见陆清酒神情不对，问道，"怎么了？"

陆清酒把牌位捡了起来，他说："这……这个牌位，是你摆上去的？"

尹寻茫然地点点头。

牌位是黑色的，用金色的字体勾勒出"芳闰"二字，就这么两个简单的汉字，却看得陆清酒遍体生寒，他吞咽了一下口水，用嘶哑的语气道："你知道吗，我的母亲曾经改过名字。"

"什么？"尹寻从陆清酒的表情里看出了端倪，也猜到了陆清酒为什么会是这副表情，他有些不敢置信，"伯母……以前的名字难道是……"

"对，她以前的名字叫芳闰。"陆清酒道，"但是后来离开我姥姥独自出去读书的时候，改成了芳虞。"他拿着牌位的手一直在抖，像是拿着一块冰，"为什么，为什么这里会有我母亲的名字？尹寻……"

尹寻也慌乱了起来，他道："我……我不知道啊，这些牌位都不是我做的，而是自己出现的。"

"在哪里出现的？"陆清酒问。

尹寻说："就在后山的神龛里。"他怕陆清酒不相信自己，慌张地解释道，"就是供着我牌位的神龛，有时候我会有奇怪的感应，感觉神龛里面多了其他人的牌位，那时候我就会去神龛里，把牌位取出来，供在屋内……我不知道，不知道这是你母亲的牌位。"

陆清酒道："我想去看看。"

尹寻说："可以……但是现在不行，现在香烛快要灭了，我得护着它。"

陆清酒看向尹寻手心里小心翼翼护着的火苗，道："香烛灭了到底会发生什么？"

"我不知道。"尹寻说，"将我变成山神的人没说，可我的直觉告诉我，要是香烛灭了，会发生很可怕的事，香烛一定不能灭……"

陆清酒想起了上次尹寻出事，香烛即将熄灭时，面前这些牌位躁动不安的情形，心中有了个荒诞无比的猜想，但这也只是猜想罢了，毕竟他们谁都不可能冒着风险来验证。

陆清酒抱着牌位，心中乱成一团，他实在是不明白，为什么这里会有自己母亲的牌位，他道："你是什么时候发现这个牌位的？"

尹寻小声道："已经发现很久了……大概是在你离开水府村之后……"

陆清酒说："那时候我妈妈还在吗？"

"在的呀。"尹寻道，"这个牌位出现的时间，和你母亲离开的时间，至少隔了好几年吧。"不然他一定会发现的，毕竟"芳"这个姓氏很少见，当时尹寻也觉得有些奇怪，因为身边的的确确没有芳闰这个名字，便以为只是巧合罢了，却不想陆清酒的母亲居然改过名……

陆清酒知道尹寻走不开，自己却有些等不及了，他道："神龛的位置你能再描述一下吗？到底在后山哪里？"

尹寻道："你要自己去吗？清酒……你别去了，那个神龛没什么特别的地方。"他低声说着，语气里带着点哀求的意味，"或者等明天我们再去吧，就再等一晚上。"

陆清酒说："没事的，你不用担心我。"

尹寻道："清酒！"

陆清酒叹了口气，他道："这样吧，你告诉我位置，我让白月狐陪我去总行吧？"

尹寻闻言这才松了口气，把神龛的位置描述给了陆清酒，按照他的说法就是，那位置非常偏僻，周围杂草丛生，就连他自己每次去都得找好一会儿。陆清酒仔细地听完尹寻的描述后便离开了，尹寻看着他的背影，心里却透出浓郁的不安，他总感觉这事儿透着蹊跷。那个想要灭掉香烛的人还没有找到呢，却又把陆清酒的母亲给牵扯了进来。

陆清酒和父母的感情很好，虽然他幼时并不是在他们身边长大，但也正因如此，这对父母总觉得对儿子有所亏欠，因而几乎是有求必应。陆清酒在这样的宠溺下，却并没有长歪，反而非常地勤奋，考上了自己心仪的大学。他本来以为大学是自己人生的起点，可没想到却变成了自己生命中最难以忘记的转折。

在某个夏天，陆清酒的父母回到水府村探望姥姥，却在半途中遇上泥石流，就这么撒手人寰，甚至连尸体都没有找到。

陆清酒怎么也没想到，竟然在尹寻家里看到了自己母亲的牌位。而且照尹寻的说法，母亲还活着的时候，牌位就已经出现了。

那座出现牌位的神龛又意味着什么呢？陆清酒此时已经迫不及待地想要知道答案了。

他并没有像他告诉尹寻的那样回家找白月狐，而是独自转身上了山。

这会儿天已经黑了，好在半空中挂着一轮明月，月亮很亮，即便不用手电，也能看清楚脚下的山路。

陆清酒顺着山间小道，朝着尹寻说的位置走去。

在尹寻的描述里，神龛其实是在离水府村不远的地方，但从来没有其他村民发现过。

入夜后，周围变得安静起来，聒噪的虫鸣声让人很是安心，陆清酒按照尹寻的说法，很快就找到了那条分叉的小道，还有小道旁边无数茂密但枯萎了的杂草。尹寻说过，神龛附近的杂草全都是枯黄色的，无论春夏秋冬，都不会发出新芽，既然看到了杂草丛，想必神龛应该就在不远处了。

陆清酒开始在草丛里寻找起来。

和尹寻说的一样，神龛几乎完全被杂草盖住了，再加上天色昏暗，几乎很难找到，陆清酒找着找着，猛地察觉周围的气氛有些不对劲，他表情微微僵了僵，缓缓抬头，发现不远处的山道上，竟然出现了许多个暗淡的影子。

这些影子像是背对着他站着的人，身体呈现出灰暗的色调，既看不清身体，也看不清楚脸。待陆清酒仔细观察后才发觉，与其说它们是人类，倒不如说它们是淡雾构成的人形物体，只是这种雾气在渐渐变浓，他们的身体轮廓也越来越清晰。这不是最让人感到恐惧的，最让人恐惧的是他们在缓缓地朝着陆清酒靠近，像是在捕猎羊羔的狮群，静谧无声，不动声色。

陆清酒的手臂上起了一层鸡皮疙瘩，这些东西几乎占住了所有通向山道的位置，呈半圆形朝着陆清酒逼近，陆清酒只能后退，但他退了几步后才意识到，这些东西似乎是在将他往一个方向驱赶，而那个方向……就是杂草最深处。

绿 妖

　　从它产生意识，到它明白自己是一棵树，隔了百年之久。

　　起初，它只是一棵树苗，枝条纤细，叶片稀疏，种在一个狭窄的院子里，周围无草无木，荒凉至极。后来，院中搬入了一对夫妻，那对夫妻的女儿是个十几岁的少女，她勤劳地将院子好好地打理了一番，看到枯萎瘦小的它，拧起眉头想了片刻，还是放下了手里的铲子，转身去水缸里舀了一勺水，浇在了它脚下的土地里。

　　之后每一日都是如此，它就这么浑浑噩噩地长大了。

　　那时的世界还有不少别的精怪，不知过了多久，它混沌的神志终于清明，藏在体内的记忆开始复苏，它意识到自己好像不是一棵普通的树，而是一种名为树人的妖怪。

　　可惜树人一族成长时间太过漫长，至少需要几十年的时间才会神志清明，等到它意识到这一切的时候，那个给他浇水的姑娘已经两鬓斑白，膝下儿孙满堂了。它是看着她长大的，它也是第一次意识到了人类的脆弱。

　　和树人族漫长的寿命不同，人生一世，不过百年光景，他们很快地长大，很快地老去，来来去去都匆匆忙忙，同自己格格不入。

　　树越来越大，从小树变成了老树。

　　它度过了一轮又一轮春秋冬夏，天波易谢，寸暑难留，不知不觉间，时光已逝去百年。

　　朝代兴替，它见惯了悲欢离合，听多了人世间的故事。

　　后来一道结界封闭了两界的通道，树人族本就数量稀少，这下老树更是连个说话的人都没有了。它虽然已经活了千年之久，可在树人的年岁之中也不过是个孩子罢了，磕磕绊绊，就这样孤寂地活了下来。

原本生长的小院被拆除了，老树被移到了一个巨大的公园里，那公园热闹得很，能看见不少孩子，倒是比之前的日子好过了一些。

老树以为自己会就这么孤孤单单地过上一辈子，直到他遇到了一个叫陆清酒的人。

他竟能听懂树人族的语言，不但能听懂，甚至还可以同自己交流！

已经几百年没有和人聊过天的老树欣喜若狂，在陆清酒的面前几乎要化作一个话痨，可以说的、不能说的，它全都说了，却没想到倒是因为自己给陆清酒添了些麻烦。

陆清酒一向宽容，老树自己却不好意思起来。

它知道陆清酒不属于这里，陆清酒身上有着一种奇怪的气息，仿佛在哪里见过，却又说不太明白。两人的相处，如同白驹过隙，短暂得让老树措手不及，但好在它心中早就有了准备，失落虽有，但也不至于失态。

或许后面的日子里，它再也遇不到可以同它说话的人了，老树有些寂寞，心里空空荡荡的。

它以为自己的生活会回到从前，却发现自己身边每日都会出现一个高大的男子，那似乎是陆清酒的朋友。

这人几乎每天都会来一趟，要么是下班之后，要么是上班之前。只可惜他只能偶尔听见自己的话语，虽然有限，但老树已经满足了，至少他愿意陪着自己。

尽管无法交流，但有这份心便已足够。

男子的名字叫做吴嚣，和陆清酒曾有一段误会，后来误会解除，成了陆清酒的好友，也因此认识了老树。对于老树的存在，他很是好奇。

也对，一棵可以说话的树，仿佛代表了另外一个新奇的世界。

两人无法交谈，他便坐在树荫下自言自语，说些白日里在公司遇到的人和事，老树有时会以落叶应和，有时会轻颤枝干，日子久了，两人倒是有了一种不用言说的默契。

但好友之交，终究是有些遗憾的，吴嚣曾经听过老树说话，只是那时的老树用的是陆清酒的声音，也造成了一些误会，现如今误会解除，他听到老树说话的次数也减少了很多。

吴嚣日日都来，心中总是念着此事，时间长了，竟是成了执念。思来想去，索性给陆清酒打了个电话，想问问他在此事上能否帮帮自己。

本来吴嚣也没有抱太大的希望，可谁知陆清酒竟真的给出了方法，他让吴嚣寻一个月圆之夜，备上清水泥沙，在其中混入指尖的鲜血和老树的树浆，一半喝下，一半倒在老树脚下的泥土之中，此后两人便可通言语。

吴嚣惊喜无比，自然照做。

那日风朗气清，天空中挂着一轮皎洁的明月，吴嚣饮下带着混合了泥沙和鲜血的水，感到身体出现了一些变化——他的视野变得更加清明，仿佛能看到百里开外的每一片树叶，耳朵也更加灵敏，能听到野草丛中虫豸的窃窃私语。

吴嚣还未来得及反应，便听到身后有人叫了他的名字，那声音柔如春风，让人为之一颤。

吴嚣扭头，没看见人，只看见了立在自己身后的那棵高大的大树。

大树震颤着枝叶，竟给了吴嚣一种自己被温柔凝视的错觉，它又唤了一次他的名字："吴嚣。"

"是我。"吴嚣惊喜地应声道。

"我是绿妖。"它说出了自己的名字，"很高兴，认识你。"

大风刮过，契约已成，缘由此起。

图书在版编目（CIP）数据

不离 . 2 / 西子绪著 . — 南昌：百花洲文艺出版社，
2019.12
ISBN 978-7-5500-3443-3

Ⅰ．①不… Ⅱ．①西… Ⅲ．①长篇小说—中国—当代
Ⅳ．① I247.5

中国版本图书馆 CIP 数据核字（2019）第 249586 号

不离 2
BU LI 2

西子绪 著

出 品 人	李国靖
特约监制	夏 童
责任编辑	刘 云 李 瑶
特约策划	夏 童 张 丝
特约编辑	张 丝 茶小贩
封面设计	A BOOK STUDIO 蜀素 Design 461084
版式设计	赵梦菲
封面绘图	符 殊
内文插图	Cinyras 祺婷
出版发行	百花洲文艺出版社
社 址	南昌市红谷滩世贸路 898 号博能中心 Ⅰ 期 A 座 20 楼
邮 编	330038
经 销	全国新华书店
印 刷	三河市兴博印务有限公司
开 本	710mm×980mm 1/16
印 张	20.5
字 数	370 千字
版 次	2019 年 12 月第 1 版第 1 次印刷
书 号	ISBN 978-7-5500-3443-3
定 价	45.00 元

赣版权登字：05-2019-304
发行电话 0791-86895108
网 址 http://www.bhzwy.com
图书若有印装错误，影响阅读，可向承印厂联系调换。